民國文化與文學_{研究文叢}

研究
文叢

七　編

第 5 冊

民國南京與中國現代文學（下）

李怡、趙步陽 編

國家圖書館出版品預行編目資料

民國南京與中國現代文學（下）／李怡、趙步陽 編 — 初版
—— 新北市：花木蘭文化事業有限公司，2017〔民106〕
目 4+280 面；19×26 公分
（民國文化與文學研究文叢 七編：第 5 冊）
ISBN 978-986-485-049-5（精裝）
1. 中國當代文學 2. 文學評論
820.9   106013213

民國文化與文學研究文叢
七 編 第 五 冊   ISBN：978-986-485-049-5

民國南京與中國現代文學（下）

編　　者　李怡、趙步陽
總 編 輯　杜潔祥
副總編輯　楊嘉樂
編　　輯　許郁翎、王　筑　美術編輯　陳逸婷
出　　版　花木蘭文化事業有限公司
社　　長　高小娟
聯絡地址　235 新北市中和區中安街七二號十三樓
　　　　　電話：02-2923-1455／傳真：02-2923-1452
網　　址　http://www.huamulan.tw 信箱 hml810518@gmail.com
印　　刷　普羅文化出版廣告事業
初　　版　2017 年 9 月
全書字數　467452 字
定　　價　七編 31 冊（精裝）新台幣 58,000 元

民國南京與中國現代文學（下）

李怡、趙步陽　編

目

次

國立戲劇學校在南京（1935.10～1937.9）

傅學敏

（西華師範大學文學院，四川南充，637002）

　　國立戲劇學校於 1935 年 10 月在南京建校，1937 年 9 月，因抗戰爆發隨國民政府遷長沙，1938 年 2 月遷重慶，1939 年 4 月遷四川江安，1940 年 6 月獲國民政府教育部批准，更名爲國立戲劇專科學校，抗戰勝利後，1945 年 7 月遷北碚，1946 年 7 月遷回南京，1949 年 4 月南京解放，該校被接管，1949 年 7 月被併入北京中央戲劇學院。至此，這個在歷史上備受關注的戲劇學校從中國戲劇教育發展中消失。

　　國運多桀，國立戲劇學校 14 年間經歷了南京－武漢－重慶－江安－北碚－南京的數次遷移。其中，江安的時間長達 5 年，江安時期正好是中國戲劇運動發展的黃金時代，戲劇學校也升級爲四年制的專科學校；重慶是大後方戲劇運動的中心，雖然國立戲劇學校在重慶（包括北碚）僅呆了 2 年多，但在江安期間也經常攜帶劇目，來重慶進行彙報演出或參加戲劇公演，因此，現有的研究多集中於國立劇專在江安和重慶時期（包括北碚）的發展與貢獻，關注其在戲劇發展史上的價值。而國立戲劇學校在南京和武漢時期的研究則相對薄弱，武漢期間不到半年，情有可原，而南京在國立劇專的發展歷程中，一頭一尾，時間跨度爲 14 年，時期週期有 5 年，而且，作爲中國第一所國家出資創辦的戲劇學校，它在怎樣的大背景中呼之欲出，以及它爲戲劇發展帶來怎樣的環境改變，都是非常值得深究的話題。因爲社會輿論、國家意識以及藝術匱乏，都是中國戲劇發展面臨的重要問題，雖然這些問題在其他方面也可以呈現，但在這個國民政府與民間戲劇教育家共同打造的戲劇藝術院校中，卻能得到比較集中與典型的反映。因此，研究南京時期的國立戲劇學校

還是很有必要的。

　　本文涉及的南京時期，首先有時間限定，是指 1935 年 10 月至 1937 年 9 月期間，復興期間暫未納入本文研究範疇；此時的戲劇學校未受到戰爭的侵擾，其教育理念和推進計劃是較爲純粹與理想化的。其次是地域的限定，不同於上海繁華之地，北京的文化之都，南京作爲國民政府的首都，正展示著新的發展氣象，在文化層面的政策維護與管制均較爲直接，對戲劇學校也有明顯影響。

一、國立──官辦性

　　1935 年秋，國立戲劇學校在南京創建。這所由國民黨中央宣傳部與教育部聯辦的戲劇學校，從籌備到成立不過 4 個月的時間：1935 年 6 月中旬，關於創設戲劇學校的建議由陳立夫等十三人署名提交國民黨中央執行委員會，中央執行委員會會同教育部於 7 月中旬審議批准，8 月中旬成立了以張道藩爲主任的籌備委員會，9 月下旬在南京、上海、北平、武漢等地同時招考新生，10 月 18 日在南京薛家巷正式開學。國立戲劇學校的創建工作能如此快速高效推進，而創建國立國醫學校的提議不僅未能獲准，反而下令國醫學校更名爲學社，這自然引發醫界微詞，認爲這是「仿傚西化以爲榮，繼承固有以爲恥」，抱怨「爲政者於緩急輕重，尚不知之」。〔註1〕其實，從魯迅棄醫從文便可知，醫者以爲的緩急輕重與政治的、思想的緩急輕重未必一致。有研究者以爲，國民黨創辦該校的動機是「企圖豢養一批爲國民黨頑固派效勞的御用戲劇人才，以與左翼進步劇運相對抗」。〔註2〕雖然這種思路與措辭具有政治掛帥時期歷史痕跡的殘留，但也不無道理，畢竟左翼戲劇運動之風生水起並非當政者所好，不過，第一，左翼戲劇運動在 30 年代中期已經悄然發生轉向，政治宣傳減弱而職業化增強；第二，國民黨的文化政策是否總是被動地跟隨左翼文化運動而調整呢？

　　從教育層面看，國立戲劇學校的創建是一個孤立的事件，然而，從政府工作層面而言，它只是國民政府整個文化建設工作的有機組成部分。在此之前，中央廣播電臺、中央電影攝影場已完成興建，國立美術陳列館、國立戲

〔註 1〕　梁長榮：《由國醫學校改稱學社聯想到國立戲劇學校之感言》，《杏林醫學報》
　　　　　第 38 期，1936 年 1 月。
〔註 2〕　閻折梧主編：《中國現代話劇教育史稿》，華東師範大學出版社，1986 年版，
　　　　　第 160 頁。

劇音樂院正在施工，而這一系列文化事件都是在新生活運動的大背景下進行的。1934 年，蔣介石在南昌發起「恢復中華民族固有道德」，以求「民族復興」的新生活運動，他將「三民主義」與文化傳統的「禮義廉恥」結合，吸取了近代西方資本主義國家公共道德等精神內容，改造和規範國民日常生活行為，在交通、衛生、體育、娛樂、婚喪儀式等方面制定諸多細則，蔣介石夫婦親為表率，政府部門跟風而行，致力於打造國民生活的軍事化、生產化與藝術化。不過，移風易俗只是新生活運動的起點，復興民族文化是根本目標。新生活運動使國民政府 30 年代的文化建設有了強大的精神依託。國立戲劇學校創建不久，1935 年 12 月，國民黨成立中央文化事業計劃委員會。半年之後，在新建的國立美術陳列館舉辦了第二屆全國美展，蔣介石題詞以賀：「觀乎人文，以化成天下」。可見，國立戲劇學校能如此高效創建，首先在於國民黨要員已將話劇這一藝術形式歸入現代文化的範疇，能夠移風易俗，宣傳黨義、輔助社會教育；其次，由於民間戲劇教育困境重重，戲劇人才高度匱乏。所以關於輕重緩急，建議者的看法是：「一國文化之興廢與民族國家之盛衰有密切之關係。強國強民之方雖不止一端，而文化建設實為復興民族國家之重要途徑。然文化事業多不勝舉，必先擇取易於興辦且收效較易且大者入手，方能事半功倍。戲劇事業最合斯旨。戲劇之普通功用，固在開通民智改良風俗，但應用得宜，於宣傳主義，教導民眾，輔助社會教育，均可收極大效力。」〔註3〕其次，戲劇學校的推動者職高權重，一言既出，必然擲地有聲。國立戲劇學校的主要推動者是張道藩，張道藩時任交通部副部長，是一個正在崛起的炙手可熱的新貴。其他建議創辦國立戲劇學校的提議者還有 12 人，他們分別是：王祺，中央委員會監察院監察委員；李宗黃，中央委員；洪路東，中央委員司法行政部次長，段錫朋，中央委員；馬超俊，中央委員會社會部副部長；陳立夫，中央委員會社會部部長教育部部長；梁寒操，中央委員立法院秘書長；覃振，中央委員司法院副院長；焦易堂，中央委員會最高法院院長；褚民誼，中央委員；羅家倫，中央委員中央大學校長。清一色的中央委員，以及社會部、司法部等重要部門的高級別官員，都為戲劇教育呼籲，在新生活運動的深入至文化建設時期，政府層面必然一路綠燈，通行無阻。

〔註 3〕張道藩：《國立戲劇學校之創立》，《國立戲劇學校一覽》，南京：國立戲劇學校編印，1937 年版。

　　那麼，作爲第一所政府創辦的戲劇學校，「國立」二字體現於何處呢？首先是經費。根據中央執行委員會的決議，國立戲劇學校開辦費 3000 元，由中央撥給；經常費爲每月 3500 元，其中中央財政支出 1500 元，教育部支出 2000元。1936 年 9 月，因爲新增一年級，所以中央執行會每月增撥 400 元，教育部 600 元，每月經常開支爲 4600 元。1937 年，經費追加至 6000 元。雖然經費的最後來源存在異議，經費撥發兩年以後被打了折扣，〔註 4〕但和 1922 年北平人藝戲劇專科學校相比，已有天壤之別。蒲伯英在停辦該校之前，歎息：「可憐我這個學校，典衣賣物、挪帳，糟蹋一萬多塊錢，並沒有領一文公款，也沒取學生一個銅子，自始自終遭社會的冷視。」〔註 5〕其次是招生。在國立戲劇學校之前，所有的戲劇學校的招生都是通過報紙向社會發佈，由學生自行報考；國立戲劇學校所招新生要求除由投考者自行報名應試外，並由各省市黨部遣送學生來京應試。在上海，該招生章程 9 月 20 日由常務委員吳醒臣、潘公展、童行白簽字以「訓令執字第一九四六號令」向各區執行委員會發行。〔註 6〕1935 年 9 月 16 日，籌委會主任張道藩還利用中央廣播電臺細緻宣傳戲劇學校的招生事宜，希望「有志於戲劇藝術的人士不要失了這可貴的機會」。〔註 7〕第三，校務委員會的構成。校務委員會是高於校長的決策機構，國立戲劇學校的校務委員會由以下 8 人構成：張道藩，中央委員，教育部次長兼社會部副部長；褚民誼，中央監察委員；方治，中央委員；聞亦有，中央財務委員會委員兼秘書，國民政府主計處主計官兼會計局局長；章益，教育部總務司司長；余上沅，校長；雷震，中央候補監察委員，教育部總務司司長；張炯，湖南省教育廳廳長，教育部司長，教育部秘書。除了余上沅之外，其餘 7 人均在政府機構任職。

　　那麼，校址爲何定於南京？1928 年，南京爲國民政府首都後，不但成爲全國政治的中心，也慢慢變成全國文藝的中心。文藝刊物的增加，各種美術展覽會的增加，文藝組織的增加，都標誌著南京文藝活動的大力發展，〔註 8〕加上市政工程的改造，短短時間，南京成爲現代都市，人口也由原來的三十

〔註 4〕　根據《審計部公告》1936 年第 68 期，每月 3600 元均出自教育部，也有可能
　　　　資金項目沒有分別列出。

〔註 5〕　轉引自閻折吾：《現代話劇教育史稿》，第 27 頁。

〔註 6〕　《招考國立戲劇學校學員》，《上海黨聲》第 1 卷第 35 期。

〔註 7〕　張道藩：《首都文藝界近況》，《中央週報》第 382 期。

〔註 8〕　張道藩：《首都文藝界近況》，《廣播週報》第 56 期。

萬增加至近百萬。作爲國民政府首都，自然要成爲指導和教化國民的引領之所，但是訓練有素的文化隊伍的缺失，使得思想傳播與推廣難以有效完成，在南京加強人才的培養，再通過南京向全國進行人才輸出與思想輻射，這是理想的狀態；加之北平與上海已然成爲一南一北兩個戲劇活動的中心，要加強南京的文化影響和活躍南京的文藝氛圍，更需要藝術機構、教育機構的鼎力相助，戲劇學校作爲藝術人才的培養基地，自然爲南京所需要。薛家巷原是中國銀行鼓樓辦事處，被租爲國立戲校的臨時校址，總面積僅 500 多平米，安排了教室、排演場、圖書閱覽室、校行政各部處辦公室、學生宿舍，實在捉襟見肘。但實際上政府爲該校在南京新街口規劃了一片寬廣土地，作爲國立戲劇學校的新校址，校長余上沅還親自繪製過建設圖紙，只是戰爭爆發後，原有的規劃也就泡湯了。

二、戲劇——專業性

國立戲劇學校並非中國第一所話劇學校，卻是第一所獨立的現代教育體制下的話劇學校。在此之前，上海通鑒學校、北平人藝戲劇專門學校、國立北平戲劇藝術專門學校等先後創辦並關閉。它們爲話劇教育提供了最初的嘗試，培養了最早的藝術人才。除了經費之外，人才匱乏是這些學校面臨的普遍問題。人才匱乏表現爲生源的匱乏和師資的匱乏。在招生方面，由於社會偏見的存在，雖然招生通告上有文化等方面的基本要求，但實質上，應征人數甚少，尤其是女生，所以常常是報名即錄。由於缺乏足夠的專業師資，或根本無授課，或者課程設置流於書面，沒有實際教學行爲。人才的匱乏嚴重影響了戲劇教育的專業化。因此，國民政府對國立戲劇學校最大的幫助不僅是經費的撥給，還有將戲劇作爲文化建設工作的重要內容，糾正了社會偏見，因此，該校在創建之初便人才濟濟，確保了很高的專業起點。主要體現爲：

生源充足，招考專業。1922 年，北平人藝戲劇專門學校面向社會招生時，報名者寥寥，女生僅 1 人。所以基本報名即錄。國立戲劇學校第一屆共收錄學生 60 名，而這 60 名學生經過了嚴格的專業考試才從 1400 多考生中脫穎而出。而且生源覆蓋面廣，因爲原本就是通過南京、上海、北平、武漢四地招考而來。招考之專業體現於：1.考官爲專業人士：南京主考老師有余上沅等，上海爲應雲衛、陳大悲、徐公美、徐卓呆、徐曼心，北平有梁實秋、聞一多、

馬彥祥，武漢爲袁昌英、向培良等。2.考題專業。考試共有兩個環節，先是國文的筆試，然後爲姿態、表情、聲音的面試。面試往往由考官即興出題，以上海面試爲例，考官的考題有：「現在你是一個賊，從窗口裏爬進來偷東西」；「現在你是魯季流，我是愷林，你正對我說情話」，使得一旁的記者都爲考生捏一把汗；〔註9〕南京則是考生提前一周領取了考試材料，包括余上沅《塑像》、田漢《南歸》、小仲馬《茶花女》等幾個劇本的長段臺詞，還有一段「小偷」表演小品。3.招收特招生。特招生比例不超過 5%，以保證有藝術特長的考生不被落選。凌子風便是國立戲劇學校招收的特招生。他以美術作品和北平美術學校的畢業證說服余上沅，獲得特招機會，口試之後，唱了一首《思故鄉》，表演了「車夫」小品，順利錄取。招收的 60 名學員中，男生 36，女生 21，男女比例明顯比較合理了，而通過專業考試招收的學生，其起點和水平普遍高於之前戲劇學校的生源。第一屆學生中，凌子風入校時已經畢業於北平美術學校，還有山東省立劇院做美工師的工作經歷；葉仲寅是女師大國文系畢業，洗群進校前已經帶著劇團到處演出，優質的生源爲國立戲劇學校的教學質量奠定了良好基礎。

師資雄厚，大師雲集。國立戲劇學校擁有當時國內最優質的戲劇教育師資隊伍。校長余上沅，先後在美國匹茲堡卡內基大學和哥倫比亞大學研修戲劇，回國後提倡「國劇運動」並參與美專戲劇系的創辦，之後作爲藝術顧問隨梅蘭芳訪問蘇聯和歐洲；前三屆擔任教務主任的分別是應雲衛、陳治策、曹禺，應雲衛是話劇《怒吼吧！中國》和電影《桃李劫》的導演，風頭正盛，在校教授排演和化妝；陳治策在美國留學專攻戲劇，來劇校之前和熊佛西一起在河北定縣進行農民戲劇實驗工作，教授排演和基本訓練；曹禺時爲國內非常著名的戲劇家，已經完成了《雷雨》、《日出》的創作，教授編劇和劇本選讀課。其他如專任導師馬彥祥，著名戲劇家洪深的得意門生，著有《戲劇概論》，講授戲劇概論和排演。而年青的陳瘦竹、吳祖光在該校擔任專任講師或助教。除了專任教師團隊之外，國立戲劇學校還擁有龐大的校外師資，南京時爲國民政府機關所在地之後，高校林立，來往文化人士非常頻繁，諸多名人均爲該校學生授課或講座，其中有：謝壽康，中央大學文學院院長；毛秋白講授「歐洲文藝思潮」；語言學家趙元任講解語言學；梁實秋講授莎士比

〔註 9〕　季子：《國立戲劇學校上海招生旁觀記》，《中國學生（上海 1935）》，第 1 卷第 3 期。

亞戲劇；心理學專家蕭孝嶸講解心理學綜述；郎醒石講授社會科學概論；吳梅是詞曲權威，講授中國戲劇史；京劇表演大師梅蘭芳講解表演藝術，還有宗白華、田漢、洪深、程硯秋等，都曾應邀來校短期授課或講座。當然，師資的流動也比較大，據 1938 年該校數據統計，3 年內共有 42 人先後離開國立戲劇學校，離開的人員中多數為講師及以下，但也有專任導師，如應雲衛、陳治策、馬彥祥、王家齊。其中，遷校帶來的師資流失是比較大的。但整體而言，流失的師資都能得到比較快的補充，比如應雲衛離開之後，學校延請曹禺加盟該校。1937 年遷校之後，該校共有教員 14 人，其中專任導師 4 人，專任講師 5 人，兼任講師 5 人，國外通訊導師 5 人。即使在戰火時期也能保證基本的教學師資。其原因，除了學生要求名師指導，學校唯才是聘，不斷吸收新回國的戲劇留學人員之外〔註 10〕，薪水的穩定也是比較重要的。建校初期，學校分專任導師、專任講師、兼任講師、特約講師、助教五種，其中專任導師月薪 160～260 元，專任講師月薪 100～200 元，助教月薪 30～80 元。〔註11〕穩定的收入，畢竟可以使教師安心教學與鑽研。

課程安排。該校的宗旨是「研究戲劇藝術，養成實用戲劇人才，輔助社會教育」。以兩年要完成西方戲劇學校四年的課程，有了如下安排，第一年 11 門課，如排演、化妝、戲劇概論等等。課程均由相應老師授課，而且，學生實際所學往往超過了課程安排，因為有很多專家講座和特約教授的臨時授課。第二年除普修課程外，分為表演組等四組，學生各就專業興趣、志願和才能進行選擇，經導師鑒定，選一種專業主修，另選一種專業作為副組。均須學習，只是學分比重不同，實習多寡不同。這樣的課程安排有兩個特點：注重舞臺實踐，使學生在理論學習中提高思考，在實踐中運用與修正；在通才中培養專才，戲劇是綜合藝術，更需要綜合性人才，同時，戲劇分工明確，也需要專門人才，該校課程安排從思路而言非常科學，也確保了人才培養的質量。同時，經歷了前兩年的錘鍊，為更改為三年制學習提供了實踐依據。

三、演出──社會性

活躍南京的戲劇活動。南京的戲劇活動大概在 30 年代開始逐漸有所活

〔註10〕 閻折吾：《中國話劇教育史稿》，第 154 頁。
〔註11〕 國立戲劇學校編：《國立戲劇學校一覽》，第 55～56 頁。

躍，以 1934 年為例，先後來到南京的劇團有唐槐秋的中旅劇團、大地劇團等等，會同南京本地劇團，進行了演出活動，知名的影戲明星也先後來到南京演出，如白楊、王人美、陳聯芳、金焰，但整體而言，並未能滿足首都群眾的文化需求，有人以為這些演出「質量都不夠滿意」。〔註12〕張道藩也認為和其他文藝活動比較，戲劇活動在首都比較薄弱。1935 年 10 月，國立戲劇學校創建以後，極大豐富了首都戲劇活動。以至於有人認為，「因為戲劇學校在首都成立，當地的戲劇空氣頓時濃厚起來」。〔註13〕田漢為此滯留南京，和余上沅等人交流頻繁，意圖在年內舉行一次大規模的戲劇運動。應雲衛等知名導演來到首都，自然也吸引了不少演劇團體專程拜訪。足以說明，由於國立戲劇學校集中了大量戲劇精英，他們良好的人脈關係使很多戲劇團體紛紛來此拜訪或停留，加之南京作為首都具有的吸引力，在相當程度上活躍了南京的文化氣氛。當然，更重要的是國立戲劇學校從第二學期開始，即推出公演。演出主要集中在南京香鋪營中五堂、南京世界大戲院等地。1936 年 2 月～1937 年 6 月，國立戲劇學校進行了 13 次公演，演出 20 個劇目 88 場次。此外還有 1 次旅鎮公演，一次援綏公演，1 次參加全國美展公演。共有 10 個劇目 28 場次。〔註14〕演出的劇目有創作的如余上沅《回家》、章泯《東北之家》、洪深《走私》、張道藩《自救》、洪深《青龍潭》、曹禺《日出》，其餘多為改編的西方戲劇，如曹禺改編的《鍍金》，張道藩改編的《狄四娘》，陳治策改編果戈尼的《視察專員》、瓊斯的《說謊者》、安特列夫的《愛人如己》、莎士比亞的《威尼斯商人》。公開演出多為教師任導演。翻看 1936 年南京戲劇演出的記錄，可以發現，國立戲劇學校佔據了該年度演出的相當比例。

　　和其他戲劇團體比較，國立戲劇學校的演出有如下特色：1.該校老師創作或改編的劇目，如余上沅《回家》、張道藩《自救》《狄四娘》、陳治策《視察專員》、曹禺《鍍金》等；2.外國劇目偏多，一則是因為傳播西方文化與現代生活理念的需要，一則是西方戲劇名著具有較高的藝術水準，人物更複雜，矛盾更有張力，更適合磨練學生的排演水平；三是有意識以高水平的西方經典名劇提高觀眾的欣賞水平；四是及時介紹西方較為新近的戲劇藝術，普及戲劇知識和傳播現代藝術觀念，增加對戲劇這一藝術形式的瞭解。因此，

〔註12〕 馬進：《一九三四年南京劇運小檢討》，《藝術畫報》1935 年第 1 期。
〔註13〕 《舊調重彈：田漢在首都發起戲劇運動，秘密來滬物色劇中男主角》，《娛樂》第 1 卷第 22 期。
〔註14〕 該數據根據《國立戲劇學校一覽》中《歷屆公演劇目》統計而來。

第一屆畢業劇目為莎士比亞《威尼斯商人》，此後，演出莎士比亞戲劇作為畢業演出成為慣例。3.關注現實社會。《怒吼吧！中國》、《東北之家》、《走私》以喚醒觀眾的民族意識、抵禦外辱為主，《視察專員》諷刺欺下媚上的官僚作風。當然，與現實過於貼近難免會與政府當局的禁忌擦槍走火，以《黑地獄》的公演而言，這是凌鶴所作四幕戲劇，該劇取材於天津海河浮屍的新聞事件，社會各界對此事高度關注，戲劇舞臺上又及時表現，然該劇其實僅僅由國立戲劇學校公演了三天六場，演出前邵力子等人前往觀看排演，看過之後以為無所謂不妥，即准予上演。演出之後，則因為內容淺薄被禁，還有一種說法則以該劇表現國民吃鴉片白粉，不妥當，而被禁。以至於田漢在後來為凌鶴劇本寫的序中言：為淺薄喝彩。

　　30 年代中期以後的戲劇消息中，國立戲劇學校頻繁出現，它的極度活躍一方面是戲劇教育的可喜成果，一方面是戲劇運動深入開展。歷史不可假設，但如果不是戰爭爆發，南京完全可能成為中國戲劇運動新的中心，戲劇版圖完全可能重新繪製。七七事變之後，國立戲劇學校第一屆學生畢業，他們中的大多數立刻投身抗日宣傳，成為傳播抗日救亡意識的第一批寶貴的藝術火種；中國戲劇在非常時期開始迅猛發展，擔負起宣傳教化的歷史重任。此後，國立戲劇學校幾度遷移，長達 5 年時間偏居四川江安，雖然可以安靜教學與研究，但戲劇及其依託的城市與市場環節有所缺失，其影響反倒不如南京時期。

南京詩文選本中的民國篇什
——兼論選家的態度與困難

趙步陽

（金陵科技學院人文學院，江蘇南京，210038）

摘　要

　　本文對 1980 年代以來南京詩文選本中選入的民國篇什進行了統計與比較，進而嘗試對各選家在面對民國南京時的選文意圖、標準等作一揭示與反映，並結合不同類型選本中所呈現出的不同的民國南京形象，簡要分析各選家在編選過程中可能面臨的困難與不足。

關鍵詞：詩文選本、選家標準、南京詩文、民國南京、民國文學

　　1980 年代以來，關於南京的詩文選本不絕如縷，筆者目力所及，就有 10 餘種之多。以下即計劃在對這些選本進行概覽的基礎上，對其中的民國篇什進行統計與比較，以嘗試對各選家在面對民國南京時的選文意圖、標準以及困難等作一揭示與反映。

1、南京詩文選本概覽

　　大致來說，關於南京的詩文選本可分爲三種類型：詩詞選本；散文選本（個別選本兼收小說，但爲數極少）；詩文兼有的選本。

1.1 詩詞選本

（1）《金陵詩詞選》，夏晨中、宙浩等編注，南京大學出版社，1986 年版。該選本收入歷代詩家寫金陵的詩、詞 250 首。

（2）《金陵旅遊詞》，宋家淇選注，江蘇人民出版社，1987 年版。該選本選入南唐、宋、金、元、明、清各家詠金陵長短句 205 首，「分別按十八處旅遊點繫之，略加評注，編爲一冊」〔註1〕。

（3）《詩人眼中的南京》，俞律、馮亦同編，南京出版社，1995 年版。該選本係「可愛的南京」系列叢書之一種，選入古今詩人的詩作 163 首，分上下兩編；上編爲舊體詩詞（111 首），下編爲新體詩（52 首）。

1.2 散文選本

（1）《名家筆下的南京》，馮亦同編，南京出版社，1995 年版。該選本係「可愛的南京」系列叢書之一種，選入上個世紀 20 年代至 90 年代 49 位作者的 52 篇文章。其中多數文章創作於 80、90 年代，包括外籍人士（澳大利亞漢學家白傑明）《面影》一文。

（2）《老南京寫照》，張遇、王娟編，安徽文藝出版社，1999 年版。該選本所選文章中，除了錯託爲余懷所作《金陵軼事》〔註2〕一文成於清乾隆四十九年（1784 年）之外，其餘選入的 45 篇文章，均爲近百年所作。

（3）《江城子——名人筆下的老南京》，丁帆編，北京出版社，1999 年版。該選本係「名人筆下的老城」系列叢書之一種，收入清末至民國的文章 97 篇，其中包括 3 篇小說（其中 2 篇節選），以及外籍人士（德國約翰·拉貝）所寫日記二則。

（4）《南京情調》，蔡玉洗主編，江蘇文藝出版社，2000 年版。該選本搜羅中國近現代史上魯迅、陳獨秀、胡適、章太炎、朱自清、周作人等社會名流抒寫南京的散文 63 篇以及王平陵的小說《陵園明月夜》1 篇。

（5）《金陵舊事》，薛冰編，百花文藝出版社，2001 年版。該選本係「古城舊蹤叢書」之一種，選文 39 篇，其中包括外籍人士（日本作家青木正兒）《南京情調》一文。

（6）《金陵舊顏》，丁帆編，南京出版社，2014 年版。該選本其實是丁帆

〔註1〕宋家淇選注：《金陵旅遊詞》，江蘇人民出版社，1987 年版，第 3 頁。

〔註2〕該選本所選《金陵軼事》一文，實爲珠泉居士所著《續板橋雜記》之「軼事」卷，並非余懷所作。

先生重新修訂了《江城子——名人筆下的老南京》一書之後再行出版的，選入清末至民國的文章 92 篇（例外是周作人先生《南京下關》一文，係 1960 年代所寫），其中還包括 1 篇張恨水小說《丹鳳街》的節選。

（7）《金陵物語》，盧海鳴、鄧攀編，南京出版社，2014 年版。與以上選本不同，該選本選入的 60 篇文章，都是外籍人士撰寫的。「這些文章，從時代上來看，上起明朝，中歷清朝和太平天國，下迄民國政府退出南京；從國別上來看，（作者）包含英國、法國、德國、意大利、日本、美國、葡萄牙、荷蘭、加拿大、捷克、羅馬尼亞 11 個國家。」〔註3〕

1.3 詩文兼有的選本

（1）《金陵詩文鑒賞》，季伏昆主編，南京出版社，1999 年版。該選本收入歷代詩、詞、曲約 300 首，文、賦 19 篇，其中，白話散文 3 篇。每篇（首）後均有賞析文字。此外，該選本副主編宙浩輯有《金陵詩文要目輯存》，附於書後。

（2）《金陵頌——歷代名家詠南京詩文精選》（以下簡稱《金陵頌》），葉皓主編，南京出版社，2005 年版。該選本選錄詩詞曲近 280 首，楹聯 28 對，以及文賦、書簡、筆記等 20 餘篇，並「分設景點，歸以同類詩文」〔註4〕，略予注釋。

除以上 12 種詩文選本以外，另有陸淨民主編《秦淮戀》（南京出版社，1989 年版）、馬俊主編《江寧詠唱》（1999 年編印）等選本行世，因選入詩文只反映了南京一隅之地的風貌人情、歷史變遷等，不再在以下的討論中涉及。盧海鳴、鄧攀編《金陵物語》，則計劃另文進行分析或與其他選本作比較。

2、南京詩文選本中的民國篇什

本文所言之「民國篇什」，指民國作家、社會名流、外籍人士等寫於民國時期之詩文。《金陵頌》所選之南京名勝楹聯，不在本文討論之列。

前述 12 種南京詩文選本中，除了宋家淇選注《金陵旅遊詞》以外，其餘各本，均不同程度地選入了有關民國時期南京的詩文，其中，《老南京寫照》

〔註3〕 盧海鳴、鄧攀編：《金陵物語》，南京出版社，2014 年版，第 471 頁。
〔註4〕 葉皓主編：《金陵頌——歷代名家詠南京詩文精選》，南京出版社，2005 年版，第 219 頁。

所選的 46 篇文章中，民國篇什計有 11 篇，另有寫於 1949 年以後的關於民國南京的文章 25 篇；而《江城子——名家筆下的老南京》、《南京情調》、《金陵舊事》、《金陵舊顏》、《金陵物語》等選本，民國篇什所佔比例則更高，可以說，這些選本從多個側面為讀者呈現了一個滄桑、傳奇而生動的民國南京，也在一定程度上反映了不同選家在面對民國南京時不同的價值判斷與審美態度。以下結合《南京詩文選本中的民國詩詞曲一覽（1）、（2）》、《南京詩文選本中的民國散文（部分）》三表〔註 5〕，對南京詩文選本中民國篇什的收錄情況做一概覽與描述。

表 1：南京詩文選本中的民國詩詞曲一覽（1）〔註 6〕

序號	篇　　　名	作　者	體裁	選本				入選次數小計
				選	鑒	詩	頌	
1	《桃花扇》題辭	周　實	詩	✓	✓	✓		3 次
2	寄劉三白門	蘇曼殊	詩	✓	✓			2 次
3	初發金陵	余天遂	詩	✓	✓	✓	✓	4 次
4	翠樓吟·秦淮遇京華故人	吳　梅	詞	✓				1 次
5	無題二首	魯　迅	詩	✓		✓	✓	3 次
6	贈畫師	魯　迅	詩	✓				1 次
7	春盡日出金陵	林學衡	詩	✓				1 次
8	月下笛·秦淮秋夜	邵瑞彭	詞	✓				1 次
9	丙寅歲春與珊若遊金陵	唐玉虯	詩			✓		1 次
10	浣溪沙（芳草年年記勝遊）	沈祖棻	詞			✓		1 次
11	採桑子（江山信美非我土）	唐圭璋	詞			✓		1 次

〔註 5〕為製表方便，三表中涉及到的各選本，《金陵詩詞選》簡稱為《選》，《金陵詩文鑒賞》簡稱為《鑒》，《詩人眼中的南京》簡稱為《詩》，《金陵頌》簡稱為《頌》，《名家筆下的南京》簡稱為《名》，《江城子——名人筆下的老南京》簡稱為《江》，《老南京寫照》簡稱為《老》，《南京情調》簡稱為《情》，《金陵舊事》簡稱為《舊》，《金陵舊顏》簡稱為《顏》。三表中書名號均略去。特此說明。另，周實、周祥駿、蘇曼殊等南社成員，其詩歌創作嚴格來說未必可歸於民國，稱為近代也許更恰當一些，之所以列入表中統計，是覺得其詩歌也許可以視為進入「民國南京」的不可或缺的背景。

〔註 6〕此表及下表中，體裁一欄注為「詩」者，係指舊體詩。

序號	篇名	作者	體裁	選	鑒	詩	頌	入選次數小計
12	丙戌仲秋與珊若並子女自成都回南京	唐玉虯	詩			✓		1次
13	重入白門望鍾山口占唱和	許君武、張恨水	詩			✓		1次
14	人民解放軍佔領南京	毛澤東	詩			✓	✓	2次
15	南京	袁可嘉	新詩			✓		1次

表2：南京詩文選本中的民國詩詞曲一覽（2）

序號	篇什所涉金陵名勝地	篇名	作者	體裁	選本				入選次數小計
					選	鑒	詩	頌	
1	夫子廟－秦淮河	高陽臺·石壩街訪媚香樓	吳梅	詞		✓		✓	2次
2		過舊貢院	吳梅	曲		✓			1次
3		水調歌頭（瑤席燭初地）	沈祖棻	詞		✓			1次
4	太平門	入太平門	林頌亭	詩	✓				1次
5		太平門	佘賢勳	詩			✓		1次
6	鍾山－明孝陵	破天堡城馬上口占	林頌亭	詩	✓	✓	✓	✓	4次
7		遊鍾山和省庵	呂碧城	詩	✓	✓			2次
8		孝陵	于右任	詩	✓	✓	✓		3次
9	中山陵	存歿口號五首之一	柳亞子	詩	✓	✓			2次
10		重謁中山先生陵恭紀一律	柳亞子	詩	✓	✓		✓	3次
11		謁中山陵	續範亭	詩			✓	✓	2次
12		初春謁陵	程潛	詩		✓		✓	2次
13	明故宮	過明故宮	吳梅	曲		✓			1次
14	半山園	重過半山寺	盧前	曲		✓			1次
15	北極閣	登北極閣	陳三立	詩	✓				1次
16		虞美人（高秋與我襟懷好）	汪東	詞		✓		✓	2次
17	雞鳴寺	臺城路（天津橋上匆匆別）	冒廣生	詞		✓			1次
18		臺城路（過江人物餘鐘阜）	夏承燾	詞		✓			1次
19	玄武湖	初至玄武湖有作	柳亞子	詩			✓		1次
20		後湖看櫻桃山	吳梅	曲		✓		✓	2次
21		西子妝（汀草綠齊）	黃侃	詞		✓			1次

22		後湖看花圖	汪辟疆	詩		✓		✓	2次
23		甘州‧玄武湖打槳歸賦	謝玉岑	詞		✓			1次
24		柳梢青‧北湖夜泛	唐圭璋	詞		✓			1次
25		莫愁湖寓望	蘇曼殊	詩			✓	✓	2次
26	莫愁湖	莫愁湖二律	郁葆青	詩	✓				1次
27		莫愁湖二首	林之夏	詩	✓	✓			3次
28		琵琶仙（煙渚莎縈）	唐圭璋	詞		✓			2次
29		雨花臺	于右任	詩		✓			1次
30	雨花臺	小重山令‧二月二十五日寒食遊高座寺	黃侃	詞	✓	✓		✓	3次
31	燕子磯	登燕子磯	周祥駿	詩	✓	✓		✓	3次
32	堯化門	木蘭花慢‧堯化門車中作	張爾田	詞	✓	✓			2次
33	牛首山	夏夜牛首山中呈散原老人	胡俊	詩			✓		1次
34	鼓樓	鼓樓	程千帆	新詩			✓		1次

由表1、表2可以得到以下印象：

（1）民國風雲詭譎，從「降幡高豎石頭城」（林頌亭《入太平門》）到「莫愁湖裏餘微波」（魯迅《無題二首》），再到「江山信美非我土」（唐圭璋《採桑子》），乃至「鍾山風雨起蒼黃」（毛澤東《人民解放軍佔領南京》），遽爾不過三十餘年，南京城頭卻已幾度「變幻大王旗」了，詩詞選本從一個側面呈現了民國南京經歷的歷史滄桑，不免讓人慨歎不已。

（2）《金陵詩詞選》、《金陵詩文鑒賞》兩個選本，與《詩人眼中的南京》（「可愛的南京」系列叢書之一）、《金陵頌》兩個選本，在面對民國南京時，體現出了選家不一樣的編選傾向與風格。大體上，前二者所選之民國篇什，更多寫景、抒情之作，文學性更強；後二者則更多選入了關注歷史性時刻的民國詩詞，從而，在這兩類風格不同的選本中，民國時期南京的面貌也就有了差別。

（3）各家選本中，有關民國時期南京的新詩則幾告闕如，僅《詩人眼中的南京》中有程千帆、袁可嘉二位先生的兩首新詩選入。這一方面與各選家在審美上的經驗與儲備有關（《金陵詩詞選》、《金陵詩文鑒賞》以及《金陵頌》的主要編者，較少新詩的創作與審美經驗），另一方面，應也與選家的選文標準與價值判斷有關。關於這一點，容後再述。

表3：南京詩文選本中的民國散文（部分）[註7]

序號	篇　名	作　者	名	老	江	情	舊	頌	顏	鑒	入選次數小計
1	南京	朱自清	✓	✓	✓	✓	✓	✓	✓		7次
2	槳聲燈影裏的秦淮河	朱自清	✓	✓	✓			✓	✓	✓	6次
3	槳聲燈影裏的秦淮河	俞平伯	✓		✓	✓	✓		✓	✓	6次
4	瑣記	魯迅			✓	✓	✓	✓	✓		5次
5	南京	陳西瀅			✓	✓	✓	✓	✓		5次
6	在玄武湖畔	李金髮		✓	✓	✓	✓		✓		5次
7	南京的骨董迷	方令孺			✓	✓	✓	✓	✓		5次
8	清涼古道	張恨水			✓	✓	✓	✓	✓		5次
9	梅園新村之行[註1]	郭沫若	✓	✓		✓			✓		5次
10	燕子磯岩山十二洞遊記	單鶴			✓	✓	✓		✓		4次
11	棲霞山遊記	黃炎培			✓	✓	✓		✓		4次
12	南遊雜感（五）	梁實秋			✓	✓	✓		✓		4次
13	金陵記遊	鍾敬文		✓	✓	✓	✓				4次
14	孝陵遊感	艾蕪			✓	✓	✓		✓		4次
15	遊牛首山記	如愚			✓	✓	✓		✓		4次
16	冶城話舊（節選）[註2]	盧前			✓	✓	✓		✓		4次
17	白門買書記	紀果庵			✓	✓	✓		✓		4次
18	旅京隨筆[註3]	黃裳			✓	✓	✓		✓		4次
19	靈谷寺	趙景深			✓	✓	✓		✓		4次
20	秦淮河畔的除夕	司馬訏		✓		✓	✓		✓		4次
21	南京的幾個學校	石評梅				✓	✓		✓		3次
22	金陵一週記	張梅盦				✓		✓	✓		3次
23	浦鎮十三日之勾留	孫伏園			✓	✓		✓			3次

〔註7〕各家南京詩文選本中，寫於民國時期的散文計有 130 餘篇。因篇幅有限，本表不能一一反映，僅將選入兩個以上選本的文章計 46 篇列入本表予以統計。另《金陵舊顏》係丁帆先生重新修訂了《江城子——名家筆下的老南京》一書後所出版的，兩書因此有約 40 篇篇目重合，這 40 篇文章也未列入本表予以統計。特此説明。

序號	篇名	作者							次數
24	遊新都的感想	袁昌英		✓	✓			✓	3 次
25	南京臨時大總統府成立注4	柳亞子		✓	✓			✓	3 次
26	豁蒙樓暮色	儲安平		✓	✓			✓	3 次
27	從南京回上海（節選）	巴 金		✓	✓			✓	3 次
28	中山陵前中秋月	梁得所		✓	✓			✓	3 次
29	首都名勝	馬元烈		✓	✓			✓	3 次
30	南京印象	曹聚仁		✓		✓		✓	3 次
31	量守廬記	章太炎		✓	✓			✓	3 次
32	江南鄉試	陳獨秀		✓	✓			✓	3 次
33	失掉南京得到無窮	聶紺弩		✓	✓			✓	3 次
34	首都淪陷記	陳鶴琴、海 燕		✓	✓			✓	3 次
35	感慨過金陵	范長江		✓	✓			✓	3 次
36	南京在望	謝國楨			✓	✓		✓	3 次
37	白門秋柳	黃 裳	✓	✓				✓	3 次
38	白門之楊柳	張恨水		✓			✓	✓	3 次
39	南京的馬	柳雨生		✓		✓		✓	3 次
40	帝城十日注5	唐 弢		✓	✓			✓	3 次
41	漫遊雞鳴寺注6	郭沫若		✓	✓			✓	3 次
42	秦淮暮雨	倪貽德	✓		✓				2 次
43	從南京路說到南京城	陶行知			✓				2 次
44	陵汴賣書記	阿 英	✓		✓				2 次
45	中央大學遷校記注7	羅家倫			✓	✓			2 次

注 1、注 6：此二文均選自郭沫若寫於 1946 年的《南京印象》。《江城子——名人筆下的老南京》、《金陵舊顏》節選了包括此二文在內的 7 則文章。

注 2：《冶城話舊》於抗戰時期印行，全文 113 則，節選該文的四個選本中，《江城子——名人筆下的老南京》選 65 則，《南京情調》選 38 則，《金陵舊事》選 24 則，《金陵舊顏》則選了 20 則。

注 3：黃裳《旅京隨筆》（1946 年），全文 4 則，《金陵舊事》節選了其中的「美人肝」1 則。

注 4：此文摘自柳亞子《自傳》（1932 年），《江城子——名人筆下的老南京》中，編者擬標題為《日記一則》。

注 5：此文實為唐弢《帝城十日》的節選，而非全文。

注 7：《金陵舊事》中題為《抗戰時期中央大學的遷校（節選）》。

由表3，結合表1、表2，則大致可以概括出以下一些印象：

（1）從各選本選入的民國篇什來看，作者的身份更爲複雜、多元，自然有作家、詩人，也有教育家、新聞記者，以及軍人、政治家、職業革命家等，這些作者與南京的關係也難以簡單述盡，有新都的過客、遊客，也有寄寓於此的顛沛之士，或者在此出生、成長卻又被迫遠離的遊子。一個意味深長的發現是，在這些作者中，幾乎沒有一個人，終其一生在南京生活、成長以至終老，這一方面反映了民國南京在三十餘年中所遭逢的不可思議的動蕩不安，另一方面也從一個側面說明了南京這個城市一直以來所具有的一種包容性。

（2）在選入民國散文的選本中，以朱自清先生的文章入選次數爲最多，《南京》一文入選各選本達 7 次之多，而他與俞平伯先生的同題散文《槳聲燈影裏的秦淮河》則分別入選 6 次，這在在表明了朱自清先生的《南京》一文，以及朱、俞二位先生的《槳聲燈影裏的秦淮河》在南京形象史上的影響及其獨特而重要的價值；此外，魯迅、郭沫若、陳西瀅、李金髮、方令孺、張恨水等人文字，入選各選本次數也達到了 5 次以上。而在丁帆編《金陵舊顏》一書中，則以張恨水選文的數量爲最多，計有12篇（參見文後所附《南京詩文選本中的民國散文全覽》）。應該說，這些作家或詩人在民國文學史上都是有著重要的影響力的，不過他們與南京的關係，除了方令孺外，卻都不見得非常緊密。比如張恨水，雖有如此多的關於南京的文字選入各選本，其實他在南京生活的時間，不過兩年左右。據此可以發現，在某種程度上，這些民國篇什能否入選各選本，更多還是取決於該作家或詩人在文學史上的地位，取決於其關於民國南京的作品自身的價值（文學價值、文獻價值），而非單純依賴於其與民國南京的關係。

不過，在詩詞選本或詩文兼有的選本中，則吳梅、黃侃、唐圭璋等大家詩詞入選的篇目和次數爲多。與現代作家或詩人不同，他們與南京的關係，似更緊密些。

（3）從各選本選入的民國篇什來看，新的文學「母題」或者說文學資源似乎已經在民國南京出現。比如謁陵（中山陵）詩文，就有約 5 首（篇）入選各選本，這些詩文，不僅別有寄託，更是揭示了中山陵對於南京這個城市的重要意義；而在這些民國篇什中，也不乏講述日寇的鐵蹄踏向南京、製造慘絕人寰的南京大屠殺的沉痛而激昂的抗戰文字，南京這個城市自古以來而

有的悲情一面，則因這些文字而被延續與放大，而這樣一種類型的文字，是否在如今得到了承續與深入，實在也是值得搜羅並加以分析的。

此外，與前類似，從各選本選入的民國篇什來看，「可愛的南京」叢書系列之一的《名家筆下的南京》，與《江城子——名人筆下的老南京》、《南京情調》、《金陵舊事》、《金陵舊顏》等選本比較起來，也體現出了幾乎完全不一樣的價值取向和審美態度。如此，則有必要對各選家的選文意圖與標準進行相應的考察了。

3、從民國篇什的選入看選家的編選標準及其困難

3.1 各選家編選標準之比較

前文指出，各選家選本中，1995 年所出的「可愛的南京」叢書系列中的《詩人眼中的南京》、《名家筆下的南京》，以及 2005 年所出的《金陵頌》三本，與其他選本比較起來，在面對民國時期的南京時，編選傾向或曰價值取向與之多有不同。前文還提及，《詩人眼中的南京》一書中，民國時期創作的與南京有關的新詩幾告闕如，僅有程千帆、袁可嘉二位先生的兩首新詩選入，而這與選家的價值取向也是緊密關聯的。事實上，在「可愛的南京」叢書的總序中，就明確指出，「南京，她自新中國建立以來發生的巨大而深刻的變化更加令人歡欣鼓舞。……從 1949 年 4 月 23 日始，人民真正成為這座古老城市的主人。……人民在自己的土地上辛勤勞作，把古城南京妝扮得面貌一新。……為了適合具有中等文化程度的青年學生和職工閱讀，作者特別注重融思想性、知識性和趣味性於一體，力求文筆清新優美，生動活潑……」〔註 8〕而在《金陵頌》中，也有類似的表達：「愛南京，是因為這裡日新月異的面貌。……編寫這本詩文集，目的正是在於讓更多的南京人和外地人瞭解南京、熱愛南京、宣傳南京、建設南京。」〔註 9〕這樣的表述，已經比較清楚地反映了上述三個選本的編選者們在面對民國南京時所可能持有的選文態度和立場了。那就是，在「可愛的南京」叢書系列之《詩人眼中的南京》、《名家筆下的南京》，以及《金陵頌》中，民國更多是作為社會主義國家的參照物和新民主主義革命的背景而存在的，因此，在這樣的選本裏，除了朱自清、

〔註 8〕 《「可愛的南京」叢書總序》，《詩人眼中的南京》，南京出版社，1999 年版，第 3～4 頁。

〔註 9〕 《金陵頌·序》，葉皓主編：《金陵頌——歷代名家詠南京詩文精選》，第 5～6 頁。

俞平伯幾篇文字外，其他詩文（包括寫於 1949 年後的詩文）裏呈現出來的民國時期的南京，總體上不免顯得單調、單薄，色彩也顯得單一、灰黯，以致整個選本更像是一幅幅意圖明顯、導嚮明確的宣傳畫。借這樣的選篇的安排，選家雖然實現了關於南京城市歷史的有些迫切的「新」、「舊」對比，但是民國南京的眞實形象卻多少是被有意無意地遮蔽了。

與之不同的是，在《江城子——名人筆下的老南京》、《南京情調》、《金陵舊事》、《金陵舊顏》等選本中，在這些各體兼備（書信、美文、遊記、日記、新聞、隨筆、小說、回憶錄……）的文字裏，民國南京卻被表現得相當豐富、多元，色彩雖未必是繽紛的，卻也並非單調、黯淡，與「可愛的南京」叢書系列中的民國南京比較起來，更加立體、生動、親切、可感，究其原因，固然與丁帆先生、薛冰先生等選家的學術背景有關，恐怕更是與各選家所確立的與上述選本不同的編選標準有著深刻的聯繫。

丁帆先生在《金陵舊顏》一書的序言中說，「我關心的卻是她（南京）的原始眞容和各色人等彼時的生存境況，以及這個城市寬厚的文化性格。因而，這就成爲我編選這本文人墨客書寫民國時期金陵舊顏的初衷。民國文人怎麼看南京固然可以有不同的價值理念，但這並不重要，關鍵的問題是，能夠在他們各自抒寫的故都容顏舊貌、生活氣息和人物行狀中窺見到那一幅幅歷史的長鏡頭，從這歷史的『活化石』中體悟到現實的文化意義。」〔註10〕

薛冰先生則在《金陵舊事》一書的引言中說，「要盡可能多地反映出現代南京的各個層面。……至少，有了不同時期不同人物對於南京的不同表述，我們在解讀這個城市的同時，也就有可能解讀前人對於這個城市的解讀。」〔註11〕根據這一原則，薛冰先生最終確定選文，並將全書「大致分成七個小輯，舊情、舊事、舊遊、舊食、舊書、舊劫、舊俗」〔註12〕，雖則「著者高下不等，作品風格不一」〔註13〕，但是卻也如編者所期待的，提供了「一個非別人所有的『我的南京』」〔註14〕。

可以看出，正是因爲各選家出於不同的選文意圖，而選擇、確定的不同的選文標準，導致了在不同的選本中，所呈現出來的民國南京有了不同的面

〔註10〕 丁帆：《序言》，《金陵舊顏》，南京出版社，2014 年版，第 1 頁。
〔註11〕 薛冰：《引言》，《金陵舊事》，百花文藝出版社，2001 年版，第 2～3 頁。
〔註12〕 薛冰：《引言》，《金陵舊事》，第 2 頁。
〔註13〕 薛冰：《引言》，《金陵舊事》，第 2 頁。
〔註14〕 薛冰：《引言》，《金陵舊事》，第 2 頁。

貌與氣象。不過，在另一方面，雖然有如此不同，但是各選家們在編選有關民國南京詩文時所面臨的困難，有些時候卻又是具有某種共性的。

3.2 選家的困難與不足

關於選家的困難，薛冰先生在《金陵舊事》的引言中說，「待到自己動手來編這本《金陵舊事》，才體會到『馬二先生』其實不易當。……種種約束限制都不說，就連該選某位作家的哪一篇作品、該選某篇作品的哪一種版本，都讓人頗費心思。」〔註15〕這樣的糾結，當然並不僅僅屬於薛冰先生一人。對於選家來說，除了選哪一篇作品頗費思量之外，還要綜合考慮作者、寫作年代、版本、體例、選本的結構等因素。凡此種種，如果有一兩點不能落實，選本最終的面貌就會與選家的願望或原則有差。以下即列舉一二。

（1）編選原則。蔡玉洗主編《南京情調》，明確編選原則之一為「從中華民國時期的文章中挑選」〔註16〕；在「古城舊蹤」叢書（《金陵舊事》即在此叢書中）的出版者語中，則強調了，「本叢書……所選文字均出自本世紀初至四十年代末的報刊書籍」；而在《金陵舊顏》的後記中，丁帆先生則特別明確了，編選原則是「須得舊人寫舊貌」，「均用民國時期的舊刊舊版之書刊做編輯母本」〔註17〕，因為只有這樣「才能在字裏行間看到一個真實的老南京和一個生活在民國時期的文人的真實內心世界」〔註18〕。然而，雖做了如此強調，幾位選家最後卻都不免百密一疏，還是選入了一些並非寫於民國時期的文章，這可真是要讓人慨歎，選家何其難也。

比如，在「古城舊蹤」叢書《金陵舊事》一書的 39 篇選文中，葉靈鳳《家鄉名稱沿革的小考證》、《家鄉食品》及《家鄉的過年食品》、包天笑《初到南京》、項德言《中山先生的奉安大典》等幾篇，實非寫於民國，而是作者晚年的回憶；而在《南京情調》一書的 64 篇選文中，更有 10 餘篇選文如周作人《南京下關》、陳白塵《初遊燕子磯》、項德言《中山先生的奉安大典》、曾虛白《陶谷之春》、鄭超麟《我和陳獨秀的南京握別》、丁玲《南京囚居回憶（片斷)》、許欽文《南京雜憶》、唐圭璋《雪深一尺憶師門》、程千帆《玄武湖憶舊》、徐鑄成《六朝古都二度遊》、萬籟鳴、萬古蟾《懷念故鄉南京》等，都

〔註15〕 薛冰：《引言》，《金陵舊事》，第1～2頁。
〔註16〕 蔡玉洗：《編後記》，《南京情調》，江蘇文藝出版社，2000年版，第419頁。
〔註17〕 丁帆：《後記》，《金陵舊顏》，第434頁。
〔註18〕 丁帆：《後記》，《金陵舊顏》，第434頁。

是寫於 1949 年以後的。

上述三個選本中,《金陵舊顏》在落實選文須「止限在民國時期」這一原則時,執行最力,不過還是有周作人《南京下關》(寫於 1960 年代)一篇,選入了該書,突破了自定的編選原則。當然,如果僅從周作人先生的寫作來說,則雖然跨越了兩個時代,但是其文章風格(這一風格,也許可以用「民國風」概括之),前後還是一致的,在這個意義上,該文選入《金陵舊顏》,似也未嘗不可。

(2)史料意識。蔡玉洗先生在《南京情調》的編後記中指出,「歷代文人學者為古都南京寫的詩文、輯錄的書籍很多,它們為今人瞭解南京的歷史、風土、人情、城市變遷積累了豐厚的史料。」〔註 19〕事實上,作為地域性的詩文選本,1980 年代末至 1990 年代中期的一些南京詩文選本,選家的史料意識多有不足,選本的史料文獻價值因此也一度並未得到足夠的挖掘與呈現,有的選家更關注的是選文的思想性,有的選家則更關注其文學審美價值。不過,1990 年代末以來的南京詩文選本中,各選家開始有意識地在選本中增加了諸如照片、繪畫、地圖、書影等文獻史料,一定程度上起到了「借助於史料『設身處地』地『回到作品產生和傳播的歷史現場』」〔註 20〕的作用,從而進一步地還原、呈現了歷史,引導讀者「進入到特定的歷史規定情境之中」〔註 21〕。

1999 年以來出版的南京詩文選本中,增加文獻史料的情況如下:

《金陵詩文鑒賞》,扉頁配有彩印國畫 4 幅,另配清代金陵四十八景繪畫 10 幅,書法 10 幅。

《老南京寫照》,配照片(主要是民國時期)86 幅。

《江城子——名人筆下的老南京》,扉頁配清末及民國時期南京照片 10 幅。

《南京情調》,配照片(主要是民國時期)59 幅,以及清代繪畫 2 幅,童寯先生繪隨園總平面布置圖 1 幅,唐人寫本書影 1 幅。

《金陵舊事》,配照片(主要是民國時期)47 幅,繪畫(插圖)28 幅(含金陵四十八景清代版畫 19 幅),民間剪紙 2 幅,童寯先生繪隨園總平面布置

〔註 19〕 蔡玉洗:《編後記》,《南京情調》,第 418 頁。
〔註 20〕 吳秀明:《詩史互證:「文學選本」為何需要「文獻史料」》,《中華讀書報》2012 年 7 月 25 日,第 24 版。
〔註 21〕 吳秀明:《詩史互證:「文學選本」為何需要「文獻史料」》。

圖 1 幅，書影 4 幅（其中 3 幅爲民國書影，1 幅爲清代書影），作家紀庸手跡複印件 1 頁。

《金陵舊顏》，配照片（主要是民國時期）89 幅，圖 4 張（《首都幹路定名圖》、《愚園全圖》、《南京運動場（中央體育場）空中斜視圖》以及南京雲錦圖）。

《金陵物語》，配照片（主要是民國時期）73 幅，繪圖 11 幅，地圖 9 幅。

應該說，上述情況表明，近些年來選家在史料意識上已有所加強。不過，個別選本如《老南京寫照》，在這方面的問題實在突出，以致筆者簡直無法迴避，不得不在此評價其編選工作甚爲倉陋的一面。此選本中雖然配了 86 幅照片，但是有些照片與選文其實毫無關係，因而毫無必要。如《靜海寺與南京條約》一文，居然配上了德國領事館、美國領事館和匯文書院的照片。更棘手的是，該選本不僅選入的每篇選文都未交待文獻來源、寫作年代等信息，連作者簡介也告闕如，這說明編者連最基本的史料意識也不具備。比如項德言《我對孫中山先生奉安大典的回憶》一文，原收在《在中山先生身邊的日子裏》（江蘇古籍出版社，1986 年版）一書裏，選入該選本時，編者不僅未說明其文獻來源，更是改標題爲《孫中山先生的奉安大典》，甚至有意無意地漏錄了文末的一段文字〔註22〕，同時漏掉的還有該文的成文年月：1986 年 4 月。這麼一來，對於讀者來說，該選本不僅未能全面、客觀地還原南京的歷史，反而給他們深入認識南京帶來了困難，這樣一種史料意識嚴重欠缺的選本，實在是不出也罷。

〔註22〕　原文文末的文字如下：這倒不是有什麼神靈祐護，而是由於孫中山先生「首創革命，推翻帝制，建立民國」的豐功偉績，及其「世界大同，天下爲公」的偉大思想，深爲世人景仰和崇敬，正如日月江河、經天緯地一樣，誰也無法逾越阻擋。

江蘇民國文獻數字資源建設研究

葛懷東

（金陵科技學院人文學院，江蘇南京，210038）

摘　要

　　民國文獻集中反映了中國近現代的政治、經濟、文化、社會、歷史等信息，具有較高的史料價值。該文在探討、研究民國文獻的原生性保護與再生性保護，以及當前國內民國文獻數字資源建設的總體狀況的基礎上，分析了江蘇民國文獻數字化建設工作的進展情況，並針對存在的問題提出相應的對策。

關鍵詞：民國文獻、數字資源、文獻數字化、民國文獻保護

　　民國時期是一個古今中外交匯、各種思想碰撞的時期，雖然短暫，但在語言文字、政治、法律、圖書館學、歷史等各個學科都留下了大量的珍貴文獻。因此，民國文獻集中反映了中國近代的政治、經濟、文化教育、社會歷史概況，具有較高的史料價值和時代意義。

　　據估算國內民國時期的文獻數量超過了存世的古籍總量，其中館藏民國文獻較多的國家圖書館、南京圖書館與上海圖書館，其館藏民國文獻就有 206 萬餘冊。另一方面，民國時期正處於手工造紙向機械造紙轉型的過渡階段，再加上保存條件等客觀原因，多數單位的館藏民國文獻損毀及老化現象非常嚴重，搶救和保護民國文獻迫在眉睫。

一、民國文獻的原生性保護與再生性保護

在時間上，民國文獻一般被界定為 1912～1949 年形成的出版物與原始記錄，這一時期的文獻資源為民國歷史研究提供了重要的史料支撐。但由於特殊的歷史原因（如引入近代造紙工藝）和歲月的流逝，目前館藏民國文獻的保存情況堪憂，文獻整體破損嚴重，搶救性保護已刻不容緩。

除了館藏環境、條件等原因外，民國文獻在造紙、印刷、裝幀方面的缺陷也增加了保護難度。民國時期是傳統手工造紙向近代機械造紙過渡時期，其中造紙材料多以進口木漿代替植物韌皮纖維，再加上製漿過程中多使用明礬、松香等酸性較大的化學試劑，導致紙張酸性強、質量差且易老化。同時，民國文獻裝幀多為平裝，再加上裝訂材料不合理，也造成民國文獻磨損、掉頁與解體的情況非常多。〔註1〕

目前，國內對民國文獻的保護多採用原生性與再生性兩類保護方式。「原生性保護」是指不僅要改善館藏保存環境（如恒溫恒濕、防光防塵等），而且要注重對民國文獻自身的保護，即開展紙張脫酸、文獻修復等工作。如前所述，由於民國時期造紙工藝的缺陷，加之雙面印刷，傳統古籍修復中的裱紙、修補等方法都不太適合民國文獻的修復。同時，對民國文獻的加固、脫酸等技術因為成本等問題，尚無法全面規模化開展。〔註2〕因此，民國文獻的再生性保護，即開展民國文獻數字資源建設，已成為現階段實現民國文獻史料價值的重要途徑。

「民國文獻的數字化」就是指利用現代信息技術，對民國時期產生的各類文獻進行加工與處理，以形成大型文獻資源數據庫，這種方式屬於再生性保護。民國文獻數字資源庫是對民國時期文獻資源的內容進行整合，不僅保持了原有的文化特徵與內涵，而且還實現從影像的數字再現到內容的分析、聚類等。從 2012 年起，國家圖書館啟動「民國時期文獻保護計劃」，這是繼「中華古籍保護計劃」之後的又一個全國性文獻保護項目。「民國時期文獻保護計劃」主要內容包括：在全國範圍內開展民國時期文獻的普查登記，建立全國民國時期文獻聯合目錄檢索平臺系統，開展專題文獻的整理、影印出版

〔註1〕 林明、邱蔚晴：《民國時期文獻保護實踐談——中山大學圖書館的做法》，《圖書館論壇》2014 年第 5 期，第 65～70 頁。

〔註2〕 鄭春汛：《民國文獻的價值與保護對策研究》，《圖書館理論與實踐》2008 年第 4 期，第 40～42 頁。

和專題數字資源庫建設；改善文獻保存條件，加強民國文獻的原生性保護與再生性保護力度等。

二、我國民國文獻數字資源建設現狀

民國時期文獻形式多樣、紙張脆弱，因此縮微複製與數字化是現階段民國文獻再生性保護較爲有效的方法。截至 2014 年，全國圖書館文獻縮微複製中心與各成員館共搶救拍攝民國時期圖書 98493 種，期刊 14304 種、報紙 2172 種。〔註3〕爲建設民國時期文獻資源庫，國家圖書館與全國圖書館文獻縮微複製中心積極開展館藏民國文獻縮微膠片的數字影像轉換，現能提供 37210 種的民國圖書、4351 種民國期刊的全文影像資源。重慶圖書館現已完成全部館藏民國文獻（民國圖書 7 萬種、期刊 5000 多種，報紙 300 多種）的數字化工作，數據量達到 4TB。

隨著數字化進程的加快，全國各收藏機構紛紛建設民國時期文獻數據庫。其中較有影響的包括：國家圖書館的《民國時期文獻專題資源庫》，包括民國時期的 8172 種圖書、4350 種期刊、4568 篇法律文獻的電子影像全文〔註4〕；大學數字圖書館國際合作計劃（China Academic Digital Associative Library，CADAL）現已完成一期 236594 冊民國書刊的數字化工作，二期正在推進 10 萬冊（期）民國文獻的數字資源建設工作，包括民國圖書 2 萬冊、民國期刊 7 萬期、民國報紙 1 萬期等〔註5〕。各地公共圖書館也憑藉館藏資源優勢開發相應的民國文獻數字資源庫，包括上海圖書館的《民國時期期刊篇名數據庫》、重慶圖書館的《民國文獻（電子版）》，南京圖書館的《中國近代文獻圖像數據庫》等。一些新興的數字加工企業也加入到民國文獻數字化領域，開發了諸如《大成老舊刊全文數據庫》、《中國近代報刊庫》、《民國文獻大全（～1949）》等數據庫，進一步豐富了民國文獻數字資源的產品類型。

〔註3〕 國家圖書館：《全國圖書館文獻縮微工作成果展》，http://www.nlc.gov.cn/dsb_zt/xzzt/swcgz/big/cjp-6c.jpg。

〔註4〕 馬子雷：《民國文獻存世數量大　保護難度超過古籍》，《中國文化報》2011 年 05 月 19 日。

〔註5〕 《大學數字圖書館國際合作計劃》，http://cadal.lib.sjtu.edu.cn/。

三、江蘇民國文獻數字資源的開發與建設

（一）江蘇民國文獻數字資源建設的文化產業基礎

發展文化產業，提升文化競爭力是實現江蘇率先發展、科學發展、和諧發展的重大舉措。《江蘇省十二五文化產業發展規劃》中明確指出，要大力推進江蘇文化產業信息化進程，實現文化產品製作和傳播方式的升級。建立以文化資源數據庫和公用電信網爲基礎的文化信息網絡，實現文化信息上網運行。重點抓好網上圖書館、博物館、影劇院、文化電子商務建設，以商業服務方式實現文化資源共享。同時，抓住內容建設中心環節，從社會需求出發，將優質內容與數字技術緊密結合，著力打造以數字化內容、數字化生產和網絡化傳播爲主要特徵的數字出版產品。〔註6〕

江蘇各級公共圖書館、檔案館、高校圖書館館藏民國文獻非常豐富。中國第二歷史檔案館是國內民國文獻存放最集中的單位，是典藏了中華民國時期（1912～1949）歷屆中央政府及直屬機構檔案的中央級國家檔案館，館藏總量爲 225 萬餘卷，約 4500 萬件，此外還收藏有民國時期圖書期刊資料約 7萬冊。〔註7〕南京市檔案館館藏中，中華人民共和國成立前的歷史檔案爲 122個全宗，335791 卷。〔註8〕南京圖書館是我國民國文獻重要收藏機構之一，館藏民國文獻總量 70 餘萬冊，其中中文圖書約 7 萬餘種、40 萬冊，外文圖書約24 萬冊，期刊約 1 萬種，報紙約 1000 種，民國線裝刻本近 3 萬部。〔註9〕

（二）江蘇民國文獻數字資源建設現狀

目前，江蘇省內共有 14 家各級館藏單位參與了民國文獻數字資源建設。其中以公共圖書館數量最多，南京圖書館、金陵圖書館、蘇州圖書館等 7 家公共圖書館開發了各類民國文獻數據庫 16 種，占江蘇民國文獻數字資源加工主體機構的 50%。此外，高校圖書館有 5 家，檔案館 2 家，即中國第二歷史檔案館與南京市檔案館。相比較古籍數字化進程，民國文獻數字資源的建設還未全面展開。

〔註 6〕 江蘇省人民政府辦公廳：《省政府辦公廳關於印發江蘇省「十二五」文化發展規劃的通知（蘇政辦發〔2012〕122 號）》，2012 年 06 月 21 日。

〔註 7〕 《中國第二歷史檔案館・館藏概述》，http://www.shac.net.cn/dagjs/gcmgda/。

〔註 8〕 《南京市檔案局（館）概況》，http://daj.nanjing.gov.cn/jgjs/gcjs/201611/t20161101_4239437.html。

〔註 9〕 全勤：《南京圖書館館藏民國文獻源流、建設及特色》，《國家圖書館學刊》2013 年第 3 期，第 91～96 頁。

1.公共圖書館民國文獻數字資源的開發

南京圖書館是較早開展民國文獻數字資源開發的單位，1985 年，全國圖書館文獻縮微複製中心成立後，南京圖書館就是第一批成員館。對於民國文獻數字化工作，南京圖書館主要採用外包和自主製作相結合的方式，目前共完成民國油印本 1458 冊、革命書刊 4885 冊、稿本 477 冊以及政府公報類文獻 5413 冊的掃描任務，掃描總量超過 83 萬頁。〔註10〕從 2005 年起，南京圖書館開始建設民國文獻圖像數據庫，如《中國近代文獻圖像數據庫》收錄了 1840～1949 年的歷史照片和圖像近 12 萬張，涵蓋多個專題。《民國時期老商標老廣告數據庫》共有晚清至民國時期的商標圖案數據 42 萬多條，多側面、多角度呈現了晚清至民國時期的民族工業發展風貌，該數據庫同時提供中國百年老字號企業的查詢。〔註11〕

2.高校圖書館民國文獻數字資源的開發

根據各自的館藏民國文獻資源，南京大學、南京師範大學等高校圖書館開發了館藏民國圖書、館藏民國期刊、晚清民國期刊庫、民國教育期刊、民國文獻等特色數據庫。如南京大學圖書館所開發的《館藏民國圖書數據庫》，收入南京大學圖書館館藏民國圖書共 2497 種。南京大學圖書館、蘇州大學圖書館都參加了「大學數字圖書館國際合作計劃（CADAL）」項目，其中南京大學圖書館還是 CADAL 14 個數字資源中心之一。

3.檔案館系統民國文獻數字資源的開發

從 1998 年起，中國第二歷史檔案館就著手按專題進行檔案數字化工作，總量約 1200 萬畫幅，內容涉及財政、郵電、黃河水利等專題檔案。2008 年底，通過立項，中國第二歷史檔案館開始對館藏全宗檔案進行數字化，到 2012 年已完成 9 個全宗 930 萬畫幅檔案的數字化工作。檔案縮微複製方面，現已完成 25 個全宗、1028.8 萬餘畫幅的檔案膠片拍攝制作工作。〔註12〕從 2012 年 9 月起，中國第二歷史檔案館擬在 5 年內完成館藏主體檔案數字化，並獲批專項經費 1.59 億元。其中 5 年檔案數字化項目（2013～2017）將完成

〔註10〕 全勤：《南京圖書館民國文獻保護與開發研究》，《國家圖書館學刊》2014 年第 2 期，第 44～47 頁。

〔註11〕 陳立：《館藏民國文獻的整理開發——以南京圖書館為例》，《圖書館學刊》2014 年第 7 期，第 40～42 頁。

〔註12〕 曹必宏：《從中國第二歷史檔案館工作實踐談如何更好地開展檔案數字化工作》，《廣東檔案》2013 年第 5 期，第 13 頁。

約 6000 萬頁檔案整理、5000 萬頁檔案的掃描和 900 萬頁檔案的縮微等工作。〔註13〕

四、江蘇民國文獻數字資源建設的問題與對策

（一）民國文獻數字資源建設存在的問題

1. 民國文獻數據資源建設條塊分割

民國文獻方面的信息服務機構目前主要由公共圖書館與高校圖書館系統、歷史檔案館系統、數字加企業等三大服務群體組成。各服務群體由於隸屬關係和管理體制的不同，且又缺乏宏觀調控，造成在民國文獻數據庫的建設上往往是條塊分割、各自為政，未能發揮各機構的資源優勢。例如，圖書館的民國文獻數字化工作主要是根據其館藏資源來開展的，特色較為鮮明，但封閉性較強。所以現有的地方性民國文獻數據庫產品大多結構單一，規模較小，共享性也較差。

2. 民國文獻數據庫建設的標準不統一

由於我國缺乏統一的民國文獻信息資源建設的協調機構，各圖書館或數據庫開發商對於民國文獻數據的加工與整合，多採用封閉式建庫模式。而數據庫建設的標準與規範也沒有嚴格的質量控制，造成所開發的民國文獻數據庫往往在著錄格式、數據標引、系統兼容性等方面均存在差異，且互不開放，導致眾多民國文獻數字資源不能資源共享。

3. 民國文獻數據庫產品缺乏市場開拓

目前民國文獻數據庫建設還處於起步階段，參與建設的單位偏少，已推出的相關數據庫產品也不多，有些民國文獻數據庫還僅限於館內使用。再加上民國文獻屬於特色館藏資源，其本身的開發與利用蘊含著較強的公益性，因而也造成民國文獻類數據庫的建設偏重社會效益，缺乏市場開拓，經濟回報不足，這在一定程度上也影響了民國文獻數字資源的整體建設。

（二）江蘇民國文獻數字資源建設的對策

1. 將民國文獻數字資源建設與數字內容產業的發展相結合

數字內容產業是一個高成長性、高附加價值的新興產業，它將各類文化

〔註13〕 曹必宏：《從中國第二歷史檔案館工作實踐談如何更好地開展檔案數字化工作》。

資源與前沿的數字技術相結合，形成新興的產業群落與生產方式，而其核心的部分在於「內容」的不斷創新與多元。針對當下民國文獻數字化開發的需要，有關單位可以著眼於民國文化的表達與傳播，將民國文獻的再生性保護融入到數字內容產業，並開展民國文獻數字資源的深層次開發，以推動民國文獻數字資源持久性、可用性的建設，同時還能進一步提升民國文獻的傳播力。

2. 注重民國文獻數字資源的社會化開發

目前國內成規模的民國文獻數字化加工機構主要由公共圖書館、高校圖書館、歷史檔案機構與數字加工企業等組成。就民國文獻數字化項目開發而言，各類機構之間已形成較強的互補性。如公益性的圖書館和歷史檔案部門有著豐富的民國文獻館藏，也是現階段民國時期文獻保護計劃中「民國時期文獻整理出版項目」的主要參與者。而數字加工企業則在數字出版技術、數據庫產品、市場營銷等方面有著成功的運營優勢。因此，基於豐富的民國文獻特色館藏資源，江蘇各級圖書館、中國第二歷史檔案館等機構，應把握好各加工主體之間的競合機制，打造民國文獻古籍數字資源的社會化開發模式，以助力民國文獻數字資源框架體系的構建。

3. 實現民國文獻數字資源建設的共建共享

傳統文化資源共享是信息化時代發展的必然要求。數字技術、網絡技術的快速發展以及大數據的崛起，都爲民國文獻數字化開發提供了強有力的技術支撐，也推動了民國文獻數字資源的多元化建設。同時，民國文獻資源中蘊含著豐富的公益價值和社會價值，其史料的本源性對驗證史實、知往鑒來具有不可替代的作用。因此，江蘇應通過民國文獻數字資源的共建共享來創新服務方式，進一步放大民國文獻資源價值，從而實現民國文獻保護的科學性與可持續發展。

南京：失焦的記憶之所

余曉明

（金陵科技學院人文學院，江蘇南京，210038）

無限金陵懷古意，春寒依舊誰能道。

——（宋）無名氏：《滿江紅‧今日明朝》

第一次讀到郁達夫《故都的秋》，滿心想像的都是南京的風物人情：「白鷺洲前白鷺飛，人間還閱幾斜暉」，或者「烏衣巷側長干寺，暇日閒來看一回」〔註1〕。細讀那南腔北調的文本，居然是樂不思蜀的北平浮動著「陶然亭的蘆花，釣魚臺的柳影」。

今天，南京已經坐穩了六朝古都的地位，但它的形象卻在歷史的重影中日益模糊了。攝影中對焦錯誤便引起模糊，稱為失焦〔註2〕。也有攝影師（模特出身的莎拉‧莫恩）故意用失焦來表達夢幻、暈染的印象派的繪畫效果。

南京無疑是一個值得品味的記憶之場（所）。

本文擬從歷史電影《南京！南京！》對民國南京的描寫研究出發，闡釋南京形象建構的多源性和意識形態的邊界約束效應。

一、記憶之場與文化地理學

首先回顧一下歷史學的「記憶轉向」。法國史學家皮埃爾‧諾拉（Pierre

〔註1〕 （宋）蘇洞：《金陵雜興》，清道光二十年（1840）刻本，附於宋曾極撰《金陵百詠》後，合一冊，南圖 CJ／17785。轉引自陳文：《正簡流風：紀念蘇頌水運儀象臺創制九百週年》，同安縣紀念蘇頌籌備會 1988 年編，第 87、88 頁。

〔註2〕 〔匈〕羅伯特‧卡帕：《失焦》，徐振鋒譯，廣西師範大學出版社，2005 年版。

Nora）在《記憶之場——法國國民意識的文化社會史》提出了「記憶之場」（lieux de mémoire）的概念，並把它推演爲歷史研究的基本立場與方法，考察了法國的「共和國（象徵、紀念物、教育、紀念儀式和對抗的記憶）」「民族」「光榮‧言語」等記憶的生產過程。〔註3〕他反對所謂的實證史學、民族史學，如拉維斯27卷本的《法國史》「將歷史研究的實證性和對祖國的崇敬與熱愛結合在了一起。」〔註4〕諾拉發現了拉維斯以民族——國家（nation-state）範疇爲中心的宏大敘事所產生的巨大漩渦。諾拉企圖發展出一種錨定歷史的技術，找到一些不動點，記憶賴以據守的「堡壘」、歷史「殘留物」，如「記憶海潮退卻後棲息在海邊的貝殼」：如三色旗、圖書館、辭書、博物館；各種紀念儀式、節日、先賢祠、凱旋門；《拉魯斯詞典》、巴黎公社牆。諾拉把這支由器物、文化、制度組成的雜牌軍命名爲「記憶之場」〔註5〕。這種「歷史工具技術」對歷史敘事具有重要的啓示意義。

在《記憶之場》中，米歇爾‧維諾克對貞德的研究最爲典型。

法國的愛國主義，與群眾性的記憶工具「祖國的聖女」貞德的不斷加工再現聯繫在一起，除了傳記、戲劇之外，光是電影就有4部，如從最早的麥德萊葉1928年的默片《聖女貞德的激情》，1948年維克多‧弗萊明執導、英格麗‧褒曼主演的《聖女貞德》，1962年羅伯特‧布烈松的《聖女貞德的審判》，1999呂克‧貝松的《聖女貞德》。很多人法國人都是根據電影裏女主角的相貌來想像歷史中的貞德形象。貞德成了民族主義的楷模，正如一位主教所說，「你們要從貞德那裏高揚基督教的愛國主義，保衛法國免受各種武裝聯盟的攻擊。貞德知道耶穌基督，是她的主，是她眞正的訓導者，正如她自己所說的，所以她能以精神、以聖母的勇敢美德去收攏四境，重建基督在塵世的位置，並爲你們完成她作爲長女的義務。」這種記憶至少具有兩種功能，其一，團結的功能。1920年巴黎愛國者聯盟主席說，「每一個法國人，無論其宗教，政治和哲學見解如何，內心之中沒有不對，貞德，身懷敬意的。」其

〔註3〕 沈堅：《記憶與歷史的博弈：法國記憶史的建構》，《中國社會科學》2010年第3期。沈堅言及，諾拉一個有意思的成果，考證出「士兵沙文」爲烏有先生，但是「沙文主義」仍然是影響甚廣的國族意識形態。

〔註4〕 孫江：《序言Ⅷ》，〔法〕諾拉：《記憶之場：法國國民意識的文化社會史》，南京大學出版社，2015年版。

〔註5〕 筆者以爲，他的文庫《記憶之場》（Les Lieux de Mémoire）譯爲「記憶之所」更爲確切，Lieux並沒有場域的意思，僅僅指地點而已，「所」的引申義即爲處所、地方。

二，認同的功能。二戰期間，抵抗運動自由法國也利用這位聖徒戰士的名字。一首詩歌寫道：

> 貞德，難道你不知道法國戰敗，
>
> 敵人佔據了半壁江山，
>
> 形勢比你驅趕英國人之時還要險惡，
>
> 我們的天空，已被封鎖沒有出路？
>
> 勝利女神，你與我們在一起，
>
> 無視那至今還在燃燒的柴堆，
>
> 教導我們不要每日受煎熬，
>
> 不要因為來到塵世而憂傷死去〔註6〕

南京不是聖女，相反，它是古都，它是代表著「憂傷」的悲情城市，北方政權潰敗時的偏安之隅；紙醉金迷的繁華之地；佛道泛濫的迷信之都。這種記憶之場的效果，其實是文化權力運行的結果。新文化地理學認為，空間（space）和地方（place）是文化政治的結果，治理集團通過文化的支配，建立公眾的意義地圖：如，發達地區與欠發達地區，歷史文化名城，老少邊窮，等等，都由有司一一劃定，並隨時調整。〔註7〕

二、電影對歷史記憶再現與塑造

媒體改變了歷史。電影不盡是歷史，但是，所有偉大的電影都會成為歷史的一部分，所有偉大的歷史都會在電影裏找到回聲。電影既是我們對歷史的回憶，也是我們型塑歷史的工具。

正如德國著名歷史學家約恩·呂森所言：「新的媒介改變了歷史思考的方式，在公共的歷史文化中，集體記憶被大量的圖片所充斥，文字生產的意識形態可能會失去政治影響」，歷史思考的新途徑從歷史編纂學擴展到了電影和電視，它追求的是從歷史遺存中虛構出有意義的歷史故事，主觀想像遮蔽了客觀知識。〔註8〕

〔註6〕〔法〕諾拉：《記憶之場：法國國民意識的文化社會史》，第 315、323、329 頁。

〔註7〕周尚意：《文化地理學研究方法及學科影響》，《中國科學院院刊》2011 年第 4 期。

〔註8〕〔德〕約恩·呂森：《歷史思考的新途徑》，蔡甲福、來炯譯，上海人民出版社，2005 年版，第 22、4 頁。引文有調整。

電影之所以能夠成為意識形態生產工具，除了與歷史、記憶的聯接之外，更重要的是記憶的另一個人類學的特徵——情境記憶。詹姆斯・沃茨指出，記憶有三類：過程記憶、語義記憶以及情景記憶。情景記憶是個人過去所經驗的獨特事件。不同的記憶共同體對歷史有不同的解釋，例如，美國民眾認為在廣島投原子彈是因為日本偷襲珍珠港，並且拒絕投降；前蘇聯的教科書認為美國的原子彈不是為了終止戰爭，而是為了震懾蘇聯等國不要挑戰美國戰後利益。〔註9〕

一般而論，我們為什麼要為一段耳熟能詳的歷史進入劇場圍觀歷史？我們追求的是某種在場感，即書面歷史（語義記憶）之外的情境記憶與過程記憶。電影為我們復原了歷史事件的過程和場景：

> 在《一個國家的誕生》中格里菲斯誇耀地宣稱，他的場景都是真實事件的複製——像約翰・福特拍攝林肯遇刺的電影院或者解放黑奴的簽字場面，這些場景都是依當時的照片重建的。……拍《震撼世界的十天》（即《十月》）時，愛森斯坦在冬宮做了好幾個月的陳設，電影中的景象是巴洛克式的，結構豐富，形式複雜。〔註10〕

實景讓演出有了生動的背景，原有的陳設為生產真實提供了必要的裝置。重現諾曼底登陸的恢宏外景，是斯皮爾伯格在拍攝《拯救大兵瑞恩》〔註11〕時面臨的最大挑戰。他最終在愛爾蘭發現了卡拉克魯海灘：金黃色的沙灘，懸崖聳立，一如諾曼底的翻版。〔註12〕

梅洛—龐蒂的知覺現象學解釋了什麼是「置身其中」。因為「身體是在世存在的載體」，它總是已經「交互捲入一個確定的情境」，總是已經處於特定的世界之中。〔註13〕

〔註9〕 聖路易斯華盛頓大學人類學系教授姆斯・沃茨（James V. Wertsch）主講記憶人類學。http://www.cssn.cn/shx/shx_xsdt/201405/t20140519_1177172.shtml。

〔註10〕 〔美〕路易斯・貫內梯，《認識電影》，焦雄屏譯，世界圖書出版公司，2007年版，第272頁。

〔註11〕 《拯救大兵瑞恩》，史蒂文・斯皮爾伯格執導，湯姆・漢克斯、湯姆・塞茲摩爾和馬特・達蒙等聯袂出演，夢工廠1998年出品。使用手提攝影機跟蹤拍攝登陸的士兵。「真實」再現了當時的戰場血腥景象，聲稱有史以來最逼真的戰爭片，美國電影協會稱為「極度渲染戰爭的暴力片」，得到二戰老兵認可，稱許為「最真實反映二戰的影片」。

〔註12〕 《奧運年「西」遊記之愛爾蘭　天生電影布景地》，http://www.yokamen.cn/life/travel/2012/071141826_6.Shtml。

〔註13〕 劉勝利：《從對象身體到現象身體——〈知覺現象學〉的身體概念初探》，《哲

梅洛－龐蒂的知覺理論是一種場域理論，與電影學的場景（Scène）相通。電影逼真再現了人類的這種感知過程及其景框限制，這種現象在電影中稱爲場面調度（mise en Scène）。電影通過區域、鏡頭距離、構圖、景深、位置、角色距離關係，爲我們「完整」地再現了我們在歷史情境中的感知，充實乃至改寫了我們在教科書中對過去的語義記憶。一旦這種過程與情境記憶建立起來，並具有了明顯的優勢。電影《南征北戰》等是許多觀眾對解放戰爭的首要「記憶」，新時期的《大決戰》《血戰臺兒莊》，尤其是《集結號》的比肩美劇的特效出現的時候，戰爭的殘酷與血腥「新眞實記憶」逐漸代替了以往的卡通浪漫形象。《拯救大兵瑞恩》爲全球觀眾重建了一個空前的二十分鐘的大兵團登陸戰、血肉橫飛、出生入死的「新眞實」情境，刷新了紀錄片帶來的歷史記憶。

電影裏有與歷史科學與新歷史主義相應的兩個派別，現實主義和形式主義。在論述電影敘事學（類似海登・懷特論證模式）的時候，美國電影學家賈內梯採用了四分法：

1. 古典敘事強調戲劇的統一性、可信的動機和前後的一貫性。每個鏡頭都不留痕跡地，平滑且不可避免地進入下一個事件。古典情節的結構是線性順時序發展。

2. 現實主義敘事假裝一切是未經操弄和如生活般的認定本身即是一種矯飾，一種美學上的欺騙。

3. 形式主義敘事特別受到華麗的雕琢，喜歡把時間打散重組來凸顯某個主題，其情節設計非但不隱蔽而且還大肆招搖，是作秀的一部分。

4. 非劇情敘事不說故事，不重劇情，根據主題和觀點組織結構，大部分先鋒派電影都不事先編寫劇本。〔註14〕

戰爭片、警匪片、科幻片、女性電影等等，類型片實際上是當代的神話，「特定時代、國家的社會與知識焦慮會在藝術中得到宣泄表達，」電影的「潛在功能是調和並解決文化價值的衝突」。我們應該詢問，「電影敘事如何包含了神話概念和普世人類的特質」？

正如每一部歷史都有意識形態蘊涵一樣，每部電影都偏向某種意識形態

學研究》2010 年第 5 期。

〔註14〕 〔美〕路易斯・賈內梯，《認識電影》，第 298、302 頁。序號由引用者加入。

立場，「都給予我們角色示範、行為模式、負面特質以及電影人因立場左右而夾帶的道德立場」〔註15〕

前蘇聯電影多半與政治密不可分。著名導演愛森斯坦為紀念俄國革命十週年拍攝的獻禮片《十月》〔註16〕，一串鏡頭巧妙地譏諷了列寧小時候的朋友和當時的政敵、「小拿破侖」克倫斯基。〔註17〕

電影史上最著名的意識形態電影是《意志的勝利》：

> （導演）里芬斯塔爾的風格燦爛，美學上影響力驚人，以致同盟國在納粹戰敗數年後仍禁映本片。戰後，里芬斯塔爾坐了四年牢，罪名是曾經參與納粹宣傳機器，但她辯稱這不過是謀生罷了。〔註18〕

里芬斯塔爾創造了「奇觀美學」，航拍大遠景、雄偉的建築、龐大的人群、激越的歡呼、揮手巡視，這些技法不斷被後世模仿。她還發明了說服性紀錄片，把導演的意圖變成意識形態的強大催眠。

相反的例子也令人難忘。1993 年 10 月 3 日美軍特種部隊在索馬里被伏擊，一名被打死的美國士兵的屍體被拖過摩加迪沙街道的景象引起了美國激烈的反戰浪潮。8 年後，好萊塢的電影《黑鷹墜落》，成功塑造了「被動英雄」的群體，挽回了美國國際形象。賈內梯的《閃回》用一張長表格對應了 1870 年至今的歷史事件和相應的電影。《黑鷹墜落》作為「類紀錄片」從事件發生到拍攝電影，沉澱了足夠長的時間，在意識形態的營造上不僅沒有誇張，甚至低調到了極點，恰恰因為如此，真實感和感召力才如此強烈，深得意識形態「無處不在，又不在某處」無意識狀態的秘訣。

三、《南京！南京！》的吶喊與彷徨

《南京！南京！》帶來了巨大的爭議，上映一週就面臨停映的危險。這表明，中日因為歷史想像和民族文化背景差異，雙方在誤解中互動的過程仍將持續。

〔註15〕〔美〕路易斯・賈內梯，《認識電影》，第 357 頁。本段觀點和資料參考了該書第十章《意識形態》。

〔註16〕1927 年拍攝，改編自美國記者約翰・里德報告文學《震撼世界的十天》。1937 年，斯大林為了慶祝十月革命 20 週年而定製了《列寧在十月》。

〔註17〕〔美〕路易斯・賈內梯、斯科特・艾曼：《閃回：電影簡史》，焦雄屏譯，世界圖書出版公司，2012 年版，第 62 頁。

〔註18〕〔美〕路易斯・賈內梯，《認識電影》，第 366 頁。

　　這部電影從中日兩條線索、兩個視角講述了故事，日本兵角川最終精神崩潰，飲彈自盡。中國的唐先生由苟活轉而慷慨赴死。這種平行敘事，「傷害」了一些傳統民族主義者的情感，他們不能容忍正邪二元對立的意識形態陣線有絲毫鬆動。他們看到了民族間的鴻溝，卻根本不願正視對方，更不用說跨越了。日本士兵的敘述佔用了「過多的篇幅」，殺人野獸不可能具有陽光男孩的一面，角川的敘事「過於完整」。據導演陸川解釋，角川的原形源自金陵女子文理學院《維特林日記》的文獻，一位借閱《聖經》的日本兵對維特林說「我討厭這場戰爭，我覺得我們軍隊不應該在這兒做這件事情，而且我希望能幫助你去拯救某某模範監獄裏面的那些中國男人。」片中爭議極大的兩分十秒舞蹈，是日本人的祭祀儀式，有一個動作是鏟土，一個動作是收穫。對於中國人而言，這場祭祀確實很驚悚，表現了文化對人靈魂控制的最極端形式。〔註 19〕從該片的觀影反映看，中國需要建設一個精神上真正與各國平等對話的國際話語空間，需要中國版的《菊與刀》、《戰爭時期日本精神史》〔註 20〕那樣的對日本深入剖析的人類學著作與視野，要拍攝《硫磺島家書》〔註 21〕那樣的電影還需假以時日。王一川教授認為，中國電影導演要「體現出電影美學、電影經濟學和電影政治學三方面的融通。」〔註 22〕

　　以筆者的觀察，陸川「過於冒進」突入了普羅大眾「對真實的想像」。

　　真實，是意識形態之後的真正保障，就像黃金至於紙幣面額的兌換保障一樣。在後現代的條件下的真實，其實是一種真實感。這種真實感，至少包括三個層面。第一是場合，是歷史事件發生的時代背景。對於戰爭來說，就是發生的具體時間、雙方態勢以及戰鬥的各方。比如說中日戰爭，就是工業國對農業國的入侵，所以以空間換時間，這是抗日戰爭持久戰的必然策略。第二是現場感，由特效，場景，聲光電造成的，置身其中的在場感，即海德格爾所說的此在。轉換為電影院裏的規律就是，「我看故我在」。好萊塢的許多電影都產生了勝於紀錄片的效果。第三是參與者的體驗感，尤其是「小人物」的生存狀態。比如《拯救大兵瑞恩》士兵中對八救一任務的質疑，翻譯

〔註 19〕陸川、胡克、張衛、郝建、王一川：《南京！南京！》，《當代電影》2009 年第
　　　　7 期。
〔註 20〕〔日〕鶴見俊輔：《戰爭時期日本精神史》，四川教育出版社，2013 年版。
〔註 21〕《硫磺島家書》，夢工廠 2006 年出品，克林特·伊斯特伍德執導，渡邊謙、
　　　　二宮和也、伊原剛志等人主演。
〔註 22〕陸川、胡克、張衛、郝建、王一川：《南京！南京！》。

厄本的膽怯。《集結號》中的指導員由膽怯到英雄，都是鑲嵌在戰爭中的真切的成長故事。

重塑南京形象，有待電影人和公眾從積極開放的全球史觀〔註 23〕出發，塑造「負責任大國形象」和積極參與「全球治理」，培育「人類共同體」意識〔註 24〕。重新闡釋中國近現代史，擺脫悲情主義的消極歷史觀，建設積極回應世界挑戰的新歷史觀〔註 25〕。

重塑南京的影視形象，要防止極端民族主義的傾向，建設「健全」的民族主義〔註 26〕，營造與國際社會和平共處的文化氛圍。以電影人類學眼光看待各國、各民族的文化〔註 27〕，實現「各美其美、美人之美、美美與共，天下大同」理想〔註 28〕。防止消極「自我東方主義」想像，直面經濟政治的全球化，全球化不僅僅是挑戰，更是充滿後發國家「彎道超越」的機遇。

〔註 23〕 俞可平：《全球化與新的思維向度和觀察角度》，《史學理論研究》2005 年第 1 期。
于沛：《全球史：民族歷史記憶中的全球史》，《史學理論研究》2006 年第 1 期。
〔註 24〕 朱鋒：《「非傳統安全」呼喚人類共同體意識》，《瞭望新聞週刊》2006 年第 4 期。
〔美〕梅爾‧格托夫：《人類關注的全球政治》，賈宗誼譯，新華出版社，2000 年版。
〔註 25〕 楊潔篪：《新形勢下中國外交理論和實踐創新》，《求是》2013 年第 16 期。
王毅：《探索中國特色大國外交之路》，《國際問題研究》2013 年第 4 期。
張清敏：《理解十八大以來的中國外交》，《外交評論》2014 年第 2 期。
〔註 26〕 《高橋伸夫「建構一種『健全』的民族主義：日本失敗的啟示」講座報導》，http://igea.muc.edu.cn/Newshow.asp 跡 NewsId=57。
〔註 27〕 鮑江：《電影人類學引論》，《中央民族大學學報》2015 年第 4 期。
〔註 28〕 費孝通：《人的研究在中國》，天津人民出版社 1993 年版，第 16 頁。

國難更添嚮學志，烽火絃歌顯芳華
——金陵大學文學院畢業論文選題分析（1931～1951）

劉　霆、鄒姍姍

（金陵科技學院人文學院，江蘇南京，210038）

1910 年在南京成立的金陵大學，是由美國基督教會 19 世紀末在南京所創辦的匯文、基督、益智三所教會書院合併發展而來。〔註1〕該校自 1911 年在美國立案後，其文憑便得到國際社會的普遍認可。當時美國加利福尼亞大學對中國教會大會進行編類，金陵大學是唯一的 A 類，持有學位的畢業生有資格直接進入美國大學的研究生院。因此，金陵大學被稱為「中國最好的教會大學」，並享有「江東之雄」、「鍾山之英」之美譽。〔註2〕

迄今為止，關於金陵大學學術史的研究仍十分薄弱，且有兩方面的缺陷：一方面，研究視角多集中於執教金大的著名學人，而青年學子卻嚴重缺位。民國時期的高等教育是名至實歸的精英教育，如 1936 年畢業於文學院中國文學系的程會昌（程千帆），其畢業論文的選題為「少陵先生文心論」。〔註3〕該論文於 1937 年便公開出版，在民國時期的杜甫研究中有一席之地，由此亦可見當時本科生論文的學術質量及其在學術史上的價值。因此本科生的學術活動、學術成果亦應納入近代學術史研究的視野；另一方面，雖然說金陵大學文理農三院嵯峨，但因農林學科堪稱中國之先驅，享譽海內外，特別是卜凱領銜之農經系於 30 年代所作的中國農業經濟方面的一系列調查的確成績斐

〔註1〕 王德滋、龔放、冒榮編：《南京大學百年史》，南京大學出版社，2002 年版，第 456 頁。

〔註2〕 金陵大學校友會編：《金陵大學建校百週年紀念特刊》，1988 年，第 38 頁。

〔註3〕 資料來源：《金陵大學文學院畢業論文》（手寫稿）。

然，這使得農學院在學術史中受到廣泛關注。相比而言，雖然金大文學院亦成績卓著，但卻缺乏足夠的學術關注。

筆者所收藏的《金陵大學文學院畢業論文》（手寫稿），乃 1931～1952 年全國高校院系調整之前的文學院學生畢業論文選題目錄。儘管目前論文全文尚未公諸於世，但由於該目錄記載連續，時間跨度大，絕對數量有近 500 篇，因而對之進行分析研究，依然可以觀察出一些值得關注的歷史現象及特徵。

一、關於論文數量的統計與分析

需要說明的是，金陵大學文學院與今日高校之文學院不盡相同，幾乎包含了人文社科的所有專業。其實質可理解為人文社科學院。由於學校因抗戰而兩度搬遷，很有可能因此遺失了不少學生論文。據統計，從 1888 年，金陵大學的前身——匯文書院，至 1952 年金陵大學併入南京大學，64 年間，共培養學生 4475 人。〔註4〕不清楚這個數字是否包含了曾入金大學習，但因多種原因未從金大畢業的學生，其中知名者如章開沅、彭珮雲、程抱一等。若以文理農三院平均計算，文學院在六十餘年內培養的學生應為 1500 人左右，如此則二十年內為 500 人左右。就目前的論文數目看，與這個數字是十分吻合的。但這樣的推算，似乎僅具有參考意義。因為金陵大學早年的招生規模比較小，特別是匯文書院時期，每年才十數人。這四千餘學生，應該多數還是 1928 年金陵大學在向國民政府教育部註冊後招收的。此外，根據資料，1948 年金大的在校生有 1300 餘人，〔註5〕如此看來，論文殘缺的絕對數量可能還是比較大的。這一點從表一中是可以看出的。特別是不少系科的個別年景連一篇論文都沒有。筆者判斷，論文目錄應是 1952 年全國高等院校調整之際，金陵大學即將併入南京大學之前，校內教務部門根據所存學生論文而作的歸檔登記。據筆者瞭解，論文原件似乎還在南京大學圖書館，處於尚未整理的階段。值得注意的是，文革初期南京大學曾將校史檔案全部移交至中國第二歷史檔案館。不清楚這批學生論文為何得以「幸免於難」，但六十餘年過去了，按照資料保存的一般規律，論文與目錄恐怕也難以完全吻合。

〔註 4〕 李雪、張剛：《思如潮、氣如虹，永為南國雄——南京金陵大學》，《科學中國人》2007 年第 7 期。

〔註 5〕 李雪、張剛：《思如潮、氣如虹，永為南國雄——南京金陵大學》。

表一：論文數量統計表〔註6〕

畢業年	中國文學系	外國語文學系	史學系	政治系	經濟系	社會學系	哲學心理系	教育學系	圖書館學系	社會福利行政	當年數量
1931	——	1	——	10	10	2	——	6	——	——	29
1932	1	1	6	10	10	2	——	8	——	——	38
1933	2	——	——	4	3	1	——	4	——	——	14
1934	1	1	1	4	2	3	——	——	——	——	13
1935	——	1	1	4	13	1	——	5	——	——	25
1936	3（含國學研究班1）	——	6	5	11	——	——	1	——	——	26
1937	1	3	2	3	15	1	——	2	——	——	27
1938	——	——	——	3	8	2	——	——	——	——	13
1939	1	——	1	3	5	——	——	——	——	——	10
1940	——	3	3	5	16	——	——	——	——	——	27
1941	——	——	1	1	13	——	——	——	——	——	15
1942	——	——	——	3	7	——	——	——	——	——	10
1943	——	3	——	——	11	——	——	——	——	——	14
1944	4	2	3	2	11	4	——	——	——	——	26
1945	——	2	1	11	17	7	2	——	——	——	40
1946	——	4	4	12	10	5	2	——	——	——	37
1947	3	1	13	7	33	30	3	——	——	——	90
1948	——	2	1	1	1	——	1	——	——	——	6
1949	——	——	4	1	9	2	——	——	——	——	16
1950	——	——	——	——	1	——	——	——	——	——	1
1951	1	2	2	——	2	——	——	——	——	——	7
總計	17	26	49	89	208	60	8	27	——	——	484

由表一可知，社會福利行政專業與圖書館學系一篇論文都沒有。1940年，在成都的金陵大學增設社會福利行政特別研究部，招收大學畢業生進行訓練，主要目的是為了滿足抗戰時期後方社會工作人才的需求。這部分學生在學校的時間為1～2年，並非本科生教育，亦非研究生教育，因而有可能並不

〔註6〕根據《金陵大學文學院畢業論文》（手寫稿）統計。

需要作論文。〔註7〕而 1948 年,在文學院中正式成立了社會福利行政系,開始招收社會工作的本科生,〔註8〕但直至 1952 年金陵大學撤併,這些學生並未畢業,因而亦不會有論文。但圖書館學系卻自 1927 年便開始招生,筆者尚難以解釋論文全部遺失的原因。

分析各年的論文數量可以看出政治時局對教育之影響,且依稀可以判斷出論文遺失的軌跡。1931～1937 年,每年的論文數量均不多,爲一二十篇。這部分學生應爲 1927～1933 年入學,屬於自向教育部註冊後,招生逐步增加卻又整體規模較小的時候。但更爲重要的原因是,學校因抗戰從 1937 年 11 月份開始西遷,經過三個多月的長途跋涉才到達成都華西壩。目前尚不能確定,學生論文是隨校西遷,還是留在南京。無論何種情形,對論文的保存而言都不樂觀。1938～1942 年的論文數量是最少的,個別年景只有 10 篇。很有可能,相當一部分文學院的學生並未隨學校西遷,而學校到成都的第一年招生亦很難理想,故此段時間的畢業論文最少。從 1943～1947 年,論文數量逐年增加,並達到最高峰。可見,學校在大後方艱苦而安定的環境之下,學生的規模在逐步增大。而 1948 年的論文數量卻銳減,此後直到 1951 年,保存下來的論文均維持在個位數。筆者判斷,這與當時國共內戰的大時代背景有關。不少學生放棄學業,投身於革命洪流。如歷史學家章開沅 1946 年 10 月入金陵大學歷史系,1948 年 12 月便赴中原解放區。當時這樣的學生恐怕不在少數。

二、文學類專業的論文信息

表二:中文及外文系論文信息統計表 〔註9〕

系　科	畢業年	姓　名	選　　題	相關事跡
外國語文學	1931	嚴傅馨	Tennyson's Life and Works（丁尼生的生活與工作研究）	不詳
中國文學	1932	甘蓉卿	唐代文學之特徵	不詳

〔註 7〕 彭秀良:《守望與開新:近代中國的社會工作》,河北教育出版社,2010 年版,第 141 頁。

〔註 8〕 《私立金陵大學要覽》,中國第二歷史檔案館館藏金陵大學檔案,卷宗號:649 / 1218。

〔註 9〕 資料來源:《金陵大學文學院畢業論文》(手寫稿)。

外國語文學	1932	吳方智	Charles Dickens（查爾斯・狄更斯研究）	國民黨中央信託局在港職員，曾代孔令侃在哈佛大學獲經濟學碩士學位。爲此升任中央信託局購料處副經理。得外號：地下碩士。〔註10〕
中國文學	1933	許 哲	說文研究	不詳
中國文學	1933	左景媛	中國近代文學之幾大轉變	曾爲吳文藻翻譯拉德克利夫－布朗（A・Radcliffe-Brown）的著作，並發表於 1936 年《社會學界》第 9 卷上。〔註11〕
中國文學	1934	賈泰寅	讀說文	教育同志會（國民政府在日僞教育系統中之秘密組織）會員，1942 年 3 月被捕。〔註12〕
外國語文學	1934	方光玉	A Study of Mrs. Buck's Novels（賽珍珠小說研究）	不詳
外國語文學	1935	李高宣	A Critical Study of Longfellow's poetry（朗費羅詩歌的批判性研究）	不詳
中國文學	1936	程會昌	少陵先生文心論	著名國學大師，教育家，南京大學教授。
中國文學	1936	韓列沼	詩經與楚辭文學之研究	寧波三一中學國文教師，寧波市政協第七、第八屆委員。
國學研究班	1936	錢卓升	唐宋以來之市舶司研究	錢昌照堂妹。後獲加州大學教育碩士。臺灣省立私人學院教育系任主任。編譯館中小學教科書編審委員，曾獲臺灣「社會教育獎」，是臺灣家政委發起人之一。
中國文學	1937	孫自強	篋中集作者事輯	留校任教。52 年院系調整後，任南京師範學院中文系教授、主任等。

〔註10〕 龔平、孔祥雲：《孔氏家族二世之謎》（上），《名人傳記》2014 年 8 月。

〔註11〕 參見《紀念布朗教授來華講學特輯》，《社會學界》第 9 卷（1936 年），燕京大學社會學系編，第 213～219 頁；《爲學貴在勤奮與一絲不苟——瞿同祖先生訪談錄》，《近代史研究》2007 年第 4 期；北京大學社會學人類學所編：《社區與功能——派克、布朗社會學文集及學記》，北京大學出版社，2002 年版，第 422 頁。

〔註12〕 中國第二歷史檔案館：《南京市教育工作總報告節選》，《民國檔案》2008 年第 4 期。

外國語文學	1937	姜大年	Representative Modern Chinese Short Stories（中國現代短篇小說代表性研究）	不詳
外國語文學	1937	胡紹聲	English of American Men of Letters as Men of Affairs（美國男士信件的英文研究）	金陵大學圖書館學會總務，曾參與編制 1952《中國人民大學圖書館圖書分類法》。〔註 13〕
外國語文學	1937	劉宗嶽	The Development of English Prose Style（英文散文文體發展研究）	龍雲秘書，與陳納德聯繫幫助龍雲逃往香港。〔註 14〕
中國文學	1939	張必慧	沈約王融謝朓中八病之檢討	不詳
外國語文學	1940	張訓華	Social Change in England During the Last Seventy Years（1860~1930）as seen through English Novels（從英文小說透視過去 70 年裏英國的社會變化研究）	不詳
外國語文學	1940	彭綠筠	Measurement of English Vocabulary of Middle School Graduates（中學生英語詞彙量評估研究）	之江大學的借讀生，論文由教務處取回寄至之江大學。
外國語文學	1940	吳德耀	English Society as seen in Galanelthy's Forrute Saga（1886~1920）（1886~1920 年英國社會研究）	哈佛大學政治學博士，國際知名學者、教育家。曾任聯合國中國代表團助理，參與起草世界人權宣言。臺灣東海大學校長，新加坡大學政治系主任、教授。
外國語文學	1943	李鑄晉	Modern American Life an depic by Certain American Novelists（美國小說家筆下的美國現代生活研究）	國際著名中國藝術史家。曾任教於奧勃倫學院、印第安那大學、愛荷華大學、香港中文大學、臺灣大學、匹茲堡大學、堪薩斯大學等。著作甚豐，有《中國現代繪畫史：民國之部》。
		沈文郁	Mending Measurement（修訂評估研究）	不詳
		楊樹勳	Charles Dickens-Social Reformers（查爾斯·狄更斯——社會改革者）	哥倫比亞大學博士，留學期間將范文瀾的《中國通史簡編》譯成英文。北京外國語學院教授、圖書館館長。曾參與創辦《英語學習》雜誌。

〔註 13〕 顧燁青：《民國時期圖書館學會考略》，《山東圖書館學刊》2009 年第 6 期。

〔註 14〕 參見劉宗嶽：《我所知道的龍雲》，《湖南文史資料》第六輯，湖南人民出版社，1963 年版。

中國文學	1944	朱 聲（方然）	唐人萬首絕句選箋注	七月詩派的重要成員。1949 年任杭州安徽中學校長。1955 年被列爲「胡風反革命集團」骨幹遭逮捕。1966 年迫害至死。
		邱祖武	周樹人先生年譜	不詳
		鄒楓枰	魏晉文學思想	參與組織「正聲詩詞社」，特聘沈祖棻、程千帆、高石齋、劉君惠等爲指導。
		盧兆顯	李後主研究	「正聲詩詞社」成員，曾出版《風雨同聲集》。《沈祖棻全集》裏所收的她寫給學生的書信只四人，盧兆顯是其中之一。〔註15〕
外國語文學	1944	周苗珍	The American Frontier as seen in Fenimore Cooper's Leather-Stocking Novels（從費尼莫爾·庫珀的皮襪子小說透視美國邊疆研究）	不詳
		喻德基	Translation of Fifty Chinese in Poems since 1937（從 1937 年以來五十篇中文詩歌翻譯研究）	愛渥華州立大學哲學博士。長期擔任哥倫比亞大學新聞研究院副院長、教授。曾在《華盛頓郵報》及《太陽報》工作，有英文著作多部。
外國語文學	1945	張志公	Chinese Literary Traditions seen through Wen Sin Tiao Lung（《文心雕龍》看中國傳統文化研究）	留校任教。當代著名語言學家、教育家。
		危東亞	A Translation of Tsao Yu's "Sunrise"（曹禺的《日出》翻譯研究）	著名英語教育家，北京外國語大學英語學院教授。
外國語文學	1946	Huang Ming Chao	Human in George Bernard Shaw's Plays（蕭伯納的人道主義研究）	不詳
		Chen Siao-fen	The Development and Trends of Modern Chinese Drama（中國現代戲劇的發展與趨勢研究）	不詳

〔註15〕 沈祖棻曾在《致盧兆顯書》中寫道：「與千帆論及古今第一流詩人無不具有至崇高之人格，至偉大之胸懷，至純潔之靈魂，至深摯之感情，眷懷家國，感慨興衰，關心胞與，忘懷得喪，俯仰古今，流連光景，悲世事之無常，歎人生之多艱，識生死之大，深哀樂之情，爲天地立心，爲生民立命，夫然後有偉大之作品。其作品即其人格心靈情感之反映及表現，是爲文學之本。」（《致盧兆顯書》，《沈祖棻全集》第二卷，河北教育出版社，2001 年版），由此可見沈祖棻文學理念之一斑。

		Chao Seng Cha	Fantasy in the plays of Sir James Matthew Barrie（詹姆斯‧巴里爵士的作品中幻想場景研究）	不詳
		Chen Pei Wei	B sen's Attitude toward woman as Revealed in his realistic plays（B sen's 現實主義戲劇中對女性態度研究）	不詳
中國文學	1947	李應奎	孔墨在先秦學術思想史上之地位	不詳
		汪啓思	杜甫研究	不詳
		張敘生	莊子哲學思想研究	不詳
外國語文學	1947	王月娥	Jane Austen and Her Women Character（簡‧奧斯汀和她的女性角色）	著名哲學家、教育家蕭焜燾的夫人。1948 年 11 月，夫婦二人以「匪諜嫌疑」被捕，李宗仁宣佈和談後出獄。
外國語文學	1948	Hsien Lien-Reng	A Thesis Delimited to Contemporary mollems Resented By Galsworthy in this Plays（高爾斯華綏的作品中分析現代 mollems）	不詳
	1948	Swen Ri Yuen	The Dramatic resteyals of the diastolic characters as seen in John Drinkwater's plays（John Drinkwater 戲劇中角色分析）	不詳
中國文學	1951	常國武	周秦行紀之時代背景及其他	南京師範大學中文系教授。
外國文學	1951	林瑞寅	思想問題	不詳
	1951	張傳愚	還卿記	不詳

按今日之學術分野，中文系與外文系是名符其實的文學專業。但目錄顯示，兩系保留下來的論文數量並不多，總量才 43 篇。其中較爲著名的作者有程千帆、吳德耀等人。但遺憾的是，更多著名校友的論文信息卻未能見到。如程千帆的夫人沈祖棻，1936 年畢業於文學院的國學研究班。該班設立於 1934 年，招收各大學文史哲專業畢業的本科生，學習兩年，事實上相當於碩士研究生班。當時國學研究班的導師有胡小石、黃侃、吳梅、汪辟疆、胡翔冬、商承祚等，如此強大的導師陣容及沈祖棻的日後成就，其本科論文應該出手不凡。可惜的是，兩期研究班畢業學生共三十人，只有錢卓升一人的論文得以保存（其 1934 年從北京大學歷史系畢業後入金大國學研究班學習）。

筆者對文學專業的學生個人信息進行了初步考證（因時間及篇幅，難以對其他專業的學生一一考證），大體可以看出，多數人的職業生涯與其專業還是相關的。從政的吳方智與劉宗嶽亦是因外文流利而進入中央信託局香港辦事處及當上龍雲秘書的。

三、歷史及政治系選題內容與時局之關係

就論文的選題內容而言，歷史及政治系的論文與時局結合得十分緊密，體現出十分明顯的經世致用性。限於篇幅，僅選擇部分代表性的論文選題製作下表。

表三：歷史及政治系部分論文信息統計表 〔註16〕

畢業年	系　科	姓　名	選　　　　　　　　題
1931	政治	陳啓運	國際風雲與軍縮會議
		郭子均	國民政府與廢除不平等條約
		李德安	歐戰後之中日外交關係
1932	歷史	韓榮森	中東路與中俄外交關係
		高炳豐	凡爾賽條約的修改問題
		錢存訓	隋唐文化與日本古代文明之關係
		徐瑞祥	隋唐時代之中中日文化關係
1932	政治	張樹德	賠款問題解決之經過及其與戰債之關係
		朱永昌	國際聯盟對於世界和平之貢獻
		劉建章	治外法權收回運動
		寶明綬	中東路問題之研究
		任玉宇	條約之解釋
		吳永銘	日本在東三省之鐵路勢力
1933	政治	李榮章	東北事變與我國外交
1934	歷史	陳仁全	消極抵抗運動
1935	歷史	余文豪	日本在東北的經濟利益
1936	歷史	陶瑞芳	咸豐朝之中英關係

〔註16〕 資料來源：《金陵大學文學院畢業論文》（手寫稿）。

1936	政治	許紹籛	外蒙古問題
1937	歷史	王文漪	日人侵略滿蒙之檢討
		王永芬	中日戰後李鴻章之對俄政策
1938	政治	林啓森	中日外交關係之檢討（1931～1936）
1939	歷史	謝慶巽	朝鮮所引起之中日糾紛（1875～1885）
1940	歷史	王祖壽	馬關條約成立之經過
1940	政治	陳祖穌	各國外交機關比較的研究
1941	歷史	胡德姜	中國駐外使館之建立
1942	政治	張國璋	列強在華勢力範圍之研究
1944	歷史	楊邦傑	甲午戰爭與李鴻章之關係
		關勝遠	美國對華門戶開放政策之起源
1944	政治	朱嘉轂	十年來美國對華之外交關係
1945	政治	商學成	曾紀澤之外交
		陸鳴均	中蘇外交（1919～1944）
		彭效商	中蘇友好同盟條約之研究
		朱重華	瀋陽事變之檢討
		曹家祚	大西洋憲章之研究
1946	歷史	趙一鶴	中英條約（1867～1870）
1946	政治	馮毓昌	近十五年來的美國遠東外交
		楊世佶	中國與暹羅之關係
		趙啓海	中國工業化中之利用外資問題
		諶志暹	我國工業化過程中應有之關稅政策
		戴明裕	戰後我國國際匯兌政策
		沈念誠	滿清中法越南交涉
		費成翔	歐戰期中國之外交
1947	歷史	宣世賢	鴉片戰爭中言官對英國之評論
		費瑞蔭	中日甲午戰爭
		阮源遠	同治朝教案研究
1948	歷史	陳錫養	東三省外交問題

1948	政治	黃彰位	中蘇關係研究
1949	歷史	吳秉眞	義和團時清政府對外之政策

由表三可見，1931～1945 年，因民族危機的加深，論文多研究當代中國與列強之條約關係，既有對前代（清代）外交政策及戰爭（甲午中日戰爭）的檢討，更多的則是對當代中國國際地位及民族命運的關注及擔憂。

除表三所列外，還有不少論文從世界殖民地民族獨立運動的角度對中國的前途加以探討。如歷史系吳天威的《甘地與印度民族運動》、魯學贏的《英自治殖民地在帝國外交之地位》；政治系李萬石的《菲律賓共和國之建立》等。對國家政權建設的關注亦較多，有歷史系吳金鑒的《最近三十年中國地方自治史》；政治系張嶽宗的《國民政府組織及其實施之研究》、趙鼎新《代議政治》、脫秉華《五權憲法之研究》、邵承祖《我國現行地方自治制度之研究》、蕭東明《南京市政府》、孔慶洙《完成自治方案》、尹毓蕃《我國地方行政區域之劃分》、李志道《法西斯蒂之政黨與政治》、李榮晃《中央與地方權限之劃分》、姚竹櫻《我國中央政治制度》、李維達《江寧、蘭溪、宜興三縣整理土地之分析及研討》、丁乾《縣司法制度》、李成林《中國現行立法制度》、《西康之研究》、湯綸章《江都縣財務行政述評》、張忠祥《民眾之組織與訓練》、趙玉燕《縣戶籍行政》、莊曜斗《縣單位義務教育之普及問題》、經家鵬《四川省政府財務行政之研究》、高鍾潤《縣地方衛生行政的實況和研究》、周英柏《中國現行公務員制度之研究》、宋禕《中國地方制度之研究》、魏佩蓮《抗戰建國中的地方自治問題》、項英《中國憲法之研究》、劉春年《管教養衛之研究》、李玉泚《國民政府監察制度研究》、熊思均《中國抗戰中政治建設之研究》、熊經華《國民政府行政院組織之研究》、王華寶《中國憲法問題》、蒲偲毅《成都市政制度》、高宜生《婦女與憲法》等。〔註17〕

1949 年之後，論文選題的意識形態性逐漸明顯，如歷史系對農民運動的關注明顯增加。除表三吳秉眞的論文外，還有夏吟秋《太平天國之政治經濟制度》、《李秀成與太平天國》、白英《洪秀全的革命思想》、餘輝音《「常勝軍」幫助滿清政府鎮壓太平天國革命運動》，及政治系張一戎的《專制政治在中國》。

〔註17〕 資料來源：《金陵大學文學院畢業論文》（手寫稿）。

四、經濟系、社會學系論文的實證特徵

表四：社會學系部分論文信息表 〔註18〕

係　科	畢業年	姓　名	選　　　　　　題
社會學	1932	丁廷洧	最近上海之家庭衝突——夫妻衝突
		應家秉	江蘇第一監獄犯生活實況的研究及其改良問題
	1933	陳　筠	南京城內江北移民區之調查
	1934	謝潤生	南京市之社會事業
		姚賢淑	南京市貧兒教養院五十個貧兒家庭的研究
		徐予珍	南京歌女之研究
	1935	夏　雲	南京女傭調查
	1938	蕭宗說	成都繡花業之研究
		吳寶善	成都市 120 個寄養兒童之研究
	1944	湯鶴松	成都皇城壩 540 個平民勞工家庭戰時生活狀況調查
		張照隅	成都市警察局外省遊民習藝所 198 名男性罪犯的研究
		陳舜裔	成都市新聞事業之社會學的研究
		謝道爐	成都市旅館業之社會學的分析
	1945	張紹梅	西南幾種民族之婚姻與喪葬
		李楊善	成都劉門集社之研究
		張萬麟	成都各大學大學生生×生育量之研究
		許家驥	辦理皇城壩工友互助社子弟教育補習班工作報告及意見
	1946	朱明鏡	哥老會之社會關係研究
		何興元	成都人力車職業工會第三分會會員生活概況調查
		金初裕	成都青羊場社區之俗
		張仕先	成都市三大棉紡織工廠之勞工狀況研究
		歐雨美	成都人市與女傭生活研究
	1947	伍德滋	成都市徵屬福利工作之研究
		宋德銓	成都市政府軍法犯監獄 30 位煙犯之研究
		周國英	金陵大學教職員家庭女傭之研究

〔註18〕 資料來源：《金陵大學文學院畢業論文》（手寫稿）。

		金明鎮	成都第一遊民習藝所遊蕩兒童之研究
		唐先敏	成都市十大職業工會之福利事業
		陳　詞	成都市慈善團體工作之研究
		黃學斌	達縣之民俗
		楊壽南	成都市外西青羊場社區政治之研究
		周長春	四川犍爲縣中城鎮哥老組織之研究
		夏霖生	成都青羊場經濟制度之研究
		李祖德	南京市和平鄉社區之民俗
		吳敦德	新民門外四所村 100 個失學兒童之研究
		鄭德疆	國立中央大學醫學院附設大學醫院社會服務部 100 醫藥病案的研究
		廖時淵	邁皋橋社區之教育
		胡駿美	新民門外四所村 100 名工作兒童的研究
		周德尊	南京新民門外三所、四所村鐵路工人生活研究
		張華民	南京青年會兒童團的研究
		陳策莊	京滬車站行李包件業工人生活之研究
		戴滌歐	南京市和平鄉社區政治之研究
		羅加雲	南京市和平鄉社區政治之研究
		晏群英	南京新民門外四所村 50 個家庭內××兒童福利的研究
	1948	方舜之	南京市人力車夫眞實工資之降落對其生活之影響
		張問教	南京曉市的研究

表五：經濟系部分論文信息表 〔註19〕

係　科	畢業年	姓　名	選　　　　　題
經濟學	1931	陳克斌	我國農村經濟衰落之原因
		賈家駒	上海十六年度內國銀行資產負債之研究
		俞佐運	無錫工業現狀及改進之計劃
	1932	祁德華	南京之錢莊
		王豐功	五十年來華茶對外貿易之消長
	1934	汪富禮	中國徵收遺產稅之檢討

〔註19〕 資料來源：《金陵大學文學院畢業論文》（手寫稿）。

1935	朱際銓	中國通商銀行近十年來營業之分析
	杜樹楨	中國棉紡織工業近況與華商紗廠衰落原因
	王益農	江浙二省田賦之研究
	蔡秋英	中國合作運動之研究
1936	吳　宜	中國勞工問題
1937	卓家瑜	土地問題之癥結及其解決方法
	傅紹鑫	新舊鹽法之檢討
	李寶蓮	中國關稅政策
	李英如	中國之交通建設
	夏信淵	中國糧食問題
1938	承正元	近十年來上海外匯市場之檢討
	雷震鳴	我國農業倉庫之研究
	鄧　霖	四川糧食問題
1939	朱彙源	抗戰後公債之整理
1940	陳文如	我國戰時貿易統制之檢討
	李文褒	我國戰時經濟建設實施綱要
	林振威	四川省糖業之將來
	伍挺秀	中國戰時財政問題
	蔡潤嵐	中國戰時外匯管理之檢討
	謝慧如	抗戰以來我國文物價與物價統制
	黎承萱	會計制度與新縣政
	吳秀英	抗戰以來我國金融之動態
1941	張廉價	四川工業建設之檢討
	董雲鵬	中國土地問題及其戰後解決之途徑
	包毓琪	中國戰時應注意之租稅問題
1942	柯知明	工業合作運動在成都推行之概況及展望
	陳　華	我國戰爭以來對外貿易政策之檢討
	程浦雲	成都市棉織業之研究
	孫士洪	中國戰時內債之發行及其整理
	曾楚娟	四川田賦徵收實物之檢討

	張　鵬	我國戰時物價理論之研究
1943	田嘉穀	犍為鹽場食鹽之生產與運銷
	李列俊	抗戰以來我國之運輸交通檢討
	林華清	我國戰時物價之數學分析及解釋
	金啓昌	戰時四川省糧食問題之研究
	郭本裕	中國戰時火柴專賣之檢討
1944	林國濟	戰後我國通貨整理之商榷
	朱榮三	戰後中國工業區位之選擇
	馬學禮	戰時四川之酒精工業
	洪德君	中國戰時金融問題之檢討與展望
	伍顯蘇	中國籌措戰費方法之研究
1945	顧俊人	如何遏制通貨膨脹
	張大均	論國際通貨計劃及其展望
1946	羅師渠	新中國土地政策之研究
1947	尹錫棋	我國通貨之回顧與前瞻
	朱序仁	中美商約之研究
	彭學慈	我國通貨膨脹之研究
1949	鄭時渚	論東歐新民主經濟
	李　靈	蘇聯計劃經濟研究
1950	孫友銘	新民主主義的經濟論
1951	鄧定邦	土改專題報告
	魏伯坪	南京市郊區土地改革專題報告

　　社會學與經濟學論文的選題特點之一：關注民生、匡濟天下。研究內容比較廣泛，涉及人口問題、中國社會結構、社會關係、貧困問題、勞工問題、婚姻問題、農村問題、農業經濟、社會救濟等諸多領域。對這些問題的系統研究反映出對民生的關注，同時對解決貧困和開展救助提出政策上的建議；特點之二：與救國理念相融合。20 世紀三四十年代的中國處於動蕩不安之中，巨大的社會變遷與社會變革，要求學術研究與中國社會緊密結合。如何正確估價中國社會以及面臨的問題並找到相應的解決辦法，爲整個民族和國家提供可以借鑒的途徑，以改變積貧積弱、危機四伏的社會經濟現狀，改善

人民的苦難生活，是這些論文的普遍訴求；特點之三：從本土出發，重視調查研究。因而亦在較大程度上受學校所在地區的限制。如抗戰前的論文多研究南京及上海地區的家庭、監獄、移民、兒童、歌女、女傭、田賦、銀行等，抗戰爆發後，學校西遷，論文多關注四川地區（主要是成都）的生活、工業、教會、哥老會、社區風俗、人力車等，1946 年在南京原校址復校後，論文選題再度將視線放到南京地區。當時國民政府社會部長曾致函社會學系主任陳文仙，評價金陵大學「爲社會謀福利，遠矚高瞻」。〔註20〕

五、結語

由於諸多原因，本文只能對論文目錄進行一般性的描述及介紹，在論文原件尚未能公諸於世的情況下，尚難以對此問題進行比較深入的研究。但目錄本身已經爲我們開啓了一扇塵封已久的心靈窗戶，由此我們看到七八十年前，一屆屆朝氣蓬勃的金大學子懷揣著「救亡」、「啓蒙」的學術堅守，在教會氣息濃厚的校園內，詮釋著中國傳統文化，探尋興國救邦之道。

〔註20〕 《陳文仙與社會部長谷正綱的來往信函（1943 年）》，中國第二歷史檔案館館藏檔案，卷宗號：649／1220。

文學思潮與文學出版

「人的文學」理論基點與
民國文論體系構架

黃　健

（浙江大學中文系，浙江杭州，310028）

摘　要

　　民國之初興起的新文化運動，被認為是中國的「文藝復興」運動，其核心是要確立人的價值，恢復人的尊嚴，捍衛人的權利，反映在文學方面，也就是要求以自覺的歷史理性批判精神，反對舊文學，提倡新文學，開闢中國文學新局面，並建構起新的文論的整體構架，形成以民族性、科學性、現代性和實踐性為體系構架的新格局，推動中國文論由古典向現代的全面轉型。高高飄揚著「人」的旗幟，是民國新文學的核心價值理念，也是民國文論構架生成的理論基點，顯示出民國文論的理論自覺精神。

關鍵詞：民國文論、「人的文學」、體系構架

　　蔡元培在為《中國新文學大系》撰寫總序《中國的新文學運動》一文中，曾將民國興起的新文化、新文學與近代西方的文藝復興相提並論，指出：「我國的復興，自五四運動以來不過十五年，新文學的成績，當然不敢自詡為成熟。其影響於科學精神民治思想及表現個性的藝術，均尚在進行之中。但是吾國歷史，現代環境，督促吾人，不得不有奔軼絕塵的猛進。吾人自期，至

少應以十年的工作抵歐洲各國數百年。」〔註1〕胡適也持同樣的觀點,他指出中國的文藝復興運動「首先,它是一場自覺的、提出用民眾使用的語言創作的新文學取代用舊語言創作的古文學的運動。其次,它是一場自覺的反對傳統文章中諸多觀念、制度的運動,是一場自覺地把個人從傳統力量的束縛中解放出來的運動。它是一場理性對傳統,自由對權威,張揚生命和人的價值對壓制生命和人的價值的運動。最後,很奇怪,這場運動是由既瞭解他們自己的文化遺產,又力圖用現代新的、歷史的批判與探索方法去研究他們的文化遺產的人領導的。在這個意義上,它又是一場人文主義的運動。」〔註2〕無論是蔡元培,還是胡適,他們都認為中國新文學是「人」的「復興的開始」。其實,魯迅早在撰寫《文化偏至論》一文中就明確提出了「立人」的思想主張,指出:「是故將生存兩間,角逐列國是務,其首在立人,人立而後凡事舉,若其道術,乃必尊個性而張精神。」同時,魯迅還進一步提出要建立「人國」:「國人之自覺至,個性張,沙聚之邦,由是轉為人國。人國既建,乃始雄勇無前,屹然獨見於天下。」〔註3〕而在民國之初,周作人更是鮮明地提出了「人的文學」的觀點,他指出:「我們現在應該提倡的新文學,簡單的說一句,是『人的文學』。應該排斥的,便是反對的非人的文學。」〔註4〕高高飄揚著「人」的旗幟,可以說,正是民國興起的新文學的核心價值理念,也是民國文論生成的理論基點。

一

周作人倡導的「人的文學」,反映在民國文論體系的整體建構上,顯示出來的是理論自覺精神,其特點也即是要以自覺的歷史理性批判精神,反對舊文學,提出新文學,以開闢中國文學的新局面,並由此形成中國文論的新格局,以推動傳統文學、文論由古典形態向現代形態的全面轉型。他指出:「妨礙人性的生長,破壞人類的平和的東西,統應該排斥。」並強調:「我們立論,應抱定『時代』這一個觀念,又將批評與主張,分作兩事。批評古人的著作,

---

〔註1〕 蔡元培:《〈中國新文學大系〉總序》,趙家璧主編:《中國新文學大系》,上海良友圖書印刷公司,1935 年版,第 11 頁。
〔註2〕 胡適:《中國的文藝復興》,歐陽哲生、劉紅中編,外語教學與研究出版社,2001 年版,第 181 頁。
〔註3〕 魯迅:《墳‧文化偏至論》,《魯迅全集》(第 1 卷),人民文學出版社,1981 年版,第 57、56 頁。
〔註4〕 周作人:《人的文學》,《新青年》第 5 卷第 6 號,1918 年 12 月 15 日。

便認定他們的時代，給他一個正直的評價，相應的位置。至於宣傳我們的主張，也認定我們的時代，不能與相反的意見通融讓步，唯有排斥的一條方法。」〔註5〕站在「破」和「立」的價值取捨立場上，民國之初興起的新文化、新文學、新文論，無論是提出反對舊文化，提倡新文化，反對舊道德，提倡新道德，反對舊思想，提倡新思想，還是在文學上倡導白話文，提倡「人的文學」理論建構，都展示出在新知識和新理論譜系中的新人文精神。反映在文學創作和理論建構上，也無論白話詩歌的嘗試，小說、戲劇新形式的創造，還是從域外介紹各種近現代文學思潮和創作方法，都首先是要論述其理論的迫切性和文化的合法性，以便確立新文學的正宗地位，建構民國富有理論思辨氣息的「大文論」體系構架。在這裡，所指的「大文論」，當然不是指有關文論內容與篇幅的大與小，而是指整個民國文論的建設理念和體系構架，在順乎時代發展中所應具有的新的理論基點、價值原則和邏輯結構，也就是要強調「人」的文學的理論基點、價值原則和邏輯結構的確立。因此，對於民國文論而言，無論是胡適的白話文學論和新詩創作，陳獨秀的文學革命論，魯迅的「立人」思想和「為人生」的文學觀，周作人的「人的文學」觀，茅盾提倡自然主義的文學，郭沫若、郁達夫、成仿吾等創造社同仁提倡富有個性自由的浪漫主義學，及其後來形成的「革命文學」論爭、左翼文學與自由主義文學論爭、京派文學、海派文學、民族主義文學、「戰國策」派等等，都為民國新文學、新文論的建設與發展，開闢出廣闊的新天地，篳路藍縷，展現出民國文學、文論先驅者們鮮明的使命意識和崇高的責任感，正如魯迅所說的那樣「自己背著因襲的重擔，肩住了黑暗的閘門，放他們到寬闊光明的地方去。」〔註6〕這些先驅者的理論勇氣、開拓性、創新性和自覺性，在民國文學、文論的建設中，都是十分鮮明的。

　　建構民國文論的體系構架，在確立了「人」的文學理論基點之後，需要的是在邏輯層面上確立總體的價值取向和發展路徑。在經歷多種論爭和思潮交融之後，民國文論逐步確定了在批判性承繼傳統文論的基礎上，借鑒近代以來西方文論的理論內涵、框架和邏輯發展理路，致力於打造以「人」的文學為理論核心的，同時又具有現代的「中國氣派」和「中國風格」的文論體系，如同胡適在倡導「文學改良」和「文學革命」時一開始所明確指出的那

〔註5〕　周作人：《人的文學》。
〔註6〕　魯迅：《墳・我們現在怎樣做父親》，《魯迅全集》（第1卷），第140頁。

樣：「有了這種『眞文學』和『活文學』，那些『假文學』和『死文學』，自然會消滅了。所以我望我們提倡文學革命的人，對於那些腐敗文學，個個都該存一個『彼可取而代也』的心理；個個都該從建設一方面用力，要在三五十年內替中國創造出一派新中國的活文學。」〔註7〕然而，究竟什麼是民國文論所要追求的「中國氣派」和「中國作風」？以及如何的建構？這涉及到民國文論如何展現自身理論自覺的根本問題。儘管明確提出這組文論概念發生在四十年代，〔註8〕但自民國建立以來，各種文論的主張儘管不同，流派不同，也有過激烈的「全盤西化」的討論，有過「不讀中國書，或少讀中國書」的激進觀點，但總體發展趨向基本上還是沿著「人的文學」和建構「中國氣派」、「中國作風」這一邏輯理路建構、演化、發展而來，在中國文論發展史上逐漸地構建起了極其富有現代性價值內涵的文論體系。

二

　　圍繞「人的文學」理論基點，建構文論體系構架，民國文論顯示出了一種高起點、高品格的形態和整體性、系統性、全面性的特點，其主旨是要在新文化催生「人」的覺醒當中，如何在文的層面上獲得以「人」的主體自覺爲前提的「文」的自覺。周作人明確指出：「我所說的人道主義，並非世間所謂『悲天憫人』或『博施濟眾』的慈善主義，乃是一種個人主義的人間本位主義。」〔註9〕這也就是說，倡導「人」的文學，不是單純的以同情、悲憫、博愛（儘管這也十分重要）等情感爲導向，而是重在以「靈肉一致的人」爲導向，充分地肯定人在世俗生活中的合理性與合法性，這樣才眞正地凸顯出人的生命之「力」，同時也使新文學具有生命的力度、廣度和深度，從而寫出有血有肉的生命文章。魯迅也明確指出：「文藝是國民精神所發的火光，同時也是引導國民精神的前途的燈火。這是互爲因果的，正如麻油從芝麻榨出，

〔註7〕　胡適：《建設的文學革命論》，《新青年》第4卷第4號，1918年4月15日。

〔註8〕　有關「中國氣派」和「中國作風」的正式提法，應是時任中共主席毛澤東在民國27年（1938年）10月12日至14日在中共六屆六中全會上所作的政治報告《論新階段》的第七部分提出的，後編入《毛澤東選集》第2卷。原題爲《中國共產黨在民族戰爭中的地位》，目的是要求中共全體黨員應明確地知道並認眞地負起中國共產黨領導抗日戰爭的重大歷史責任。在1942年的延安文藝座談會上，毛澤東再次強調了這一觀點和提法。王任叔（巴人）在民國28年（1939年）9月1日的《文藝陣地》第3卷第10期上，發表題爲《中國氣派與中國作風》的文章，著重從文論的角度強調了這一觀點和提法。

〔註9〕　周作人：《人的文學》。

但以浸芝麻，就使它更油。倘以油為上，就不必說；否則，當參入別的東西，或水或城去。中國人向來因為不敢正視人生，只好瞞和騙，由此也生出瞞和騙的文藝來，由這文藝，更令中國人更深地陷入瞞和騙的大澤中，甚而至於已經自己不覺得。世界日日改變，我們的作家取下假面，真誠地，深入地，大膽地看取人生並且寫出他的血和肉來的時候早到了。」〔註 10〕胡適在《文學改良芻議》一文中則認為，新舊文學的不同點在於：新文學能夠自由地表達人的思想和情感，而舊文學的主張只是「文以載道」，所以新文學及其理論建構，就應緊隨時代發展，用現代「活的語言」自由地表達現代人的思想情感。他表示：「吾惟願今之文學家作費舒特（Fichte），作瑪志尼（Mazzini），而不願其為賈生、王粲、屈原、謝皋羽也。其不能為賈生、王某、屈原、謝皋羽，而徒為婦人醇酒喪氣失意之詩文者，尤卑卑不足道矣！」〔註 11〕強調以個人、個體為本的「人」的觀念建構，反映在「文」的建設上，就是充分地展現出「文」的自由性，能夠真正地傳達出人的心靈情感，故周作人嚴屬地批評傳統文學，指出：「中國文學中，人的文學，本來極少。從儒教道教出來的文章，幾乎都不合格。」〔註 12〕陳獨秀同樣持這種觀點，他指出：「吾人今日所不滿於昌黎者二事：一曰，文猶師古，雖非典文，然不脫貴族氣派。尋其內容，遠不若唐代諸小說家之豐富，其結果乃造成一新貴族文學。二曰，誤於『文以載道』之謬見。文學本非為載道而設，而自昌黎以迄曾國藩所謂載道之文，不過鈔襲孔孟以來極膚淺極空泛之門面語而已。」他強調：「今日吾國文學，悉承前代之敝。所謂『桐城派』者，八家與八股之混合體也；所謂『駢體文』者，思綺堂與隨園之四六也；所謂『西江派』者，山谷之偶像也。求夫目無古人，赤裸裸的抒情寫世，所謂代表時代之文豪者，不獨全國無其人，而且舉世無此想。文學之文，既不足觀，應用之文，益復怪誕。碑銘墓誌，極量稱揚，讀者決不風信，作者必照例為之。尋常啟事，首尾恒有種種諛詞。」〔註 13〕從發生學的角度來看，民國文論以反傳統的姿態出現，強調「大文論」的體系構架建構，一開始就被置於一個多重交織、衝突、疊加和融合的張力場域之中。如果不強調體系構架的建構，一些新的思想，新的觀念，新的主張，就有可能被隨時被扼殺在搖籃之中，或消失，或終結。

〔註 10〕 魯迅：《墳·論睜了眼看》，《魯迅全集》（第 1 卷），第 240 頁。
〔註 11〕 胡適：《文學改良芻議》，《新青年》第 2 卷第 5 號，1917 年 1 月 1 日。
〔註 12〕 周作人：《人的文學》。
〔註 13〕 陳獨秀：《文學革命論》，《新青年》第 2 卷第 6 號，1917 年 2 月。

事實上，民國文論之所以能夠開闢中國文論新的發展路徑，也就是在「人的文學」理論基點上，獲得了一種全新的價值理念和自身理論形態新編碼。當然，在這當中，民國文論深深地內含著受外來影響和自身發展制約的雙重邏輯結構。或者說，民國文論在現代轉型的特殊語境中生成，其理論體系構架的建構理路和形態編碼是雙重的，既有近現代西方文論的外來因子的編碼，也有自身傳統因子轉化的特殊編碼。正是在這種境況和場域中，民國文論創造了中國文論的一種新的理論模態和體系構架。

三

　　民國文論在初始階段，存在著較為明顯的外傾性現象。由於傳統文論較注重經驗性表述，往往是針對創作中出現的具體問題，進行分析評述，具有較為鮮明的感悟、點撥和論道的特點，其體系構架一般不是那種宏大性的、思辨性的、體系性的外顯結構，而是微觀性的、體驗性的、解讀性的內化結構，其表意性特徵比較鮮明，但卻存在著論述較隨意，不夠清晰，比較模糊、籠統的特點。進入民國之後，受近現代西方文學影響，民國文論注重理論體系的建設，強調將個人的認識和體悟納入理論體系中予以表達，甚至是主張直接模仿近、現代西方文論的理論建構，表現出比較明顯的「歐化」或「西化」的特點。像傅斯年在《怎樣做白話文》一文所直言的那樣：「照我回答，就是直用西洋文的款式、文法、詞法、句法、章法、詞枝（Figure of Speech）……一切修詞學上的方法，造就一種超於現在的國語、歐化的國語，因而成就一種歐化國語的文學。」〔註14〕但在實踐中，這種全然「歐化」的方式，顯然舉步維艱，難以適應民國文學、文論的發展。胡適後來提倡「多研究一些問題，少談些『主義』」，也包含著這層意思。他說：「空談外來進口的『主義』，是沒有什麼用處的。一切主義都是某時某地的有心人，對於那時那地的社會需要的救濟方法。我們不去實地研究我們現在的社會需要，單會高談某某主義，好比醫生單記得許多湯頭歌訣，不去研究病人的症候，如何能有用呢？」〔註15〕成仿吾在論述新文學的使命時則尖銳地指出：「民族的自負心每每教我們稱讚我們單音的文字，教我們辯護我們句法的呆板。然而他方面卑鄙的模仿性，卻每每叫我們把外國低級的文字拿來模仿。這是很自相

〔註14〕傅斯年：《怎樣做白話文》，《新潮》第 1 卷第 2 號，1918 年 12 月。
〔註15〕胡適：《多研究一些問題，少談些「主義」》，《每週評論》第 31 期，1919 年 7 月 20 日。

矛盾而極可笑的事情，然而一部分人眞把他當做很自然的事了。譬如日本的短歌我眞不知何處有模仿的價値，而介紹者言之入神，模仿者趨之若鶩如此。一方面那樣不肯努力，他方面這樣輕於模仿，我眞不知道眞的文學作品，應當出現於何年何月了。」〔註16〕從文論的體系構架建設上來說，如何克服這種全然「歐化」或「西化」的現象，需要一個整體建構的思路，從民國之初的思想啓蒙和文化價値導向上來看，「人的文學」的倡導，爲民國文論的整體建構，既確立了理論的基點，同時也在整個體系構架中，確立了四個方面的建構維度，即現代性、科學性、民族性和實踐性的理論建構。其中，現代性是其深厚的價値內涵，科學性是其鮮明的發展導向，民族性是其內在的文化底蘊，實踐性是其指導創作實踐的實際功能。

「現代性」（Modernity）是民國新文學、文論建構中的揮之不去的話題。就民國社會、文化發展境況而言，晚清以來渴望擺脫被動挨打和貧窮落後的困境，邁向民族的獨立、解放和建立新型國家的意識，不僅是確立現代性主體不可或缺的要素，而且它本身幾乎就是現代性意識的唯一標記，由此生成的民國文學宏大敘事（Grand narrative），就一直都在爲現代性建構構築最基本的認知空間。李歐梵認爲，晚清以來，梁啓超提出的有關「中國國家新的風貌的想像」，對民國文化、文學的現代性建構，作出了重要的貢獻，產生了深遠的影響。他指出，梁啓超的一個非常重要貢獻就是「提出了對於中國國家新的風貌的想像」，把新的民族國家風貌的想像，「從文學的意義上來說，最重要的是敘述問題，即用什麼樣的語言和模式把故事敘述出來。」〔註17〕因爲文學是語言藝術，用什麼樣的語言和模式敘述故事，不單是一個文學技巧問題，而是一個通過文學如何賦予新的人生意義的問題。如果說舊的文學已經不能承擔新的人生意義的功能，那麼，民國通過新文學來尋求新的人生意義，賦予新的思想內涵，乃是呼之欲出的歷史必然，就像成仿吾指出的那樣：「至少我覺得除去一切功利的打算，專求文學的全 Perfection 與美 Beauty 有値得我們終身從事的價値之可能性。而且一種美的文學，終或他沒有什麼教我們，而他所給我們的美的快感與慰安，這些美的快感與慰安對於我們日常生活的更新的效果，我們是不能不承認的。」〔註18〕

〔註16〕 成仿吾：《新文學之使命》，《創造週刊》第 2 號，1923 年 3 月 20 日。
〔註17〕 李歐梵：《中國現代文學與現代性十講》，復旦大學出版社，2002 年版，第 9 頁。
〔註18〕 成仿吾：《新文學之使命》。

　　民國文論在體系構架上對新文學「現代性」價值內涵的建構，體現了晚清以來民族生存危機中的文化轉型和發展的基本思路，其特點也就是以民族生存與發展爲基點，以現實層面中「富國強兵」的民族國家理念爲主導，以追求個性解放爲核心的個人主體的覺醒和對新的民族國家共同體的道義承擔，展開文學對新的民族國家共同體的想像。正如本尼迪克特‧安德森所指出的那樣，任何邁向現代化的民族國家，其「想像的共同體」都是由一系列文化符號所構成的，而它之所以是一種想像的、「虛幻」的共同體，原因就在於它是全民族成員的一種文化認同和情感的凝聚。民國文論對「現代性」的關注，鮮明地表達出了全民族成員對新的民族國家共同體的文化認同和情感趨向。因爲自晚清以來，文學的發展總是得益於渴望建立新的民族國家爲主導的思想意識發展的強力驅動，也就是說，它幾乎是強制性地與整個民族國家建構現代性的思想文化訴求緊密地聯繫在一起的。其中，之所以被賦予諸多的思想文化啓蒙的意識形態功能，並強調個人主體的確立必須獲得民族國家主體的對應，就在於它被認爲能夠通過民族國家想像的共同體，將有關現代民族國家進入現代化歷史進程所萌發的現代性價值的訴求，成功地轉化成人們的共識，如茅盾所強調的那樣，新文學應有「三件要素：一是普遍的性質；二是有表現人生指導人生的能力；三是爲平民的非一般特殊階級的人的。唯其是要有普遍性的，所以我們要用語體來做；唯其是注重表現人生指導人生的，所以我們要注重思想，不重格式；唯其是爲平民的，所以要有人道主義的精神，光明活潑的氣象。」〔註 19〕用施蟄存的話來說，就是「現代人在現代生活中所感受的現代的情緒，用現代的詞藻排列成的現代的詩形。」〔註 20〕正是在這個意義上，民國文論整體上顯示出了一種現代性的理論思考精神，表現出了一種鮮明的理論自覺性。

　　受民國之初倡導「民主」和「科學」文化的影響，民國文論的體系構架非常注重自身的科學性建構。如果說傳統文論多是一點感悟式的評點，呈「點狀」的結構模態，一些概念還缺乏清晰的理論界定，科學理論的思辨性和邏輯性有所欠缺，就像《小說月報》進行改革發表宣言所指出的那樣：「我國素無所謂批評主義，月旦既無不易之標準，故好惡多成於一人之私見」，

〔註 19〕 沈雁冰（茅盾）：《新舊文學評議之評議》，《小說月報》第 11 卷第 1 號，1920年 1 月。

〔註 20〕 施蟄存：《又關於本刊的詩》，《現代》第 4 卷第 1 期，1933 年 11 月 1 日。

〔註 21〕那麼，民國文論的體系構架建構，就非常注重科學邏輯精神的培育。胡適在談到民國文論借鑒西方經驗而形成自身特點時指出：「據我個人的觀察，新思潮的根本意義只是一種新態度，這種態度可叫做『評判的態度』。評判的態度，簡單說來，只是凡事要重新分別一個好與不好。」〔註 22〕這種「評判的態度」，實際上指的就是科學的態度，強調要用科學的精神建立民國文論的理論體系，堅持實事求是，堅持眞理的標準，主張理論和實踐相結合、相一致，正確把握民國新文學的發展規律，把握其精神價值的訴求和藝術發展的特點。正如西諦（鄭振鐸）指出的那樣：「文學是人生的自然的呼聲。人類情緒的流泄於文字之中的，不是以傳道爲目的的，更不是以娛樂爲目的。而是以眞摯的情感來引起讀者的同情的。這種新文學觀的建立，便是新文學的建立的先聲了。不先把中國賴疲的『讀者社會』的娛樂主義與莊嚴學者的傳道主義除去，新文學的運動，雖不至絕對無望，至少也是要受到十分的影響的。」〔註 23〕用科學理論和精神審視新文學的建立和發展，民國文論注重從思想觀念到創作實踐的全方位的建構，如沈雁冰（茅盾）在寫《文學與人生》、《社會背景與創作》等文章時，就注重從社會、人種、環境、時代、人格（作家人格）等多個維度來探討新文學發展問題。他指出：「中國向來文學作品，詩，詞，小說等都很多，不過講文學是什麼東西，文學講的是什麼問題的一類書籍卻很少，講怎樣可以看文學書，怎樣去批評文學等書籍也是很少。劉勰的《文心雕龍》可算是講文學的專書了，但仔細看來，卻也不是，因爲他沒有講到文學是什麼等等問題。他只把主觀的見解替文學上的各種體格下個定義。詩是什麼，賦是什麼，他只給了一個主觀的定義，他並未分析研究作品。司空圖的《詩品》也沒講『詩含的什麼』這類的問題。從各方面看，文學的作品很多，研究文學作品的論文卻很少。」在他看來，民國文論建設就應注重科學理論的建構，他以近代西方文學爲例指出：「近代西洋的文學是寫實的，就因爲近代的時代精神是科學的，科學的精神重在求眞，故文藝亦以求眞爲唯一目的。科學家的態度重客觀的觀察，故文學也重客觀的描寫。因爲求眞，因爲重客觀的描寫，故眼睛裏看見的是怎樣的一個樣子，就

〔註21〕《〈小說月報〉改革宣言》，《小說月報》第 12 卷第 1 號，1921 年 1 月 10 日。

〔註22〕胡適：《新思潮的意義》，《新青年》第 7 卷第 1 號，1919 年 12 月 1 日。

〔註23〕西諦（鄭振鐸）：《新文學觀的建設》，《文學旬刊》第 37 期，1922 年 5 月 11 日。

怎樣寫。……老老實實，不可欺人。」〔註24〕他強調要將「文學和別種方面，如哲學和語言文字學等」，劃出「清楚的界限」，並注重對文學與人生的關係進行科學的考察，民國文論的科學理論體系構架就會真正的建立起來。縱觀整個民國文論發展歷程，可以說，沿著科學理論的軌道行進，是民國文論與傳統文論拉開距離，形成自身獨特性的一個重要因素。

所謂民族性內涵，指的是在借鑒近現代西方文論的基礎上，民國文論在整個理論話語體系構架中，主張充分尊重中華民族的特性，特別是應具有中華文化的精神元素，如同王任叔指出的那樣：「什麼是『氣派』？什麼是『作風』？『氣派』也就是民族的特性；『作風』也就是民族的情調，特性是屬於作品內容的，這裡有思想，風俗，生活，感情；情調是屬於作品的形式的，這裡有趣味，風尚，嗜好，以及語言的技巧。但無民族的情調，不能表現民族的特性；沒有民族的特性，也無以表現民族的情調。中國作風與中國氣派，在文藝作品上，是應該看作一個東西——一種特徵」。他還指出：「但新文學發展到今天，我們的文學的作風與氣派，顯然是向『全盤西化』方面突進了。這造成新文學與大眾隔離的現象，大眾沒有可能把新文學當作他們精神的食糧」。對於新文學而言，如果作家是「不懂得舊的歷史的傳統的人，也無法創造新的歷史。中國舊文學的遺產，是否全部都應該拋棄呢？不，我們可以堅決的說，其間有很多的優秀的作品，是值得我們學習的。簡勁、樸素、與拙直的《詩經》的風格；闊大、壯麗與放浪的《莊子》與《離騷》的想像，自然、和諧而渾然的漢魏六朝的古詩，杜甫對社會的關心與詩的格律的謹嚴，《西廂記》的口語運用的潑剌，《紅樓夢》、《水滸》、《儒林外史》描寫人物的逼真與記述的生動……這一切是否都是我們應該繼承的遺產呢？我說，是的，是我們應該繼承的遺產。」〔註25〕從民族性的維度，建立與中華民族特性和具有中華文化精神的文論體系，這無疑也是民國文論理論自覺的體現。因為民族性作為文論的一種內在的文化底蘊，是將具有「中國氣派」和「中國作風」理論話語作為基礎，表現出既是對傳統的揚棄，也是對現實的創新。從民國文化的發展取向上來說，在文論體系建設中注重民族性內涵，也就成了歷史發展的必然要求。因此，在王任叔在民國二十八年（1939 年）

〔註24〕 沈雁冰（茅盾）：《文學與人生》，《松江第一次暑假學術演講會演講錄》第 1 期，1922 年 7 月。

〔註25〕 王任叔：《中國氣派與中國作風》，《文藝陣地》第 3 卷第 10 期，1939 年 9 月 1 日。

撰寫《中國氣派和中國作風》一文中，對有關如何進行民族化的問題，進行了一個較為詳細的分析論述，也可以說是有了一個正式的提法。

　　針對新文學創作中所出現的種種問題，民國文論體系構架的建構，注重實踐性的功能和功效作用，而不是躲在「象牙之塔」裏做純粹的理論研究與探討，也絕非將其變成少數精英人士的理論。作為中國歷史上的一個全新形態的共和制國家，民國在展現「民主」「科學」文化的現代性精神特質中，要求文論體系構架的建構，應緊緊與新文學的創作實踐相對應，相結合，旨在及時地總結新文學的創作經驗，更好地指導新文學的創作。受近代西方文學的「反映論」思想的影響，沈雁冰（茅盾）指出，要克服傳統文學粉飾現實，逃避現實的狀況，就應該將文學與人生緊密的結合，「人們怎樣生活，社會怎樣情形，文學就把那種種反映出來。譬如人生是個杯子，文學就是杯子在鏡子裏的影子。所以可說『文學的背景是社會的』。」〔註26〕如果說現代文論是現代文化和現代思想在文學理論上的反映，那麼，民國文論的體系構架建構沿著這種路徑而發展，其重點就必然是要用現代文化和現代思想來指導新文學的創作實踐，解決新文學創作實踐中所產生的新問題，如郁達夫在提倡「日記文學」時指出的那樣：「日記文學，是文學裏的一個核心，是正統文學以外的一個寶藏」，「因為日記文學裏頭，有這樣好的東西在那裏，所以我們讀者不得不尊重這一個文學的重要分支，又因為創作的時候，若用日記體裁，有前面已經說過的幾個特點，所以我們從事於創作的時候，更可以時常試用這一個體裁。或者有人要說，我們若要做自敘傳，那麼用第一人稱來做小說就行了，何以必要用日記體裁呢？這話也是不錯。可是我們若只用第一人稱來寫的時候，說：『我怎麼怎麼，我如何如何，我我我我……』的寫一大篇，即使寫得很好，但讀者於讀了之際，閉目一想，『你的這些事情為什麼要這樣寫出來呢？』『你豈不是在小說嗎？』這樣的一問，恐怕無論如何強有力的作者也要經他問倒（除非先事預防，在頭上將所以要做這一篇自敘小說的動機說明在頭上者外）。從此看來，我們可以曉得日記體的作品，比第一人稱的小說，在真實性的確立上，更有憑藉，更有把握。」〔註27〕可見，新文學在創作實踐中出現的新現象，新問題，民國文論在體系構架建構中都予以充分的關注，強化了文論的實踐性功能。

〔註26〕沈雁冰（茅盾）：《文學與人生》。
〔註27〕郁達夫：《日記文學》，《洪水》第 3 號第 32 期，1927 年 5 月 1 日。

在新文化和新文學運動二十年之際，由趙家璧主編的《中國新文學大系》〔註28〕問世。爲什麼要進行這項編纂工程呢？一是爲了顯示「文學革命」的「實績」，二就是爲了對應、對接新文學創作實踐，全面打造一種全新文論體系。趙家璧說：「我國的新文學運動，自從民國六年在北京的《新青年》上由胡適、陳獨秀等發動後，至今已近二十年。這二十年時間，比起我國過去四千年的文化過程來，當然短促不值得一提。它所結的果實也許及不上歐洲文藝復興時代般的盛體美滿，可是這一群先驅者開闢荒蕪的精神，至今還可以當做我們年青人的模範，而他們所產生的一點珍貴的作品，更是新文化的至寶。」〔註29〕從新文化發展的視域來審視新文學創作所取得的實績，可以說，民國文論的體系構架建構，從中發揮了重要作用。在新文化先驅者看來，民國興起的新文化、新文學運動，就是中國的文藝復興運動。雖然只短短二十年的光景，但顯示出了破壞舊世界，創造新世界的精神氣質，給整個中國文學的發展增添了思想和藝術的動力，所以，站在文學理論體系建設的高度，分別對民國文學的各個方面所取得的成就及時地進行總結，也就爲打造全新的民國文論體系構架，創造了良好的條件，就像蔡元培在總序中所寫道的那樣：「我國的復興，自五四運動以來不過十五年，新文學的成績，當然不敢自詡爲成熟。其影響於科學精神民治思想及表現個性的藝術，均尙在進行之中。但是吾國歷史，現代環境，督促吾人，不得不有奔軼絕塵的猛進。吾人自期，至少應以十年的工作抵歐洲各國數百年。所以對第一個十年先作一總審查，使吾人有以鑒既往而策將來，希望第二個十年與第三個十年時，有中國的拉飛兒與中國的莎士比亞等應運而生呵！」〔註30〕總結民國新文學

〔註28〕《中國新文學大系》由趙家璧主編，1935～1936 年間由上海良友圖書印刷公司出版。全書分爲 10 卷：①《建設理論卷》，胡適編選。②《文學論爭集》，鄭振鐸編選。③《小說一集》，茅盾編選。④《小說二集》，魯迅編選。⑤《小說三集》，鄭伯奇編選。⑥《散文一集》，周作人編選。⑦《散文二集》，郁達夫編選。⑧《詩集》，朱自清編選。⑨《戲劇集》，洪深編選。⑩《史料·索引》，阿英編選。由蔡元培撰作總序，各卷編選者分別就所選內容寫了長篇導言（第十卷爲《序列》）。特別是《建設理論集》、《文學論爭集》和《史料·索引》選輯近 200 篇理論文章，系統地反映了民國興起的新文學運動和新文學理論建設，從無到有、初步確立的歷史過程。

〔註29〕趙家璧：《中國新文學大系·前言》，趙家璧主編：《中國新文學大系》，第 1 頁。

〔註30〕蔡元培：《〈中國新文學大系〉總序》，趙家璧主編：《中國新文學大系》，第 11 頁。

的創作經驗和成就，這部大系共收小說 81 家的 153 篇作品，散文 33 家的 202 篇作品，新詩 59 家的 441 首詩作，話劇 18 家的 18 個劇本。值得注意的是，大系所編選的作品，均是在新文學的建設與發展過程中產生了積極作用，同時在藝術上也有很高成就的名作。蔡元培撰寫的總序和各卷主編撰寫的導言，都從理論的高度對新文學的發生、發展、理論主張、活動組織、重大事件、各種體裁的創作，進行了認真的審視和總結，既指出了民國新文學在創作上的成就與不足，也勾畫出民國文論體系的整體框架，為後續的發展奠定了堅實的基礎。

面對「新潮流」的順勢與逆反 [註1]

沈衛威

（南京大學文學院，江蘇南京，210023）

摘　要

　　一百年前在美國，留學生胡適、梅光迪面對勃興的一種文學「新潮流」，表現出了順勢接受與逆反抗拒的兩種態勢。當這股「新潮流」被胡適導入中國，與正在高漲的新文化運動交融後，出現了北京大學「新青年——新潮派」積極響應，與東南大學「學衡派」消極抵抗的兩大勢力的對決，進而形成實驗主義與人文主義的精神路徑，激烈、改革與穩健、保守的兩大「學統」，及「學分南北」的局面。胡適、陳獨秀、錢玄同等在北京大學「拉幫」，梅光迪、吳宓、胡先驌等在東南大學「結派」。前者「好標榜」，借助「宣傳與廣告」，對「新潮流」推波助瀾，影響廣大青年；後者情緒上有意「逆反」，「反現在潮流」，呈現戲劇化的表演性，得多數老一代學者的同情和支持。章士釗則主張調和新舊，遭到胡適的批評。在中華民族文化復興的大方向上，研究問題、輸入學理、整理國故、再造文明的「新青年——新潮派」與融化新知、昌明國粹的「學衡派」是一致的。

關鍵詞：新潮流、學衡、順勢、逆反

〔註 1〕　本文爲 2012 年度國家社科基金項目「激進與保守：民國大學兩大學術傳統的
　　　　　形成研究」（12BZW084）的階段性成果。

　　一百年前《青年雜誌》創刊的直接原因雖然是針對袁世凱稱帝和其打出「孔教」的文化旗幟，但思想資源卻是西學民主（「德先生」）、科學（「賽先生」）的基本口號、概念。回首看百年前《青年雜誌》——《新青年》引領的新文化運動，相對而言，民主、科學的成就最小，後起的白話新文學成就最大。具體說來，民主要訴求的憲政、法制、人權、自由、公正等基本的制度性建設。科學要求有穩定、健全的體制，群體間才能達成科學共識，形成科學共同體，進而使個體發揮實事求是的求眞精神，展開物化性的創造。經歷了十六年民國政治動蕩之後（稱帝、復辟、軍閥割據），因 1928 年國民黨政黨政治的實現，具有議會、選舉的民主化初級進程遭受扼制，唯有「德先生」瓦解舊的綱常倫理和道德約束後人的個性解放（自由戀愛、自由婚姻）得以實現。也就是說個體的公共政治屬性從先前的帝制被規約到黨制（羅隆基所說的「黨天下」），被訓誡到服從；個體的私人愛欲屬性從先前的父母之命、媒妁之言中脫出，由自己做主。而後者主要是在享受現代教育後的知識青年階層。私人愛欲層面的解放，首先得力於新式學校給予男女平等受教育的機會和權利，其次是得益於張揚個性解放的白話新文學的啓蒙。國語運動啓智，新文學運動催情。

　　任何一種意識形態、文化形態的破與立，都離不開語言這一重要的工具。晚清民初的白話文運動，主要得力於五個方面力量的互動：傳教士傳經講道的白話需要、都市市民階層的萌生、近代印刷技術推動都市報刊出版業的興盛、科舉廢止後新式小學教育的普及、民間白話俗文學的暗流湧動。但 1917 年 1 月是個節點，即白話文運動和新文學運動合流，白話在中國文學的詩歌創作中找到了突破口。中國文學數千年形成的堤壩，因這個口子而潰堤。而開啓「這個口子」的胡適，和守護文學傳統「堤壩」的梅光迪，都感受到了來自美國「新潮流」的衝擊，於是，二者開始了一場變革文學傳統與守護文學傳統的較量，並引發隨後「新青年——新潮派」與「學衡派」的群體對決。

一、面對「新潮流」來勢的不同姿態

　　一個時代新的文學湧動、出現，必有一個先導和代表來引領。

　　1915 年 9 月 17 日，梅光迪（觀莊）要往哈佛大學從師文學批評家白璧德深造。臨行前，胡適做了一首長詩送給他，其中一句提及「新潮之來不可止」

和「文學革命其時」：

> 梅生梅生毋自鄙！神州文學久枯餒，百年未有健者起。新潮之
> 來不可止；文學革命其時矣！吾輩勢不容坐視。且復號召二三子，
> 革命軍前杖馬棰（沈按：手稿原文爲「箠」，全集整理時改爲「棰」），
> 鞭笞驅除一車鬼，再拜迎入新世紀！以此報國未云菲：縮地戡天差
> 可儗。梅生梅生毋自鄙！〔註2〕

至 1916 年 7 月 24 日，梅光迪致信胡適，批評他白話文主張是「剽竊」歐美文學的「新潮流」。8 月 21 日，胡適在日記中寫道：「我主張用白話作詩，友朋中很多反對的。其實人各有志，不必強同。我亦不必因有人反對，遂不主張白話……。新文學之要點，約有八事：（一）不用典；（二）不用陳套語；（三）不講對仗；（四）不避俗字俗語；（五）須講求文法；（六）不作無病之呻吟；（七）不摹仿古人；（八）須言之有物。」〔註3〕他同時在這一天致信《新青年》主編陳獨秀，與之討論文學革命之事。而梅光迪在致胡適信中卻說：

> 文章體裁不同，小說詞曲固可用白話，詩文則不可。今之歐美，
> 狂瀾橫流，所謂「新潮流」「新潮流」者，耳已聞之熟矣。有心人須
> 立定腳根（跟），勿爲所搖。誠望足下勿剽竊此種不值錢之新潮流以
> 哄國人也。
>
> 其所謂「新潮流」「新潮流」者，乃人間之最不祥物耳，有何革
> 新之可言？〔註4〕

梅光迪列舉的「新潮流」是指：文學上的未來主義、意象主義、自由詩。美術上的象徵派、立體派、印象派。宗教上的波斯之泛神教、基督教科學、震教派、自由思想派、社會革命教會、星期天鐵罐派。〔註5〕

其中文學上的意象主義、自由詩，是梅光迪與胡適討論文學革命交鋒的重點，也是後來最有爭議的問題。胡適與梅光迪等諸友討論文學革命的時間，恰是美國「意象派」詩人的文學主張討論時期。1915 年 4 月，羅厄爾編輯出版了一本《意象主義詩人》。在序言中，她把弗林特的三條規則和龐德的幾個「不」改寫成六條規則，並被後人視爲意象派或印象派詩人的宣言，又

〔註2〕 胡適：《胡適全集》第 18 卷，安徽教育出版社，2003 年版，第 104 頁。
〔註3〕 胡適：《胡適全集》第 28 卷，安徽教育出版社，2003 年版，第 439 頁。
〔註4〕 胡適：《胡適全集》第 28 卷，第 421～422 頁。
〔註5〕 胡適：《胡適全集》第 28 卷，第 422 頁。

稱「六戒」：

1. 運用日常會話的語言，但要使用精確的詞，不是幾乎精確的詞，更不是僅僅是裝飾性的詞。

2. 創造新的節奏——作爲新的情緒的表達——不要去模仿老的節奏，老的節奏只是老的情緒的回響。我們並不堅持認爲「自由詩」是寫詩的唯一方法。我們把它作爲自由的一種原則來奮鬥。我們相信，一個詩人的獨特性在自由詩中也許會比在傳統的形式中常常得到更好的表達，在詩歌中，一種新的節奏意味著一個新的思想。

3. 在題材選擇上允許絕對的自由……

4. 呈現一個意象（因此我們的名字叫「意象主義」）……我們相信詩歌應該精確地處理個別，而不是含混地處理一般……

5. 寫出硬朗、清晰的詩，決不要模糊的或無邊無際的詩。

6. 最後，我們大多數人都認爲凝煉是詩歌的靈魂。〔註6〕

胡適是在 1916 年底通過《紐約時報》的轉載而獲知。他把這「六條規則」剪下貼在 12 月份的日記上，同時批註說：「此派所主張，與我所主張，多相似之處。」〔註7〕胡適所說的「相似」，是因爲他文學革命的「八事」（後來所說的「八不」）主張已經成熟，並已經寄回國內將在次年一月（1917 年 1 月）《新青年》上發表（《文學改良芻議》）。因此，我曾在以往的胡適研究中指出，這是胡適既把握了中國白話文學的歷史發展趨勢，又順應了世界文學的發展潮流。美國文學「意象派」的「新潮流」儘管只是詩歌上「新潮流」，但對急於改革中國文學現狀的胡適來說，卻有積極的直接啓發，使得他找到了變革詩歌語言的突破口，進而引發整個文學革命。這也自然成爲胡適立足中國文學現實（當時他尤其反對「南社」成員文學復古、擬古的「宗唐」、「宗宋」主張），借助晚清以來高漲的「白話文運動」的推力，順勢創造性轉化「意象派」的主張，使之「聚化成了自己的文學革命理論」〔註8〕。胡適事後說他

〔註6〕 胡適日記整理本中，黏貼有「印象派詩人的六條原理」。《胡適全集》第 28 卷，第 495～496 頁將其中譯。本文引用的是裘小龍的中文譯本。彼德・瓊斯編、裘小龍譯：《意象派詩選》，第 158～159 頁，灕江出版社，1986 年版。

〔註7〕 胡適：《胡適留學日記》（《胡適札記》手稿本）第 13 冊，上海人民出版社，2015 年版，第 22 頁。

〔註8〕 沈衛威：《傳統與現代之間——尋找胡適》，河南大學出版社，1994 年版，第

這是被梅光迪等「逼上梁山」的。「民主」、「科學」的理念借助「白話文學」的語言載體，得以廣泛的傳播。後來胡適把這一劃時代的文學革命和文化運動，稱爲「中國的文藝復興」。與此同時，北京大學教授錢玄同也投身到新文化陣營，他在 1917 年 1 月 20 日的日記中寫道：「欲昌明本國學術，當從積極著想，不當從消極著想。旁搜博採域外之智識，與本國學術相發明，此所謂積極著想也，抱殘守缺，深閉固拒，此所謂消極著想也。」〔註9〕緊接著，由於陳獨秀《文學革命論》的強力推動，中國的「新文化運動」從白話新文學上獲得了重大突破。陳獨秀以「言志」爲本，反「載道」的文學思想革命，將胡適的文體形式改良引向文化變革的前沿，並形成一種具有強大發散力的文化運動。胡適在後來所寫的《陳獨秀與文學革命》一文中稱道：

> 他這篇文章有可注意的兩點：（一）改我的主張進而爲文學革命；（二）成爲由北京大學學長領導，成了全國的東西，成了一個嚴重的問題。他說莊嚴燦爛的歐洲是從革命來的，他高張文學革命軍大旗，爲中國文學開闢一個新局面，他有三大主義……這就是變成整個思想革命！
>
> 最後，歸納起來説，他對於文學革命有三個大貢獻：
>
> 一、由我們的玩意兒變成了文學革命，變成三大主義。
>
> 二、由他才把倫理道德政治的革命與文學合成爲一個大運動。
>
> 三、由他一往直前的精神，使得文學革命有了很大的收穫。
>
> 〔註10〕

隨之，胡適與錢玄同、黎錦熙、劉半農、趙元任等聯手，又在教育、文化界著實展開「國語運動」。以民主、科學爲兩大旗幟的《新青年》，得到了語言文學工具變革的「白話新文學」的助推，思想革命、文化革命與文學革命、國語運動合流，以「新文化運動」的態勢在全國各地迅速蔓延。

1918 年 12 月 17 日，章士釗在北京大學二十週年紀念演講時，發表了《進化與調和》的演說。後來以「孤桐」署名，刊登在他拒絕使用白話和標點符號的《甲寅》週刊第一卷第十五號上（章士釗 1914 年在日本東京創辦《甲寅》月刊，1925 年 7 月 18 日北京復刊始爲週刊）。他認爲《甲寅》之初即是

199 頁。

〔註 9〕 楊天石主編：《錢玄同日記》（整理本）上冊，北京大學出版社，2014 年版，第 303 頁。

〔註 10〕 胡適：《胡適全集》第 12 卷，安徽教育出版社，2003 年版，第 228～229 頁。

主張「調和立國論」。「愚意不如以調和詁化。既能爲社會演進之實象。而與諸家之說。亦無乖迕。蓋競爭之後。必歸調和。互助亦調和之運用。創造不以調和爲基。亦未必能行。精神生活。尤爲折衷諸派之結論」。「大學者號稱學府者也。其中尤賴富於調和之精神」。章士釗甚至主張以「調和」解決一切問題：「蓋調和者進化自然之境也。所有意見。若者政治。若者文學。若者科學。若者宗教。祇須當時思想之所能及。均皆充其邏輯所賦之力。使之儘量發展。人人之所求者。眞理而已。……各種科學。皆得在此調和之眞基礎上。奮力前進。相濟相質。而何病焉。吾國人不通此理。二千年來。習以儒術專制。至反乎所謂聖人之道者。一切廢斥。今聖人之道之遭廢斥者亦同。調和之理。誠吾人所亟宜講也。」〔註11〕

胡適不滿章士釗的「調和」之論，並在隨後的文章中高標他堅決反對調和的個人主張。他在 1919 年 12 月 1 日《新青年》第 7 卷第 1 號刊出《新思潮的意義》一文，說新思潮的根本意義只是一種新態度。這種新態度可叫做「評判的態度」。這種評判的態度在實際上表現出兩種趨勢，並成爲新思潮的手段：研究問題、輸入學理。新思潮對於舊文化的態度，在消極一方面是反對盲從，是反對調和；在積極一方面，是用科學的方法來做整理的工夫。新思潮的唯一目的：「是再造文明。」〔註12〕

任何新的運動，都會遇到來自不同方面的助力。首先是有歸國留學生參與創辦的《民心》週報對新文化運動的批評。1919 年 12 月 6 日，《民心》週報在上海創刊發行。此刊由聶愼余兄弟和尹任先捐款，留學美國時曾擔任「中國國防會」會長的張幼涵（貽志）擔任總編，吳宓是此刊的美國聯絡組稿人、發行人。主要作者有尹任先、張貽志、梅光迪、吳宓、君柔、峙冰、曉鐘、劉雲舫等。這個刊物一度關聯在美留學生和歸國學子。畢業於麻省理工學院的張幼涵是 1916 年袁世凱稱帝時，在美國波士頓地區留學生中成立的反袁組織「中國國防會」（「救國會」別名）的會長，他 1919 年回國後，具體編輯此刊。

1920 年 1 月 17 日，反對白話新文學的梅光迪，寫作半文半白的《自覺與盲從》，刊（時間）《民心》週報第 1 卷第 7 期。這是梅光迪去年 11 月回國之後，公開表示自己對新文化運動中諸種現象的抵制態度。梅光迪認爲，現在

〔註11〕 孤桐：《進化與調和》，《甲寅》週刊第 1 卷第 15 號。
〔註12〕 胡適：《胡適全集》第 1 卷，安徽教育出版社，2003 年版，第 699 頁。

中國的文化階段早已超越了改革物質文明的階段，而居於精神文明改革的時代洪流中。在這個階段，國內思想界領袖的變遷性壓過了保守性，而在短促的時間內經歷如許變遷，思想的淺陋是理勢上的必然。他尤其不滿京滬大量新出版物所謂的以順應「世界潮流」的說法。他認為這些淺陋的西洋思想，多販自日本。留學西洋者，大率多年少而學未所成，其於西洋思想，多不能貫徹會通，也沒有評判取捨之能力。這樣的「西洋思想」所產生的「世界潮流」，讓國內之青年，靡然從風，以順應其學說，順應其潮流，是有問題的。因此他兩耶一乎，提出了三點質疑：

（一）現時吾國人之所謂世界潮流者，果為真正之世界潮流耶？

（二）吾國人對於所樂道之各種主義，果能瞭解其實在價值，有取捨之能力耶？

（三）現在吾國所流行之各種主義，果適用於吾國今日之社會乎？

〔註 13〕

此時胡適已經由文學革命轉向新文學建設，提出並實踐他文學的國語與國語的文學的主張，無暇顧及梅光迪的這類批評文字。

新文化的領袖人物陳獨秀當即注意到了新誕生的《民心》，他在 1920 年 1 月 1 日發表於《時事新報・學燈》上的《告上海新文化運動的諸同志》一文中就指出，「……我很希望在上海的同志諸君，除了辦報以外，總要向新文化運動底別種實際的改造事業上發展……就以辦報而論，也要注重精密的研究，深厚的感情，才配說是神聖的新文化運動……我們所希望的，持論既不謬，又加上精密的學理研究才好……某雜誌罵倒一切書報，除研究自然科學的都是鼓吹謬論，又沒有舉點證據出來，固然是很糊塗，我恐怕他這樣非科學的籠統論調，要生出向後反動的流弊，所以上面不得不稍稍辯駁幾句；至於他主張『發表一篇文字都要有學理的價值』，（胡適之先生不主張離開問題空談學理，我以為拿學理來討論問題固然極好，就是空談學理，也比二十年前的《申報》和現在新出的《民心》報上毫無學理八股式的空論總（要）好得多）。」〔註 14〕據宗白華刊登在 1920 年 1 月 3 日《時事新報・學燈》上的

〔註13〕梅鐵山主編、梅傑執行主編：《梅光迪文存》，華中師範大學出版社，2011 年版，第 65～66 頁。

〔註14〕此處原文資料由專門研究「『研究系』與新文化運動」的陳捷博士提供。據《宗白華全集》第 1 卷第 154～155 頁校對。本文未收入《獨秀文存》，作為附錄收入林同華主編：《宗白華全集》第 1 卷，安徽教育出版社，1994 年版，第

《答陳獨秀》一文所示，陳獨秀這裡所說的「某雜誌」〔註15〕是指《少年中國》，他在批評宗白華、魏嗣鑾寫給《少年中國》編輯的兩封信時，順便聯繫到《民心》週報。

　　1月23日，張東蓀在「研究系」掌控的《時事新報》上刊發了《讀「自覺與盲從」》〔註16〕一文。張東蓀表示自己的看法與梅光迪在《民心》上的文章「未盡相合」，同時也表示出對梅部分支持的態度，認爲梅說出了一定的眞理，並讚同梅認爲新思潮確實有淺陋一面的觀點。張認爲梅不是在「單調的反對新思潮」，呼籲大家都來當新思潮的諍友，而不是做媚友。張東蓀認爲當諍友的第一條件是不可籠統，而梅就犯了這個籠統的錯誤。

　　若依照張東蓀所說，此時梅光迪的看法還只是犯了這個「籠統」的錯誤，那麼接下來，《學衡》所提出的問題就大大超過了《民心》。這主要是《民心》週刊內部的實際情況發生了變化，其批評新文化的力量也隨之減弱。1920 年3月28日，吳宓在日記中記有：「近接張幼涵君來信，知已卸去《民心》報總編輯職務。緣《民心》資本，由聶氏兄弟及尹君任先捐出。幼涵持論平允，不附和白話文學一流。聶愼余赴京，胡適、陳獨秀向之挑撥，於幼涵漫加謑辱。聶氏兄弟與尹君，本無定見，爲其所動，遂改以其戚瞿君爲總編輯，而將幼涵排去。」〔註17〕

　　4月13日，林語堂在哈佛大學致信胡適，儘管他此時的白話文還欠通順，但意思可以表達清楚。他說：「近來聽見上海有出一種《民心》是反對新思潮的，是留美學生組織的，更是一大部分由哈佛造出的留學生組織的。這不知道眞不眞，我這邊有朋友有那種印刊，我要借來看看。但是我知道哈佛是有點兒像阻止新思想的發原（源）。」他讀了胡適的《嘗試集》自序後，對胡適說，梅光迪與胡適爭論時所講的許多問題都是哈佛大學白璧德教授的東西。白璧德這個人對近代的文學、美術，以及寫實主義的東西，是無所不反對的。梅光迪師從白璧德研究幾年，必然受到相應的影響。「況且這其中未嘗沒有一部分的道理在裏邊。比方說一樣，我們心理總好像說最新近的東西便是最好的，這是明白站不住的地位。但是這卻何必拿他來同白話文學做反

<hr>

149～155 頁。

〔註15〕　林同華主編：《宗白華全集》第 1 卷，第 143 頁。

〔註16〕　此處原文資料由專門研究「『研究系』與新文化運動」的陳捷博士提供。

〔註17〕　吳宓：《吳宓日記》第 II 冊，生活・讀書・新知三聯書店，1998 年版，第 144 頁。

對。我也同 Prof. Babbitt 談過這件事，好像他對爾的地位的主張很有誤會。我碰見梅先生只有一次，不知道他到底是甚麼本意；看爾那一篇裏他的信，摸不出來他所以反對白話文學的理由。本來我想白話文學既然有了這相配有意識的反對，必定是白話的幸福，因為這白話文，活文學的運動，一兩人之外，□□說，大多數人的心理，有意識中卻帶了許多無意識的分子，怎麼都沒有一個明確的文學理想。但是現在我想有意識的反對是沒有的東西；所以反對的，不是言不由心，便是見地不高明，理會不透徹，問題看不到底。……我看見爾《新潮》、《新青年》的長篇大論，真不容易呀！」〔註18〕

雖然歸國留學生刊物主持的《民心》週刊的第一波抗爭出局，但持續高漲的新文學運動在南京東南大學卻遇到第二波強大的抗拒性阻力。1922 年 1 月《學衡》創刊，留美歸來的梅光迪、吳宓、胡先驌等聚眾祭旗，公開反對新文化，反對白話新文學，堅守古體詩詞創作，成為錢玄同 1917 年即感知到的「從消極著想」。梅光迪在《學衡》第 1 期刊出的《評提倡新文化者》一文說陳獨秀、胡適等「其言教育哲理文學美術，號為『新文化運動』者，甫一啓齒，而弊端叢生，惡果立現，為有識者所詬病。」〔註19〕。胡先驌在《學衡》第 1、2 期連載批評胡適的長文《評〈嘗試集〉》，將其開新文學風氣的作用一筆抹殺，說胡適「復掇拾一般歐美所謂新詩人之唾餘」〔註20〕，判定「《嘗試集》之價值與效用，為負性的」〔註21〕。胡先驌同時勸導青年不要「模仿頹廢派」〔註22〕。「今日新詩人創作新詩之錯誤」，說明「此路不通」〔註23〕。

吳宓本人，對新文學最為仇視，這首先表現在他的日記上。留學期間，他看到北京大學的《新潮》雜誌，便產生極端的敵視〔註24〕。他和梅光迪等相約學成回國後與胡適、陳獨秀等相對為壘，大戰一場。他在 3 月 4 日的日記中寫道：「宓歸國後，必當符舊約，與梅君等，共辦學報一種，以持正論而

〔註18〕耿雲志主編：《胡適遺稿及秘藏書信》（手稿本）第 29 冊，黃山書社，1994 年版，第 313～315 頁。

〔註19〕梅鐵山主編、梅傑執行主編：《梅光迪文存》，第 132～137 頁。

〔註20〕張大為、胡德熙、胡德焜合編：《胡先驌文存》（上卷），江西高教出版社，1995 年版，第 25 頁。

〔註21〕張大為、胡德熙、胡德焜合編：《胡先驌文存》（上卷），第 59 頁。

〔註22〕張大為、胡德熙、胡德焜合編：《胡先驌文存》（上卷），第 59 頁。

〔註23〕張大為、胡德熙、胡德焜合編：《胡先驌文存》（上卷），第 59 頁。

〔註24〕吳宓：《吳宓日記》第 II 冊，第 90～91 頁。

辟邪說。」〔註25〕3 月 28 日，吳宓在日記中寫道：「幼涵來書，慨傷國中現況，勸宓等早歸，捐錢自辦一報，以樹風聲而遏橫流。宓他年回國之日，必成此志。此間習文學諸君，學深而品粹者，均莫不痛恨胡、陳之流毒禍世。張君鑫海謂羽翼未成，不可輕飛。他年學問成，同志集，定必與若輩鏖戰一番。」〔註 26〕他對陳、胡的憤恨達到了「其肉豈足食乎」〔註 27〕和「安得利劍，斬此妖魔，以撥雲霧而見天日」〔註 28〕的程度。

　　吳宓在《學衡》第 4 期刊出《論新文化運動》〔註 29〕一文時，言辭有所收斂，謾罵之聲隱去。胡先驌在 1934 年所刊的《梅庵憶語》中說《學衡》雜誌「刊行之後，大為學術界所稱道，於是北大學派乃遇旗鼓相當之勁敵矣」〔註 30〕。《學衡》對新文化——新文學領導人的批評具有挑戰性和顛覆性，只可惜，如同胡適所說的文學革命過了討論期，進入創造的收穫期，反對黨已經破產，作為「語體文」的白話新文學於 1920 年 1 月已經通過教育立法，進入小學一二年級的課本。胡適派文人牢牢掌握新文化運動的話語權之時，也是其話語霸權的形成之日。白話新文學作家風起雲湧般的勢頭，也正顯示出他們在報刊媒體上已經爭得到了文學的話語權。

　　據當時在東南大學西洋文學系讀書的胡夢華的《評〈學衡〉》一文所示：「《學衡》未面世以前，就有人鼓吹：《學衡》出版以後，對於現在的新文化運動要下一針砭，並養成一種反現在潮流的學風。」〔註 31〕「反現在潮流」的共同主張體現出當時東南大學「學衡派」同人文化觀念的一致性。

　　梅光迪、胡先驌、吳宓、劉伯明等人在胡適派文人的話語霸權下，亮出一招絕地反擊，他們批評胡適等新文化領導人導入中國的「新潮流」並非歐美文化的正宗和精華，青年一代的盲從，導致學風、校風敗壞，學潮高漲，社會動亂。梅光迪致信胡適，要他對大學校風敗壞和學潮負責，說「今之執政與今之學生皆為極端之黑暗（學生之黑暗，足下輩之『新聖人』不能辭其

〔註 25〕　吳宓：《吳宓日記》第 II 冊，第 134 頁。
〔註 26〕　吳宓：《吳宓日記》第 II 冊，第 144 頁。
〔註 27〕　吳宓：《吳宓日記》第 II 冊，第 144 頁。
〔註 28〕　吳宓：《吳宓日記》第 II 冊，第 152 頁。
〔註 29〕　初刊《留美學生季報》第 8 卷第 1 號（1921 年春季號），1922 年 4 月《學衡》
　　　　　第 4 期轉載。
〔註 30〕　胡宗剛撰：《胡先驌先生年譜長編》，江西教育出版社，2008 年版，第 82
　　　　　頁。
〔註 31〕　胡夢華、吳淑貞合著：《表現的鑒賞》第 143 頁，1984 年自費再版本（臺灣）。

責焉）」〔註 32〕。並在《學衡》刊文《論今日吾國學術界之需要》，指責胡適誤導了「吾國學術界」。胡先驌在《學衡》第 4 期上直言「今日教育之危機」。劉伯明在《學衡》連續發表《論學者之精神》（第 1 期）、《再論學者之精神》（第 2 期）、《論學風》（第 16 期），也有影射胡適的成分。「學衡派」同人此時明確地將白璧德「人文主義」的旗幟高舉，是有意抗衡、牽制胡適得自杜威「實驗主義」的實用理性的高漲。他們以反現在的潮流，牽制胡適派文人的文化激進，阻擋新潮流的蔓延。

《學衡》出版發行後，立即招來新文學陣營重要人物的批評。1922 年 2 月 4 日，北京《晨報》有周作人署名「式芬」的文章《評〈嘗試集〉匡謬》。9 日，魯迅在《晨報》以「風聲」為筆名發表《估〈學衡〉》。21 日，《時事新報》的《文學旬刊》第 29 號刊出沈雁冰（茅盾）署名「郎損」的《評梅光迪之所評》。這是當時新文學陣營最具代表性的意見。而舊文學及學術陣營的張謇、柳翼謀、黃侃、金毓黻等則對《學衡》的言論持支持的態度。

當事人回憶自己的一場新式婚禮，真實再現了當時兩派勢力的交手。1923 年 12 月 1 日，東南大學西洋文學系學生胡夢華與同班同學吳淑貞在南京花牌樓中國青年會舉行新式婚禮。胡傳、胡適父子與胡夢華爺孫三代是世交，胡適此時在南京講學，應邀作證婚人。梅光迪、樓光來為男女雙方介紹人，老師楊杏佛、柳翼謀、吳宓、李思純到場。胡夢華的同學徐書簡為主席。也正是這樣一個難得的場面，使北大《新青年》派的胡適與東南大學《學衡》派的梅、吳、柳有了一次當面交鋒的時機。胡夢華說，在青年會這個婚禮喜堂上，「吾家博士適之叔展出文學革命觀點，梅、吳二師提出希臘大師蘇格拉底、柏拉圖、亞里斯多德以示當時名遍中國學術界的杜威、羅素二博士，未必青勝於藍，更不足言後來居上。接著柳師還提出子不學的孟軻助陣，適之叔單槍匹馬，陷入重圍；杏佛師拔刀相助，雄辯滔滔。事後，淑貞與我研究，認為他們雄辯引經據典，俱有根底，給我們婚儀添了佳話。吾家博士主張文學革命提倡白話，展開新風氣。迪生老師堅持白話應提倡，但文言不可廢，則是不朽之論」〔註 33〕。

柳詒徵《白門行》一詩中有「一時才俊如雲集，大學分科號升級。梅$_{光迪}$吳$_{宓}$文藝振金聲，繆$_{鳳林}$景$_{昌極}$風標森玉立。談天博士竺法蘭$_{竺可楨}$，楊雲$_{楊銓}$清辯如

〔註 32〕 梅鐵山主編、梅傑執行主編：《梅光迪文存》，第 550～551 頁。
〔註 33〕 胡夢華：《重印〈表現的鑒賞〉前言》，胡夢華、吳淑貞：《表現的鑒賞》。

翻瀾。張_{其昀}陳_{訓慈}矻矻鈎史籍，胡_{先驌}邵_{潭秋}眇眇張詩壇。梵夾旁參五天竺，秦書近括三神山。蹴踏杜威跨羅素，呵叱楊墨申孔顏。萬言立就走四裔，百寶麗聚無一難_{此述《學衡》及《史地學報》}」〔註34〕。也專門提及此事。

柳詒徵在群聚南京的《學衡》社員 1924 年解散後，從學風上爲《學衡》社員抗擊新文化的行爲做了一個評說。他在《送吳雨僧之奉天序》中說：「梅子吳子同創雜誌曰《學衡》以詔世，其文初出，頗爲聾俗所詬病。久之，其理益章，其說益信而堅，浮薄怪謬者屏息不敢置喙。則曰，此東南學風然也。」〔註35〕

與《學衡》反新文學、反新文化同時行進的，是東南大學柳詒徵和他的學生創辦的《史地學報》，以「信古」反對北京大學「古史辨」派的「疑古」。在雙方的論爭中顧頡剛明確地認識到「這是精神上的不一致」〔註36〕。錢玄同、魏建功都感到這是「我們的精神與他們不同的地方」〔註37〕。魏建功還特別指出柳詒徵等人因「舊材料與舊心理」的原故，阻礙了學術的進步。這說明由精神的不同，到「我們」與「他們」的群體對立，進而也就出現了南北學術的差異。這是北京大學新文化同人從時代精神上爲南北之爭做出的解釋。

1927 年 7 月 19 日，本年度留學美國的學生考試在清華學校舉行，吳宓主持的西洋文學門類中有范存忠、郭斌龢兩人考取。其中，吳宓對郭的考中尤爲高興，他在日記寫道：「而宓對於郭斌龢之錄取，尤爲喜幸，以吾黨同志中，更多一有力之人矣。」〔註38〕因爲郭斌龢五年前自香港大學畢業回南京教書時即與吳宓相識。據吳學昭整理、注釋、翻譯的《吳宓書信集》所示，「文革」期間審查郭斌龢與吳宓關係的「外調人員」專程到重慶找過吳宓。事後，吳宓在 1969 年 12 月 24 日致郭斌龢信中說：「兄到北京考取官費留學美國，宓時在清華主持考事。來查詢之人員曰：『郭已承認：汝曾給予逾格之私助，俾

〔註34〕 據南京大學歷史系武黎嵩博士提供的《劬堂詩存》整理稿。

〔註35〕 柳詒徵：《送吳雨僧之奉天序》，《學衡》第 33 期（1924 年 9 月）。又見吳宓：《吳宓詩集‧遼東集》，中華書局，1935 年版，第 1 頁。

〔註36〕 顧頡剛：《答柳翼謀先生》，刊《北京大學研究所國學門週刊》第 15、16 期合冊（1926 年 1 月 27 日）。

〔註37〕 魏建功：《新史料與舊心理》，刊《北京大學研究所國學門週刊》第 15、16 期合冊（1926 年 1 月 27 日）。

〔註38〕 吳宓：《吳宓日記》第 III 冊，生活‧讀書‧新知三聯書店，1998 年版，第 374 頁。

郭得考取。』宓據實答曰：答『宓僅告以希臘文一門，如何出題而已——即是由長篇希臘文譯成英文，另作希臘文短句而已。』」〔註39〕

　　直到 1930 年 6 月 21 日，在美國留學的江澤涵寫信告訴胡適自己同學中的情況：「還有一位郭斌龢君，他是同我同車到美國的。他的言論性情最與梅光迪先生相近，學問或者還高些。他當然是最痛恨你們。他回國後主辦《學衡》雜誌，並在東北教書。他在哈佛學拉丁文與希臘文，從 Irving Babbitt 學。他也許不去見你們（這裡的東南大學的學生很有幾位，很奇怪的是他們都反對白話文）。」〔註40〕

　　此時，已經是國民黨中央執行委員會的批覆，令教育部通飭全國中小學校在最短期間，屬行國語教育四個月之後。通令說：「前大學院曾經通令所屬各機關，提倡語體文，禁止小學採用文言文教科書。這是屬行國語教育的第一步。第二步的辦法，應由各該廳、局，一面遵照前令，切實通令所屬各小學，不得採用文言教科書，務必遵照部頒小學國語課程暫行標準，嚴屬推行；一面轉飭所屬高中師範科或師範學校，積極的教學標準國語，以期養成師資，這是很緊要的。望各該廳、局查照辦理。」〔註41〕

　　胡適、陳獨秀等在北京大學「拉幫」，梅光迪、吳宓等在東南大學「結派」。對於郭斌龢，吳宓直接稱呼「吾黨同志」。一個爭鳴的文化時代，一種特殊的自由競爭狀態。雙方都在尋求並爭取話語權。如果思想一致，言行統一，那就變成了政治的獨裁統治和意識形態的專制。

　　在「學衡派」同人批評胡適即新文化領導人沒有掌握正宗西方文化，更沒有獲得西學真諦後，胡適在 1926 年 7 月 10 日《現代評論》第 4 卷第 83 期發表《我們對於西洋近代文明的態度》，重申早在 1917 年寫作博士論文時即表明的積極態度。他認為「拿證據來」是近世宗教的「理智化」，並具體呈現為以人為中心的「人化」和道德的「社會化」。最後胡適在東西文明的比較中，確立了自己對西洋近代文明的態度為：「這樣充分運用人的聰明智慧來尋求真理以解放人的心靈，來制服天行以供人用，來改造物質的環境，來改革社會

〔註39〕 吳學昭整理、注釋、翻譯：《吳宓書信集》，生活・讀書・新知三聯書店，2011年版，第 422～423 頁。
〔註40〕 耿雲志主編：《胡適遺稿及秘藏書信》（手稿本）第 25 冊，黃山書社，1994年版，第 159～160 頁。
〔註41〕 引自《胡適全集》第 31 卷第 602 頁黏貼的剪報。刊登的報紙為 1930 年 2 月 3 日《民國日報》。

政治的制度，來謀人類最大多數的最大幸福，——這樣的文明應該能滿足人類精神上的要求；這樣的文明是精神的文明，是真正理想主義的（Idealistic）文明，絕不是唯物文明。」〔註42〕

在「學衡派」同人那裏，理論和實踐通常也是嚴重背離的。儘管吳宓在《學衡》雜誌《簡章》中標榜「總期以吾國文字，表西來之思想，既達且雅，以見文字之效用，實繫於作者之才力。苟能運用得宜，則吾國文字，自可適時達意，固無須更張其一定之文法，摧殘其優美之形質也」。但實際上，所謂「無須更張其一定之文法」即是拒絕白話文，拒絕使用教育部頒佈的新式標點符號。吳宓主持《大公報‧文學副刊》，他所撰寫的《本副刊之宗旨及體例》中有這樣一段表述：「文學副刊之言論及批評，力求中正無偏，毫無黨派及個人之成見……即對於中西文學，新舊道理，文言白話之體，浪漫寫實各派，以及其他凡百分別，亦一例平視，毫無畛域之見，偏袒之私」。但實際上，刊物同樣是排斥白話文、白話新詩，也排斥新式標點符號。

1931 年 5 月 22 日，《大公報》萬號特刊上刊出胡適《後生可畏——對〈大公報〉的評論》。因為胡適在文中稱《大公報》為「中國最好的報紙」的同時，也提出「有幾個問題似乎是值得《大公報》的諸位先生注意的」：

> 第一，在這個二十世紀裏，還有那（哪）一個文明國家用絕大多數人民不能懂的古文來記載新聞和發表評論的嗎？
>
> 第二，在這個時代，一個報館還應該依靠那些談人家庭陰私的黑幕小說來推廣銷路嗎？還是應該努力轉向正確快捷的新聞和公平正直的評論上謀發展呢？
>
> 第三，在這個時代，一個輿論機關還是應該站在讀者的前面做嚮導呢？還是應該跟在讀者的背後隨順他們呢？

張季鸞在《一萬號編輯餘談》中明確表示「適之先生嫌我們不用白話，所以我們現在開始學著寫白話文，先打算辦到文語並用。」

《大公報》隨後全面改用白話文（即「語體文」），這標誌著中國北方最大新聞媒體對白話新文學的全面接受。其雖晚於上海的《申報》等大報刊媒體，但畢竟顯示胡適所倡導的中國的「文藝復興」取得了巨大的成功。從中小學校教育到大眾傳媒，白話文及白話新文學佔據了絕對的優勢。我在此前的研究中，稱梅光迪、吳宓、胡先驌等「學衡派」同人這時仍反對新文化，

〔註42〕 胡適：《胡適全集》第 21 卷，安徽教育出版社，2003 年版，第 452 頁。

排斥新文學，拒絕使用白話文，是明顯的語境錯位，逆新文化大潮流、大趨勢而艱難前行。其「消極」作用也十分顯著。

二、激烈、改革與穩健、保守

　　「新潮流」流入中國後，對「新潮流」持不同態度的兩派，形成北京大學「新青年——新潮派」與東南大學「學衡派」的不同陣營。雙方的核心人物，就是當年在美國對立交戰的胡適、梅光迪。有潮起就有潮落。「新潮流」過後，對其進行歷史反思的學人因所受的教育背景不同，或所處立場的緣故，就出現了截然相反的意見。這裡，我選取的則是相對客觀和富有學理的幾種說辭。時間的歷史性檢驗和空間的個體性體驗，都有其相應的自足性和排他性。但在客觀的展示中，可以明晰「新潮流」流向的方位，以及所產生的發散效應。

　　1926 年 12 月 1 日，錢基博在爲《國學文選類纂》寫的《總敘》中，對民國初期大學學分南北的局面做概括時，首次從學理上提出「北大派」與「學衡派」之說，並分出兩個不同的路向：

> 清廷既覆，革命成功，言今文者既以保皇變法，無所容其喙；勢稍稍衰息矣！而章氏之學，乃以大白於天下！一時北京大學之國學教授，最著者劉師培、黃侃、錢玄同輩，亡慮皆章氏之徒也！於是古學乃大盛！其時胡適新遊學美國歸，方以髫髫後起講學負盛名，……於是言古學者，益得皮傅科學，託外援以自張壁壘，號曰「新漢學」，異軍突起！……而新漢學，則以疑古者考古……在欲考見「古之所以爲古之典章文物」……萬流所仰，亦名曰「北大派」，橫絕一時，莫與京也！獨丹徒柳詒徵，不循眾好，以爲古人古書，不可輕疑；又得美國留學生胡先驌、梅光迪、吳宓輩以自輔，刊《學衡》雜誌，盛言人文教育，以排難胡適過重知識論之弊。一時之反北大派者歸望焉，號曰「學衡派」。世以其人皆東南大學教授，或亦稱之曰「東大派」。然而議論失據，往往有之！又以東大內畔，其人散而之四方，卒亦無以大相勝！〔註43〕

　　1928 年 5 月 21 日中午，胡適在南京出席全國教育會議後，應中央大學校

〔註43〕錢基博著、傅宏星編校：《國學文選類纂》，華東師範大學出版社，2010 年版，第 11～12 頁。

長張乃燕之請，與蔡元培等到中央大學出席宴會。胡適在宴會上發表演說。他說了這樣一段話：「想中央大學在九年前爲南高，當時我在北大服務。南高以穩健、保守自持，北大以激烈、改革爲事。這兩種不同之學風，即爲彼時南北兩派學者之代表。然當時北大同人，僅認南高爲我們對手，不但不仇視，且引爲敬慕，以爲可助北大同人，更努力於革新文化。」〔註44〕

胡適這裡特別強調「當時北大同人，僅認南高爲我們對手，不但不仇視，且引爲敬慕，以爲可助北大同人，更努力於革新文化」。1928 年 8 月 24 日，胡適的門生羅家倫出任清華大學校長前夕，曾通過陳寅恪向吳宓轉達羅家倫對趙元任說的話：清華可留用吳宓，不以文言白話意見之相反而迫使吳宓離開清華。

但南京高師──東南大學的學者卻是另一種心態。前文所引吳宓在日記中表達出對胡適、陳獨秀「豺狼當道」，「其肉豈足食」的極端言論；胡先驌在《評〈嘗試集〉》時對胡適的「翻攣剔骼」和「譏彈」，都表現出一種十分敵對的立場。

1935 年，胡先驌爲紀念南京高師二十週年所作的《樸學之精神》一文，也有意從學術精神上分出個南北人文主義與實驗主義的不同路徑來。他說：

> 當五四運動前後，北方學派方以文學革命、整理國故相標榜，立言務求恢詭，抨擊不厭吹求。而南雍師生乃以繼往開來，融貫中西爲職志。王伯沆先生主講四書與杜詩，至教室門爲之塞，而柳翼謀先生之作中國文化史，亦爲世所宗仰，流風所被，成才者極眾。在歐西文哲之學，自劉伯明、梅迪生、吳雨僧、湯錫予諸先生主講以來，歐西文化之眞實精神，始爲吾國士大夫所辨認，知忠信篤行，不問華夷，不分今古，而宇宙間確有天不變道亦不變之至理存在，而東西聖人，具有同然焉。自《學衡》雜誌出，而學術界之視聽以正，人文主義乃得與實驗主義分庭而抗禮……
>
> 南雍精神不僅在提創科學也。文史諸科，名師群彥，亦一時稱盛……
>
> 幸今日秉國鈞者，知欲挽救國難，首在正人心，求實是，而認浮囂激烈適足以亡國滅種而有餘。於是一方提創本位文化，一方努

〔註44〕 胡適：《胡適全集》第 31 卷，第 113 頁。第 20 卷第 108 頁又收錄此演講詞，文字上略有出入。

力於建設事業。南雍師生二十年來力抗狂潮勤求樸學之精神，亦漸
爲國人所重視。吾知百世之下，論列史事者，於南雍之講學，必有
定評。〔註45〕

曾執教中央大學的史學教授金毓黻爲《史學述林》寫的「題辭」中的一段文
字，他在大歷史觀念下有關民國時期的「俗語」與「雅言」之說，爲新文化
運動的走向增添了新的解釋：

嘗謂吾國古今之學術，因長江大河之橫貫，顯然有南北兩派之
差別。先秦諸子，孔、孟居北，而老、莊居南，儒、道二家，於以
分途。魏、晉、南北朝之世，經學傳授亦有南、北兩派，頗呈瑰瑋
璀璨之光。至唐初《五經正義》成書，而其焰以息。清代學者初有
漢、宋二派，繼則經學家有古文、今文之分，宋學及古文學多屬北
派，而漢學及今文學多屬南派，皆有顯然之途軌可尋。史學亦然，
廿載以往，北都學者主以俗語易雅言，且以爲治學之郵，風靡雲湧，
全國景從。而南都群彥則主除屏俗語，不捐雅言，著論闡明，比於
諍友，於是有《學衡》雜誌之刊行。考是時與其役者多爲本校史學
科系之諸師，吾無以名之，謂爲史學之南派，以與北派之史學桴鼓
相聞，亦可謂極一時之盛矣。〔註46〕

我在《「學衡派」譜系——歷史與敘事》一書中曾明確指出，梅光迪在《人文
主義和現代中國》、《評〈白璧德——人和師〉》兩篇文章中把 1920～1930 年
代「學衡派」反對「新潮流」及新文化的活動視爲中國的一場人文主義運
動，他甚至說這是「儒家學說的復興運動」。同時梅光迪也承認「這樣的一次
運動沒有引起廣泛的注意，得到公平的待遇」，是「因爲缺乏創造性等因素」
〔註47〕，自然也是「中國領導人的失敗」〔註48〕。其失敗的原因有兩點曾被
我引述：

一是因爲它與中國思想界胡適等新文化派，花了一代人的時間
與努力想要建成和接受的東西完全背道而馳。二是因爲他們自身缺
乏創造性，甚至沒有自己的名稱和標語口號以激發大眾的想像力。

〔註45〕 胡先驌：《樸學之精神》，《國風》第 8 卷第 1 號，1936 年 1 月 1 日。
〔註46〕 金毓黻著，《金毓黻文集》編輯整理組校點：《靜晤室日記》第 7 冊，遼瀋書
　　　　社，1993 年版，第 5243～5244 頁。
〔註47〕 梅鐵山主編、梅傑執行主編：《梅光迪文存》，第 186 頁。
〔註48〕 梅鐵山主編、梅傑執行主編：《梅光迪文存》，第 243 頁。

從一開始，這場運動就沒能提出和界定明確的議題。領導人也沒有
將這樣的問題弄清楚，或者只看到了其中的一部分。因此，它對普
通學生和大眾造成的影響不大。《學衡》的原則和觀點給普通的讀者
留下的印象是：它只是模糊而狹隘地局限在一些供學術界閒時談論
的文史哲問題上。梅光迪的反思和總結與羅傑・斯克拉頓在《保守
主義的含義》中所說的相通：「因爲，保守主義者缺乏明確的政治目
標，因而無法提供任何能夠激發大眾熱情的東西。」〔註49〕

竺可楨在 1946 年 1 月 27 日梅光迪追悼會後所寫的日記中，特別指出梅光迪
的個性：「關於迪生之爲人有三點：（一）標準極高，（二）不求名利，（三）
外冷而內富熱情。其喜歡批評胡適之，亦以適之好標榜，而迪生則痛惡宣傳
與廣告也。」〔註50〕這正是梅光迪反思自己作爲領導人失敗的原因之一，即
「沒有自己的名稱和標語口號以激發大眾的想像力」。對此梁實秋之說更爲簡
明：「只是《學衡》固執的使用文言，對於一般受了五四洗禮的青年很難引起
共鳴。」〔註51〕

我個人以爲，綜合上述之說，即「他們自身缺乏創造性」和「固執的使
用文言」是「失敗」的主要因素。在《學衡》上批評新文化──新文學的幾
篇重要文章出自梅光迪、胡先驌、吳宓之手，但他們無法提出具體的富有創
造性、建設性的意見。

胡適的激進與梅光迪的保守之戰仍在繼續。1927 年 2 月胡適訪問美國，
梅光迪正在哈佛大學教漢語。因前一年在巴黎的一次誤會（梅光迪請胡適吃
飯，胡適負約，說自己臨時忘記），惹惱了梅光迪，致使他們連再一次坐到一
起吃飯的機會也失去了。9 日，梅光迪致信胡適說：「若你始終拿世俗眼光看
我，脫不了勢利觀念，我只有和你斷絕關係而已。……我的白話，若我肯降
格偶而爲之，總比一般乳臭兒的白話好得多。但是我仍舊相信小說、戲劇可
用白話；作論文和莊嚴的傳記（如歷史和碑誌等）不可用白話。」〔註52〕梅

〔註49〕 沈衛威：《「學衡派」譜系──歷史與敘事》，江西教育出版社，2007 年版，第
　　　　 455～456 頁。
〔註50〕 竺可楨：《竺可楨全集》第 10 卷，上海科技教育出版社，2006 年版，第 27
　　　　 頁。
〔註51〕 梁實秋：《影響我的幾本書》，《中華散文珍藏本・梁實秋卷》，人民文學出版
　　　　 社，2001 年版，第 133～134 頁。
〔註52〕 梅鐵山主編、梅傑執行主編：《梅光迪文存》，第 552～553 頁。

光迪的朋友特別指明其英文比中文寫得好。這裡他說「我的白話，若我肯降格，偶而為之，總比一般乳臭兒的白話好得多」，就具有戲劇表演性，因為他根本不寫，也不會寫白話文，更不可能「比一般乳臭兒的白話好得多」。他在1930 年所作的《人文主義和現代中國》一文中承認自己在《學衡》創辦伊始的言論是因為「心中的逆反情緒」〔註 53〕。這種「逆反情緒」的表演性展示自然而然帶有戲劇化傾向。

梅光迪因胡適的榮光而使自己顯得生活黯淡。他眼高手低，沒有寫出學術著作。1945 年 12 月 27 日，梅光迪在遵義病逝。31 日，竺可楨在日記中記有梅光迪「有不可及者三：（一） 對於作人、讀書，目標極高，一毫不苟。如讀書，必讀最佳者，甚至看報亦然。最痛惡為互相標榜、買空賣空。不廣告，不宣傳。（二） 其為人富於熱情。……（三） 不驚利，不求名，一絲不苟。……但因陳義過高，故曲高和寡。為文落筆不苟，故著述不富，但臨終以前尚有著作之計劃」〔註 54〕。作為與梅光迪復旦相識、哈佛同學（有一年同住一室），有著 36 年交情的竺可楨，在 1946 年 1 月 29 日日記中記有這樣一事：「迪生性甚孤介，一文不苟取，家境亦不裕，自然困頓終身，頗欲得一休假年，以執筆作文。當李天助去築陪同看病，留築二旬，將回時詢迪生有何囑託。迪生謂有數點要告校長，即本學期不能授課，希望支薪，且此項薪水，在告假期內支者，不扣除其應得一年休假之薪，同時希望繼續由洽周代理。此自然是迪生病前一貫態度，以為其不致即去世，亦不自知其病在垂危也。此次星期六在團契，星期日在龍王廟，李醫生均報告此數語，而梅太太又告允敏，欲得迪生應可休假一年之薪俸，不知迪生死後與迪生生前之言情形完全不同，安能死人而可告假而可代理耶！」〔註 55〕30 日，竺可楨專門給杭立武寫信，「為迪生請一年休假金，此實無法可給，但請渠另設法耳」〔註 56〕。

梅光迪厭惡胡適的「好標榜」，而他自己卻陷入另一種「逆反情緒」下保守的戲劇化表演姿態。所謂保守主義者的「戲劇化表演姿態」，即假戲真做，弄假成真或言行不一，名實逆差。

作為「學衡派」的主要成員，同時也是將《學衡》的文化精神延續到臺

〔註 53〕 梅鐵山主編、梅傑執行主編：《梅光迪文存》，第 187 頁。
〔註 54〕 竺可楨：《竺可楨全集》第 9 卷，上海科技教育出版社，2006 年版，第 600 頁。
〔註 55〕 竺可楨：《竺可楨全集》第 10 卷，第 29～30 頁。
〔註 56〕 竺可楨：《竺可楨全集》第 10 卷，第 30 頁。

灣的張其昀，在 1960 年 12 月 25 日所寫的《中華五千年史》的《自序》中，站在「三民主義」的立場上，對新文化運動有尖銳的批評。他說：「新文化運動很多治史學的人，但他們把史學狹窄化，甚至只成爲一種史料學。他們往往菲薄民族主義，以民族主義爲保守，這是錯誤的。歷覽前史，惟有民族主義才是國家民族繼繼繩繩發榮滋長的根本原因。當時南京高師，就學風而言，的確有中流砥柱的氣概。……中國文藝復興的眞正種子，不是所謂新文化運動，而是國父所創造的三民主義。」〔註 57〕他的這番話明顯是針對胡適、傅斯年、顧頡剛而發的。

以文學革命爲先導的「新潮流」，極大地促進、推動了思想革命和社會變革。中華民族在追求自立、強盛、福祉的路徑上已經邁步百年，民主、科學以及由此所確立的和平漸進式的改革的基本路向已經明確，特別是白話新文學和國語運動帶來的語言工具的進步，極大地影響了每個中國人的思想和實際社會生活。「反現在潮流」的「學衡派」的穩健、保守，事實上起到了另一種作用：是以理性的精神，制衡、牽制「新青年──新潮派」激進、革命及個性過份膨脹所導致的文化失範。批評、監督和制衡的積極作用在於使新文化運動行進於更加穩健、正確的軌道。容忍批評、爭論，吸納不同意見，是五四一代啓蒙思想家的胸襟，也是改革者應有的責任擔當。胡適後來自由主義思想成熟的標誌性內涵中就是容忍批評反對意見，和平漸進的改革（1947年他在《自由主義》一文中提出自由主義的四個基本原則：自由、民主、和平漸進的改革、容忍反對黨）。可以說，在中華民族文化復興的大方向上，研究問題、輸入學理、整理國故、再造文明的「新青年──新潮派」與融化新知、昌明國粹的「學衡派」是一致的。

〔註57〕 張其昀：《中華五千年史》（第七版），臺北：中國文化大學出版部，1981 年版，第 2 頁。

論鴛鴦蝴蝶派的文學趣味嬗變機制 [註1]

胡安定

（西南大學文學院，重慶，400715）

摘　要

　　我們從文學趣味建構的角度進行考察分析，可以凸顯鴛鴦蝴蝶派的獨特價值。自晚清至三四十年代，鴛鴦蝴蝶派的趣味風格一直在不斷調整，文體樣式、類型模式和熱點話題都豐富多樣。鴛鴦蝴蝶派文學趣味的生成、變遷離不開生產、傳播和接受的全過程，其中包括作為生產者的作家順應文化市場形塑身份，和傳播環節中出版商、編輯、租售人員等「中間人」理順供求關係，以及讀者大眾趣味共同體逐漸形成。趣味的建構還意味著各種權力因素的角逐競爭，教育制度的變革在趣味的生產、傳播及再生產中至關重要，傳播平臺在趣味的形塑與區隔中發揮著顯著作用，社會政治因素也影響了趣味風格的變遷。

關鍵詞：鴛鴦蝴蝶派、文學趣味、機制、嬗變

　　作為晚清民國時期的重要文學現象，鴛鴦蝴蝶派的文學趣味建構無疑是一個相當複雜、重要的問題，我們通過對文學趣味嬗變機制的考察，可以重新審視鴛鴦蝴蝶派的獨特價值與意義。目前學界對鴛鴦蝴蝶派的價值探詢主

〔註 1〕　本文係西南大學中央高校基本科研業務費專項資金項目「鴛鴦蝴蝶派的文學趣味研究」（SWU1509140）階段性成果。

要側重於兩方面：一是從「文學性」、「審美性」角度，肯定鴛鴦蝴蝶派優秀作品的「文學藝術性」，和一些作家的「個人才華」；其次是注重其社會學文獻價值，視鴛鴦蝴蝶派的社會小說、言情小說等爲客觀中立的文獻，爲讀者呈現了特定歷史時期的世態百相。顯然，這兩種研究模式對鴛鴦蝴蝶派價值的豐富性與複雜性都有所遮蔽，第一種以精英式的狹窄標準，篩選出所謂的優秀之作，對鴛鴦蝴蝶派的社會意義視而不見。其實，「文學」不只是文本，它還是一種行爲，形成於從作者到出版者、印刷者、運輸者、發售者和讀者的鏈條中。〔註2〕無疑，能夠掀起一個個五光十色流行浪潮的鴛鴦蝴蝶派在生產、傳播和接受等文學機制方面的創新與貢獻不容小覷。而第二種僅僅將鴛鴦蝴蝶派的文本視爲反映現實、記錄社會的簡單文獻，忽視了其趣味風格的多樣與變遷。事實上，自晚清至三四十年代，鴛鴦蝴蝶派無論是文體樣式、類型模式還是熱點話題都變化多端，這些文本不僅記錄了社會轉型期的人情世故、政治風雲、時代變幻，折射了普通民眾對社會變遷的理解和態度，他們的日常生活、行動思維和心態世界。更爲重要的是，鴛鴦蝴蝶派善於通過文本與話題「製造」趣味，並以此形塑社會現實。

因此，從文學趣味的建構角度進行考察分析，無疑可以凸顯出作爲通俗文學的鴛鴦蝴蝶派的獨特價值，展示一幅生動、別樣的文學／文化史圖景。在中國近現代文學／文化語境中，文學趣味不僅意味著審美偏好和鑒賞判斷能力，它還是一個社會性的文化概念，是社會階層關鍵性的區隔標誌，是文化場域重要的鬥爭籌碼。其形成、維繫、消解與重建等過程都受到各方政治、經濟及文化利益的影響，同時也折射了特定時間、空間和具體社會文化環境的特徵。〔註3〕鴛鴦蝴蝶派的文學趣味機制即是如此。我們從鴛鴦蝴蝶派趣味風格的變遷、文學潮流的興衰更迭、話語策略的調整等方面，和作爲生產者的作家身份轉型、傳播空間的趣味引導與營造、讀者大眾趣味共同體的形成等環節，可以探究在晚清民國時期，當社會、政治、經濟發生巨大變遷之時，文學／文化機制的嬗變，民眾生活方式、價值心態的改變，以及作爲通俗文學／文化代表的鴛鴦蝴蝶派形塑社會現實的力量。

目前在諸多關於鴛鴦蝴蝶派的論著中，有不少涉及文學趣味問題。這些

〔註2〕〔美〕羅伯特・達恩頓：《拉莫萊特之吻：有關文化史的思考》，蕭知緯譯，華東師範大學出版社，2011年版，第153頁。

〔註3〕黃仲山：《權力視野下的審美趣味研究》，中國社會科學院2013年博士論文，第2頁。

研究對鴛鴦蝴蝶派的文學趣味，大體經歷了從簡單的定性，到資料發掘中的勾勒描述，再到對背後各種因素進行考察分析的幾個階段。五十年代起，強調「政治正確」的文學史一般都是簡單粗暴地以「封建」、「逆流」等來定性鴛鴦蝴蝶派的文學趣味，從而予以批判和拒絕。八十年代開始，一些學者認爲以往的文學史因忽略了通俗文學流派，只是「半部中國現代文學史」。出於對雅俗「兩個翅膀」〔註4〕的平衡，他們開始了對鴛鴦蝴蝶派的關注，致力於對鴛鴦蝴蝶派的發生發展做較爲詳實的勾勒與描繪。八、九十年代出現了幾部具有開拓意義的著作與資料彙編，比較代表性的有：芮和師、范伯群等人編寫的《鴛鴦蝴蝶派文學資料》（上）、（下）（福建人民出版社 1984 年版），魏紹昌主編的《鴛鴦蝴蝶派研究資料》（上海文藝出版社 1984 年版），范伯群的《禮拜六的蝴蝶夢》（人民文學出版社 1989 年版）、《中國近現代通俗文學史》（江蘇教育出版社 1999 年版），魏紹昌的《我看鴛鴦蝴蝶派》（臺灣商務印書館 1992 年版），袁進的《鴛鴦蝴蝶派》（上海書店出版社 1994 年版），劉揚體的《流變中的流派——「鴛鴦蝴蝶派」新論》（中國文聯出版公司 1997 年版）等。與此同時，海外學者林培瑞對於鴛鴦蝴蝶派的趣味風格變遷及其與社會文化語境的關係進行了考察。〔註5〕這些研究對鴛鴦蝴蝶派的文學主張和創作實踐進行了細緻的梳理，從文本類型、語言形式、敘事風格等方面勾勒展示了鴛鴦蝴蝶派迥異於新文學的趣味面目。

九十年代以來，研究者越來越關注鴛鴦蝴蝶派與現代都市大眾傳媒的關係，報刊傳媒作爲近現代中國新的公共空間，其興起導致了更多的人參與趣味的建構，深刻地改變了趣味的形態與結構，鴛鴦蝴蝶派的文學趣味正是在這一背景下形成、維繫與建設的。研究主要涉及以下幾個方面：

首先是對作爲生產者的作家的研究，有關注鴛鴦蝴蝶派群體的身份轉型與社會變遷、傳媒發達、稿酬制度的關係，如欒梅健的《稿費制度的確立與職業作家的出現——二十世紀中國文學發生論之一》（《中國現代文學研究叢刊》1993 年第 2 期）、郝慶軍的《論鴛鴦蝴蝶派的興起》（《文學評論》2006 年第 2 期）、王利濤的《鴛鴦蝴蝶派與大眾傳媒關係探微》（《重慶師範學院學報》2003 年 1 期），以及蔣曉麗的論著《中國近代大眾傳媒與中國近代文學》

〔註 4〕 范伯群：《緒論》，范伯群主編：《中國近現代通俗文學史》上卷，江蘇教育出版社，1999 年版，第 35 頁。
〔註 5〕 〔美〕培瑞·林克：《論一二十年代傳統樣式的都市通俗小說》，賈植芳編：《中國現代文學主潮》，復旦大學出版社，1990 年版。

（巴蜀書社 2005 年版）；還有大量的個案研究，如袁進、趙孝萱（臺灣）、黃軼、潘盛、李仁淵（臺灣）等，他們致力於對張恨水、蘇曼殊、徐枕亞、李涵秋、包天笑、周瘦鵑等鴛鴦蝴蝶派作家的身世文本、文學活動進行探究分析〔註6〕。這些研究通過考察作家的生存狀態、文化價值立場、寫作姿態，從而展現其趣味傾向。

其次是對鴛鴦蝴蝶派出版、傳播及閱讀的研究。有對書局等出版機構的關注，如石娟的《世界書局、大東書局的通俗文學出版與商業運作》（《編輯之友》2013 年第 8 期）、彭麗熔的《世界書局文學出版情況研究（1917～1949）》（華東師範大學 2009 年碩士論文）等；另外就是對為數甚眾的報刊開展研究，如湯哲聲在《中國近現代通俗文學史》中對一些代表性鴛鴦蝴蝶派雜誌的鉤沈，李歐梵的《「批評空間」的開創——從〈申報〉「自由談」談起》（見《現代性的追求》，生活・讀書・新知三聯書店，2000 年版）、陳建華的《共和憲政與家國想像——周瘦鵑與〈申報・自由談〉，1921～1926》（見《從革命到共和：清末至民國時期文學、電影與文化的轉型》，廣西師範大學出版社 2009 年版），分析了《申報・自由談》作為輿論公共空間的功能與變遷，胡曉眞（臺灣）的《知識消費、教化娛樂與微物崇拜：論〈小說月報〉與王蘊章的雜誌編輯事業》〔註7〕、余芳珍（臺灣）的《閱書消永日：良友圖書與近代中國的消閒閱讀習慣》〔註8〕等，以及大量的博士、碩士論文對《民權素》、前期《小說月報》、《禮拜六》、《紅玫瑰》、《紫羅蘭》、《晶報》等報刊的研究，如邱培成的《前期〈小說月報〉與清末民初上海都市文化》〔註9〕、謝曉霞的《〈小說月報〉1910～1920：商業、文化、未完成的現代性》〔註10〕、博玫《〈紫

〔註 6〕 主要代表論著有：袁進：《張恨水評傳》，湖南文藝出版社，1988 年版；趙孝萱（臺灣）：《世情小說傳統的承繼與轉化：張恨水小說新論》，臺灣學生書局，2002 年版；黃軼：《現代啟蒙語境下的審美開創：蘇曼殊文學論》，上海人民出版社，2008 年版；潘盛：《「淚」世界的形成》，復旦大學 2009 年博士論文等。

〔註 7〕 胡曉眞（臺灣）：《知識消費、教化娛樂與微物崇拜：論〈小說月報〉與王蘊章的雜誌編輯事業》，中央研究院近代史研究所集刊，2006 年第 51 期。

〔註 8〕 余芳珍（臺灣）：《閱書消永日：良友圖書與近代中國的消閒閱讀習慣》，《思與言》2005 年第 43 卷第 3 期。

〔註 9〕 邱培成：《前期〈小說月報〉與清末民初上海都市文化》，復旦大學 2004 年博士論文。

〔註 10〕 謝曉霞：《〈小說月報〉1910～1920：商業、文化、未完成的現代性》，上海三聯書店，2006 年版。

羅蘭〉（1925～1930）的時尚敘事》〔註11〕、李國平《上海市民的精神「大世界」：
民國小報巨擘〈晶報〉研究》〔註12〕、王進莊《二十年代舊派文人的上海書寫：
以〈禮拜六〉〈紅雜誌〉〈紫羅蘭〉爲中心》〔註13〕、劉鐵群《現代都市未成型
時期的市民文學：〈禮拜六〉雜誌研究》〔註14〕等等。這些研究從不同視角對出
版機構狀況、編輯理念、雜誌形態、受眾情況等進行了細緻耙梳考辯，可以看
出鴛鴦蝴蝶派的文學趣味如何在出版、傳播與閱讀中予以定位與打造。

　　趣味還意味著社會文化中各種力量的鬥爭與妥協，一些研究者對鴛鴦蝴
蝶派趣味建構背後的權力因素進行了剖析。首先，多元的文化空間必然導致
趣味的區別與分化，一些研究者關注鴛鴦蝴蝶派文學趣味的差異性、邊緣性。
如在另類現代性視角下，認爲鴛鴦蝴蝶派代表的是另一種欲望與日常生活的
現代性。王德威「被壓抑的現代性」就包括鴛鴦蝴蝶，唐小兵的《蝶魂花影
惜分飛》一文，指出鴛鴦蝴蝶派的所謂「現代的惡趣味」，便是現代都市平民
的日常生活所肯定的世俗性和平庸性。〔註15〕周蕾的英文論著《婦女與中國
現代性：西方與東方之間的閱讀政治》，提出鴛鴦蝴蝶派文學因其陰性化的邊
緣位置，以一種令人不安的「低品味」方式來顯示出現代中國社會的矛盾，
對其閱讀方式涉及文化解讀的富含權力意味的階層化與邊緣化過程。〔註16〕
馬寧《從寓言民族到類型共和：中國通俗電影的緣起與轉變1897～1937》，則
認爲鴛鴦蝴蝶派文學具有弱勢文化生產的一些重要特徵，是以開放的、可變
的、非本質的態度來表現社會和人生，強調社會現實的多樣性、複雜性、差
異性；〔註17〕金立群則以媚俗化概括鴛鴦蝴蝶派的另類現代性面孔；〔註18〕

〔註11〕 博玫：《〈紫羅蘭〉（1925～1930）的時尚敘事》，復旦大學 2004 年博士論文。
〔註12〕 李國平：《上海市民的精神「大世界」：民國小報巨擘〈晶報〉研究》，蘇州大
　　　　 學 2008 年博士論文。
〔註13〕 王進莊：《二十年代舊派文人的上海書寫：以〈禮拜六〉〈紅雜誌〉〈紫羅蘭〉
　　　　 爲中心》，華東師範大學 2007 年博士論文。
〔註14〕 劉鐵群：《現代都市未成型時期的市民文學：〈禮拜六〉雜誌研究》，河南大學
　　　　 2002 年博士論文。
〔註15〕 唐小兵：《蝶魂花影惜分飛》，《讀書》1993 年第 3 期。
〔註16〕 周蕾：《婦女與中國現代性：西方與東方之間的閱讀政治》，蔡青松譯，上海
　　　　 三聯書店 2008 年版。
〔註17〕 〔澳〕馬寧：《從寓言民族到類型共和：中國通俗電影的緣起與轉變 1897～
　　　　 1937》，上海三聯書店，2012 年版。
〔註18〕 金立群：《媚俗化：中國近現代通俗文學的現代性碎片呈現》，華中師範大學
　　　　 2006 年博士論文。

魯毅的《夾縫中的抉擇：清末民初鴛鴦蝴蝶派嬗變論》，梳理出鴛鴦蝴蝶派國族話語和娛樂主義話語兩副面孔的嬗變。〔註19〕其次，鴛鴦蝴蝶派「舊派」、「低級」、「通俗」的趣味形象其實關涉文學場域的新舊、雅俗之爭，有論者從新文學與鴛鴦蝴蝶派的區分、鬥爭角度，對鴛鴦蝴蝶派趣味形象的建構過程有所涉及。如趙孝萱（臺灣）的《「鴛鴦蝴蝶派」新論》通過一系列的個案研究，透視了中國現代文學史中新舊、雅俗標準背後形成的機制〔註20〕；余夏雲的碩士論文《新文學與鴛鴦蝴蝶派的場域占位鬥爭考察（1896～1949)》運用布迪厄的文化社會學理論，勾勒了新文學與鴛鴦蝴蝶派場域鬥爭的線索〔註21〕。另外，鴛鴦蝴蝶派的文學趣味建構還涉及在新的文化空間中多種資源的衝突、碰撞、角逐與整合。胡纓的《翻譯的傳說：中國新女性的形成（1898～1918)》，從身體、新知和權力關係分析了晚清以來的新女性形象的建構過程，包括《玉梨魂》中白梨影和筠倩。她指出晚清民初藉由寫作與翻譯開啓了一個新的空間，其間的現代婦女有著不同以往的、陌生的定位。這些具有明顯跨界特徵的女性形象，存在於它自身語境與相異的外國語境之間的邊界上。〔註22〕張眞在《銀幕豔史：都市文化與上海電影 1896～1937》中指出，鴛鴦蝴蝶派的文化實踐其實是一支通俗文化和現代大眾文化結合緊密的脈絡，逐漸轉化爲一種綜合性的白話形式，它混雜了古典、世俗、外來的諸種因素，也涵蓋了不同的媒體，代表了「多元趣味的白話現代主義」。〔註23〕

　　總體而言，目前有關鴛鴦蝴蝶派文學趣味的論述，呈現越來越多元、深入、細化的特徵。但也存在一些不足，首先是大多數研究者仍然持精英化的立場，秉承「大歷史觀」，注重從社會政治經濟等外在背景看取文學趣味的建構，忽視文學趣味生成與變遷的內在機制。其次，對趣味背後的權力關係的複雜與絞纏關注不夠，過於強調新舊、雅俗的分別與對立，事實上趣味的分

〔註19〕　魯毅：《夾縫中的抉擇：清末民初鴛鴦蝴蝶派嬗變論》，山東大學 2012 年博士論文。

〔註20〕　趙孝萱（臺灣）：《「鴛鴦蝴蝶派」新論》，蘭州大學出版社，2004 年版。

〔註21〕　余夏雲：《新文學與鴛鴦蝴蝶派的場域占位鬥爭考察（1896～1949)》，西南交通大學 2008 年碩士論文。

〔註22〕　胡纓：《翻譯的傳說：中國新女性的形成（1898～1918)》，龍瑜宬、彭姍姍譯，江蘇人民出版社，2009 年版，第 116、219 頁。

〔註23〕　張眞：《銀幕豔史：都市文化與上海電影 1896～1937》，沙丹、趙曉蘭、高丹譯，上海書店出版社，2012 年版，第 67 頁。

化過程與新舊認同不是一個簡單的線性過程,而是始終呈現多線交織、新舊並存的局面。因此,我們需要以動態的眼光,將鴛鴦蝴蝶派文學趣味的生成、分化、變遷置放於廣大的社會語境中,用文本分析與實證分析相結合的方法,從生產、傳播、閱讀的環節進行考察,鉤沈以往被忽視的材料如書籍的物質形態、廣告、租售借閱記錄、時人日記、書信、自述等等,並結合文化社會學、傳播學、書籍史、心態史等視角。

就趣味風格的變遷而言,鴛鴦蝴蝶派的趣味面目並非簡單的「舊派」、「媚俗」、「遊戲」所能概括,自晚清民初到三、四十年代,鴛鴦蝴蝶派的趣味風格一直在不斷調整,既有文體樣式的豐富多樣,也有類型模式的變幻,還有對熱點話題的引領與追逐。

首先,文體樣式是趣味風格的重要表現形態,駢體、章回體、擬仿新文藝體是鴛鴦蝴蝶派的特色文體,我們從這三種文體樣式中的代表性個案,可以窺測鴛鴦蝴蝶派在文體樣態方面的靈活變更。駢體小說在民初盛極一時,徐枕亞的《玉梨魂》尤為其中翹楚,小說自 1912 年先連載於《民權報》副刊,出版單行本後極為暢銷,兩年即再版多次,並引發版權官司。1914 年徐枕亞又把它重寫為《雪鴻淚史》,仍然很受追捧。但十年後即 1924 年被搬上銀幕,引起的關注與討論就和民初時大為不同了,1924 年 5 月至 7 月,《申報》連續刊發觀眾文章,就有觀眾批評《玉梨魂》當年流行,不過是以「時髦文勝」,如今默片仍然用這種「古色古香之死文字說明之,真令人肉麻,盡你哼哼成調,總難說得爽爽快快,一絲不漏。對於粗識幾個字的人,又未免欺負他們,這豈是普遍的民眾藝術所應如是嗎?」〔註24〕到了 1920 年代,鴛鴦蝴蝶派雜誌上如《玉梨魂》這樣駢四儷六、文辭華麗的小說已經漸趨衰歇。

章回體小說是中國古典文學中重要的藝術成就,有其成熟的程序套路,如對仗工穩的回目,「預知後事如何,且聽下回分解」的敘述方式等。鴛鴦蝴蝶派的長篇小說中運用章回體十分普遍,承續了古典小說優秀的傳統,卻也因此被貼上「舊派」的標籤。事實上,自晚清開始,鴛鴦蝴蝶派章回體出現了諸多形態變革:如民初流行文言章回小說(中國古典章回小說多為白話),晚清以來報紙連載盛行各個故事相對獨立的「集綴型」章回體小說等;張恨水對章回體的繼承與改良尤為值得關注,張恨水不願捨棄章回體,認為它符合中國普通民眾的閱讀習慣。作為鴛鴦蝴蝶派群體中追趕新潮流的積極分

〔註24〕楊泉森:《〈玉梨魂〉之新評》,《申報》1924 年 5 月 12 日。

子，他又努力改良章回體，在回目設置、敘述手法等方面均做出不少創新嘗試，比較他的《啼笑因緣》、《燕歸來》、《過渡時代》與《藝術之宮》、《平滬通車》、《八十一夢》等作品，可以探究張恨水在章回體方面的繼承與創新；新文學界和鴛鴦蝴蝶派圍繞章回體的論爭也一直不絕如縷，如1930、1940年代的「文藝大眾化」、「民族形式」討論，新文學界關注的是「舊白話」與新「大眾語」，對舊形式的利用等問題。而《萬象》雜誌關於「通俗文學運動」的提法，則致力於章回體的反思與總結。

至二十年代，五四新文學的影響日漸擴展，被新文學群體討伐批判的鴛鴦蝴蝶派其實並不拒絕新文藝文體，在他們的報刊中，出現了不少戲仿、模仿新文學的文體樣式：白話短篇小說、新詩等。這些新文藝體有些是戲仿之作，如諷刺新文學的歐化難懂，仿擬出所謂的「隸隸派小說」、「未來派小說」，著名的小報《晶報》上刊載的新詩就多為戲仿作品；當然也有不少較為成功的模仿之作，如同樣使用新式白話的短篇小說，在20年代的《小說世界》、30年代的《紅葉》、40年代的《萬象》等雜誌中，都不乏一些無論是語言，還是敘述方式，抑或是內容題材，都與五四小說別無二致的優秀之作。鴛鴦蝴蝶派在對新文學的模仿中也拓展著自己的創作領域。

其次，類型模式的興替更迭是鴛鴦蝴蝶派趣味變遷的重要風向標。歷史、言情、社會、武俠、神怪、滑稽等幾種元素的加減組合造就了一個個潮流。就言情小說而言，鴛鴦蝴蝶派有三種廣為流行的模式：哀情、社會言情和俠情，吳趼人的《恨海》為哀情潮的濫觴，民初《玉梨魂》、《孽冤鏡》、《斷鴻零雁記》的風行宣告著這一潮流的鼎盛，一時間《民權素》、《小說月報》等雜誌刊載的標署「苦情」、「哀情」、「奇情」的小說蔚為大觀，多述男女相戀，終因種種原因導致勞燕分飛、執手無望，最後不是鬱鬱而終就是遁入空門。這些哀情小說對「才子佳人」模式多有繼承，但其中又蘊含著諸多新變，男女主人公的分隔不再僅僅是因嚴親干預、小人撥亂，戰爭、革命造成的顛沛流離以及過渡時代的新舊觀念衝突均已成為重要原因，因此人物的活動空間有了極大的擴展，不再局限於花園、閨房等封閉性空間。同時，人物的內心情緒世界也成了描寫、渲染的重要內容，造就了濃鬱的抒情性特徵。1920年代起社會加言情模式愈加成熟，南方由李涵秋的《廣陵潮》帶動的各種「潮」字號小說，如《歇浦潮》、《人海潮》等，北方的張恨水、劉雲若崛起，如《春明外史》、《紅杏出牆記》等，皆於描摹爾虞我詐的社會奇形怪狀中，

穿插男女愛情的悲歡離合。其中的人物身份日趨多樣，男主人公有書生、商人、官僚、記者，女主人公則有風塵女子、姨太太、女學生等。社會言情小說中所言之情，雖仍有一些不脫才子佳人的純情套路，也對傳統的士妓之戀模式有所繼承，但更多還是藉由兩性關係反映社會轉型期倫理道德的混亂與失控，如描寫較多的是姨太太、妓女的金錢交易式愛情，和女學生為代表的新女性的浪漫放蕩。另外，言情還和武俠元素相融合，譜寫了以武俠為經、以兒女情事為緯的俠情篇章，顧明道、王度廬無疑為個中聖手，《荒江女俠》、《臥虎藏龍》等作品於鐵馬金戈之中，時有脂香粉膩之致。俠與情的交織在明清小說中其實已有端倪，如才子佳人小說《好逑傳》、文康的《兒女英雄傳》等。三四十年代的俠情之作，除了承續這種兒女兼英雄、剛柔並濟的風格外，其中的江湖世界更加波譎雲詭，兒女之情也更有現代氣息。

歷史也是鴛鴦蝴蝶派重要的小說類型之一。民國成立，改朝換代讓記錄清朝軼聞掌故類的文字異常興盛，如許指嚴的掌故野聞，以筆記體敘述前朝宮廷、官場的野史趣聞。歷朝宮闈秘史和歷史演義也成為報刊熱衷刊載的內容，如張恂子、許嘯天等人傳奇化、言情化的宮闈秘史，蔡東藩融「新民」觀念的正史演義。辛亥革命以來，革命外史在歷史小說中也佔有不少比例，這些小說以「外史」的方式記錄革命期間的珍聞軼事和革命英雄的行狀傳奇。既折射了革命巨變年代的社會文化信息，也透露了普通民眾革命風暴中別樣的生存方式和心態世界。就敘述模式而言，「無奇不傳」成為「革命外史」的重要特徵，奇時、奇人、奇事共同演繹了革命的另類歷史；另外革命也離不開愛情的點綴，言情也是一道必加調味品，革命外史既有脂濃粉香的言情故事，自然也不乏刀光劍影的江湖傳奇。因此，武俠也成了這些革命外史中一份重要的配料。總而言之，伴隨文化市場的成熟、繁榮，各種類型模式也越來越會出現互滲、融合的現象，一部成功之作往往融歷史、言情、社會、武俠等諸多元素於一體，並根據對讀者市場的預測而決定添加的比重，如張恨水的《啼笑因緣》，特意根據上海讀者的口味，設置書生與俠女、鼓姬、摩登富家女的多角戀模式。

此外，探討關注的話題也是趣味風格變遷的重要標識。鴛鴦蝴蝶派對社會、政治、經濟、文化、日常生活等各個領域的話題都有所涉及。我們由各時期代表性的報刊欄目、雜誌專號和作品內容，可以瞭解鴛鴦蝴蝶派對熱點話題的引領和追逐。民初《民權素》、《娛閒錄》、《遊戲雜誌》一般皆有「諧

文」、「諧藪」、「談叢」、「諧林」等刊載遊戲文章的欄目，以嬉笑怒罵的方式
對共和、革命等社會政治話題抒發見解，如吳雙熱的《共和謠》嘲諷假共和
〔註25〕，徐枕亞的《水族革命記》借水族革命罵辛亥革命的失敗〔註26〕。這
些冷嘲熱諷的諧謔文字和悲悲切切的哀情小說在民初報刊中成為主流，因
此，造就了民初鴛鴦蝴蝶派「眼淚」與「冷笑」的兩副表情。到了二十年代，
《紅玫瑰》、《半月》、《紫羅蘭》等更熱衷向讀者提供和指示合情合理的都市
生活指南，包括如何協調半新半舊的社會法則。從其中的廣告可以看出對時
尚消費的提倡與贊許，除了廣告，這些雜誌還有大量欄目、文字教導讀者如
何穿衣打扮、如何安排家常瑣屑等，對生活進行全方位的指導。當新文學群
體「問題小說」鼎盛之際，這些雜誌也積極跟進，一方面以雜誌專刊號的方
式討論各種問題，諸如「離婚問題號」、「情人號」、「青年苦悶號」、「戀愛號」
等等；一方面也創作自己的「問題小說」，但五四問題小說是啟蒙思潮的產兒，
這些問題涉及範圍極廣：家族禮教、婚戀家庭、女性命運、勞工、知識分子
等等，它表現了五四一代青年對人生與社會急切探求的熱情。而鴛鴦蝴蝶派
這些所謂「每篇內含有一個不能解決的問題」的「問題小說」不過是些奇聞
奇事的噱頭，實則將新文學群體嚴肅的「問題」追問化為輕鬆的「話題」談
論。三四十年代，民族矛盾日益尖銳，日本侵略步步逼緊，愛國、戰爭也成
為鴛鴦蝴蝶派報刊關注的話題。例如創刊於 1932 年的《珊瑚》雜誌，在國難
當頭之際，愛國小說成為其主旋律，敘述愛國事跡的作品占雜誌主要篇幅。
就連以哀情小說、武俠小說而聞名的顧明道也刊載長篇小說《國難家仇》，以
「九一八」為背景，寫東北人民的抗日。《珊瑚》還專門並出版「九一八」專號
和「一二八」專號。但鴛鴦蝴蝶派雜誌對這些民族主義、愛國等話題的涉獵往
往採取一種輕鬆、淺白的方式，缺乏一種嚴肅、理性的探討，如一邊刊載十九
路軍連長的《抵抗日記》，一邊插圖他和伴侶照片，不脫英雄美人的情調。愛
國小說中穿插言情、武俠橋段更為常見。戰火紛飛的四十年代，上海的《萬
象》稱「不背離時代意識」，和重慶的《新民報》副刊《最後關頭》願「為抗
戰吶喊」，都有不少作品書寫戰爭陰霾下的生活不易，貧窮、失業、飢餓成為
人民的生活常態。《萬象》上秋翁的系列「故事新編體」小說，和《新民報》
連載張恨水的《八十一夢》，都以借古諷今的方式表達對戰爭的不滿與譴責。

〔註25〕 雙熱：《共和謠》，《民權素》1914 年第一集。
〔註26〕 枕亞：《水族革命記》，《民權素》1914 年第一集。

　　鴛鴦蝴蝶派趣味風格的多樣、變遷與其生產、傳播和接受機制密不可分。作為生產者的作家身份轉型問題可謂相當重要，既有從「文丐」到著作人的身份形塑，也有在區分化的文化場域中的策略定位。晚清以來，隨著現代都市的形成、報刊媒體的興起，以及稿酬制度、法律制度的成熟，一個新的文化空間逐漸成型。文學的生產性和商品性得到確認，文學寫作由自娛自樂的私人化操作逐漸成為了參與市場流通的公共行為，而作家也完成了從清高的傳統文人到文學生產者的身份轉變。這種新的身份形塑過程事實上經歷了諸多觀念方面的分歧與碰撞，如果說，1910 年代徐枕亞的《玉梨魂》版權之爭意味著從傳統版權觀念到現代版權意識的過渡，徐枕亞、吳雙熱等人對「以文字生涯，為利名淵藪」〔註 27〕尚存鄙夷，那麼他們越來越不能無視小說的暢銷帶來巨大利益，最終以天下為己任的精英意識逐漸讓位於經濟利益的追逐。1920 年代，新文學群體以「文丐」指稱鴛鴦蝴蝶派，徐枕亞、包天笑、胡寄塵等人基本能接納此帶貶義的稱呼，對靠文字謀生的生活方式已經持相當坦然的態度。到了 1930 年代，「文丐」成為諸多賣文者的略帶幾分自嘲的字號，不再有雅俗、新舊的分野。走向大眾閱讀市場，不依附權貴或體制，成為職業作家，不僅是徐枕亞這些鴛鴦蝴蝶派作家的選擇，也成了一些新文學作家的道路。與「文丐」這一稱呼變遷的同時，更具正式法律意義的「著作人」概念開始被廣泛採納。1927 年，上海成立著作人公會。1932 年，中國著作人出版人聯合會在北平成立。從「文丐」到「著作人」的稱呼變遷，可以看出鴛鴦蝴蝶派群體作為中國近現代較早的一批職業作家，他們已經在新的機制中成功地塑形身份，為中國文學、文化的艱難嬗變和現代轉型做出了自己的貢獻。〔註 28〕

　　走向成熟的文化市場必然導致趣味的分化，新文學群體興起後，以批判指認的方式造就新舊、雅俗的區分，鴛鴦蝴蝶派群體由此形成。被歸入該群體的作家以區分策略回應新文學的指認，又分別出所謂正宗鴛鴦蝴蝶派和禮拜六派，如周瘦鵑、包天笑、張恨水等人都表示，自己非鴛鴦蝴蝶派中人，「正宗鴛鴦蝴蝶派」指的是以《民權素》、《小說叢報》為陣營的徐枕亞等人。而有些對新潮流敏感者則刻意模糊新舊邊界，以模仿、靠攏新文學的「蝙蝠派」

〔註 27〕 枕亞：《發刊弁言》，《小說叢報》1918 年第一集。
〔註 28〕 胡安定：《〈玉梨魂〉版權之爭與職業作家的形成》，《中國現代文學研究叢刊》
　　　　 2013 年第 12 期。

姿態而定位。1920 年代，宣稱「冶新舊於一爐」的《小說世界》主打作者葉勁風、胡寄塵等，和以「新文化中人」自居的《新人》群體，都熱衷追逐新文學的話題、創作新詩和新體小說。這些對身份的策略定位都顯示出他們作爲文學生產者，對趣味風向變化的敏銳。

在傳播環節，出版商、編輯、租售人員等「中間人」的功能不容忽視，他們的主要職能在於理順供求關係，把文學作品進行一番篩選，文學作品才在發行網絡的終端與讀者見面。〔註29〕這些中間人的作用主要體現於對出版物的決策、定位，以及對閱讀市場的引導，對讀者的說服誘導等方面。一些出版機構：民初的民權出版部，二三十年代的世界書局、大東書局，四十年代的萬象書屋等，他們成功的營銷策略對趣味的引導與營造功不可沒。我們從書局的出版物目錄、書籍廣告、售賣點分佈等資料可以窺測文化市場的趣味風向，如沈知方主持的世界書局，在 1920 年代，因《紅雜誌》、《紅玫瑰》期刊的暢銷風行而在出版界勢頭強勁，尤其是《紅玫瑰》上連載向愷然的《江湖奇俠傳》，掀起了一股武俠小說熱潮，正如包天笑所言：「那個時候，上海的所謂言情小說、戀愛小說，人家已經看得膩了，勢必要換換口味，好比江南菜太甜，換換湖南的辣味也佳。以向君的多才多藝，於是《江湖奇俠傳》一集、二集……層出不窮，開上海武俠小說的先河。後來沈子方索性把這位平江不肖生包下來了。……」〔註30〕像沈知方這樣的出版商對趣味風向的把握和引領可謂居功甚偉。同時，鴛鴦蝴蝶派趣味的傳播還離不開圖書的借閱、租售環節，不少雜誌於封底都標有售賣點分佈，例如 1914 年創刊於成都的《娛閒錄》，從售賣點的分佈就可看出其在成渝兩地的暢銷。除了購買，還有不少讀者是通過租借的方式閱讀書刊的，據《社會日報》1917 年調查，上海市區的小租書攤有 3721 個。〔註31〕晚清以來，在全國各地逐漸形成較爲完善的國家級、省級、市縣級公共圖書館三級服務體系，很多讀者就是通過租借的方式來閱讀鴛鴦蝴蝶派的小說、報刊，有記載上海一家圖書館裏，向愷然的《江湖奇俠傳》因借閱太過頻繁而破損嚴重。

當然，趣味的生成不僅僅取決於印在紙上的文字，更取決於讀者的閱讀過程。閱讀關涉特定時期的文化政治，閱讀領域的變革體現的是讀者生活方

〔註29〕〔美〕羅伯特·達恩頓：《拉莫萊特之吻——有關文化史的思考》，第 121 頁。
〔註30〕包天笑：《影樓回憶錄》，香港：大華出版社 1971 年版，第 384 頁。
〔註31〕轉引自范伯群：《市民大眾文學——「鄉民市民化」形象啓蒙教科書》，《湖北大學學報》2013 年第 4 期。

式、價值心態的變化，以及整個社會文化結構的變遷。閱讀是作者與讀者，也是讀者與讀者之間的交流，交流的順利需要文化趣味、文學記憶、闡釋方式等趨於相近。鴛鴦蝴蝶派一直擁有數量巨大的讀者群體，這個被新文學群體稱爲「小市民」的讀者大眾，既是一種階層概念，更是文化意義的群體，也就是我們所說的「鴛鴦蝴蝶派閱讀共同體」。鴛鴦蝴蝶派的潮起潮落，正是和這個閱讀群體有著極大的關係。對閱讀的考察要把作家想像中的讀者和歷史現實中實際的讀者加以比較，再在這個基礎上把讀者對文本的反應做既是理論性的又是歷史性的考察。因此，要確定鴛鴦蝴蝶派的讀者到底是哪些人，閱讀是在什麼時候和什麼情況下發生的，閱讀的效果又是怎樣等問題。除了對文本策略進行細緻分析，還要認眞考察時人留下的和閱讀有關的書信日記等實證性的資料。

近年來，新文化史致力於對大眾文化的歷史探求，大眾的閱讀狀況、普通民眾的心態世界，這種研究視角無疑對鴛鴦蝴蝶派閱讀群體的考察有很大啓發。堅持「自下而上歷史」立場的新文化史尤其反對把文化視爲一個自動繼承和傳播的過程，如其中的代表人物伯克就認爲，研究重點應由給予者轉向接受者，理由是被接受的東西總是異於原來被傳遞的內容，因爲接受者在有意無意間解釋和改造了那些他們所接受的思想、習俗、意象等。〔註32〕新文化史家打撈以前被忽視的芸芸眾生的生活記錄，從一些普通民眾的日記、書信等資料，致力於鈎沈他們面對小說等「觀念」產品，如何「各取所需」。如有研究者就從一份日記管窺民國時期一名普通女學生的情感世界，其中就涉及閱讀與她觀念世界建構的複雜關係。這名叫吳淑芬的成都女校女生，1932年與同學共讀《玉梨魂》，爲白梨影、何夢霞的身世所感，「不覺慘然淚下」。〔註33〕但不同於徐枕亞以何夢霞經歷爲敘事線索，吳淑芬對故事的敘述則是以女主人公白梨影爲主，而且更多關注女性的自我檢束。如今，隨著越來越多的類似日記、書信被發現，閱讀者在趣味傳播、接受中的主動作用也得到重新打量，讀者大眾的複雜多樣使得這個鴛鴦蝴蝶派趣味共同體遠比我們想像得要豐富。

〔註32〕周兵：《新文化史：歷史學的「文化轉向」》，復旦大學出版社，2012年版，第31頁。

〔註33〕王東傑：《校園裏的「閨閣」：一位成都女校學生日記中的情感世界（1931～1934）》，姜進、李德英主編：《近代中國城市與大眾文化》，新星出版社，2008年版。

很明顯，鴛鴦蝴蝶派文學趣味的生成、變遷，還離不開趣味建構背後的權力因素。首先，教育制度的變革在趣味的生產、傳播及再生產中至關重要。教育作爲一種體制、組織形式和公共空間，極大地影響了鴛鴦蝴蝶派文學趣味的建構與調整。一方面，教育理念、課程設置和教學活動等可以直接形塑受教育者的知識結構、價值訴求；這些主要體現於鴛鴦蝴蝶派對文體樣式的變化與選擇，因爲不同的文體樣式承載著不同的文化價值和審美傾向。例如民初駢體文風靡，清廷直至 1905 年才廢除科舉制，很顯然，這些作者和讀者都受過一定的傳統教育，大多有受八股文訓練的經歷，駢體文調動了他們關於辭章典故、語言文體的文化記憶。在時代巨變下，他們對本土文化的失落感到焦慮、不安，於是將追憶與懷舊訴諸對古老文體的熱情追捧。但隨著新式教育制度的推行，這一文化共同體越來越邊緣，尤其是 1920 年 1 月教育部命令全國國民學校改「國文」科目爲「國語」科目，自秋季起，「一二年級，先改國文爲語體文，以期收言文一致之效」。〔註34〕白話文取得正宗地位，駢文小說和文言章回體自 1920 年代逐漸衰歇，白話章回體則在不斷改良中始終佔有一席之地。五四以後，擬仿新文藝體在鴛鴦蝴蝶派雜誌中就開始刊載，雖有一部分只是戲仿之作，但不少雜誌推出的新人新作欄目中，確有不少可觀之作。1920 年代《小說世界》、《新人》、《新的小說》等以兼容新舊、逐新姿態定位的雜誌行銷，1930、1940 年代的《珊瑚》、《紅葉》、《萬象》等雜誌均呈現兼容面目，新文藝體佔據不少篇幅，都可以看出國語教育的影響。

另外，學校不僅僅是教育的「機構」，它還是構成人們「生活」的校園。現代教育不僅培養了「國民」，也塑造著他們的整個生活方式。〔註35〕晚清以來，不少新式學校實行寄宿制，校園裏的空間除了教室，還有寢室和其他生活空間，它們都對受教育者的精神追求、審美情趣產生重要影響。正如林培瑞斷言：新學堂雖然有自己崇高的目標，但對通俗小說的傳播卻起了作用。〔註36〕學生在宿舍等生活空間中的傳閱、討論，無疑擴大了一些鴛鴦蝴蝶派作品的傳播與流行，同時也形塑了閱讀者的趣味取向。例如晚清著名的狹邪

〔註34〕 黎錦熙：《國語運動史綱》，商務印書館，2011 年版，第 110 頁。
〔註35〕 王東傑：《校園裏的「閨閣」：一位成都女校學生日記中的情感世界（1931〜1934）》，姜進、李德英主編《近代中國城市與大眾文化》。
〔註36〕 〔美〕培瑞·林克：《論一二十年代傳統樣式的都市通俗小說》，賈植芳主編：《中國現代文學主潮》。

小說《九尾龜》一直暢銷，到 1925 年張春帆還出續集 12 集。秦瘦鷗回憶：「我清楚的記得，抗戰前不久，走進上海那些大學或中學的宿舍，還可以在不少同學的枕邊發現這部『巨著』。其影響之深且遠可以見矣！」〔註 37〕由此可以看出像宿舍這類空間在受教育者文學趣味塑造中的作用。

其次，傳播平臺在趣味的形塑與區隔中發揮著重要作用。傳播空間中趣味的相異與相似機制，建構了鴛鴦蝴蝶派的趣味形象，造就了鴛鴦蝴蝶派各種類型模式的興替更迭，形成五光十色的趣味風尚。趣味是劃分社會結構與空間的重要因素，文化場域的區隔策略是趣味鬥爭的重要手段。新文學群體雖然對鴛鴦蝴蝶派大加撻伐，但實則共享著晚清以來形成的大眾傳媒平臺。當新文學群體登上文壇，為了確定自己不同於現存文學樣態的特徵，完成自身的理論建設，從而確立自身的主體性與合法性，進行了一系列區分與批判活動，初步釐定了自己的目標，並對民初文壇進行了頗具批判意味的現象描述，這些現象都被他們歸入「舊派」、「低級」的名號之下，成了他們所提倡的「新文學」、「新文化」的對立面。由此形成鴛鴦蝴蝶派經典的「舊派」、「低級」的趣味形象。對於這樣的形象指認，鴛鴦蝴蝶派群體的回應是靈活的，他們一邊接受「舊派」的指認，並從古典傳統中尋找這一身份的資源；一邊拒絕所謂「低級」的指控，刻意標榜自己的文化品位，從而與文化市場上泥沙俱下的其他所謂「低級」、「黃色」、「下流」的讀物拉開距離；並強調群體內部的區分，以代際差異、報刊陣地、敘事風格來呈現個體的差異性和多樣性。趣味的區分相異還和文化市場的品牌意識有關，在一個日漸繁榮的書籍市場，對於受眾群體來講，書的特徵和質量需要像有商標一樣的標識物，從而引導他們的選擇。這種標識是作者名字、雜誌形態或文類名稱等等，其形成的基礎就是因區隔分化而產生的獨特性。

另外，傳播空間中還有趣味潮流的相似機制，相似既緣於時尚中創新模仿互動，也有趣味共同體的因素。鴛鴦蝴蝶派各種潮流的更迭其實是一種時尚的流動與變異。時尚具有二律背反的特徵，以個人趣味的主觀偏好為基礎，但同時又形成了具有社會約束作用的行為標準。它的傳播機制就是來自上行下效的社會性模仿，既有不同階層之間的模仿，也有一個圈子中的成員之間的模仿。鴛鴦蝴蝶派的趣味潮流即是如此，如某一作家一部作品成功帶動一類文學題材的泛濫。在時尚機制中，創新和模仿永不停息地互動，不斷引發

<hr>

〔註 37〕秦瘦鷗：《閒話「狎邪小說」》，《小說縱橫談》，花城出版社，1986 年版。

新一輪模仿和創新。〔註 38〕另外，就社會性格而言，個人為了強調自己的個性和獨特性，在將自己與別人區別開來的同時，也期望別人贊成自己的選擇，分享他們的趣味。一旦一種趣味被普遍接受，個人就不可能再視其為自己獨有的趣味。〔註 39〕因為趣味判斷涉及共同的價值信仰和精神團契，由此形成的趣味共同體，使得交流、溝通和意義的實現成為可能。

　　第三，社會政治因素也影響了趣味風格的變遷，主要體現於鴛鴦蝴蝶派追逐談論的各種時效性話題，以及對話題的言說姿態方面。自晚清以來，社會生活、政治制度發生劇烈變動，傳統倫理道德秩序開始崩塌，國人面對的是一個破碎的紛亂世界，很多問題由此而產生。例如傳統的人倫關係發生變化，現代都市的金錢邏輯進入並改變了傳統的血緣、同鄉、兩性關係；民族矛盾、階級矛盾激化，戰爭、革命成為每個人必須面對的嚴峻現實等等。鴛鴦蝴蝶派身處都市，對轉型期社會的各種問題有著直觀切身的體驗，這些問題恰恰為他們提供了可資談論的話題。因此，婚戀、職業、戰爭時局等各方面與生活休戚相關的問題都成為他們關注的對象。但他們並不熱衷於理性的思考與探尋，更多是以一種良友佳伴的姿態予以全面指導。這種將問題探索轉為話題談論的立場，使得鴛鴦蝴蝶派始終追逐時下熱點話題，注重話題的時效性，從而使得他們秉持一種娛樂、輕鬆的趣味立場。

　　如果說社會變遷為鴛鴦蝴蝶派提供了諸多談論的話題，那麼，政治制度則影響了他們言說的姿態。總體而言，鴛鴦蝴蝶派所處的是一個有壓力禁錮但又有一定言論自由空間的政治環境，因言賈禍仍然存在，書報檢查制度也還較為嚴酷。在這種環境下，他們要參與一些政治性的話題，就要考量言說的技巧。因此，戲仿就成了他們常用的話語策略。通過對前文本跨語境的挪用，故意的曲解、顛覆、嘲諷，將對現實的諷刺與揭露隱藏在滑稽、遊戲的面具之下。無論是民初以插科打諢方式嘲諷共和、革命的遊戲文章，還是四十年代借古諷今的「故事新編體」小說，都是以一種戲謔、調侃的姿態對政治環境予以回應，表面上以娛樂化的面向疏離政治，實際上卻是以一種獨特的方式參與政治。

　　總而言之，對於鴛鴦蝴蝶派這一晚清民國時期的複雜文學現象，從文學

〔註38〕〔芬〕尤卡·格羅瑙：《趣味社會學》，向建華譯，南京大學出版社，2002 年版，第 94 頁。

〔註39〕〔芬〕尤卡·格羅瑙：《趣味社會學》，第 114 頁。

趣味建構的角度進行考察分析，一方面既可以廓清鴛鴦蝴蝶派文學趣味的生成機制，彰顯這種通俗文學趣味的眞面目，揭示出一個更爲豐富、多元的中國近現代文學／文化圖景；另一方面，通過運用文學社會學方法對這種具有典範性的通俗文學趣味進行探測，不僅有助於給予類似的研究提供方法論上的示範與啓示，同時能在一定程度上糾偏以新文學爲主導的經典文學史敘述對於通俗文學的輕慢，這對於推進中國近現代文學的整體研究亦有重要的理論和實踐價值。

向培良與民族主義文藝運動

郭景華

（懷化學院文學與新聞傳播學院，湖南懷化，418008）

摘　要

　　向培良是中國現代文學史上著名的作家、學者，他在 1930 年代曾參與了國民黨「民族主義文藝運動」。向培良的「人類的藝術」文藝觀與國民黨右翼文人的「民族主義文藝觀」有嚴重的矛盾和衝突，向培良與左翼文藝理論家也有過文藝思想的交鋒，向培良的文藝思想與當時主流的文藝思想有嚴重的分歧，在中國現代文藝理論建構中，向培良的文藝思想是比較複雜的。

關鍵詞：向培良、民族主義文藝運動、人類的藝術、普羅文學

引　子

　　向培良是中國現代文學史上著名的作家、學者，其作品曾入選《中國新文學大系》（1917～1927）、《中國新文學大系》（1927～1937）；其戲劇理論和藝術理論在中國現代藝術理論建構中也自成體系，頗具特色。從某種程度上說，向培良的藝術理論和創作，由於刻意要同主流的文藝觀和創作潮流保持距離，多少顯得有些「不合時宜」。也正因如此，向培良的著述在共和國成立後基本沒有再版，在相當長一段時期內，各種「重寫」的中國現代文學史也很少提及。進入 1990 年代以來，隨著現代文學界研究視野和方法的不斷更

新，新文學史料的不斷挖掘，向培良其人其說在魯迅研究領域、在現代社團研究領域，開始得到一定關注，向培良在戲劇創作和戲劇理論上的建樹，也得到了現代戲劇史學界的高度評價。不過，由於向培良本人的文獻沒有完整發掘、整理，上述有關向培良的研究成果仍然存在一定局限，如對向培良的關注只以各自論題論證爲限，或只注意到向培良在 1920 年代的文學活動等等。事實上，向培良在 1930 年代的文學活動也是非常活躍的，其提出的「人類的藝術」文藝主張，在國共兩黨相互爭奪文藝話語權的 1930 年代，足以表現他充滿個性的文藝思想追求。他的人類藝術學思想，既跟普羅文學理論家們提倡的階級鬥爭文藝主張格格不入，也與國民黨「民族主義文藝運動」所鼓吹的「文藝的中心意識是民族主義」相去甚遠。那麼，向培良與「民族主義文藝運動」是一種什麼樣的關係？怎樣看待魯迅、馮乃超等人對向培良「人類的藝術」觀的批評？如何評價在黨派文藝主張之外的文藝思想主張的價值？本文即是借助對向培良與民族主義文藝運動關係的考察入手，嘗試著回答這些問題。

一

「1928 年，中國文壇興起了無產階級革命文學運動。那時候，革命文學，無產階級文學，無產階級革命文學，普羅列塔利亞文學（簡稱普羅文學），新興文學，還有其他一些叫法，實際上指的都是一種文學形態，即無產階級革命文學。」〔註1〕這些形形色色的無產階級文學，由於其提倡者各自的經歷不同，所運用的理論資源的差異，甚至因爲文學宗派的影響，導致了彼一時期聲勢浩大的「革命文學」論爭。在這些論爭中，關於「什麼是無產階級革命文學，它的性質、任務、特徵是什麼，或者說這種文學與時代、與革命、與群眾，與『五四』文學革命的關係如何，怎樣建設革命文學，革命作家應該具備什麼條件，等等，闡述了各自的看法。」實際上，無論這些無產階級革命家和文藝理論家具體文藝觀點如何分歧，其都有一個共同的理論訴求，就是在新的革命形勢下，無產階級如何在文學和文化上形成自己的話語權。

對於無產階級咄咄逼人的革命文學倡導，剛剛從國民革命聯合陣營分離

〔註 1〕 張大明著：《主潮的那一面：三民主義文藝與民族主義文藝》，中國社會科學出版社，2010 年版，第 1 頁。

出來的南京國民政府顯然認識嚴重不足，其關注點也不在文藝方面，因為成立的匆忙，「原有的國民政府委員及部長大多在武漢，故多數政府機構是其後逐步建立起來的，政府成員也多是新任命的。」〔註2〕倒是一些敏感的國民黨文人從無產階級文學理論論爭中看出了國民政府制定「本黨」文藝政策的緊迫性。「蘇俄統一以後，召集全國文藝團體以及政治要人討論文藝政策，意大利也有青年棒喝團之檢查文件」，然而放眼上海文壇，之間共產派、無政府派和保守派活躍，「我黨」的文藝刊物則「可謂寥若晨星」。「我們的黨政府和黨人」應注意文藝！〔註3〕然而，對於廖平等國民黨文人的呼籲，直到1929年6月，國民政府相關部門才有相應的動作予以回應。1929年6月5日，國民黨中央宣傳部召開全國宣傳會議。在宣傳部長葉楚傖的主持下，會議作出多項決議案。其中第五項就是「確立本黨之文藝政策案」，具體內容主要有兩方面：一是「創造三民主義文學」；二是「取締違反三民主義之一切文藝作品」。〔註4〕6月6日，是宣傳會議最後一日，蔣介石到會訓話。隨後仍由葉楚傖主持，通過了若干決議案。此次全國宣傳會議定下了南京國民政府此後文藝政策的基調，即「要根據三民主義政策創辦文藝刊物，獎勵三民主義文藝作品，不言而喻還要『審查』不合國民黨三民主義文藝政策的一切藝術形式。」既然國民政府新的意識形態已經確立，國民黨相關部門和文化官員文人也就據此四處網羅文藝人才，創辦刊物，開展文藝活動，欲與無產階級文學以及其他文藝派別一較高下。這樣，向培良也就進入了這些國民黨文化官員的視野中。

向培良（1905～1961），湖南黔陽（今湖南洪江市）人。向培良雖出身湘西邊野，但其家族一向比較重視教育，向培良父親為清末舉人，後得戚族之助又留學日本，學成歸國後任湖南醴陵官營瓷業公司，因此，向培良4～5歲時便舉家遷往醴陵，幼時家境比較富裕，但在其上中學父親去職後經濟每況愈下，向培良的大學是在窮困潦倒情況下度過的。向培良小學入的是醴陵基督教尊道會小學，中學在長沙一中就讀，這些都是新式教育的學校。向培良在中學時期便深受「五四」新文化思想的影響，他對戲劇的喜愛也是那時奠定的。1923年秋，向培良赴北京考大學，初試北京大學不中，再試私立中國

〔註2〕 張憲文等著：《中華民國史》第二卷，南京大學出版社，2012年版，第3頁。
〔註3〕 廖平：《國民黨不應該有文藝政策嗎》，《革命評論》週刊第16期，1928年8月。
〔註4〕 南京《京報》，1929年6月6日第4張第1版。

大學被錄取，但在中國大學他只讀半年。1924 年初轉入新成立的北京世界語專門學校，在這所學校，向培良遇到了來此任課的魯迅，於是開始了長達三年的追隨；〔註5〕也是在這所學校學習期間，向培良通過同學高歌認識狂飆社負責人高長虹。在魯迅的鼓勵和幫助下，向培良走向了現代文壇。短短數年，向培良的小說、戲劇作品、文藝批評通過《京報副刊》、《莽原》、《狂飆》等刊物的傳播，使得他在京城爆得大名。差不多 20 年後，沈從文還對此有深刻印象，他在《湘人對於新文學運動的貢獻》中說：

> 民十五左右，革命前期，中國一般思想新舊的矛盾對立，以及其不自然混合，形成文學運動的一種新要求。這要求在北方產生若干小文學團體，狂飆社是當時比較潑辣有生氣的一個小團體。向培良先生是那個團體中寫批評有希望的一位。可惜因時代變動過劇，還得不到好好的發展，團體一分解停頓，個人也埋沒無聞了。〔註6〕

不過，沈從文對於向培良在北京的文藝活動瞭解得還是不夠確切，例如向培良在莽原時期發表的小說、戲劇均沒有提及，向培良的文藝批評主要是發表在《京報副刊》、《莽原》，高長虹在北京的組織狂飆社活動，並沒有堅持多久，影響也不大，倒是上海狂飆時期的狂飆社文學活動尤其是向培良主持的狂飆演劇運動產生了一些影響。1929 年 2 月，向培良曾帶領狂飆社的社員，到南京、廈門等地演出。〔註7〕正是在南京，向培良的狂飆演劇活動，引起了國民黨文化官員的關注，向培良的文藝才能，其魯迅弟子和狂飆社骨幹成員身份，引起了他們強烈的興趣。狂飆社活動解體後，1929 年 8 月，向培良應邀來到上海南華圖書局擔任總編輯，10 月創辦《青春月刊》，因書局發生問題於 12 月 1 日出版第 3 期後停刊。

1930 年 6 月，向培良應朱應鵬之邀參與了國民黨文人所鼓吹的「民族主義文藝運動」。1931 年 3 月，向培良擬在上海主編《戲劇運動》月刊（現代書局出版），同年 6 月 10 日出版的《現代文學評論》上卻刊出了一篇《向培良

〔註 5〕 關於向培良與魯迅的交往和複雜關係，請參閱郭景華：《向培良與魯迅關係考論》，《新文學史料》2013 年第 4 期。

〔註 6〕 沈從文：《湘人對於新文學運動的貢獻》，《沈從文全集》第 17 卷，北嶽文藝出版社，2009 年第 2 版，第 162 頁。本篇最初發表於 1946 年 7 月 30 日上海《大公報·文藝》第 43 期。

〔註 7〕 言行：《一生落寞，一生輝煌——高長虹評傳》，百花文藝出版社，1996 年版，第 275 頁。

主編青春月刊》的「雜訊」：「前狂飆社中堅份子向培良，自加入民族主義文藝運動後，原擬在現代書局編輯『戲劇運動』，漸以他故，未果。現向已來京，於（與）朱之倬等合辦青春月刊，由拔提書店發行，第一期業已出版。」〔註8〕這說明加入「民族主義文藝運動」後的向培良與「民族主義文藝運動」的倡導者們發生了衝突，以至於加入不久後被「民族主義群擲出來」，而與中學同學朱之倬等另外組織青春文藝社。〔註9〕向培良與倡導「民族主義文藝運動」諸人並沒有什麼私人衝突，因為 1935 年後他與張道藩、潘公展、朱應鵬等人交往還是很密切，他們的衝突應該是文藝思想主張方面的矛盾，向培良自 1928 年以來主要提倡的是「人類的藝術」，它與「民族主義文藝運動」的文藝主張雖有共同反對普羅文學的一面，但彼此間的思想觀點差異還是很大的。

二

　　1930 年 5 月，有著國民黨軍方背景的拔提書店推出向培良論文集《人類的藝術》，〔註10〕其中的《人類的藝術》、《在我們的祭壇下祈禱》、《人類——藝術——文學》等文，比較初步地集中表達了向培良的整個文學藝術觀念，向培良以後在此基礎上，又發表了題為《人類藝術學》（提要及緒論）的長篇文藝論文，出版了 10 餘萬字、十章節的《藝術通論》專著，系統而完整地構建了其藝術理論體系，但其文藝思想核心，十餘年間沒有多大變化。向培良的 1930 年代初的「人類的藝術」文藝思想，主要吸收了當時傳播到中國的西方文藝理論成果，提出了下列值得關注的文藝觀念：

　　首先，向培良提出，人類的藝術行為是人類的基本行為之一。在《人類的藝術》一文中，他一方面吸收弗洛伊德主義和馬克思主義人文成果，承認

〔註8〕《現代中國文壇雜訊向培良主編青春月刊》，《現代文學評論》第 1 卷第 3 期，1931 年 6 月 10 日。南京拔提書店出版的《青春月刊》創刊於 1931 年 5 月 20 日，目前僅見兩期。

〔註9〕思揚的《南京通訊——三民主義的與民族主義的文學團體與刊物》（載於 1931 年 9 月 13 日《文學導報》第一卷第四期）曾提及：向培良在上海被「民族主義群擲出來」，乃另組青春文藝社。

〔註10〕向培良的論文集《人類的藝術》，內收《為我們的刊物而寫》（代序）、《人類的藝術》、《劇本論》、《水平線下》、《在我們的祭壇下祈禱》、《人類——藝術——文學》、《杜斯的藝術》、《舊劇與趙太侔》共 8 篇論文，其中《人類的藝術》、《在我們的祭壇下祈禱》、《人類——藝術——文學》被向培良認為是最重要的，「這是我對於藝術和戲劇之統系的觀念」（見《人類的藝術·後記》）。

經濟行為和性行為是人類的基本行為，同時他又認為「人類在經濟底行為和性底行為之外，還有著一種基本的行為，這就是藝術的行為。經濟的行為是使個體得以生存的，性的行為是使種族得以生存的，這是所有生物共通的東西。但是生物永遠是趨向於偉大的結合，趨向於生命之整體，所以人類之中便發生了藝術底行為。藝術底行為使個人融入人類而存在，使人類的生命結合成一整個，使人類得以促進向上，永遠不休憩地有意識地趨向著至善的目的。」

其次，藝術行為是促進人類溝通交流的行為。向培良也認為，「藝術是聯合創作和鑒賞的程序而後才能成立的。以為藝術可以離開鑒賞而獨立存在，實為大誤。而鑒賞過程之所以能夠成立，必然人與人之間有可以相通之處，並且須是極深永的通感。超乎古今中外的界限，泯滅一切人為的隔閡，使人和人互相瞭解，親如兄弟的，惟有藝術之力。」〔註 11〕因此，向培良堅決反對為藝術而藝術的個人藝術行為。

向培良的對人類藝術行為的理解，深受托爾斯泰等人影響，〔註 12〕。托爾斯泰在其《藝術論》中認為，「如要正確地為藝術下定義，首先不要再將藝術看成是享樂的工具，而應視其為人類生活的條件之一。這樣審視藝術，我們便可看到，藝術是人們相互交際的手段之一。」「藝術活動就是建立在人們能夠被他人的情感所感染的這種能力的基礎之上」，「藝術起源於一個人為了把自己所體驗的情感傳達給別人，就重新喚起自己心中這份情感，並用某種外在的標誌表達出來」，「只要作者體驗的情感感染了觀眾和聽眾，這就是藝術。」〔註 13〕

向培良「人類的藝術」文藝觀形成，與其特殊的人生經歷有關係。1926年 11 月，高長虹與魯迅發生衝突，這場衝突的後果就是莽原社分裂，魯迅對狂飆社諸人的疏遠。在向魯迅尋求出路未果的情況下，1927 年初，向培良赴上海編輯《狂飆週刊》，同時還組織狂飆社的演劇運動；1927 年 4 月，向培

〔註 11〕　向培良：《人類藝術學》（提要及緒論），《藝風》第 3 卷第 8 期，1935 年 8 月。
〔註 12〕　向培良在《藝術通論‧自序》中有言：「介紹到我國來的最早的藝術理論著作，為托爾斯泰的《藝術論》和廚川白村的《苦悶的象徵》。兩部書都使我大受感動。廚川氏主義似乎太狹。而托氏的宗教意識說也不能使我滿足，但從此卻知道藝術是必須更加深沉地關涉著人性的。」托爾斯泰在《藝術論》中為藝術意義最後伸張的宗教性和世界性思想對向培良啟發也是非常大的，這也許就是向氏所追求的藝術的永久性和普遍性的思想淵源之一吧。
〔註 13〕　托爾斯泰：《藝術論》，中國人民大學出版社，2005 年版，第 39～41 頁。

良、高歌等應潘漢年的邀請，赴武漢國民政府作《革命軍日報》副刊編輯，但不久即發生革命隊伍的分裂，全國一片腥風血雨。向培良曾說：「當時所謂寧漢分裂發生，我對革命的前途失去信心，一方面不滿意國民黨，一方面又覺得那是當時最大的勢力，不知所以，只有退開。」〔註 14〕北伐時期及其以後的社會政治局勢，已經逐漸顯明，個人主義的無政府主義，已經爲集團化的洪流所猛烈衝擊。「這兩年來，真是蒼狗白雲，世態多變，環境轉移之快，是頗顯驚人的。聯合戰線，現在已崩潰無餘，而其中有一部分，卻自己跑到很彷徨的地方去了。」〔註 15〕回到湖南的向培良，同朱之倬、戴望峰等人組織《葡萄文報》社，出版純文藝刊物《葡萄文報》七日刊，他在《開始的話》中，宣稱「藝術是人類基本行爲」，文藝「源於人類底內在」。〔註 16〕除了這些社會形勢的推動，師友對向培良「人類的藝術」文藝思想形成也有很大潛的影響。如所周知，魯迅對托爾斯泰主義、廚川白村等文藝思想的接受是很明顯的，而魯迅對這些文藝家文藝思想的接受時期正是向培良追隨時期。雖然目前還沒有直接材料表明向培良對托爾斯泰的接受與魯迅有關，但魯迅對他接受廚川白村文藝思想卻是有案可查的。當魯迅翻譯的《苦悶的象徵》1925年 3 月出單行本時，譯者立即贈送給向培良一本（1925.3.12《魯迅日記》）。作爲狂飆社負責人的高長虹對於向培良文藝思想的影響也不可小覷。高長虹在《論人類的行爲》宣稱：「什麼是人類的行爲呢？行爲主義者說，行爲是刺激的反應。但是，當我們去看人類的行爲的時候，我們看不見心理的行爲。我們所能夠看見的行爲是，經濟的行爲同性的行爲。我們看見人類如沒有經濟反應的時候，則會失了生存；如沒有性的反應的時候，則會失了生殖。」我們還看見人類有教育的行爲，藝術的行爲，科學的行爲。「這五種行爲，即是所有的人類都不能夠斷絕了的。」〔註 17〕

　　向培良的「人類的藝術」觀，宣揚的是一種超越黨派文藝的文藝思想，它在保持「五四」文藝思潮中的「人道主義」精神同時，與普羅文學宣揚的以表現階級鬥爭爲主要內容的「寫實主義」與「反抗精神」大異其趣。也正

〔註 14〕　向培良：《自傳》，《新文學史料》2013 年第 4 期。
〔註 15〕　培良：《「爲什麼和魯迅鬧得這麼凶？」》，中國社會科學院文學研究所魯迅研究室編：《1913～1983 魯迅研究學術論著資料彙編》（第 1 卷），中國文聯出版公司，1985 年版。原載 1927 年 1 月 30 日上海《狂飆週刊》第 17 期。
〔註 16〕　《湖南新文學七十年》，湖南文藝出版社 1992 年版，第 37 頁。
〔註 17〕　高長虹：《論人類的行爲》，上海《狂飆週刊》，1926 年 10 月 10 日。

因爲這樣，向培良才被「民族主義文藝運動」倡導者相中邀請加入。

三

1930 年 6 月 1 日，在上海的國民黨文人組織「民族主義文藝運動」，發表《民族主義文藝運動宣言》（以下簡稱《宣言》）。〔註18〕《宣言》指出：今日的文壇藝壇，局面混雜，「在這新文藝時代下，還竟有人在保持殘餘的封建思想」，「同時我們看見那自命左翼的所謂無產階級的文藝運動」，除此以外，「在這樣的兩個極端的思想中，我們還可以看見許多形形式式的局面，每一個小組織，各擁有一個主觀的見解。」「假如這種多型的文藝意識，各就其所意識到的去路而進展，則這種文藝紛擾的殘局永不會消失，其結果將致我們的新文藝運動永無發揮之日，而陷於必然的傾圮。當前的現象正是我們新文藝的危機。」由此，民族主義文藝理論家們認爲，「突破這個當前的危機底唯一方法，是在努力於新文藝演進中底中心意識底形成。」「民族主義文藝」文論家們宣稱「文藝底最高使命，是發揮它所屬的民族精神和意識。換句話說，文藝的最高意義，就是民族主義。」「我們此後的文藝運動，應以我們的喚起民族意識爲中心；同時，爲促進我們民族的繁榮，我們須促進民族的向上發展的意志，創造民族的新生命。我們現在所負的，正是建立我們的民族主義文學藝術重要偉大的使命」。「民族主義文藝運動」的目標是要在中國建立「民族主義文藝」。

向培良加入「民族主義文藝運動」後旋即另組青春文藝社。這充分說明他與「民族主義文藝」陣營是貌合神離的。至於向培良的《人類的藝術》論文集由有國民黨官方背景的拔提書店出版，這跟國民黨官方也並沒有多大關係，據有關研究認爲，國民黨官方此時對文藝陣地的爭奪還沒有提到應有的重視程度。〔註19〕我認爲這更多是出於私人的關係，因爲拔提書店的負責人鄧文儀就是湖南醴陵人。《青春月刊》承印和發行單位爲南京拔提書局，但只印一期，就因爲這些窮書生出不起印刷費，書局不肯再印了。南京版《青春月刊》第 1 期於 1931 年 5 月 24 日出版，一開始就宣告該刊的使命爲：「奮起青年精神，創建強健眞純的藝術，企求於藝術與生活之無間的融合，以此目

〔註18〕 《民族主義文藝運動宣言》，該宣言共五節，最先刊載於 1930 年 6 月 29 日、7 月 6 日《前鋒週報》第 2～3 期，接著刊載於 1930 年 8 月 8 日《開展月刊》創刊號，最後再載於 1930 年 10 月 10 日創刊的《前鋒月刊》創刊號。

〔註19〕 張大明：《主潮的那一面：三民主義文藝與民族主義文藝》。

的，我們創辦《青春月刊》。本刊注重創作，脫離仰給翻譯的局面，打破社會的壁壘，而給青年及無名作家以最大的機會。我們希望與全國有著光明的態度與熱烈的情緒的青年同走上人類進化的路子。茲謹以我們的工作呈於社會，望國人賜以嚴切的指導和批評。」1931 年 11 月 3 日，向培良在自己的日記裏寫道：「昨夜與之溪商量辦青春書店，籌兩千元，預備明年二月《青春月刊》獨立發行」。但沒有成功。〔註 20〕

向培良從「民族主義文藝運動」陣營出來後，繼續探索其特異的文學之路。對當時傳到中國的西方理論乃至於日本、蘇聯的文藝理論，都兼收並蓄，博採眾長，建構自己的人類學藝術學。1933 年，向培良在《矛盾月刊》發表了 3 萬字的《盧那卡爾斯基論》論文，〔註 21〕在《盧》中，向培良通過對盧納卡爾斯基的藝術本原論、文藝與階級、文藝與政策等命題的考察，對蘇聯式的馬克思主義文論作了自己的理解和判斷。向培良認為，作為馬克思主義文藝理論家，盧氏的文藝思想有調和生物學和社會學的企圖，他把盧納卡爾斯基文藝思想中的這種調和看成是盧氏藝術理論思想固有的矛盾，是盧氏作為馬克思主義者不徹底的表現；同時，向培良還運用其人類藝術觀從理論上反駁馬克思派的文學的階級性理論，指出蘇俄黨和政府的文藝政策制定的功利性對於文藝創作的危害性。他認為，由於文藝政策的多變性，導致了文藝標準的穩定性；由於一切都要服從黨和政府的執政的需要，因此文學經典的認定也就成為不可能。當然，由於所見的和意識形態的局限，向培良對當時蘇俄的文藝創作實際是有所誤解的（如認為蘇俄的藝術是同政府密探部合作），但是他指出的蘇俄政府的文藝政策對文藝創作的強力干預則是事實，蘇俄的作家和作品因為文藝政策的變動受到政治衝擊的不在少數。也許正因為如此，向培良對於來自黨派文藝政策對文藝的消極影響保持了一定的警惕，也許他離開民族主義文藝運動陣營另組青春文藝社，其深層原因就在於此。

四

此外，在談到向培良與國民黨民族主義文藝運動的同時，還要辨析一下

〔註 20〕 陳太先：《記三十年代活躍在長沙的青春文藝社》，中國人民政治協商會議長沙市委員會文史資料研究委員會編：《長沙文史資料》（第 3 輯），1986 年 10 月。

〔註 21〕 向培良：《盧納卡爾斯基論》，《矛盾》第 2 卷第 1 期，1933 年 9 月 1 日。

魯迅等人對向培良「人類的藝術」文藝思想的批評，因爲很長一段時期，現代文學界對於向培良的評價也基本以魯迅等人的評價爲依據，把他視爲「國民黨反動派的走卒」﹝註22﹞，以至於其創作和學術沒有得到相應的整理和研究。在向培良參與國民黨文人組織的「民族主義文藝運動」之前，上海的藝術劇社諸人曾多次邀請向培良加入他們的戲劇組織，但都被向培良回絕了。﹝註23﹞向培良拒絕加入「藝術劇社」，卻加入了「民族主義文藝運動」，終於讓左翼文藝理論家們忍無可忍，他們對向培良「人類的藝術」觀開始展開或明或暗的批評。馮乃超認爲，「我們在討論藝術領域上的種種問題，尤其是藝術運動的意義時，我們不能夠離開其現實的任務所在，而抽象地加以解釋就算了事。」經過一番論證，他認爲，「人類底藝術」要達到其最後的目的，不能不經過階級藝術的過程。﹝註24﹞1931 年 6 月，魯迅作了《一八藝社習作展覽會小引》一文，他對向培良的「人類的藝術」觀做了不點名的譏諷：「現在有自以爲大有見識的人，在說『爲人類的藝術』。然而這樣的藝術，在現代社會裏，是斷斷沒有的。看罷，這便是在說『爲人類的藝術』的人，也已將人類分爲對的和錯的，或好的和壞的，而將所謂錯的或壞的加以叫咬了。」這篇短文，向培良是應該看到了的，但因沒有明確點自己的名字，所以沒有回應。﹝註25﹞1931 年 7 月，魯迅在題爲《上海文藝之一瞥》的演講中不僅點了向培良的大名，而且把他與那些腳踩兩隻船的所謂革命作家相提並論，一下指稱他爲「翻著筋斗的小資產階級」，一下指斥他是「吧兒狗」﹝註26﹞。

﹝註22﹞ 可參看人民文學出版社，1981 年版的《魯迅全集》有關「向培良」詞條注釋。

﹝註23﹞ 向培良曾說：「普羅文學初盛，我僻居湘南，也無所聞見。後此來滬上，藝術戲社諸君曾屢次約我入社，我終以不能讚同普羅藝術，沒有加入。」這裡「藝術戲社」，就是由鄭伯奇、馮乃超、夏衍等人發起組織的藝術劇社，這是一個帶有左翼色彩的戲劇組織。向培良不加入「藝術戲社」，顯然是經過深思熟慮的，儘管他一生鍾愛戲劇，也渴望有一個戲劇社團施展自己才華，但由於社會形勢的急劇變化，此時向培良思想立場和文學主張也發生了一些變化。

﹝註24﹞ 馮乃超：《人類的與階級的——給向培良先生「人類底藝術」的意見》，《萌芽月刊》第 1 卷第 3 期，1930 年。

﹝註25﹞ 向培良《答魯迅》：「他前此敘一八藝社展覽會的文字上也同樣罵過，因未提名，故我不理會。」載 1931 年 8 月南京《活躍週報》第 13 期。

﹝註26﹞ 魯迅：《上海文藝之一瞥》，《魯迅全集》第四卷，人民文學出版社，2005 年版，第 305～306 頁。魯迅的《上海文藝之一瞥》一文最初載於 1931 年 7 月 27 日和 8 月 3 日上海《文藝新聞》第 20 期和 21 期。據魯迅日記，講演日期應是 1931 年 7 月 20 日，該文副標題所記 8 月 12 日有誤。

魯迅的這篇演講讓向培良很惱火，他開始撰文進行反擊，這就有了《答魯迅》一文。〔註27〕在該文中，向培良先是回顧了衝突的根源：

> 自十五年四月我離開北京，就再沒有和魯迅見面了。狂飆週刊和語絲論戰時，魯迅還給我來過信，我呢，也隱忍無言。直到周作人誣狂飆為國家主義，魯迅寫《〈阿Q正傳〉的成因》，誣我們為爭奪莽原的地盤，我才開口說過一兩次話，也很含蓄。希望魯迅能夠好起來，而不要逞性子鑽到牛角尖裏去。十五年前，前後殆及三年，我和魯迅的關係頗深，故不忍多所爭執，而願以青年的同情充分給與老人。

在這裡，向培良說自己「十五年四月離開北京」，顯然記憶有誤。魯迅 1926年 8 月 23 日離開北京，在離開北京之前，他還在向培良的陪同下去北京女子師範大學作了一次演講。關於這次演講，向培良有記錄，題為《記魯迅先生的談話》，發表在 1926 年 8 月 28 日出版的《語絲》（第 94 期）上。所謂「狂飆週刊和語絲論戰時，魯迅還給我來過信」，實際是指 1926 年 11 月發生的魯迅與高長虹的衝突（所謂「高魯衝突」）。在決定反擊高長虹的攻擊時，還給向培良寫了信，解釋說「所謂弦上是也」，說明魯迅反擊高長虹的苦衷。這說明至少此時魯迅與學生向培良的關係還是很融洽的。那麼，向培良與魯迅關係是什麼時候開始產生裂痕的呢？目前學界好像沒有一個確切的說法。例如，2005 年版的《魯迅全集》「向培良」詞條有如此注釋：「魯迅離京後不久他們的關係逐漸疏遠以至斷絕。」這種說法貌似客觀，但內容卻大有值得玩味之處：它給人一種印象，好像向培良與魯迅關係疏遠乃至斷絕是因為「魯迅離開了北京」，兩人失去了聯繫造成的。但從歷史事實來看，魯迅離開北京後至廈門，其間向培良與魯迅的聯繫是疏遠乃至中斷了，但並不是二人分開的根本原因，因為向培良與魯迅後來還是先後去了上海，如果說空間距離是造成二人感情一度疏遠或阻斷，那麼進入上海後，師生二人完全可以重新開始，恢復以前關係。從現在的材料來看，有兩個細節值得玩味：一是在「高魯衝突」期間，向培良曾給魯迅寫過信，要求他給自己尋工作，換個地方；二是向培良在 1927 年曾寫了一篇文章《「為什麼和魯迅鬧得這麼凶？」》〔註28〕做了說明：「看到了《〈阿 Q 正傳〉的成因》以後，我寫了一篇《此後

〔註27〕 向培良：《答魯迅》。
〔註28〕 培良：《「為什麼和魯迅鬧得這麼凶？」》。

十五年》，告訴魯迅說，我們並不要成爲綏惠略夫，想毀滅現在的出版界，反
而時時希望現在的出版界好起來，只希望魯迅不要成爲追逐綏惠略夫的群
衆。然而話還是說得很含蓄。」把這兩件事聯繫起來看，我們是不是可以這
樣理解：在「高魯衝突」期間，向培良感情上還是比較親近、信任魯迅的，
不然他不會寫信給魯迅而不是高長虹尋工作，但魯迅對他請求的「置之不理」
（《261216致許廣平》）以及《〈阿Q正傳〉的成因》一文，讓向培良產生了誤
會，以爲魯迅在用「綏惠略夫」影射自己，於是才有《此後十五年》、《「爲什
麼和魯迅鬧得這樣凶？」》等文進行回應。然而，對於向培良這段時期的批評
和反應，魯迅並沒有應答，直至1931年，才在演講中點名加以譏諷。

在《答魯迅》一文中，向培良這樣談及了他與魯迅的思想分歧：

> 魯迅之恨我是當然的。他本意滿擬把我「豢養」成他一員大將。
> 莽原之編，烏合叢書之出，無非爲提拔而設。而時移世異，我乃不
> 受「豢養」，竟不能安居他的門下，「叛變」了他，這眞是魯迅所痛
> 心疾首的事。……我在十八年春寫《人類——藝術——文學》，已確
> 定個人藝術之觀念。此後編青春月刊（其時奔流尚在，萌芽初起），
> 引申之爲《人類的藝術》一文。而馮乃超氏則有評文，大意謂人類
> 的藝術是好的，但必經過階級的藝術。普羅文學初盛，我僻居湘南，
> 也無所聞見。後此來滬上，藝術戲社諸君曾屢次約我入社，我終以
> 不能讚同普羅藝術，沒有加入。

在這裡，向培良針對魯迅在演講中「吧兒狗」說法，提出了反駁。辯稱自己
並未受什麼資本家「豢養」，如果有「豢養」，也曾是在魯迅門下被豢養。向
培良這裡把魯迅對其獎掖和扶持稱作「被豢養」，這是極爲錯誤的，這反映了
青年向培良意氣用事，他的這種秉性也可說是其後期創作和影響逐漸被邊緣
化的原因之一。向培良又辯稱其「人類的藝術」文學主張並非針對「普羅藝
術」而來，雖然自己並不贊成「普羅藝術」。可以說，由於此時向培良的政治
立場和文學主張已發生了變化，他對於階級鬥爭的文藝主張是一直不以爲然
的，但應該看到，雖然向培良政治傾向比較親近國民黨，但這並不能說明他
就一定認可國民黨的文藝、方針政策。

也許是後來魯迅見聞了向培良在「民族主義文藝運動」陣營的遭遇，覺
得自己錯怪了這位學生；也許是因爲自己加入「左聯」之後的一些感受，讓
魯迅對向培良文藝思想有了一些新的認識和理解，據身邊人回憶，魯迅對向

培良一直寄予厚望。〔註 29〕也正因爲如此，雖然魯迅對其論敵宣稱「一個也不饒恕」，但他 1935 年編選《中國新文學大系・小說二集》時，就收錄了向培良的 3 篇小說，並在「導言」中給予了極富好感的評價。不過，向培良對魯迅的這些表現並沒有領情，而是在《出關》、《狂飆週刊題記》等文中繼續對魯迅加以攻擊。這一方面說明了魯迅演講對向培良的打擊很大，另一方面也顯示了向培良胸襟確實不夠開闊。

結　語

　　長期以來，由於向培良本人的基本文獻沒有得到完全蒐集、整理，學界對於向培良的認識也多半停留在其狂飆社文學活動階段，1930 年代向培良與國民黨民族主義文藝運動關係，一直顯得撲朔迷離。現在僅能依據看到的一些材料，作些初步的辯證。系統深入地研究向培良與民族主義文藝運動的關係，研究向培良與國民黨右翼文人的交往情況，只有待以後相關研究文獻蒐集、整理較爲完整後才能實現，但通過對向培良與民族主義文藝運動關係的初步研究，我們可以發現，在中國現代文學史上，作家和文藝理論家的政治傾向與其文藝思想可以沒有非常明顯的對應關係，向培良如此，梁實秋、胡秋原等人亦是如此；向培良與魯迅、馮乃超等左翼文藝理論家的關係，以及與張道藩、王平陵、潘公展、鄧文儀等人的關係，也遠非我們通常所理解的那麼簡單。如魯迅對向培良「人類的藝術」的譏諷，在向培良做出激烈反駁後，魯迅並沒有繼續與之論戰，而且耐人尋味的是，魯迅對向培良文藝思想的批評，都是在演講或行文中附帶提及出來的，他並沒有專門行文對之批評，就像他對待其他論敵那樣。所以現代文學界所說的「向培良背叛了魯迅」，「向培良與魯迅的恩恩怨怨」云云，都還是沒有從現代文學發展的複雜面相去考慮。

〔註 29〕轟紺弩在其雜文中曾提及，有一次許廣平先生曾對他說：「周先生對向培良，到現在還是希望著的。」見《魯迅的褊狹和向培良的大度》，《轟紺弩雜文集》，生活・讀書・新知三聯書店，1995 年版。

國民革命中的「左稚病」問題：《動搖》再解讀

熊　權

（河北大學文學院，河北保定，071002）

摘　要

　　茅盾談《動搖》曾反覆提及「左稚病」、「左傾幼稚病」。小說通過描繪「競選風波」、「店員風潮」、「公妻鬧劇」三幕環環相扣的歷史事件，勾勒出迥異於革命史敘述的左傾幼稚病面貌。在茅盾看來，國民革命中的「左稚病」畸變出「強行共產」、「公妻鬧劇」根本上是經濟權益爭奪問題，加之「插革命旗的地痞」混跡工農運動，終於釀成逼反中小工商業者的惡果。這種從經濟意義上診斷「左稚病」的視角，對茅盾後來的文學創作有深遠影響。再讀《動搖》，意在深入理解茅盾研究中的「脫黨」、從經濟視角寫社會剖析小說等關鍵問題。

關鍵詞：國民革命、左稚病、文學的經濟學視角

　　《蝕》三部曲是茅盾文學創作生涯的起點，它誕生在第一次國共合作分崩離析的敏感歷史時間段，寄託了作者對中國革命道路的反思與追問。從這樣的情境、角度來看，《動搖》正面展現聲勢浩大卻中道崩殂的國民革命，比集中表現知識青年心理情緒的《幻滅》、《追求》更加值得重視。

　　已有研究關注《動搖》頗多，1930 年代錢杏邨等左翼批評家對之大加批判，奠定了以「階級論」評價這一作品的基本格局。建國之初的文學史編撰基本遵從這種強調階級劃分、政治立場的解讀模式，大多把方羅蘭視爲軟弱動搖的小資產階級、胡國光是兇惡的封建地主階級，並得出人物混雜的國民革命注定失敗的結論。1980 年代以來，隨著學界反思政治決定論、提出「回到文學本身」的口號，「文學審美」標準大行其道。這種根底上以西方「現代性」作爲主要資源的學術思路在海外漢學研究者那裏生發出尤其絢麗的光彩，他們對《動搖》以至茅盾的整體創作圍繞「都市」、「頹廢」以及「時代女性」等關鍵詞展開闡釋，引領一時研究風氣。〔註1〕在有關《動搖》的眾多解讀中，近年出現的「民國歷史與文化」視野值得重視。所謂「民國」，強調以儘量客觀的、一個時間意義上的歷史與文化概念去豐富「政治革命史」、「文學現代化史」所限定的文學史圖景。〔註2〕在這樣的思考路向中，梁競男《〈動搖〉中的國民革命敘事之細讀》〔註3〕、羅維斯《「紳」的嬗變——〈動搖〉的一種解讀》〔註4〕、《〈動搖〉與國民革命時期的商民運動》〔註5〕等提出了人所未及的觀點。前者從《動搖》打撈出「矛盾膠著的店員風波」、「淪爲醜劇的解放婢妾運動」等史實，後者則從中看到了中國傳統士紳在現代的轉型分化，以及決定國民革命成敗關鍵的商民運動。

　　在「民國歷史與文化」的視野下解讀《動搖》，雖有珠玉在前仍然言之未盡。本文認爲小說通過講述「競選風波」、「店員風潮」、「公妻鬧劇」三幕連續、有機的歷史事件以及描寫事件之中的人物面相，批判了國民革命中爲禍尤劇的「左稚病」。相對歷史研究者總結國民革命失敗的原因是「國民黨叛變」、「工農運動過火」等，茅盾以文學的方法卓有見識地指出，當時中國的「左稚病」根本上是個經濟問題，且與混跡革命的投機分子脫不了干係。

〔註 1〕　代表性的如王德威：《革命加戀愛——蔣光慈、茅盾、白薇》，《現代中國小說十講》，復旦大學出版社，2003 年版；陳建華：《革命與形式：茅盾早期小說的現代性展開》，復旦大學出版社，2007 年版。

〔註 2〕　參見周維東：《中國現代文學研究中的「民國視野」述評》，《文藝理論》2012年第 5 期。

〔註 3〕　梁競男：《〈動搖〉中的國民革命敘事之細讀》，《中國現代文學研究叢刊》2010年第 4 期。

〔註 4〕　羅維斯：《〈動搖〉與國民革命時期的商民運動》，《西川論壇·國民革命與中國現代文學研究》2015 年總第 5 期。

〔註 5〕　羅維斯：《「紳」的嬗變——〈動搖〉的一種解讀》，《文學評論》2014 年第 2 期。

一、共產恐慌、公妻鬧劇：診斷經濟意義上的「左稚病」

茅盾寫作《動搖》意在反思國民革命已是共識，至於具體反思什麼，人言人殊。還是引用他的原話：

> 《動搖》所描寫的就是動搖，革命鬥爭劇烈時從事革命工作者的動搖。……《動搖》的時代正表現著中國革命史上最嚴重的一篇，革命觀念革命政策之動搖，——由左傾以至發生左稚病，由救濟左稚病以至右傾思想的漸抬頭，終於為大反動。

這段言論經常被研究者提及，但後半段所講「由左傾以至發生左稚病，由救濟左稚病以至右傾思想的漸抬頭，終於為大反動」的歷史過程，並未引起足夠重視。其實就《動搖》謀篇佈局而言，「競選風波」、「店員風潮」以及「公妻鬧劇」作為三個主體事件環環相扣，動態展現了國民革命中的工農運動從「左傾」滑向「極左」的歷史過程，表達了茅盾對「左稚病」的沉痛反思。

相對列寧 1920 年代發表《共產主義運動中的「左派」幼稚病》，批判荷蘭、德國的共產革命者拒絕利用敵人之間的矛盾，拒絕向可能的同盟者採取通融、妥協是左派「幼稚病」〔註6〕，茅盾的批判有所不同。他認為當時中國「左稚病」釀成主要由於社會底層過度爭奪經濟權益兼有投機分子作祟其中。《動搖》中的胡國光就是投機分子的典型，茅盾稱之「插著革命旗的地痞」並憤恨評價：「他們比什麼人都要左些，許多惹人議論的左傾幼稚病就是他們幹的。」〔註7〕在小說中，胡國光如同一劑險惡催化藥，把工運引向令人驚恐的「強行共產」，把婦女解放運動推演為荒謬至極的「公妻鬧劇」。

《動搖》中的三大事件環環相扣、前後相繼，胡國光催化出強行「共產」、「公妻」鬧劇，自有一段「競選風波」作為前情醞釀。在革命軍進駐的小縣城，胡國光一心混進商民協會，可惜到處拉票還是在委員競選中落敗。然而「店員風潮」帶來了希望轉機。所謂「風潮」，是店員趁革命勝局對店東提出了高額加薪、不准辭工、不准歇業三大要求，還採取了罷工、武裝威脅等手段，令店東們陷入「共產」恐慌。正當雙方僵持之際，胡國光以「革命

〔註6〕 列寧：《共產主義運動中的「左派」幼稚病》，《列寧選集》（4），人民出版社，1995 年版。

〔註7〕 茅盾：《從牯嶺到東京》，載《小說月報》1928 年第 10 期，《茅盾全集》（19），人民文學出版社，1991 年版。

店東」姿態跳出來接受店員一切要求，甚至號召武力鎮壓不合作店東，瞬間得到熱烈擁護。省城來的特派員更因賞識胡國光「表率」之功，一手提拔他做縣黨部的執行委員兼常委。曾經只求混入商民協會不可得，轉眼平步青雲成為「黨國要人」，胡國光能不喜出望外、得意非凡？

雖然上有省特派員強令店東讓步、下有胡國光「安撫」店員，「店員風潮」只在表面上得到消弭。店東們此番隱忍不發，終究不會坐以待斃，勢將爆發的危機折射出國民革命時期工人階級爭奪經濟權益的氣勢高漲。以共產主義理想為號召的革命，在實踐過程中能多大程度推行「共產」、其底限設在何處？顯然是《動搖》描繪「店員風潮」所提出的疑問。相對茅盾以文學方式觸及這個問題，劉少奇十年後還提起大革命中工人過度的經濟訴求：

> （武漢、長沙、廣州等地工人）提出使企業倒閉的要求，工資加到駭人的程度，自動縮短工作時間至每日四小時以下（名義上或還有十小時以上），隨便逮捕人，組織法庭監獄，搜查輪船火車，隨便斷絕交通，沒收分配工廠店鋪，這些事在當時是極平常而普遍的。〔註8〕

劉少奇早年多次組織、領導工人運動，如此說來主要反思工人在經濟爭奪上毫無限制，認為「至少是幫助了反革命」。在他看來大革命之所以失敗，工運過火不可忽視，甚至以這種狂熱現象作為重要論據，要求重評黨內歷史。〔註9〕先為中共黨員、後為「托派」的鄭超麟也說起武漢工人搶奪經濟權益之猛烈：「手工業工人和店員向雇主算賬，不僅要求增加以後的薪水，而且要求補加以前的薪水，甚至有算至幾十年前的，所加的又比原薪多好多倍。」〔註10〕作為當時國民政府喉舌的《漢口民國日報》描述遭受工運衝擊而破產的武漢工商業者一家，同情之意溢於紙上：「要倒閉也是艱難的：武昌織襪廠丁森記，本錢全虧，主人沒法走了，而工友尚未出去，主人、祖母及其妻，在外乞丐。」〔註11〕《動搖》中的店東們在「店員風潮」之後忍氣吞聲，正可與上述報刊文字互證：「商店依舊開市，店東們也不再搬運貨物，因為搬也

〔註8〕 劉少奇：《關於大革命歷史教訓中的一個問題》，《劉少奇論工人運動》，中央文獻出版社，1988年版。

〔註9〕 參見高華：《抗戰前夕延安的一場論爭》，《革命年代》，廣東人民出版社，2010年版。

〔註10〕 鄭超麟：《鄭超麟回憶錄》（上），東方出版社，2004年版，第281頁。

〔註11〕 《漢口民國日報》，1927年6月21日。

沒用，反正出不了店門；也沒有店員被辭歇，不管你辭不辭他總是不走的了；加薪雖無明文，店員們卻已經預支。」面對店東慘淡經營、甚至店面都被工會佔據的苦境，茅盾除了一聲歎息更有憂慮壓在紙背，當經濟權益被剝奪到連基本生存都無法維持，危機將隨時爆發傷人。

然而對「一交跌進『革命』裏」的胡國光而言，危機或隱患都無需考慮，重要的是他嘗到了「插革命旗」的甜頭，此後自當加倍努力。隨著小說敘事推進，胡國光變本加厲的「積極」致使「公妻鬧劇」愈演愈烈，一場先鋒的婦女解放盡成笑談。在描畫小縣城的強行「共產」恐慌之後，茅盾一方面仍然揭露僞裝革命、貌似激進之徒的險惡，一方面含蓄指出國民革命中的農運激烈爭奪經濟權益，與工運如出一轍。

《動搖》開篇就穿插胡炳勾搭父妾金鳳姐、陸慕遊看上寡婦錢素貞、胡國光垂涎未嫁才女陸慕雲，以及孫舞陽是作風大膽的「公妻榜樣」等細節，多方暗示小縣城流傳著聳人聽聞的「公妻」謠言，爲第 8 章寫「公妻鬧劇」埋下了伏筆。「公妻」之說荒唐愚昧，不僅與現代革命謀求人的解放獨立格格不入而且違背基本道德人倫。問題在於，《動搖》中的南鄉農民不僅相信「耕者有其田，多者分其妻」，還公然召開了一次「分妻大會」。只見南鄉農協在縣農協領導王卓凡的帶領之下，用抽籤辦法把兩個尼姑、一個寡婦、一個地主的小妾以及一個婢女分配給沒有老婆的農民。會場因分配不公發生混亂，另外一個村莊的農協爲反對南鄉所作所爲趕來加入戰團，引發大規模的鬥毆、遊行。當上縣黨部要員的胡國光聞訊驚喜交加。爲策動更多農民加入農協，他早就說出驚人之語：「我們只要對農民說，『共妻』是拿土豪劣紳的老婆來『共』」！此時更爲突顯積極性大展身手，「主張一切婢妾，孀婦，尼姑，都收爲公有，由公家發配」。當縣黨部其他人心存疑慮，胡國光擺出一副革命必須徹底的做派：「走了半步就不走，我們何必革命呢？」於是莫衷一是的眾人讚同繼續解放婦女，進而成立「解放婦女保管所」。然而胡國光、陸慕遊最終掌控「保管所」，大肆宣傳「解放」就是自由、隨意地與多個男性發生關係，弄出一個藏污納垢的「淫婦保管所」。

茅盾強調自己依據客觀史實、依據未能公開的新聞稿寫小說，所謂「公妻」並非隨口編撰。「公妻」之說極盡荒誕，在國民革命期間卻一傳再傳。當年的「赤都」武漢就曾屢次發佈逮捕、處置製造「公妻」謠言者的公告，力圖撲滅由此帶來的惡劣影響。針對已經三人成虎的「公妻」流言，章錫琛、

周作人等新文化人還專門撰寫批駁文章，痛斥那些捕風捉影、借題發揮之徒。〔註 12〕如此種種一方面固然力證「公妻」不可信，另一方面卻足見謠言傳播之劇。《動搖》中的「公妻」從謠言變成活劇，農民的盲目爭奪之心難辭其咎。正如魯迅充滿諷刺地寫阿 Q 式革命就是搶奪財物和女人，茅盾漫畫化呈現「公妻大會」足見對農運非理性體會至深。值得注意的是，茅盾寫「公妻」花費筆墨但小說中導致縣長發難的卻是農民「毆逐稅吏，損害國庫」。為對付農協抗稅，縣長下令逮捕了鬧得最凶的三個人並揚言解散縣黨部。後者儘管處理簡略卻成了激發衝突的導火索，還是不難理解的。農運鬧出「公妻大會」尚未觸犯底限，可抗稅行為令政府經濟無以為繼，終於「觸底反彈」、訴諸武力。茅盾以小說家筆法對富有戲劇性的「公妻鬧劇」多做渲染，而將作為本質問題的「抗稅」隱藏其後，其實強調同一主題——農民搶奪經濟權益。

《動搖》正文對農運爭奪經濟權益言有盡，小說的注釋卻顯示了意無窮。根據茅盾自注，一直給小縣城造成惘惘威脅的「叛軍」實有所指，那就是沿長江而下的夏斗寅部隊。曾為北伐主力之一的夏部所以「叛變」，也與農運高漲、危及切身利益有直接關係。陳獨秀就直接指出過：「國民革命軍……對農民運動的過火行為都抱有敵意，夏斗寅叛變和長沙事變是這種普遍敵意的表現。」他還列舉農運「搶奪」行徑：

> 軍官們家裏的土地和財產被沒收，親屬被拘禁，一些平民被扣留和罰款；禁止運糧，強迫商人攤款；農民私分糧食，吃大戶；士兵寄回家的小額匯款被農民沒收和瓜分。這些過火行為迫使出身於中小地主階級的軍人與土豪劣紳結成反共反農民的聯合戰線。那些家中遭到衝擊的軍人，更是憤怒。

國民革命期間，農村推行土改其實還是設定「底線」的，即只執行「減租減息」。例如毛澤東 1926 年就明確指出：「我們現在還不是打倒地主的時候，我們要讓他們一步……在國民革命中是……減少租額，減少利息，增加雇農工資的時候。」〔註 13〕陳獨秀在中共第五次全國代表大會上也說：「目前就沒

〔註 12〕 章錫琛：《論禮教和共產公妻及裸體遊行》，《新女性》1927 年第 5 期；周作人：《裸體遊行考訂》，《語絲》1927 年第 128 期。參見熊權：《「革命加戀愛現象」與左翼文學思潮研究》，人民出版社，2013 年版。

〔註 13〕 《湖南全省第一次工農代表大會日刊》，湖南人民出版社，1979 年版，第 339～340 頁。

收一切地主的土地，畢竟太激進了……在國民革命中，我們需要小資產階級，小地主屬於小資產階級……我們必須保持中間路線」，「必須和小資產階級保持聯盟」。〔註14〕然而農民一旦被發動起來，「底線」難以持守。他們要求徹底的土地分配，致使「有土皆豪，無紳不劣」一類打擊面廣泛、樹敵眾多的口號趁勢流傳。有的地方甚至出現極端情形：稍不順從農協的分配要求，就被視爲「土豪」或「反動」，弄得人人自危。〔註15〕

　　湖南農民爲奪取經濟權益而發起「阻禁平糶」運動，更是直接挑起北伐軍隊的敵意。「阻禁平糶」規定穀米只能自產自銷、一律禁止運出當地，意在防止地主豪紳、投機奸商操縱價格。但它也帶來負面影響，如人爲阻斷城市與農村之間的糧食與商品流動、給大多人生產和生活造成不便，更有甚者是妨礙北伐軍軍需籌備軍糧以及某些軍隊販賣軍糧牟利，導致尖銳的軍民衝突。如「益陽、沅江阻止各軍採運軍米」，「湘陰則掠取總指揮部運送之軍米，並毆傷彈壓人員；湘潭則掠取總政治部學兵團辦就之軍米，並槍殺採運人員」。〔註16〕湖南本是北伐軍抵達武漢之後的「大後方」，但圍繞經濟權益爭奪軍民關係陷入僵局。北伐軍內部自然還有派系鬥爭、意見分歧等問題，但「叛軍嘩變」與敵視農運關係莫大。

　　作爲一場以發動社會民眾爲手段的現代革命運動，國民革命強調並發掘工農群體的潛藏能量。工農大眾爲獲取經濟權益足以化身摧枯拉朽的革命主體，然而群民也製造盲目性與破壞性、需要謹慎引導以及合理節制。事實上，是否限制以及如何限制群眾運動，正是國民革命推進、發展中的重大問題，造成共產國際內部、國共之間以及國共內部諸多衝突。〔註17〕茅盾身在

〔註14〕《陳獨秀在中國共產黨第五次全國代表大會上的報告》（1927年4月29日），武漢地方志編纂委員會辦公室編：《武漢國民政府史料》上冊，武漢出版社，2005年版，第271～272頁。

〔註15〕參見盧毅：《大革命後期「左」傾錯誤的表現及影響》，《長白學刊》2014年第6期。

〔註16〕《湖南省政府公報》，1927年6月19日第44期。

〔註17〕參見鄭超麟：《「右傾投降主義」是誰的路線？——通過羅易的活動去認識大革命的武漢時期的歷史》，《鄭超麟回憶錄》（下），東方出版社，2004年版。是否限制土地革命，在共產國際那裏就存在分歧。特蘭主張放手發動土地革命，布哈林主張爲聯合國民黨限制土地革命，當時斯大林站在布哈林一邊。共產國際方面的分歧反映到中國國內，則集中在是否「北伐」問題上。共產國際代表羅易與國民政府高級顧問鮑羅廷之間爆發爭論，鮑羅廷持立即北伐論，目的在於把革命的地域擴大、暫時限制廣東土地革命深入、以維護國共

漩渦，目睹引導、節制方法尚不成熟，又有胡國光之流推波助瀾把工農運動引入任性放縱境地。《動搖》所診斷的「左稚病」，正是工農過度爭奪導致經濟失衡、再加上投機分子利用民眾情緒的惡果。

二、「左」「右」動搖：揭示錯失革命盟友之誤

如果說《動搖》以胡國光為線索人物，描寫了革命情緒高漲甚至失控的工農群體，那麼方羅蘭作為一個「左」、「右」動搖人物則引導我們把目光投向國民革命的「中間派」——中小工商業者，這是一個遭到革命史敘述忽略的群體。茅盾通過講述方羅蘭動搖「左」「右」兩條路線之間、身為「左派」卻不斷為中小工商業者辯護的「矛盾心史」，提出了「左稚病」逼反「中間派」、造成了錯失革命盟友問題。

方羅蘭向來被解讀為軟弱、猶豫的典型人物，其實這一方面是性格使然，更大程度上由於他對時局充滿疑慮。必須看到的是，方羅蘭對革命過度剝奪中小工商者的利益並不認同。茅盾設計方羅蘭位居商民協會會長，這是一個遭受多方勢力交錯衝擊、也相當尷尬的一個位置。根據《動搖》勾勒的國民革命格局，店員工會、農協、婦協是宣稱為民眾爭取權益、放手革命的一方；土豪劣紳、叛軍、流氓地痞等與之對立，是實施暗中破壞、明面屠殺的反革命一方。由方羅蘭管理的店東等中小工商業者，則屬於革命與反革命之間的「中間派」，他們既不是生存窘迫、需要急切爭取權益的最底層，也不是為佔據既得利益、不惜雇傭流氓打手以至兵戎相見的最上層。對廣大店東而言，最重要的是維持正常經營、保證自身生活，革命推進只要不危及生存「底線」他們基本採取退讓態度。例如「店員風潮」中，當個別店東被當作「破壞經濟的奸商」拉出來遊街，當工人糾察隊、童子團、農軍等五步一哨、布滿全城搞武力威脅，他們也只是跑到上司方羅蘭那裏表示「維持商艱」，要求「反對暴民專制」。方羅蘭面對下屬的群情激憤，卻拿不出一點有效辦法：

> 他支支吾吾地敷衍著，始終沒有確實的答覆。對於這些實際問題，他有什麼權力去作確定的答覆呢？……他彷彿覺得有千百個眼

聯盟；而羅易主張北伐緩行，在廣東一地搞徹底的土地革命。雙方觀點也導致了中共黨內陳獨秀派與瞿秋白派的爭議。鄭超麟有特蘭 1936 年在美國《新戰士》發表的《共產國際委員會第八次全會中國小組委員會會議紀要》為證據，其講述應可信。

看定著自己，有千百張嘴嘈雜地衝突地在他耳邊說，有千百隻手在
那裏或左或右地推挽著他。

「有千百隻手在那裏或左或右地推挽著他」，茅盾措辭意味深長。是「左」還
是「右」？這不僅表明有反向力撕扯方羅蘭，而且隱射了國民革命中兩種道
路的分化。北伐開始之前，孫中山就制定「聯俄、聯共、扶助農工」三大政
策改組國民黨，這意味著國民革命將把動員底層、發展工農運動提上日程，
一改中國近現代以來限於知識上層的社會改良運動（如戊戌維新、辛亥革
命），在革命手段以及建黨、建軍方面都仿習蘇俄模式。這種「赤化」路線讓
國民黨內部發生劇烈分歧：一部分保守派拒斥蘇俄共產主義道路，對中共、
對大規模的底層運動深懷疑慮，極端者更在孫中山逝世後成立「西山會議派」
積極反共，被稱之為「反動右派」；而另一部分追隨改組政策者接受蘇俄、中
共作為新鮮血液輸入黨派肌體、認可動員工農的全民革命，是「革命左派」。
儘管國民黨內的「左」、「右」分歧還牽涉諸多權力鬥爭，根本還是源於兩派
對中國革命道路的不同意見。〔註18〕

根據茅盾對方羅蘭的定位——「一個國民黨左派」，這種政治身份決定他
是傾向發動民眾、推行全民革命的。但身為商民部長，這種職位決定了他不
能無視中小工商業者慘淡經營還「不准歇業」的困境。另外，作為一個講求
理性、強調反思，從傳統士紳轉型而來的現代知識分子，對「插革命旗」的
胡國光，對工運、農運以及婦運中出現的「左傾幼稚病」，方羅蘭能不抱有深
深憂慮？方羅蘭的「左」「右」為難，形象反映了他身為「左派」卻不斷為小
資產階級辯護的矛盾立場。茅盾把方羅蘭的愛情、政治動搖處理為雙線並進，
刻畫人物的矛盾言行，由此看見作為革命「中間派」但絕非可有可無的中小
工商業者。

《動搖》末尾，一場恐怖動亂爆發，城外叛軍與城內土豪劣紳、地痞流
氓裏應外合製造了血腥屠殺。在這場革命與反革命勢力直接慘烈交鋒中，缺
席了工商業者群體。然而方羅蘭充滿驚恐的內心活動展露了他們的蹤跡：「你
說是反動，是殘殺麼？然而半個城是快意的！」當時縣黨部、工會、農協、婦
協遭暴力衝擊、正倉皇作鳥獸散，快意的不可能是他們。土豪劣紳、地痞流

〔註18〕 國、共存在「精英」、「群眾」兩條路線的分歧，國民黨始終與下層民眾脫離，
　　　　而中共迅速成長為一個擅長群眾運動的動員型政黨。參見王奇生：《革命與反
　　　　革命——社會文化視野下的民國政治·前言》，社會科學文獻出版社，2010
　　　　年版。

氓雖是惡意滋事者，畢竟只占縣城的一小部分。這「半個城的快意」正來自
「缺席」的中小工商者！在小說敘述的字裏行間，他們大多數時候低調沉默。
相對店員、農協、工人糾察隊、農民自衛軍、童子團以及胡國光之流的「激
進派」出盡風頭，中小工商業者出場時是慌裏慌張地偷運貨品，是得不到回
應的「請願」，是無可奈何地「不准歇業」。然而，他們如潛流運行地下：

> 自從新年的店員風潮後，店東們的抵抗手段，由積極而變爲消
> 極；他們暗中把本錢陸續收起來，就連人也不見了，只剩下一個空
> 架子的鋪面⋯⋯

一旦最後的生存底線遭到侵犯，終將噴突而出。工商業店東們暗中起事、聯
合反動勢力，起到了決定大局的作用。

方羅蘭冷汗淋漓、張皇失措中的一段獨白，也是茅盾在向那些犯了「左
稚病」的革命派喊話：

> ——正月來的賬，要打總的算一算呢！你們剝奪了別人的生
> 存，掀動了人間的仇恨，現在正是自食其報呀！你們逼得人家走投
> 無路，不得不下死勁來反抗你們，你忘記了困獸猶鬥麼？

實際上，茅盾並非像方羅蘭那樣直到大動亂發生才幡然醒悟，在國共尚未徹
底崩裂之前，他就已經再三強調工農與工商者聯盟的重要性，提醒工商業者
是革命不可失去的盟友。1927 年 5 月，武漢「分共」爆發的前兩個月，茅盾
擔任《漢口國民日報》總主筆，連續兩天發表文章《鞏固工農群眾與工商業
者的革命同盟》、《工商業者工農群眾的革命同盟與民主政權》，從擬題就能明
確看出他對工商業者的重視。文章中更直接說明「工商業者和工農群眾中的
革命同盟是中國國民革命的唯一出路。」〔註19〕他還呼籲：「不但是無產的農
工群眾簡直沒有生路，即小有資產的工商業者，亦痛苦萬狀。」〔註20〕認識
到工農與工商業者之間出現裂痕是十分遺憾的事，茅盾檢討道：「我們認爲此
種現象，一方面由於工農運動之不免稍帶幼稚病，而一方面亦由於我們沒有
十分努力對工商業者解釋國民革命之主要力量及在工農階級與工商業者之同
盟，以致工商業者有此誤會疑慮。」〔註21〕多年以後，有當代眼光與茅盾遇

〔註19〕 茅盾：《工商業者工農群眾的革命同盟與民主政權》，載《漢口民國日報》1927
年 5 月 21 日，《茅盾全集》（15），人民文學出版社，1987 年。

〔註20〕 茅盾：《鞏固工農群眾與工商業者的革命同盟》，載《漢口民國日報》1927 年
5 月 20 日，《茅盾全集》（15）。

〔註21〕 茅盾：《鞏固工農群眾與工商業者的革命同盟》，載《漢口民國日報》1927 年

合：「『四·一二』前後，武漢政府由於內外問題的困擾，財政困難更加嚴重，政治上也陷入多重危機。這其中，工商衝突、店員問題便是重要原因之一⋯⋯」〔註22〕然而到了6月，茅盾「搖身一變」，開始為農運辯護，聲稱「用了非常的革命手段，此亦為暴風雨時代必然的現象⋯⋯三分幼稚，七分好處」；〔註23〕又說所謂「過火」實際是反動派搖撼武漢的大陰謀，〔註24〕認為把土豪劣紳的搗亂、殘殺等行徑看作是農運過火的反響是錯誤的。〔註25〕

應當從政治策略層面來理解茅盾的前後牴觸。茅盾時為中共黨員兼有國民黨左派的政治身份，而且右派已經另立南京政權，頻繁批判工農運動無異「漲他人志氣」。為配合時局需要、為擺正自己的政治立場，他必須出言辯護。然而，此類言辭並不表示化解了內心困惑。只有在後來的閉門創作中，茅盾才通過講述方羅蘭的「左」「右」動搖，一吐壓在心頭、積鬱已久的疑慮。借助文學家身份，他終於講出一段「由救濟左稚病以至右傾思想的漸抬頭，終於為大反動」的歷史，這個句子的主語是「中小工商業者」。

三、批判左傾盲動與文學的經濟學視角

把政治問題轉化為經濟問題，或者說把政治問題與經濟問題綜合交織在一起，是很有茅盾特點的一種表述方式。茅盾不僅把國民革命的「左稚病」歸結為經濟問題，他應對左翼文學陣營批判《蝕》三部曲也以經濟為出發點，爭辯自己寫小說不過「賣文為生」。〔註26〕尤其他的《子夜》、《農村三部曲》等影響力很大的作品也都具有鮮明的社會經濟學視角，被贊「為歷史研究尤其是近代經濟史研究開闢了一條新路徑」。〔註27〕就筆者看來，茅盾加入「左聯」後延續了對左傾盲動的批判，他從經濟視角剖析社會與批判政治盲動就

5月20日，《茅盾全集》（15）。
〔註22〕馮筱才：《北伐前後的商民運動一九二四～一九三○》，臺灣商務印書館，2004年版，第150～152頁。
〔註23〕茅盾：《歡迎中央委員暨軍事領袖凱旋與湖南代表團之請願》，載《漢口民國日報》1927年6月13日，《茅盾全集》（15）。
〔註24〕茅盾：《撲滅本省各屬的白色恐怖》，載《漢口民國日報》1927年6月14日，《茅盾全集》（15）。
〔註25〕茅盾：《肅清各縣的土豪劣紳》，載《漢口民國日報》1927年6月18日，《茅盾全集》（15）。
〔註26〕茅盾：《我走過的道路》（上），人民文學出版社，1997年版，第384頁。
〔註27〕李丹：《近代經濟史視野下的〈子夜〉文學創作》，《東嶽論叢》2012年第6期。

像一枚硬幣的兩面。必須梳理那些不合時宜、欲說還休的政治見解，才能讀懂茅盾強化經濟視角的用意。這既是一種「不談政治」的策略，也是重提「左稚病」的方法。

《從牯嶺到東京》是茅盾身在日本、針對國內批判《蝕》三部曲而寫的自辯文章。該文寫於 1928 年 7 月 16 日、正值武漢「分共」一週年之際，政治意味不言而喻。相對先前在《動搖》這樣的小說文本中剖析「左稚病」，這次茅盾借創作自述、文學論爭開出了自己的診斷意見：中國革命要重視以工商業者（小資產階級）爲中心的經濟建設與分配，而不是盲目發動工農搞武裝暴動。在文章中，針對左翼同人指責《蝕》「落伍」、「動搖」，茅盾反問：

> 我就不懂爲什麼像蒼蠅那樣向窗玻璃片盲撞便算不落伍？……
> 我想我倒並沒有動搖過，我實在是自始就不贊成一年來許多人所呼號吶喊的「出路」。這出路之差不多成爲「絕路」，現在不是已經證明的很明白？

曾參加北伐和南昌起義的李一氓到 1992 年還念念不忘上述言辭，引用其中字句大加撻伐：「有少數人自覺『高明』，認爲革命失敗都是你們這些人搞『左』了，甚至說出『爲什麼像蒼蠅那樣向窗玻璃片上盲撞便算不落伍？』『這出路差不多已成爲絕路，現在不是已證明得明白？』」〔註28〕時過境遷，李一氓重提舊話充滿憤懣，讓他相當介意的「盲撞」以及「出路」、「絕路」等究竟何指？

經歷國民革命的政治浮沉、耳聞目睹，茅盾認定工農勢力激漲之下的「左稚病」是導致政局失衡、革命失敗的罪魁禍首。但加劇他內心疑慮的是，這一病症在國共分裂後不僅沒有清理反而來得更加猛烈。所謂「盲撞」，當指中共中央在國民革命後採取的盲動路線，這一愈發助長民眾狂熱的路線出自共產國際指揮。隨著國共分裂，年輕的共產國際代表羅明納茲來華擔任中共革命的最高指揮。爲扭轉鮑羅廷、陳獨秀造成的「右傾投降主義」錯誤，羅明納茲提出「無間斷革命論」，認爲中國革命「必然是急轉直下，從解決民權革命的任務進於社會主義的革命」，〔註29〕意在修改曾經的「階段革命

〔註28〕 李一氓：《北伐和南昌起義（下）》，《中共黨史資料（40）》，中共黨史出版社，1992 年版，第 29 頁。
〔註29〕 羅明納茲起草、瞿秋白翻譯：《中國現狀與共產黨的任務決議案》，《中共黨史

論」，〔註30〕指揮中共直接躍入社會主義革命。時任中共領導人的瞿秋白對此基本接受，他在自己「一次革命論」基礎上闡釋並強調了「從民權革命到社會主義的無間斷革命」。〔註31〕而且，羅、瞿判斷「被革命嚇慌的小資產階級」已經與反動勢力聯合起來，把工農確立為革命的主體。〔註32〕「八・七會議」召開，就是正式決議中國革命進入大規模策動工農運動、發動武裝暴動的階段。〔註33〕

　　然而中國是否適合貫徹所謂工農暴力革命路線？不得不說，茅盾親歷國民革命所形成的判斷與羅明納茲、瞿秋白大相徑庭。《動搖》診斷「左稚病」認為工農運動攜帶破壞力且極易被利用，應當考慮引導和節制。從茅盾看來，不反思「強行共產」、「公妻鬧劇」等前車之鑒就貿然制定以工農為革命主體的路線，無異於「像蒼蠅那樣向玻璃片盲撞」。他忍不住感歎：「你不為威武所屈的人也許會因親愛者的乖張使你失望而發狂。這些事將來也許會有人知道的」，〔註34〕所謂「親愛者的乖張」正指「瞿秋白和他的盲動主義」。〔註35〕關於茅盾唱衰工農暴動，鄭超麟也提供了相關證詞。他說茅盾從武漢到上海

教學參考資料》（1），人民出版社，1979年版。

〔註30〕 共產國際一直主張中國革命走「階段革命」道路，即必須經歷民權革命階段（資產階級革命）才能進入社會主義革命階段（無產階級革命），兩個階段各有任務、不能相混。受到共產國際「階段革命論」影響，陳獨秀1923年作《資產階級的革命和革命的資產階級》、《國民革命與社會各階級》等來說明中國革命應該「兩步走」、得經歷一個由資產階級領導革命的階段。國民革命失敗之後，所謂「二次革命論」成為批判陳獨秀的重要罪證。

〔註31〕 在羅明納茲尚未來華之前，瞿秋白在《中國革命中的爭論問題》一文中就表達了中國革命應該直達社會主義革命的意思：「中國革命既以農地革命為中樞，又係反帝國主義的強有力的軍隊，自然應當從國民革命生長而成為社會主義革命，──就是『一次革命』直達社會主義，『從民權主義到社會主義』！」正因為現有這樣的認識，他對羅明納茲提出的「無間斷革命論」基本接受，寫《中國革命是什麼樣的革命？》來闡釋所謂的「無間斷革命」：「中國革命要推翻豪紳地主階級，便不能不同時推翻資產階級。……中國革命要徹底推翻舊社會關係，也就不能不超越資產階級的民權主義範圍，所以中國當前的革命顯然是有解決民權主義任務急轉直下到社會主義的革命。」

〔註32〕 《中國共產黨中央執行委員會告全黨黨員書》，中共中央黨史徵集委員會，中央檔案館編：《八七會議》，中共黨史資料出版社，1986年版。

〔註33〕 《中國共產黨中央執行委員會告全黨黨員書》，中共中央黨史徵集委員會，中央檔案館編：《八七會議》。

〔註34〕 茅盾：《從牯嶺到東京》，載《小說月報》1928年第10期，《茅盾全集》（19）。

〔註35〕 茅盾：《我走過的道路》（上），人民文學出版社，1997年版，第396、397頁。

之後不僅沒有表示要同黨組織聯繫的意思，而且直言反對黨在鄉村所實行的武裝鬥爭。鄭超麟感慨：「這是我第一次從同志口中聽到的公然反對中央所行政策的言論」。〔註36〕所以在他看來，《幻滅》、《動搖》等小說就是「沒有出路」、「蒼蠅鑽玻璃」一類話的形象化。〔註37〕

至於「出路」差不多變成「絕路」之說，則批判「盲撞」在「分共」之後的短短一年間造成了巨大損失。羅明納茲確定工農路線之後，又大倡「革命高潮論」，鼓吹國共分裂後革命迎來高潮，要求中共趁勢在城市發動罷工遊行、在農村發動土地革命，並策劃系列武裝暴動。然而這樣的「革命高潮論」具有很大的幻想性，李維漢的回憶文字，較為詳實地呈現了「高潮論」之下的「低潮」，值得參考。李維漢是「八·七會議」所立臨時中央的常委之一，據他回憶，瞿秋白中央召開十一月擴大會議，雄心勃勃制定城鄉暴動總路線，但現實發動卻碰到種種難題。例如武漢、長沙、上海等地的工人因為害怕白色恐怖，又覺得沒有實際好處不願罷工，原定暴動根本無法發動起來。長沙暴動延宕三天，「在省委委員伍桐親自指揮下，鐵路工人才開始罷工，而人力車和碼頭工人僅在街上停著。……當晚，敵人調來一個師暴動很快就被鎮壓下去了。」而上海為保證有盡可能多人參加罷工，發動者甚至派武裝隊去威嚇工人「弄成總罷工」。湖南原是農民運動最有基礎的地方，大部分農民唯恐失敗後遭到土劣屠殺也喪失了原先的踴躍。〔註38〕為配合「革命高潮論」，製造「紅色恐怖」甚至成了一些基層黨組織反抗「白色恐怖」的有效手段。在汕頭地區，一些黨員成立了名為「三 K 黨」的新黨，提出不僅要對當局實現恐怖，對黨的機會主義領袖也要實現恐怖；在長沙，黨組織由於迷戀恐怖被人們稱為「深夜黨」；在海陸豐的一次黨的會議上決定，「每個黨員都要殺死九個同村人。」廣州暴動的幸存者則說，「離開那裏就要給資產者留下一堆瓦礫。」〔註39〕中共十一月擴大會議後，有的地方開始流行「燒殺主義」：「除了殺戮土豪劣紳……如湖北漢川農民暴動的指導者，要燒去整個兒的城市，湖北許多村莊整個兒的都燒盡。湖南某些指導者，主張燒光縣城，只取出暴

〔註36〕 鄭超麟：《鄭超麟回憶錄》（下），第 122～123 頁。
〔註37〕 鄭超麟：《鄭超麟回憶錄》（下），第 124 頁。
〔註38〕 李維漢：《對瞿秋白「左」傾盲動主義的回憶與研究》，《中國社會科學》1983年第 3 期。
〔註39〕 參見《米特凱維奇給共產國際執行委員會的信》，《聯共（布）、共產國際與中國蘇維埃運動》(7)，中央文獻出版社，2002 年版，第 290～291 頁。

動農軍所需要的東西（如油印機等）……」〔註40〕至於軍事暴動，也留下難掩的慘痛。在中共獨立領導武裝鬥爭的歷史上，南昌起義、湘鄂贛粵等省的秋收起義有著輝煌的起點意義。但不可否認因為當時作戰的目標、策略等都處於稚嫩狀態，導致許多不必要損失。南昌起義時還打著國民黨左派的旗幟，取勝之後又奉共產國際之命長途跋涉去潮汕地區，途中軍力損失三分之一。廣州起義建立蘇維埃政權後，葉挺曾考慮保存實力打算撤軍農村，廣州共產國際代表紐曼卻迎頭痛罵，強調必須做好奪取中心城市的「示範」作用。起義軍只好咬牙堅守付出慘重傷亡代價，最後無奈棄城。

面對「在革命不斷高漲的口號下推行的『左』傾盲動主義所造成的各種可悲的損失」，茅盾展開了反思。〔註41〕正如晚年談及自己為何在 1927 年前後轉向成為文學作家，他還是強調反思：

> 在革命的核心我看到和聽到的是無止休的爭論，以及國際代表的權威，──我既欽佩他們對馬列主義理論的熟悉，一開口就滔滔不絕，也懷疑他們對中國這樣複雜的社會真能瞭如指掌。我震驚於聲勢浩大的兩湖農民運動竟如此輕易地被白色恐怖所摧毀，也為南昌暴動的迅速失敗而失望。在經歷了如此激盪的生活之後，我需要停下來獨自思考一番。〔註42〕

所以，茅盾「錯過」南昌起義難獲諒解、創作自辯徒惹怨怒，在於以李一氓等為代表的黨內人士看穿他並非什麼偶然因素、文學堅持，而是政治上「心懷異議」。但可以理解的是，茅盾口稱「絕路」說不上「背叛」，不過身處其中憂思重重、不得其解，「獨自思考」的習慣決定他在中國革命的轉折當口退身成為文學家。

曾令茅盾不滿的瞿秋白在政治的意義上也成了失敗者，歷史把他聽命於共產國際斥責為「教條主義」。後來，瞿秋白更在複雜時局以及鬥爭中引咎去職，最後死於非命。但他臨終卻說《動搖》值得「再讀一讀」，他把這部遭到左翼文壇猛批的小說與《阿 Q 正傳》、《紅樓夢》並列，全然不提自己親臨指導的《子夜》。因為自認「已經在政治上死滅」的瞿秋白，已經不憚承認自己是茅盾的知音：「在那時候，……有過份估量革命形勢的發展以至助長盲動主

〔註40〕李維漢：《對瞿秋白「左」傾盲動主義的回憶與研究》。
〔註41〕茅盾：《我走過的道路》（上），第 396、397 頁。
〔註42〕茅盾：《我走過的道路》（上），第 383 頁。

義的錯誤。」〔註43〕

　　反思國民革命中的「左稚病」，茅盾看見了中小工商業者（小資產階級的重要構成部分）對於中國革命的意義。在《從牯嶺到東京》的結尾，他又禁不住談論政治：「中國革命是否竟可拋開小資產階級，也還是一個費人研究的問題。我就覺得中國革命的前途還不能全然拋開小資產階級」，這分明針對中央政策又唱反調。敏感之處還在於，這種有關「小資產階級」的認知恰恰契合汪精衛等對這一社會群體的闡釋。汪精衛曾是國民黨左派領袖，國共分裂後他與追隨者陳公博等提出了一套論證小資產階級革命性的理論。他們認為「小資產階級」通過累積社會資本，避免了階級分化和鬥爭，可以穩固新的社會結構，增加生產，在中國革命中「實在居一個重要位置」，具有很強的能力。〔註44〕實際上，國共合作期間中共一直視國民黨「左派」為小資產階級的代表。隨著武漢「分共」發生，中共與國民黨「左派」分道揚鑣也意味著對「小資產階級」的態度發生變化——從前算盟友現在是敵人。〔註45〕茅盾不能與時俱進還要直言「革命不可拋開小資產階級」，無異於公然的牴觸冒犯。

　　不僅在日本批判左傾盲動，茅盾歸國加入「左聯」仍然貫徹這一思路。明眼人從《林家鋪子》、《子夜》都看得出，茅盾對吳蓀甫、林老闆等寄予深厚的理解之同情，而作品中的「無產階級」多少有些面目可疑。尤其《子夜》對工運、農運都有涉及，但其中工會成分複雜，工人們遭到各路勢力組織和控制——或汪派，或蔣派，或共產黨。〔註46〕至於農村暴動，即使在瞿秋白強烈要求下仍然寫得少之又少。還有，茅盾直到1939年看到馮雪峰的《子夜》評價後才明確說，自己寫這部小說是為了參與中國社會性質論戰、駁斥「托派」觀點，《子夜》初版《跋》中說的寫作目的卻是「大規模地描寫中國社會的企圖」。企圖把握中國社會就是大談資本家之間的鬥法、強調「實業黨」對國家的重要性，難道沒有掩藏著「不談政治」的隱衷？曾在國民革命的漩渦

〔註43〕　瞿秋白：《多餘的話》，《瞿秋白文集》（7），人民出版社，1991年版，第709頁。

〔註44〕　陳公博：《中國國民黨所代表的是什麼？》，《陳公博先生文集》，香港：遠東圖書公司，1967年版，第250～251頁。

〔註45〕　參見李志毓：《中國革命中的小資產階級（1924～1928）》，《南京大學學報》2015年第3期。

〔註46〕　參見妥佳寧：《作為〈子夜〉左翼創作視野的黃色工會》，《文學評論》2015年第3期。

中打滾又以寫社會史詩而自我期許，茅盾難以眞正地「去政治」。

　　不止以資本家爲主角的作品，即便到了「農村三部曲」寫農民，茅盾仍然堅持診斷左傾幼稚病得來的見解——經濟權益是革命的根本問題。「農村三部曲」並不認可什麼「天然反抗性」，而注重從經濟視角闡釋農民革命的合理性，此番用心已被「識破」。〔註47〕筆者強調的是，「農村三部曲」隱現著茅盾親歷國民革命的一段政治前緣。正因爲深味左傾幼稚病的經濟因素，茅盾才以經濟爲起點講述農民的革命邏輯。「三部曲」首篇《春蠶》寫江浙的養蠶繅絲行業，細膩傳神地呈現了老通寶、多多頭等生活的鄉村已經不是封閉的傳統農村，村民們通過養蠶業與鎮上的繭廠、上海的絲廠以及國內國外的紡織生產、銷售串入一個密不可分的經濟鏈條，形成了一個休戚相關的「經濟共同體」。隨著 1930 年代大規模經濟危機爆發，被納入國家乃至世界經濟體系的江浙養蠶業自然在劫難逃、出現「豐收成災」的怪現象。老通寶經歷春天、秋天的兩次豐收卻窮困至死，當經濟權益被剝奪至底線，當「全村的人都在飢餓中」，新一代的農民多多頭等只有搶米、搶槍一條路。暴力反抗如同風攪雪、磨旋似的來了！

　　在經濟分配與奪取的意義上，「農村三部曲」的農民所遵循的革命邏輯和國民革命中被「逼反」的中小工商業者比較，又有什麼本質區別呢？作爲文學作家的茅盾，並未忘情那段已逝的、然而沉澱下來的政治生涯。

四、餘論

　　在大多數情況下，中國現代文學史上的革命文學被納入新民主主義革命史觀得以闡釋。這種主流敘述把工農群眾視爲推動革命成功的英雄人物，把一個階級對另一個階級的暴力鬥爭視爲革命的基本手段，把按需分配、人人平等的共產主義社會視爲革命的終極目標，爲現代中國描畫了一種嶄新的、富有生機的革命圖景。然而，不管一種理論體系多麼富有權威性和創造性，也難以避免強烈的自身傾向。茅盾通過《動搖》反思工農運動的局限、強調中小工商業群體的重要性，就釋放出遭到遮蔽的歷史內容。這也啓發我們，解讀革命文學需要引入不同於主流革命史敘述的視野才能發掘更多豐富與可能。在這種意義上，「民國歷史與文化」視野爲解讀革命文學提供了一個克服

〔註47〕參見李哲：《經濟・文學・歷史——〈春蠶〉文本的三個維度》，《文學評論》2012 年第 3 期。

「政治決定論」的契機，正如倡導這一研究框架的學者所言：「在現代中國，不是抽象的地主、資本家和工人、農民展開歷史的搏鬥，而是割據的軍閥、新舊交雜的士紳和各種具體的社會角色上演著各種不同的故事，不是資本主義社會必然滅亡、社會主義社會必然勝利的趨勢推動了文學，而是民國不同時期具體的政治法律制度、經濟狀況和教育環境不斷放大或縮小著文學的空間。」〔註48〕當我們突破階級鬥爭或政治鬥爭的固定思維、發掘茅盾診斷「左稚病」所觸及的經濟權益爭奪問題，我們對這位左翼文學大師的理解也就不再停留在「脫黨」等是非爭論，而進入到一個觀察並且闡釋中國革命的廣闊空間。

〔註48〕 李怡：《重寫文學史視域下的民國文學研究》，《河北學刊》2013 年第 5 期。

從革命正統之爭到「回答托派」：《子夜》的主題改寫

妥佳寧

（北京師範大學文學院，北京，100875）

摘　要

　　《子夜》的創作動機被長期解讀為「回答托派」，即用小說寫作來闡釋在帝國主義壓迫下，中國的民族資產階級始終無法戰勝買辦階級而發展中國的資本主義經濟。然而茅盾雖接受瞿秋白指導改寫小說結局，但直到成書之後仍未能深入理解所謂「托派」觀點並予以有力回答；反而在揭示「立三路線」的過程中與某些所謂「托派」觀點達成共鳴。事實上，在小說《提要》和現存大綱及前四章等手跡當中，茅盾筆下所謂「民族資產階級」與「買辦」，更多地呈現為實業與金融之間的對立掣肘。而雙方背後的汪派與蔣派對實業與金融的不同政策，乃是 1927 年寧漢對立到寧漢合流等茅盾親身革命經歷，在1930 年上海的再度展現。南京國民政府與武漢國民政府的革命正統之爭，延續並幻化為實業與金融之爭。而小說結局由吳蓀甫與趙伯韜在紅軍四起的形勢下握手言和，按瞿秋白要求改寫為民族資產階級無法戰勝買辦，雖符合了「回答托派」的意識形態要求，卻遮蔽了茅盾原本對中國社會的把握與言說方式。

關鍵詞：《子夜》、托派、革命、茅盾、瞿秋白

　　1939 年茅盾在新疆學院演講時，在關於中國社會性質論戰的背景下對《子夜》的寫作動機做出定性：「這樣一部小說，當然提出了許多問題，但我所要回答的，只是一個問題，即是回答了托派：中國並沒有走向資本主義發展的道路，中國在帝國主義的壓迫下，是更加殖民地化了。中國民族資產階級中雖有些如法蘭西資產階級性格的人，但是因爲一九三〇年半殖民地的中國不同於十八世紀的法國，因此中國民族資產階級的前途是非常暗淡的。在這樣的基礎上產生了中國民族資產階級的動搖性。當時，他們的『出路』是兩條：（一）投降帝國主義，走向買辦化，（二）與封建勢力妥協。他們終於走了這兩條路。」〔註 1〕由此爲後來很長時期內的《子夜》解讀奠定了基調，即在帝國主義壓迫下，中國的民族資產階級始終無法戰勝買辦階級而發展中國的資本主義經濟，以此「回答托派播散的中國已是資本主義社會的謬論」〔註 2〕。這種解讀也相應成爲文學史當中的經典論斷。甚至質疑《子夜》藝術成就的論者，同樣以「回答托派」作爲小說「主題先行」的論據〔註 3〕。

　　然而《子夜》究竟是如何回答所謂「托派」的？眾所周知，在《子夜》的寫作過程中茅盾曾受過瞿秋白的指導，並有所改寫。1931 年 4 月茅盾攜部分已成小說原稿及各章大綱訪瞿秋白，並在此後詳談一到兩週。瞿秋白建議茅盾「改變吳蓀甫、趙伯韜兩大集團最後握手言和的結尾，改爲一勝一敗。這樣更能強烈地突出工業資本家鬥不過金融買辦資本家，中國民族資產階級是沒有出路的。」〔註 4〕瞿秋白的這種指導，顯然是出於所謂「回答托派」的意圖。既然小說中原來設計的吳趙握手言和的結尾，並不利於「回答托派」，那麼茅盾在接受瞿秋白這樣指導之前，究竟如何看待這些問題？茅盾同關於中國社會性質論戰中各派觀點，究竟有何異同？所謂的「回答托派」，又具體指誰？一旦釐清瞿秋白的意識形態影響，再看茅盾小說初衷，究竟是有意「回

〔註 1〕 轉引自茅盾：《〈子夜〉是怎樣寫成的》，《戰時青年月刊》，1939 年第 2 卷第 3 期，第 31～32 頁。該文最初發表於 1939 年 6 月 1 日《新疆日報・綠洲》，原題爲《茅盾談〈子夜〉是怎樣寫成的》。

〔註 2〕 唐弢主編：《中國現代文學史》（二），人民文學出版社，1979 年版，第 168 頁。

〔註 3〕 藍棣之：《一份高級形式的社會文件——重評〈子夜〉》，《上海文論》1989 年第 3 期，第 48～53 頁。

〔註 4〕 茅盾：《〈子夜〉寫作的前前後後——回憶錄〔十三〕》，《新文學史料》1981 年第 4 期，第 11 頁。

答托派」,還是另有一番自身的見解?

這不但要重新考察當年關於中國社會性質的論戰,更要細緻辨別茅盾小說創作過程中不斷改寫的無數文本「碎片」,釐清其中細節與 1930 年代中國社會歷史乃至更早時期茅盾所經歷的革命實踐與革命文學論爭之間複雜的糾葛。只有真正回到文本與史實構成的「民國歷史情境」本身,才能逐一解答文學與當時社會歷史之間的具體問題,進而探尋建立在這些「碎片」之上的「宏大」意義。

一、關於中國社會性質的論戰

無論茅盾在此次演講之前是否曾經提及《子夜》要「回答托派」或思考中國社會性質論戰的問題〔註5〕,至少經瞿秋白指導後的《子夜》寫作過程,已不可避免地與關於中國社會性質的論戰產生了聯繫〔註6〕。茅盾後來曾再次闡釋《子夜》與中國社會性質論戰的關係:

〔註5〕 學者曹萬生較早注意到了《子夜》與關於中國社會性質論戰的關係並不那麼單一,但他認為所謂「回答托派」的說法是茅盾 1939 年才首次提及的,此前的小說創作過程中和《子夜》後記中都未出現,而是 1937 年何乾之對關於中國社會性質論戰加以總結並給予定性之後,尤其是 1938 年毛澤東公開肯定論戰中使用的「半殖民地半封建社會」說法後,茅盾才用這樣的說法來解釋《子夜》。見曹萬生:《茅盾的市民研究與〈子夜〉的思想資源》,《西南民族大學學報(人文社科版)》2006 年第 9 期,第 124 頁。然而曹萬生一方面忽視了此次演講前,在《子夜》寫作過程中瞿秋白的指導,無論是否直白,已通過改寫小說結局的方式表達了「回答托派」的意味;另一方面茅盾此次演講所處的新疆學院儘管帶有「赤化」色彩,卻處於盛世才標榜「親蘇」的特務統治之下,就在茅盾抵達迪化前,盛世才在 1937 年 12 月途徑新疆回國的康生等人授意下,以「托派」罪名逮捕了由蘇聯派往新疆工作的中共黨員俞秀松,蓄意製造了「大陰謀案」,後俞秀松被押往蘇聯,1939 年判處死刑。而俞秀松不僅與茅盾同為中共早期創建者,在新疆時更化名王壽成擔任新疆學院院長。茅盾在新疆學院演講不能不鮮明地亮出批判「托派」的態度。但日後對《子夜》的解讀模式,並不由這次演講的偶然性決定,而是小說本身與這一問題的糾纏,以及日後的意識形態環境所決定的。

〔註6〕 毛夫國在曹萬生論證基礎上認為「回答托派」並非《子夜》創作時的真實意圖,由此質疑「重寫文學史」浪潮中以「回答托派」作為論據來判定《子夜》「主題先行」的做法。見毛夫國:《再論〈子夜〉的「主題先行」》,《文藝理論與批評》2015 年第 6 期,第 81~86 頁。至於《子夜》是否「主題先行」以及「主題先行」是否意味著藝術上的失敗,此處暫不討論;然而《子夜》的主題顯然在創作過程中發生了一定變化,值得討論的是在受瞿秋白指導而使《子夜》與「回答托派」主題發生聯繫之前,茅盾的創作意圖究竟何在。

　　剩下一個問題不可以不說幾句：這部小說的寫作意圖同當時頗
為熱鬧的中國社會性質論戰有關。當時參加論戰者，大致提出了這
樣三個論點：一、中國社會依然是半封建半殖民地的性質；打倒國
民黨法西斯政權（它是代表了帝國主義、大地主、官僚買辦資產階
級的利益的），是當前革命的任務；工人、農民是革命的主力；革命
領導權必須掌握在共產黨手中。這是革命派。二、認為中國已經走
上了資本主義道路，反帝，反封建的任務應由中國資產階級來擔任。
這是托派。三、認為中國的民族資產階級可以在既反對共產黨所領
導的民族、民主革命運動，也反對官僚買辦資產階級的夾縫中取得
生存與發展，從而建立歐美式的資產階級政權。這是當時一些自稱
為進步的資產階級學者的論點，《子夜》通過吳蓀甫一夥的終於買辦
化，強烈地駁斥了後二派的謬論。在這一點上《子夜》的寫作意圖
和實踐，算是比較接近的。〔註7〕

如茅盾所述，參與論戰者可以大致分為所謂「革命派」、「托派」和「資產階
級學者」三派。這場論戰並非單純的學術討論，而是在 1927 年國共分裂進而
爭論以往國民革命乃至未來中國革命性質的背景下產生的〔註8〕。1928 年戴季
陶、陳果夫、陳布雷、周佛海等在上海創辦《新生命》月刊，「檢討」國民黨
在此前國民革命中清共的不力〔註9〕。10 月陶希聖在此發表《中國社會到底是
什麼社會？》，隨後在新生命書局出版《中國社會之史的分析》及《中國社會
與中國革命》，1930 年陶希聖又在《新生命》月刊發表《中國之商人資本及地
主與農民》，稱「中國社會是金融商業資本之下的地主階級支配的社會，而不
是封建制度的社會。」〔註10〕

　　對陶希聖的古代社會分期〔註11〕，避居日本的郭沫若有不同觀點〔註12〕。

〔註 7〕　茅盾：《再來補充幾句》，《子夜》，人民文學出版社，1977 年版，第 576 頁。
〔註 8〕　盧毅：《論 20 世紀二三十年代的中國社會性質問題論戰》，《徐州師範大學學
　　　　報（哲學社會科學版）》2008 年第 4 期，第 99～105 頁。
〔註 9〕　周佛海：《今後的革命》，《新生命》1928 年第 1 卷創刊號，第 1～15 頁。
〔註10〕　陶希聖：《中國社會到底是什麼社會？》，《新生命》1928 年第 1 卷第 10 期，
　　　　第 1～14 頁；陶希聖：《中國社會之史的分析》，上海：新生命書局，1929 年
　　　　版；陶希聖：《中國社會與中國革命》，上海：新生命書局，1929 年版；陶希
　　　　聖：《中國之商人資本及地主與農民》，《新生命》1930 年第 3 卷第 2 期，第 1
　　　　～16 頁。
〔註11〕　馮天瑜對此有過詳細考辨：「陶希聖 1929 年 5 月所著《中國封建社會史》，主

而受當時中共中央宣傳部及中央文委的直接干預〔註13〕,創造社刊物《新思潮》在 1930 年第 4 期發起徵文,其中一個題目便是:「中國是資本主義的經濟,還是封建制度的經濟?」〔註14〕,這一期上還刊登了丘旭的《中國社會到底是什麼社會?——陶希聖錯誤意見之批評》〔註15〕。《新思潮》第 5 期作爲「中國經濟研究專號」,發表了中共中央宣傳部秘書潘東周、中央文委委員王學文(鄭景)等人一系列論文,由中國社會性質問題的討論,來肯定「反帝」、「反封建」的革命任務依然要由中共來領導〔註16〕。中共中央文委書記朱鏡我等主編的《新思潮》,也就成爲後來茅盾描述中的「革命派」。這一期《新思潮》的《編輯後記》中明確了刊發這些論文最主要的目的,倒不全是駁斥國民黨相關論述,而主要是反對所謂「取消派」:

> 然而,事實上竟有一派自命理論家的人們,竟非主張中國是資本主義的社會,因而說現在的統治階級是資本家的民族資產階級,目前的軍閥混戰的局面是甲派資本家集團與乙派資本家集團的對戰;他們竟認定中國封建勢力已經掃除,帝國主義已經對民族資產階級讓步,所謂資產階級性的民權革命已經完成其任務,目前沒有任何革命徵兆,一切農民底反抗統治階級底行動只不過是大革命後的「餘波」,工人運動之非合法的鬥爭行動,只不過是一種盲動。於

張周代爲封建社會,春秋之際,封建制度開始分解,因此秦漢以降不能稱封建社會。」見馮天瑜:《史學術語「封建」誤植考辨》,《學術月刊》2005 年第 3 期,第 5～21 頁。陶希聖:《中國封建社會史》,上海:上海南強書局,1929 年版。

〔註12〕 1929 年郭沫若在《東方雜誌》上連載長文《詩書時代的社會變革與其思想上的反映》,1930 年在《中國古代社會研究》中認定周代爲奴隸社會,秦代進入封建社會。見郭沫若:《詩書時代的社會變革與其思想上的反映》,《東方雜誌》1929 年第 26 卷第 8 期,第 69～81 頁;第 9 期,第 67～83 頁;第 11 期,第 49～61 頁;第 12 期,第 65～75 頁。郭沫若:《中國古代社會研究》,上海聯合書店,1930 年版。

〔註13〕 王慕民:《關於「新思潮派」的幾點思考》,《歷史教學》2000 年第 8 期,第 22～27 頁。

〔註14〕 《新思潮社第一次徵文題目並緣起》,《新思潮》1930 年第 4 期,第 1～2 頁。

〔註15〕 丘旭:《中國社會到底是什麼社會?——陶希聖錯誤意見之批評》,《新思潮》1930 年第 4 期,第 1～16 頁。

〔註16〕 潘東周:《中國經濟的性質》;吳黎平:《中國土地問題》;向省吾:《帝國主義與中國經濟》;李一氓:《中國勞動問題》;向省吾:《中國的商業資本》;鄭景:《中國歷史上兩次最大的農民暴動》,《新思潮》1930 年第 5 期。

是，他們一齊地反對中國革命的十大政綱，一齊地破壞工人群眾之政治鬥爭，一齊地取消學生群眾以及城市小資產階級底爲自由而鬥爭的運動，而自命爲眞正的革命黨人。這就是今日中國的所謂取消派的中國革命論，同時也就是他們一派的政治路線之根本觀點及其實際行動之總策略之中心。〔註17〕

所謂「取消派」，原是 1905 年俄國革命失敗後布爾什維克對孟什維克中持「取消革命行動」觀點者的叫法〔註18〕。這裡「今日中國的所謂取消派」，正是對當時出現的中國托派的一種叫法。托派，即托洛斯基派，是 1927 年正式與斯大林派決裂的蘇共派別，後又逐步發展成爲一個國際「共運」組織。托洛斯基（1897～1940），是與列寧共同領導俄國革命的蘇共元老。1905 年俄國革命時期托洛斯基提出「無間斷革命」論〔註 19〕，主張資產階級民主革命與無產階級革命的「無間斷」發展過渡，即要求無產階級在反對沙俄統治的資產階級民主革命中，迅速爭奪革命領導權；1917 年托洛斯基與列寧共同領導「十月革命」，後成爲蘇共最高領導人之一。列寧逝世後，托洛斯基與斯大林及共產國際在中國革命等問題上分歧嚴重，托洛斯基反對中共加入國民黨的國共合作方式，更強調無產階級革命領導權，主張將國民革命「無間斷」地發展爲無產階級革命。1927 年「四・一二」之後，托洛斯基主張中共退出武漢國民政府，建立蘇維埃政權，完成無產階級革命。中國革命失敗後，托洛斯基與斯大林的爭論白熱化，認爲斯大林當爲中國革命失敗負責，而共產國際則將責任歸於陳獨秀等中共領導人。至此蘇共及中國留蘇學生都分裂爲兩派〔註20〕。1927 年 12 月蘇共十五大批准了開除托洛斯基黨籍的決定，開始在蘇聯全國肅清托派分子，托洛斯基被流放到哈薩克，中國留學生中的托派也被遣返回國。1928 年 7 月，托洛斯基的《中國革命的總結與前瞻》等文章強調

〔註17〕《編輯後記》，《新思潮》1930 年第 5 期，第 2 頁。
〔註18〕查 1928 年漢語語境中該詞的用法：「8.取消派　一九〇五年在俄國革命後的反動時代，孟什維克底一部分主張取消對於政權底直接的革命行動，即是把以前的作個總結算，主張工人必須與資產階級自由主義者同作政治運動。」見《新術語》，《思想》1928 年第 2 期，第 6 頁。
〔註19〕中文多譯作「不斷革命」，瞿秋白將其譯作「無間斷革命」，彭述之譯爲「永續革命」。見鄭超麟：《瞿秋白與托洛斯基不斷革命論》，《鄭超麟回憶錄》（下），東方出版社，2004 年版，第 294 頁。漢語中「不斷」一詞有「反覆」、「沒完沒了」之意，故此處採用瞿秋白譯法以避免產生歧義。
〔註20〕王凡西：《雙山回憶錄》，東方出版社，2004 年版，第 67 頁。

「資本主義關係在中國的絕對優勢，它的直接的統治」〔註21〕，與斯大林關於中國「半殖民地地位和帝國主義的財政經濟的統治」論述完全相反〔註22〕，在共產國際第六次代表大會期間引起各國代表強烈反響，一些代表回國後紛紛成立托派組織〔註23〕。至 1929 年托洛斯基本人也被蘇聯政府驅逐出國。留學蘇聯歸來的托派成員嚴靈峰，1930 年在中國托派刊物《動力》創刊號上發表《「中國是資本主義的經濟，還是封建制度的經濟？」——應〈新思潮〉雜誌之征》，回應《新思潮》的徵文，批判王學文等新思潮社的觀點，認定「中國社會經濟中是資本主義成分占『支配』或『領導』的地位。」〔註24〕《動力》隨即成為托派表達類似觀點的陣地。所謂《子夜》「回答托派」，也就是要否定這樣一種關於中國已經發展到資本主義社會的觀點。而上述三派的分歧，絕不僅僅是對此刻中國社會性質觀點不同，更來自於對此前國民革命性質與任務的不同理解，甚至是不同立場。這場關於中國社會性質的論戰，在很大程度上是立場之爭，各派出於不同立場分別發展出各自理論為其意識形態服務，甚至有時刻意保持與對方的相反。呈現出一種先有立場，後發展出基本理論的逆向發展過程。

　　然而往往被忽略的是，在托洛斯基與斯大林及共產國際就國共合作問題發生分歧之初，中共內部也相應地出現了廣州和上海兩種對國共合作不同的態度。在上海的中共中央尤其是陳獨秀等，最初並不樂於積極與國民黨合作北伐，更傾向於群眾運動；而親赴廣州的瞿秋白等，則按共產國際指示積極促成國共合作，以北伐的戰爭方式推動革命。到中國五大及八七會議前後，由於對革命形勢的判斷不同，中共內部的這種分野發生了巨大轉折。在共產國際新的指示下，瞿秋白等組建新的中央，積極開展軍事活動，脫離武漢國民政府，而將革命失敗的責任歸於陳獨秀等。從蘇聯陸續回國的留學生帶回托洛斯基討論中國問題的文件，宣傳托洛斯基思想。輾轉影響到被排擠出中

〔註21〕 托洛茨基：《中國革命的總結與前瞻——它對東方國家和整個共產國際的教訓》，《托洛茨基論中國革命（1925～1927）》，施用勤譯，陝西人民出版社，2011 年版，第 263～301 頁。

〔註22〕 斯大林：《中國革命問題》，《論反對派》，上海：中華書店，1932 年版，第 259～263 頁。

〔註23〕 唐寶林：《簡論中國托派》，《中共黨史研究》1989 年第 1 期，第 17～18 頁。

〔註24〕 嚴靈峰：《「中國是資本主義的經濟，還是封建制度的經濟？」——應〈新思潮〉雜誌之徵》，《動力》1930 年第 1 卷第 1 期，第 44 頁。

央的陳獨秀、彭述之等人,逐步被陳獨秀等有限度地接受〔註25〕。在國內先後成立了一系列托派組織,分別出版《我們的話》、《無產者》、《十月》和《戰鬥》等刊物,並於1931年一度統一〔註26〕,被當時的中共中央稱爲「陳托取消派」。而部分中國托派並不完全認可陳獨秀。

在一系列中共中央文獻中,及上述《新思潮》的《編輯後記》中,所謂「取消派」的叫法,乃是出於中共中央對該派觀點的反對〔註27〕,認爲其關於中國已經是資本主義社會的觀點,等於取消了「反帝」「反封建」的革命任務〔註28〕。中國托派當然不會自視爲「取消派」,而是按照蘇聯托派的叫法自稱「布爾什維克——列寧派」、「列寧主義者左翼反對派」或「左派反對派」等,並反將中共中央稱爲「幹部派」。那麼在托派看來,中國社會性質以及革命性質的問題,究竟應作何解?事實上托派自認爲堅持無產階級革命;而國共合作的國民革命的「反帝」「反封建」在其眼中僅僅是爭取中國的獨立和民主,還不是最高目標。托派認爲如果不及時將這樣的資產階級民主革命「無間斷」地過渡爲無產階級革命,其結果便是「人們轉移了工農群眾對於本國壓迫者的仇恨,去恨帝國主義,外國壓迫者。」〔註29〕

1928年在莫斯科召開中共六大後,瞿秋白不再擔任中共中央高層職務,被留在蘇聯。1930年從蘇聯歸來的瞿秋白,此後之所以要求茅盾改寫小說結尾,其中一個重要的原因,便是斯大林派和托派之爭已經波及到中共內部。關於中國社會性質論戰的焦點,已不再是國共之間對革命性質的爭論,而成爲中共內部中央與所謂「取消派」之間就中國革命是否仍需「反帝」「反封建」問題展開的爭奪〔註30〕。一旦茅盾小說表現出上述《編輯後記》中所指摘的觀點,譬如「現在的統治階級是資本家的民族資產階級,目前的軍閥混戰的局面是甲派資本家集團與乙派資本家集團的對戰」,那就不僅是缺乏對所謂

〔註25〕 鄭超麟:《回憶錄·左派反對派》,《鄭超麟回憶錄》(上),東方出版社,2004年版,第321～322頁。

〔註26〕 參見唐寶林:《中國托派史》,臺北:東大圖書公司,1994年版。

〔註27〕 尼司編:《陳獨秀與所謂托派問題》,廣州:新中國出版社,1938年版,第6～7頁。

〔註28〕 棠:《取消派對於中國經濟經濟認識的錯誤——帝國主義與中國經濟》,《新中國》1933年第1卷第1期,第74～79頁。

〔註29〕 鄭超麟:《回憶錄·進潮或退潮?》,《鄭超麟回憶錄》(上),第278頁。

〔註30〕 彭維鋒:《在文學與政治之間:瞿秋白左翼時期的文藝思想研究》,新華出版社,2008年版,第33～43頁。

「取消派」觀點的批判,反而將有可能成爲典型的「托派」言論。這顯然是瞿秋白不願看到也不能允許出現的。

由此可見,茅盾這部小說雖然與中國社會性質論戰的思想界背景存在密切的關係,但創作之初完全沒有能夠「有力」地否定所謂「托派」觀點。作者對該問題的理解,另具思想來源。

二、小說中與現實中的托派觀點

《子夜》小說文本當中出現的「取消派」觀點,主要在對罷工領導者的描繪當中〔註 31〕。共產黨地下工作者瑪金與蘇倫在散會後的單獨對話中,蘇倫說「看到底:工作是屁工作!總路線是自殺政策,蘇維埃是旅行式的蘇維埃,紅軍是新式的流寇!」〔註 32〕而被瑪金認爲「和取消派一鼻孔出氣」的黨員蘇倫,其觀點雖然包含了托派對蘇維埃和紅軍問題的不同看法,卻並不能顯示現實中托派對罷工問題的眞正態度。

1933 年《子夜》出版後,瞿秋白所作、魯迅修改並以魯迅筆名「樂雯」在 4 月 2 日和 3 日在《申報·自由談》上發表的《〈子夜〉與國貨年》,在評論《子夜》之餘,不忘對上海某些所謂民族資本家在 1933 年元旦發起國貨年運動加以諷刺〔註 33〕。而緊接著 1934 年又被命名爲婦女國貨年,並於元旦在上海舉行國貨公司花車遊行,其中最爲顯眼的就是上海美亞綢廠的丹鳳花車〔註 34〕。上海美亞綢廠由民族資本家莫觴清於 1920 年創辦,1925 年後在滬

〔註 31〕 此外,在未受瞿秋白影響的《提要》,和接受瞿秋白建議後重新寫成的現存大綱手稿中,茅盾多次提及「取消派」。在《提要》所列「工賊」形象中,最後一種即爲「屬於取消派者」,而吳蓀甫與罷工工人之間的第三次鬥爭,茅盾設計了「罷工指導者之間發生了不同的意見,工賊中間,亦有蔣派,改組,取消,及資本家雇傭工賊四者之間的暗鬥。工人中分裂。」見茅盾:《子夜(手跡本)》,中國青年出版社,1996 年版,第 449、452 頁。在現存大綱第十三章紙頁空白處,茅盾列下了與罷工運動相關的二十二個相關人文形象,其中「左派女工」何秀妹、張阿新、陳月娥,均屬「立三路線者」,而「工賊」中只見蔣派、改組派和資本家雇傭者,並未出現具體的取消派「工賊」形象,僅有共產黨罷工領導者蘇倫屬於「取消主義傾向者」,也非托派組織成員。見茅盾:《子夜(手跡本)》,第 477~478 頁。

〔註 32〕 茅盾:《子夜(手跡本)》,第 368 頁。

〔註 33〕 對瞿秋白和魯迅合寫該文的考證,見丁景唐、王保林:《談瞿秋白和魯迅合作的雜文——〈《子夜》和國貨年〉》,《學術月刊》1984 年第 4 期,第 57~61 頁。

〔註 34〕 《婦女國貨年》,《東方雜誌》1934 年第 31 卷第 3 期,封裏照片。

已先後設立六個分廠,「合計有織機五百餘臺,每月出品可達一萬餘疋,每年營業約計三百五十萬元,」〔註35〕此後又不斷擴充,甚至被上海的《國貨月報》尊為「誠我國絲織業最大之工廠也」。儘管《子夜》所寫裕華絲廠並非綢緞廠,而是出產織綢用的原料蠶絲廠,但小說中吳蓀甫絲廠的規模巨大,且不斷擴充,吞併有陳君宜的綢廠,正可與現實中的上海美亞綢廠相比較。更重要的在於,小說與現實中均發生大罷工。由於資方削減工資〔註36〕,1934年3月3日起美亞綢廠十個分廠四千多工人一致罷工。後資本家聯合法租界巡捕房鎮壓罷工,造成「三一一」慘案。罷工工人先後向上海市政府和社會局請願,均遭鎮壓,終被迫復工,罷工失敗〔註37〕。而對現實中這樣一場與小說描繪極為相仿的罷工,中共中央和托派作出了不同的表態。由此也可間接得知在中共中央與托派眼中,《子夜》所描繪的罷工及其失敗究竟意味著什麼。

當時已經撤到中央蘇區的中共中央,在其主導的中華蘇維埃政府機關報《紅色中華》上〔註38〕,將正在進行的亞美綢廠罷工視為各家「綢廠總罷工已經開始」,並且以宣傳攻勢強調這次罷工「粉碎了取消派的破壞陰謀」〔註39〕。而托派刊物《火花》則在罷工失敗後討論《亞美綢廠工人罷工失敗的原因及教訓》,承認該派曾致信罷工委員會,但未能完全爭得領導權。並提出了既與《紅色中華》上述觀點不同,又與《子夜》所描繪的「取消派」觀點也不相同的看法〔註40〕:

> 但罷工慘敗的直接原因,則是四月十五日向社會局請願時及被
> 驅散後,未能緊把握住工人情緒的變化而為及時的策略的轉變。在
> 包圍社會局時,罷工領導者不知道在美亞工人孤軍獨戰,無廣大工

〔註35〕《美亞織綢廠小史》,《國貨月報》1934年第1卷第3期,第75頁。

〔註36〕「美亞的工資於去年七月,曾經有過一次九折的減削,此次綢織企業家集議之後,美亞廠方又於這九折工資之上,再行七折或七五折,這即是說,不出一年,工資逐次減低百分之四十。」獄生:《上海美亞織綢廠工潮紀實》,《女青年月刊》1934年第13卷第5期,第38頁。

〔註37〕裴宜理著,劉平譯:《上海罷工:中國工人政治研究》,江蘇人民出版社,2001年版,第259~272頁。

〔註38〕早在1932年,《紅色中華》的主編王觀瀾即因「重大托派嫌疑」而被蘇區中央局免職並一度開除黨籍。

〔註39〕《風起雲湧的白區工人鬥爭》,《紅色中華》1934年第171期,第四版。

〔註40〕宇:《亞美綢廠工人罷工失敗的原因及教訓》,《火花》1934年第2卷第4期,第76~80頁,落款「六月,十五日。」

人群眾實力擁護,不足以威脅國民黨形式之下,在國民黨市政府已
奉有蔣介石命令早具決心壓迫美亞工人鬥爭情形之下,在美亞工人
大奮鬥月餘,精神疲散,不堪再受流血摧殘情形之下,如果包圍社
會局時間太久,不適可而止,則國民黨政府為維持其統治威權,必
將以武力壓迫工人,而使疲散工人再受流血的打擊。因此,他們使
工人漫無限制包圍下去,以致終不免於狼狽的潰退,而造成慘敗的
前提。但在工人被武力驅散以後,如能立即把握住工人情緒已經頹
喪,已經對罷工失望,這一點,而敏捷的設法恢復工人的情緒並作
策略的轉變,則仍不至於召致這樣悲慘的失敗。但不幸,這時,工
人領袖多已被扣留被逮捕,史大林派的官僚們既溜之不見,而反對
派自己又不能提出這樣及時轉變策略,因之,使工人徘徊恐惶數日
之久,不知出路何在。結果,資本家以停伙食,解雇的手段,更進
一步向工人壓迫。精盡力竭的工人們更不能支持,於是便零亂的無
條件的復了工。

現實中,中共中央與托派在《紅色中華》與《火花》上分別從各自立場分析
這場罷工。而與此相對應,小說《子夜》中面對裕華絲廠罷工出現失敗跡象,
工人黨員被抓的嚴峻形勢,共產黨領導者克佐甫要求第二天再次罷工,瑪金
卻提出不同意見〔註41〕:

> 「我主張總罷工的陣線不妨稍稍變換一下。能夠繼續罷下去的
> 廠,自然努力鬥爭;已經受了嚴重損失的幾個廠,不能再冒險,卻
> 要歇一口氣!我們趕快去整理,去發展組織;我們保存實力,到相
> 當時機,我們再──」

瑪金的話立刻被克佐甫打斷,遭到嚴厲指責:

> 「你這主張就是取消了總罷工!在革命高潮的嚴重階段前卑怯
> 地退縮!你這是右傾的觀點!」

克佐甫雖然使用了「取消」和「右傾」等詞彙,但僅是出於對瑪金的警告與
提醒,並未認定瑪金是所謂「取消派」或說托派。然而,小說中瑪金對裕華
絲廠罷工問題的觀點,與現實中托派對美亞綢廠罷工的觀點頗有相通之處。
茅盾如此描繪共產黨領導者的意識,雖然是出於對「立三路線」過激傾向的
批判,但在另一方面卻顯然未能完全與托派思想劃清界線。而其中原因倒不

〔註41〕茅盾:《子夜(手跡本)》,第362頁。

是茅盾與哪一托派組織有任何關聯，而是因爲流亡日本剛剛歸來的茅盾，從根本上講並不能完全明白當時的托派觀點究竟如何，僅僅是從瞿秋白對所謂「取消派」的批判中瞭解到一些中共中央對該派觀點的描繪。故而小說中才會有蘇倫那些「看到底」的觀點。

茅盾寫作《子夜》過程中，雖按照瞿秋白所解釋的黨的政策「何者是成功的，何者是失敗的」來「據以寫後來的有關農村及工人罷工的章節」〔註42〕，但茅盾終只在表層將中共中央對所謂「取消派」觀點的描繪加以批判，讓瑪金怒斥並拒絕蘇倫，而未能從小說情節與細節描繪上體現出與托派認識的清晰界線，反倒讓瑪金自己對罷工運動的態度與托派觀點發生了某種「共鳴」。可見《子夜》寫作直到成書之後，仍未能徹底完成瞿秋白的意識形態意圖，尤其沒有很好地回答托派。相反，倒是瞿秋白，在後來更爲詳盡的《讀子夜》一文中，不忘借助瑪金「戀愛要建築在同一政治立場上」的「眞正的戀愛觀」，來指出被她拒絕的蘇倫「取消派」立場的不正確〔註43〕。

既然茅盾當時並未能深入理解所謂「托派」觀點並予以有力回答，甚至與之不無相近，那麼在瞿秋白特定意識形態訴求之外，茅盾的寫作究竟從哪裏獲得了他關於中國社會性質的認識？小說中被瞿秋白解讀爲「民族資產階級」與「買辦」的對立，原本有著茅盾本人怎樣的現實經驗作基礎？這些問題的答案，應首先在受瞿秋白影響之前寫成的小說《提要》和前四章手稿當中尋找〔註44〕。而此外的章節當中，只有部分痕跡殘留下來。

三、小說中的汪派與蔣派

回到《子夜》即可發現，所謂「民族資產階級」與「買辦」的對立，在小說中更多地呈現爲實業與金融之間的衝突，與其說是「民族資產階級」無法戰勝「買辦」來發展中國的資本主義，不如說是 1930 年中國金融發達而實

〔註42〕 茅盾：《〈子夜〉寫作的前前後後——回憶錄〔十三〕》，《新文學史料》1981年第 4 期，第 11 頁。

〔註43〕 原文見施蒂爾：《讀〈子夜〉》，《中華日報·小貢獻》，1933 年 8 月 13、14 日。本文轉引自瞿秋白：《讀〈子夜〉》，《論〈子夜〉及其他》，朱正編，百花文藝出版社，1985 年版，第 123～124 頁。

〔註44〕 對《子夜》成書譜系進行詳實考證的漢學家馮鐵教授發現，現存手稿的前四章，正是未經瞿秋白建議修改的原寫作稿。〔瑞士〕馮鐵著，李萍譯：《由「福特」到「雪鐵籠」——關於茅盾小說〈子夜〉（1933 年）譜系之思考》，《在拿波里的胡同裏》，南京大學出版社，2011 年版，第 456～479 頁。

業凋敝的經濟怪象。

在受瞿秋白指導之前已經寫成小說手稿第一章結尾處,吳老太爺昏厥將死,吳蓀甫、杜竹齋等家人親屬擠在小客廳裏忙亂。張素素問經濟學教授李玉亭「你看我們這社會到底是怎樣的社會?」李玉亭回答:「這倒難以說定。可是你只要看看這兒的小客廳,就得了解答。這裡面有一位金融界的大亨,又有一位工業界的巨頭;這小客廳就是中國社會的縮影。」〔註45〕。借李玉亭之口,將實業與金融的並立作為「中國社會的縮影」,顯然是小說的點睛之筆。整部作品都圍繞著工業資本家吳蓀甫和另一位金融家趙伯韜,在借貸、公債和罷工三條戰線上的鬥爭展開。吳蓀甫最後因同樣作為金融家的姐夫杜竹齋倒戈於趙伯韜,以致徹底失敗。一旦忽視小說所描繪的金融與實業相互掣肘甚至對立,而僅僅著眼於「民族資產階級」與「買辦」這樣的階級話語表述,固然可以看到小說後來對所謂「托派」的回答,卻遮蔽了茅盾原有的社會認知視角。

現存小說的《提要》手稿,是茅盾否定了最初構思的三個記事珠之後〔註46〕,重新確定的小說提綱,更早於前四章手稿的寫作,同樣未受瞿秋白後來指導的影響。《提要》首先列出了「兩大資產階級的團體」:「吳蓀甫為主要人物之工業資本家團體」和「趙伯韜為主要人物之銀行資本家團體」。介紹雙方的政治背景時,手稿原文寫著「工業資本家傾向改組派」,「銀行資本家中,趙伯韜是蔣派」。在「改組派」幾個字旁邊的空白處,茅盾用另一種較粗的筆跡標明「即汪精衛派」〔註47〕。所謂改組派,正式的名稱是「中國國民黨改組同志會」,是寧漢合流後汪精衛遭排擠暫赴海外時,國民黨內部反蔣的政治派別。1928年陳公博等創辦《革命評論》,將海外的汪精衛奉為領袖,宣揚恢復「民國十三年的國民黨改組精神」〔註48〕。汪、蔣之爭成為當時國民黨內部最為嚴重的衝突。到1930年中原大戰期間,馮、閻、桂、粵軍閥聯合起來與蔣派中央軍爭奪革命正統,拉攏汪精衛在北平召開「中國國民黨中央黨部擴大會議」,即「北方擴大會議」,另立國民黨中央

〔註45〕 茅盾:《子夜(手跡本)》,第23頁。

〔註46〕 這三個記事珠輯錄發表於茅盾:《茅盾作品經典》第1卷,中國華僑出版社,1996年版,第499～513頁,但輯錄有部分文字認讀錯誤。其手稿照片可參見孫仲田:《圖本茅盾傳》,長春出版社,2011年版,第128頁。

〔註47〕 茅盾:《子夜(手跡本)》,第448頁。

〔註48〕 汪精衛:《一個根本觀念》,《革命評論》1928年第12期,第1～7頁。

〔註49〕，再度與蔣分庭抗禮。這些都成爲《子夜》小說故事的重要背景〔註50〕。
若不能看到小說中隨處可見的汪、蔣之爭，則無法正確的解讀吳、趙背後的
不同政治理想。

　　而在小說文本當中，並未明確寫到吳蓀甫和趙伯韜分屬汪、蔣兩派，只
是予以暗示。小說第三章手稿寫唐雲山的汪派主張「我們汪先生就是竭力主
張實現民主政治，真心要開發中國的工業；中國不是沒有錢辦工業，就可惜
所有的錢都花在軍政費上了。」同時說明吳蓀甫的政治傾向「也是在這一點
上，唐雲山和吳蓀甫新近就成了莫逆之交。」〔註51〕非常值得注意的一點，
是現實中汪精衛及改組派對實業與金融的態度。改組派用發展實業來闡釋孫
中山三民主義中的民生主義：「實業計劃 Industrial Development of China 實與
民生主義相表裏，假使實業計劃不克完成，民生主義必無從實現。」〔註52〕
而汪精衛擬在「北方擴大會議」上提出《經濟政策及財政政策草案》，提出「興
辦生產事業」、「保障產業和平」、「發展農業並改良農村經濟生活」、「整理金
融和幣制」、「獎勵移植」的經濟政策。其中「整理金融和幣制」不僅要創設
國家銀行、實行金本位制，以應對金貴銀賤問題，還明確規定「托拉斯及交
易所的應受國家嚴格監督。」〔註53〕要求嚴格管控金融的改組派，被稱爲「實
業黨」。吳蓀甫之所以與唐雲山等改組派成員追隨汪精衛，正是由於汪派振興
實業的政治主張。

　　《子夜》又如何描繪南京國民政府的蔣派？相對於從香港到北平的汪
派，小說中也只暗示了趙伯韜的政治背景〔註54〕。趙伯韜對李玉亭提出更換

〔註49〕　陳進金：《另一個中央：一九三○年的擴大會議》，《近代史研究》2001 年第 2
　　　　　期，第 101～129 頁。

〔註50〕　《子夜》對國民黨改組派的描繪，參見妥佳寧：《國民黨員茅盾的革命「留別」
　　　　　──兼及〈子夜〉對汪精衛與國民黨改組派的「想像」》，載李怡、蔣德均編：
　　　　　《國民革命與中國現代文學》（中），新北：花木蘭文化出版社，2015 年版，
　　　　　第 345～364 頁。

〔註51〕　茅盾：《子夜（手跡本）》，第 63 頁。另外屠維岳向桂長林表示：「吳老闆也和
　　　　　汪先生的朋友來往。」見第 162 頁。

〔註52〕　陳公博：《目前怎樣建設國家資本？》，《革命評論》1928 年第 7 期，第 3 頁。

〔註53〕　汪精衛：《經濟政策及財政政策草案》，《國聞週報》1930 年第 7 卷第 35 期，
　　　　　第 1～4 頁。

〔註54〕　有學者對《子夜》中「趙伯韜的身份角色」存疑，見梁競男、張堂會：《〈子
　　　　　夜〉中吳蓀甫、趙伯韜矛盾鬥爭存疑》，《名作欣賞》2011 年第 11 期，第 119
　　　　　～121 頁，第 125 頁。

益中公司總經理時,反對的理由便是「我這裡的報告也說是姓唐的,並且是一個汪派。」李玉亭、杜竹齋等勸吳蓀甫避免和趙伯韜鬥法時,先後提到「唐雲山有政黨關係」、「老趙自己也有的」〔註 55〕。小說中趙伯韜與美國金融界有密切關係,這顯然與現實中蔣派政權背後的金融支持者一致。

南京國民政府在「四·一二」前後獲取上海金融界尤其是江浙財團及外國資本的支持,此後又不斷加強對金融的控制〔註 56〕。利用中央財政的關稅收入爲擔保,發行大量公債,以保障蔣派中央軍與各地方軍閥之間戰爭的高額軍費。一旦蔣派戰敗,這些由南京國民政府發行的公債下屆政府是否負責很難預料,故而公債市場的漲跌受到戰事勝敗的直接影響。蔣派與各係軍閥的中央大戰,嚴重影響國內交通運輸,工商業受到重創;而金融界卻大發國難財,在公債市場利用軍事內幕操縱漲跌。小說中描繪益中公司合夥人孫吉人「江北的長途汽車被徵發了,川江輪船卻又失蹤」〔註 57〕,吳蓀甫吞併的八個小廠所生產的輕工業製造品因戰事阻礙交通導致沒有銷路;而趙伯韜、尚仲禮則買通軍隊進退來控制公債市場的漲跌。「關稅庫券」、「裁兵公債」和「編遣庫券」等等,被投機的散戶們戲稱爲「棺材邊」。依靠與南京國民政府的密切關係,趙伯韜干預交易所增加賣方的保證金,甚至放出消息要南京財政部令飭各大銀行及交易所「禁止賣空」,企圖擠壓做「空頭」的吳蓀甫利益空間〔註 58〕。雖不能眞正禁止賣空,但雙倍保證金這樣不平等的交易準則之所以能實現,正是因爲南京國民政府要靠公債來維持鉅額軍費,故而偏袒從事「多頭」交易的金融集團。

現實中汪派被稱爲「實業黨」,注重保護工業資本家利益,主張發展實業;而蔣派南京政府則依靠金融資本家支持〔註 59〕,甚至因時局與戰事需要而侵害實業利益〔註 60〕。小說中實業家吳蓀甫和金融家趙伯韜分屬汪、蔣兩派,

〔註 55〕 茅盾:《子夜(手跡本)》,第 217、239 頁。

〔註 56〕 鄭會欣:《關於張嘉璈被撤換的經過》,《學術月刊》1986 年第 11 期,第 55~59 頁。

〔註 57〕 茅盾:《子夜(手跡本)》,第 231 頁。

〔註 58〕 茅盾:《子夜(手跡本)》,第 428~429 頁。

〔註 59〕 王正華:《1927 年蔣介石與上海金融界的關係》,《近代史研究》2002 年第 4 期,第 76~112 頁。

〔註 60〕 袁廣泉:《中興煤礦沒收事件始末──北伐戰爭就地籌餉及民營企業的抵制》,載〔日〕石川禎浩主編,袁廣泉譯:《二十世紀中國的社會與文化》,社會科學文獻出版社,2013 年,第 402~441 頁。

他們對中原大戰的態度也受其政治傾向的影響。趙伯韜「他們希望此次戰事的結果，中央能夠勝利，能夠真正統一全國。自然美國人也是這樣希望的。」〔註61〕而吳蓀甫「有發展民族工業的偉大志願」，「他是盼望民主政治真正實現，所以他盼望『北方擴大會議』的軍事行動趕快成功」〔註62〕。

　　汪派與蔣派經濟政策的差異，用經典的階級話語表述就是兩派各自代表了工商業資產階級與買辦、大資產階級的不同利益。而把階級話語還原後，則呈現為兩派對實業與金融衝突的不同立場。茅盾之所以選擇實業家與金融家之間的鬥爭來把握當時中國社會，除了1930年中國金融發達而實業凋敝的社會原因外，還與他本人的親身經歷密不可分。

四、南京與武漢之間的革命正統之爭

　　小說中的一個細節，似乎頗能展現茅盾本人經歷與《子夜》所描繪的中國社會之間複雜的關係。由於中原大戰戰事影響公債漲跌，唐雲山向吳蓀甫報告張桂軍要退出長沙，消息利於蔣派中央軍，公債將止跌反漲。吳蓀甫向唐雲山確認軍事內幕的可靠性，問他「鐵軍」是否向贛邊開拔，唐雲山告訴吳蓀甫並非攻向南昌而是撤退〔註63〕。吳蓀甫這裡為什麼要用「鐵軍」來稱呼張發奎和李宗仁等的張桂聯軍呢？王中忱曾指出這個「鐵軍」並非「北伐戰爭中葉挺所率領的國民革命軍獨立團」，而是 1930 年聯桂反蔣時重新繼承北伐時期第四軍番號的粵系張發奎部隊〔註64〕。後來抗戰時期國共再度合作，葉挺領導的部隊則以「新四軍」為番號，都是來自北伐時期的粵系第四軍。

　　這一細節看似無關緊要，卻在不經意間流露了茅盾本人經歷與這部小說的密切關係。就在以「回答托派」來解釋《子夜》創作動機的新疆學院演講中，茅盾曾說「我那時沒有參加實際工作，但在一九二七年以前我有過實際工作的經驗，雖然一九三○年不是一九二七年了，然而對於他們所提出的問題以及他們工作的困難情形，大部分我還能瞭解。」〔註65〕那麼茅盾 1927 年

〔註61〕茅盾：《子夜（手跡本）》，第 167 頁。
〔註62〕茅盾：《子夜（手跡本）》，第 270 頁。
〔註63〕茅盾：《子夜（手跡本）》，第 241 頁。
〔註64〕王中忱：《重讀茅盾的〈子夜〉》，《海南廣播電視大學學報》2002 年第 2 期，第 39 頁。
〔註65〕轉引自茅盾：《〈子夜〉是怎樣寫成的》，《戰時青年月刊》1939 年第 2 卷第 3 期，第 31～32 頁。

以前究竟有過怎樣的實際革命經驗?又如何以 1927 年以前的經驗來寫 1930 年的中國?

日本學者桑島由美子提出「《子夜》的問題是大革命時期的矛盾的延長」,並考證了「在 1926 年 1 月的中國國民黨第二屆全國代表大會上,茅盾擔任宣傳部秘書,是宣傳部長汪精衛的直屬部下(當時的代理部長是毛澤東)。」〔註66〕

而到 1927 年初,茅盾赴武漢國民政府工作,先任中央軍事政治學校武漢分校政治教官,4 月起編輯漢口《民國日報》。被排擠到海外的汪精衛,於 1927 年 4 月回滬,堅持國共合作,與蔣不合,隨即赴武漢主持國民政府。「四・一二」之後,蔣介石在南京另成立國民政府,寧漢分裂。粵系部隊第四軍由張發奎等率領,不僅在北伐中建立功勳被譽為「鐵軍」,更在寧漢對立中為汪精衛方面提供了重要的軍事保障。其對武漢國民政府的支持,更甚於湖南籍的唐生智、何健等軍閥。而茅盾所教授的黃埔武漢分校學生,亦歸入第四軍下屬,成為日後廣州起義的重要力量。此時的茅盾撰寫了一系列社論,來支持汪精衛的「工商業者工農群眾的革命同盟」等政令〔註67〕。事實上,汪派支持實業並拉攏工商業者的做法早在廣州國民政府中已經顯現,1924 年 7 月廣州國民黨中央即在汪精衛的提議下設立實業部,動員工商業者參加革命。而在南京國民政府與武漢國民政府對立期間,武漢金融界將大量現金轉移至上海等地,遭到武漢國民政府的阻止,汪精衛於開除蔣介石黨籍的當天,即 4 月 17 日,頒佈了《集中現金條例》,查封各銀行金庫。與南京國民政府依靠金融界支持的做法完全相反〔註68〕。

南京國民政府與武漢國民政府對革命正統的爭奪,顯然是後來國民黨內部汪、蔣長期對立的重要起點。儘管汪蔣之爭自廣州時期已經展開,但正是國民革命時兩個國民政府的分庭抗禮,成為後來國民黨中央數度分裂的效法對象。短暫的寧漢對立,最終在中共南昌起義尤其是廣州起義之後,重新出

〔註66〕 〔日〕桑島由美子著,袁暎譯:《茅盾的政治與文學的側面觀——〈子夜〉的國際環境背景》,《中國現代文學研究叢刊》1995 年第 3 期,第 215~227 頁。

〔註67〕 雁冰:《工商業者工農群眾的革命同盟與民主政權》,漢口《民國日報》1927 年 5 月 21 日。轉引自茅盾:《茅盾全集》第十五卷,人民文學出版社,1987 年版,第 369 頁。

〔註68〕 中國銀行行史編輯委員會編著:《中國銀行行史(1912~1949 年)》,中國金融出版社,1995 年版,第 139~140 頁。

現了一致清共的局面〔註69〕。而茅盾在武漢國民政與南京國民政府對立期間的革命經歷，事實上不僅影響到他的《幻滅》《動搖》《追求》等早期革命文學創作，也在《子夜》當中留下了抹不去的痕跡。這樣也就不難理解茅盾爲何在小說中仍然讓吳蓀甫使用「鐵軍」這樣的稱號，來指稱再度與蔣對立的張桂聯軍。

小說中「五卅」紀念日，李玉亭感慨各地農民騷動和「土匪」打起共產黨旗號的，數也數不明白。「他很傷心於黨政當局與社會巨頭間的窩裏翻和火併，他眼前就負有一個使命，——他受吳蓀甫的派遣要找趙伯韜談判一點兒事情，一點兒兩方權利上的爭執。他自從剛才在東新橋看見了示威群眾到此刻，就時時想著那一句成語：不怕敵人強，只怕自己陣線發生裂痕。而現在他悲觀地感到這裂痕卻依著敵人的進展而愈裂愈深！」〔註70〕再一次點出吳蓀甫與趙伯韜之爭，背後正是國民黨內部的對立，而中共的大規模罷工運動和紅軍的興起，使得李玉亭深感兩派合作共同對抗中共的「必要」。然而在中原大戰甚至「北伐擴大會議」又一次分裂國民黨中央的情形下，李玉亭的這種攜手反共願望當然難以見到希望，故而不免悲觀。

另外，小說裏吳蓀甫工廠的罷工風潮中，工會當中屬於改組派的屠維岳、桂長林等主張安撫工人，而工會中屬於蔣派的錢葆生則主張用流氓鎮壓工人。這兩派的差異，顯然與 1927 年武漢國民政府繼續國共合作，甚至無法控制「過火」的工農運動，而南京國民政府利用青幫血腥清黨的政策分歧相一致。而小說中罷工運動的最終結局，則是兩派試圖和談。最終在潮水一般的工人衝廠之際，工會中改組派的桂長林引來警察，開槍鎮壓了上海各地前來衝廠的總罷工〔註71〕。正與武漢國民政府最終轉向清共，並致寧漢合流的大革命結局驚人的相似。由此可見茅盾用以描繪 1930 年上海的理論資源和切身體驗，有許多恰恰不止是來自上海，更來自 1927 年南京與武漢的一度對立與最終合流。

由此反觀小說的結局改寫，瞿秋白建議茅盾「改變吳蓀甫、趙伯韜兩大

〔註69〕 參見妥佳寧：《國民黨員茅盾的革命「留別」——兼及〈子夜〉對汪精衛與國民黨改組派的「想像」》，載李怡、蔣德均編：《國民革命與中國現代文學》（中），第 345～364 頁。

〔註70〕 茅盾：《子夜（手跡本）》，第 211 頁。

〔註71〕 關於小說中罷工運動及其黨派背景的分析，相關論述見妥佳寧：《作爲〈子夜〉「左翼」創作視野的黃色工會》，《文學評論》2015 年第 3 期，第 108～118 頁。

集團最後握手言和的結尾,改為一勝一敗。這樣更能強烈地突出工業資本家鬥不過金融買辦資本家,中國民族資產階級是沒有出路的。」〔註72〕而在茅盾原來設計的《提要》當中,小說結局是在「吳趙皆有同歸於盡之勢」時,「長沙陷落,促成了此兩派之團結,共謀抵抗無產革命。然兩面都心情陰暗。此復歸妥協一致抗赤的資本家在牯嶺御碑亭,遙望山下:夕陽反映,其紅如血,原野盡赤。韓孟翔憮然有間,忽然高吟曰:『夕陽無限好,只是近黃昏!』大家驟聞此語,冷汗直淋。」〔註73〕

《提要》中小說題名原為《夕陽》,另外還有兩個名字「《燎原》or《野火》」。顯然是對應著這一原有結尾設計的。吳蓀甫與趙伯韜在紅軍的燎原野火面前,最終走向握手言和,不恰是 1927 年從寧漢對立到寧漢合流的寫照嗎?正是瞿秋白出於「回答托派」意圖對小說結尾的改寫建議,遮蔽了茅盾以 1927 年革命經歷對 1930 年中國社會的理解。

結語:從《夕陽》到《子夜》

受瞿秋白影響之前的《夕陽》,是茅盾以自身革命經驗對中國社會的把握;但後來接受瞿秋白建議改寫而成的《子夜》,同樣是茅盾做出的選擇。《子夜》的複雜寫作過程中,已不可避免地納入了「回答托派」的主題。不過茅盾對中國社會原有理解,並不局限於「民族資產階級」是否能夠戰勝「買辦」這樣的階級話語,實業與金融的關係以及汪、蔣之爭等原有視野,仍大量殘留於作品當中。

囿於小說主題「回答托派」的既有定論,以往研究很難就茅盾自身對中國社會的把握與瞿秋白所做的意識形態要求之間的紛繁糾葛,做出細緻的辨析。只有回到寫作過程中殘留的大量文本碎片,在史實考證和文獻生成系譜整理的基礎上,重新判斷各種表述當中的不得已,與曖昧的自我辯白,「不簡單用現象和差異瓦解『主流』,或依靠過去結論的『反題』來推進認識」〔註74〕,才能將層層覆蓋於文本之上「意義的斑駁」逐步揭開〔註75〕,回到原本就不可能涇渭分明般清晰的歷史當中,去理解更為多義複雜的文學。

〔註72〕 茅盾:《〈子夜〉寫作的前前後後——回憶錄〔十三〕》,《新文學史料》1981 年第 4 期,第 11 頁。
〔註73〕 茅盾:《子夜(手跡本)》,第 452 頁。
〔註74〕 姜濤:《「重新研究」的方法和意義》,《讀書》2015 年第 8 期,第 90 頁。
〔註75〕 李怡:《中國現代文學史的敘述範式》,《中國社會科學》2012 年第 2 期,第 172 頁。

國際版權法令與翻譯文學的興盛

顏同林

（貴州師範大學文學院，貴州貴陽，550001）

摘　要

　　中華民國時期延續了晚清時期不加入國際版權同盟的方針，在國際版權方面逃逸了履行版權的義務，翻譯文學界擁有自由翻譯與印製西方書籍的各種權益，從法律制度上保證了中國新文學發展的外部環境具有寬鬆、自由與靈活、多元的特徵。民國時期翻譯者的譯作與文學創作一樣得到版權保護，翻譯文學與文藝創作處於兩條時而交錯，時而並行的良性軌道運行，從而奠定了翻譯文學興盛的基礎，也與世界文學的主潮保持了同步與共生的良好關係。

關鍵詞：民國機制、國際版權、翻譯文學、複譯

　　民國文學的發生、發展與演變，明顯接續了晚清以來受到域外文學影響的時代大局，形成了自己一套獨特的運作程序。近年來學界提出的「民國機制」一說影響甚大，意味著重新認識「現代中國文學主體的生長機制」，「揭示中國現代文學發生發展的本土規律」。〔註1〕在「民國機制」視野下，重視

〔註1〕 李怡：《民國機制：中國現代文學的一種闡釋框架》，《廣東社會科學》2010年第6期。

民國社會歷史文化的原生態成爲必不可少的環節，由此返觀國際版權法律條令與翻譯文學的關係，也就是對民國時期翻譯文學「主體的生長機制」與「本土規律」有嶄新的認知與判斷。

白話作爲民國文學的語言工具之常態，它何以能在「古典」文學的基礎上萌發出新芽呢？除白話文學自身的生長之外，另一個源頭便是西方文學資源之滋長與影響。從比較文學影響性的角度來看是如此，從新文學主體的逐漸確立來審視也是如此。作爲中國現代文學的資料集成——《中國現代文學總書目》一書，曾由詩歌、散文、小說、戲劇和翻譯文學五個單元組成，主編之一的賈植芳在序言中特別標舉了翻譯文學的價值與地位，他說：「我們還把翻譯作品視爲中國現代文學不可或缺的重要部分。在這裡，我想著重強調一下翻譯文學書目整理的意義。曾有人把中國現代文學的創作與翻譯文學比喻爲車之兩輪，鳥之雙翼。外國文學作品是由中國翻譯家用漢語譯出，以漢文形式存在的；它在創造和豐富中國現代文學方面貢獻，確與創作具有同等重要的意義和價值。在中國現代文學發展史上，創作與翻譯並重。……再往深裏說，如果沒有清末海禁的被迫打開，中國知識分子開始接觸西方文化與文學，大量翻譯與介紹包括東西方在內的外國文學，並對西方文學進行由內容到形式的『創造性的模仿』（周作人語），就是說如果沒有對外國文學的引進與借鑒，很難設想會有『五四』文學革命和由此肇始的中國新文學史，即現代我們通稱之爲中國現代文學史。」〔註2〕中國比較文學界的重要著作則認爲：「20世紀中國文學是在外國文學的刺激和影響下發展起來的。儘管中國文學自身的主體性要求是20世紀中國文學發展的內因，但外國文學的刺激性因素也在很大程度上作用了其發展方向和形態特徵。無論是在文學觀念的變革、文學思潮的興起，還是敘事結構、創作手法、技巧等方面，都受到了外國文學的影響。20世紀的外國文學翻譯爲中國文學的發展營構了一種世界文學語境。在這種世界文學語境中，中國文學得以反觀自身與世界文學的差距，由此激發出文學創作的動力。」〔註3〕

這些來自現代文學與比較文學界的論斷，無疑具有代表性和普適性，指出了民國文學發展的淵源與動力。但值得追問的是，爲什麼當時的外國文學

〔註2〕 賈植芳：《中國現代文學總書目·序》，福建教育出版社，1993年版，第2頁。
〔註3〕 查明建、謝天振：《中國20世紀外國文學翻譯史》上卷，湖北教育出版社，2007年版，第1頁。

翻譯能起到這麼巨大而持久的作用？它與民國時期所提供的文學翻譯之土壤有密切的聯繫麼？民國時期在這一方面的文學制度、法律條文給翻譯文學的繁盛，爲新文學的創作提供了什麼樣的條件呢？反過來說，如果沒有這些時代或環境的制度性和法律性保證，沒有它們帶來諸多的便利，翻譯文學、新文學的創作等諸方面能否順利、全面、快速地向前不斷地推進？帶著這些問題，讓我們回到歷史的語境中去探求吧。進入歷史語境的角度很多，本文選擇的具體路徑，則是以國際版權法律爲視角進行縱向審視，從而打開一個嶄新的、有待重新評估的多維世界。

一、國際版權法律的流播與擴散

文學的發展離不開時代所提供的條件，也離不開開山架橋的先行者群體。從時代格局出發，中國古典文學向新文學的轉型過程中，差不多大半受到「外來因素」的影響，以及取決於當時最先睜眼看世界，並採取「拿來主義」的先驅者們。比如在晚清最先來華的西方傳教士，比如在晚清因改革政治失敗而遠走國外的流亡人士，比如在淪爲殖民地或半殖民地時有幸留學外國的中國早期留學生。試以晚清梁啓超爲例，梁氏飽讀詩書，參與晚清政治變革，但變法維新之舉失敗之後，他流亡到了海外，洞察了世界政治、經濟、文學與文化的變化和規律，由此返觀國內的諸多領域，皆有源源不斷的新的發現。作爲從晚清到「五四」時代十分關鍵的人物之一，他在《五十年中國進化概論》中，將鴉片戰爭之後至「五四」時期分爲三個「知不足」的階段：第一期是從器物上感覺不足，時間是從鴉片戰爭後開始；第二期是從制度上感覺不足，時間是 1895 年甲午戰爭之後開始；第三期是，便是從文化根本上感覺不足。〔註4〕與這三個層級性階段相配合的是中西文化的根本性挪位，大清王朝政府漸漸失去世界的中心地位，哪怕是在文化上也需要睜眼看世界，重新屈當學生了。從製造局、同文館最先爭搶譯出的兵工科技之書籍，到嚴復翻譯出版的哲學、社科方面的書籍，再到大規模地翻譯西方的文史方面的大量圖書，中國在晚清遍佈的戰爭硝煙之中徹底失去了自己在文化生產與流播上的優越感。身處時代漩渦中的梁啓超，則充當了中西文化貫通觀念的新式文化人物，深知西方書籍與文化精神的重要，以至於他有此斷言：「苟其處

〔註4〕 梁啓超：《五十年中國進化概論》，《飲冰室合集》第五冊，中華書局，1989年版，第43～44頁。

今日之天下，則必以譯書爲強國第一義，昭昭然也。」「譯書眞今日之急圖哉！……故今不速譯書，則所謂變法者，盡成空言，而國家將不能收一法之效。」〔註5〕

梁啓超的此番言論，差不多是當時主張變革、變法的洋務派人士之共識。比如李鴻章、張之洞諸人，比如康有爲、譚嗣同諸人，均莫不如此。一方面重用或借力於原有的西方傳教士，一方面又開創並完善留學選拔制度，從人力、物力與財力等多方面著眼，模仿、學習與借鑒西洋人的器物、制度與文化，新的國家機器冒出了水蒸氣，緩緩開動起來。這些走在時代前列的先驅者們的主張、思想、識見，換成一句話，便是強國、變法離不開文化翻譯事業。爲了達到富國強兵的目的，爲了奮起直追西方列強，外國書籍的全方位翻譯成爲一個繞不過去的坎。大凡科技、經濟、政治、哲學乃至文學方面的圖書，都成爲翻譯事業大廈中的不斷翻新的磚瓦。

翻譯的重要由此可見一斑，但都需要在法律方面、著作權律方面進行有效跟進。首先，從世界著述版權的立法來看，西方列強走在我國的前面。早在公元 1709 年英國議會就通過了世界上最早的一部版權法——《安娜法》，立法主要內容是保護版權所有人，包括印刷出版商、作者。1886 年由英國、法國等十個西方國家發起並締結了一個國際版權保護的公約，名爲《保護文學藝術作品伯爾尼公約》，成爲國際上書籍版權保護方面的重要法律。後來，這一法律在中國得以擴散與接受。比如 1902 年，張元濟主筆的《外交報》全文予以譯載；1903 年，商務印書館編譯出版了《版權考》一書；1921 年，上海出版的《東方雜誌》上，武堉幹主張保護外國著作的版權。〔註6〕其次，隨著美國、日本等資本主義強國相繼加入國際版權同盟，以及國際版權同盟成員國的擴大，相應的要求則是呼籲中國加入；即使中國沒有加入，我國與西方國家商訂通商航海條約時，也會無形中受到此一法律的約束。最先接觸這一方面的中國官員、文化人士意識到了問題的嚴重性，比如王國維，1898 年曾在私人書信中說：「蔣伯斧先生說：西人已與日本立約，二年後日本不准再譯西書。然日本西文者多，不譯西書也無妨。此事恐未必確，若禁中國譯西書，則生命已絕，將萬世爲奴隸矣。此等無理之事，西人頗有之，如前年某

〔註5〕 梁啓超：《論譯書》，《飲冰室文集之一》，《飲冰室合集》第一冊，中華書局，1989 年版，第 67 頁。
〔註6〕 參見武堉幹：《國際版權同盟與中國》，《東方雜誌》第 18 卷第 5 號。

西報言欲禁止機器入中國是也，如此行爲可懼之至。」〔註7〕不管怎樣，隨著不平等條約的陸續簽訂，清朝政府與西方列強之間的通商日益頻繁，條款的擬訂與修改、內容的增刪與調整，都是水到渠成的事情，其中包括國際版權內容的增加與協商。典型的案例是 1902 至 1903 年，中美《通商行船續訂條約》、中日《通商行船續約》都實踐了這一方面的法律要求，清朝政府被迫與國際版權法律發生聯繫。剩下的事情則是如何應對，諸如策略、措辭、條款方面，都顯得十分重要，從中也反映了晚清對外通商談判方面主事者的立場、態度與手段。譬如，1902 年 6 月中美商約條款的談判，第 32 款即爲有關版權保護的條文：「無論何國若以所給本國人民版權之利益一律施諸美國人民者，美國政府亦允將美國版權律例之利益給予該國之人民。中國政府今允，凡書籍、地圖、印件、鐫件或譯成華文之書籍，係經美國人民所著作，或爲美國人民之物業者，由中國政府援照所允許保護商標之辦法及章程極力保護，俾其在中國境內有印售此等書籍、地圖、鐫件或譯本之專利。」〔註8〕換言之，這是兩國互相保護對方書籍版權，首先意味著要保護美國版權，不能想譯就譯。中日談判也類似。考慮到中外文化輸入不平衡現象，清朝政府反對對西方的外文書籍進行版權保護，談判的結果明顯有利於我國，即除了援例的一小部分「專爲我中國特著之書」外，其餘皆可「聽我翻譯」。——中美、中日兩國所訂的通商行船續約，在法律上確定了晚清在翻譯外國書籍上，基本上享有自由翻譯的權利，不受國際版權同盟的約定。從晚清到民國，由於立法的滯後，也大體遵循這一法律，即使進入中華民國之後，在上海發生的諸多國際版權糾紛的官司之中，中美之間的《中美續議通商行船條約》和中日之間的《通商行船續約》中相關版權的條款，成爲當時庭審辯護的法理依據，並仍然具有法律方面的有效性。

1910 年，大清王朝在終結的前夜，順應時代的潮流，頒佈了《大清著作權律》。此法一共五章，共五十五條，除保護著作原創者的所有權之外，對翻譯圖書的著作權也作出了明確的規定，第二十八條內容如下：「從外國著作譯出華文者，其著作權歸譯者有之。」中國第一部著作權法律，便將外國書籍

〔註 7〕 王國維：《致許同藺》，載吳澤主編：《王國維全集·書信》，中華書局，1984
　　　 年版，第 3 頁。
〔註 8〕 中國近代經濟史資料叢刊編輯委員會主編：《辛丑條約訂立以後的商約談
　　　 判》，中華書局，1994 年版，第 156 頁。

的中國譯者之譯本等同為國內著作，依法予以保護，這從法律上保護了翻譯者的譯著權利，著述與翻譯被視為同等地位來平等對待，促進了翻譯事業的蓬勃發展。至於翻譯者所憑藉的原版書籍，其國際版權權益基本沒有得到中國的法律保護。

以上所述之事，雖然都發生在晚清，但是到了中華民國時期，相關法律的沿用甚為頻繁，法律方面的時效性仍然不容置疑，所以不存在「法」隨「政」亡的弊端。辛亥革命之後中國政體由晚清進入民國，文化教育出版上的繼承性一以貫之。換言之，某種程度上晚清為民國的國際版權奠定了牢不可破的基礎，在此基礎上，中華民國的翻譯事業，得到了十分順利、迅猛的發展，可謂風生水起，實乃中華民族文化之幸。

隨著中華民國的建立，中國的文化教育出版界對西方教科書、文化、文學書籍的翻譯與印刷呈現出十分繁榮的局面。不過，為了有效地保護本國著述的版權，西方諸國仍然在尋求版權利益的最大化，要求中國加入版權同盟，藉以保護其正當的版權的舉措仍然絡繹不絕，相關呼聲仍然時聞於耳。1913 年，美國要求我國加入中美版權同盟，得到了北洋政府的全力反對。北洋政府在與各國重新修訂條約時，要求外交部以 1903 年的中美、中日簽訂的通商條約的精神與原則來應對。以商務印書館為中堅力量的出版界也同氣相求，搬出的維權武器仍然是晚清的法律。又比如 1920 年 11 月，法國提出中國政府應加入「瑞士國際保護文學美術著作權公約」，中國政府的回覆是「不宜加入萬國同盟，以自束縛」。類似的事情，都被相似的外交辭令相婉拒。究其原因，不外乎以下幾個方面的原因：一是各國文化教育發展並不平衡，在各自的發展中，都有民族保護主義的特定因素存在；二是作為文化商品的西洋圖書，在西方國家歷史發展中，並沒有得到特殊的重視，與經濟、商貿相比，文化的份量顯得太輕；三是國與國之間的條約，寧粗而不細，免得以小失大。

另一方面，在中華民國的著作權法律體系中，相關條款以繼承的方式存在。1915 年，北洋政府頒佈著作權法，第十條規定「從外國著作設法以國文翻譯成書者，翻譯人得依第四條之規定享有著作權。但不得禁止他人就原文另譯國文。其譯文無甚異同者，不在此限。」1928 年，南京國民政府頒發《著作權法》，第十條規定：「從一種文字著作以他種文字翻譯成書者，得享有著作權二十年，但不得禁止他人就原著另譯。其譯文無甚差別者，不在此限。」

　　選擇翻譯西方的書籍，均以不變應萬變的原則予以應對，在時間的長度上延續了半個世紀，貫通著二十世紀上半葉。在中國的大地上，走馬燈似的換來換去的各屆北洋政府，在內戰中忙於戰事的南京國民政府，數十年來保持著既有的格局，西方強國也鞭長莫及，徒生長歎而已。只可惜的是，在 1940 年代後期內憂甚於外患之際，南京國民政權不斷倒向美國，以犧牲本國利益討好美國，喪失了國家與民族的許多既有權益，其中便包括國際版權。1946 年 11 月，中美《友好通商航海條約》簽訂條款中，其中第九條涉及知識產權保護：「締約此方之國民、法人及團體，在締約彼方全部領土內，其文學及藝術作品權利之享有，依照依法組成之官廳現在或將來所施行登記及其他手續之有關法律規章（倘有此項法律規章時），應予以有效之保護；上項文學及藝術作品未經許可之翻印、銷售、散佈或使用，應予禁止，並以民事訴訟，予以有效救濟。」弔詭之處是，這一條約差不多成為一紙空文，在中國共產黨所領導的革命武裝炮火中灰飛煙滅了。

　　至於新中國成立以後，我國除了與蘇聯等社會主義陣營國家建立外交關係之外，與歐美、日本等發達資本主義國家幾乎又隔絕了往來，國際版權問題再一次擱淺。直到「文革」結束，當我國再次向世界開放之後，1979 年與美國簽訂《中美貿易關係協定》時，需要直面的條款便包括版權。國際版權問題，時隔數十年之後仍然糾纏著我們不放。這是後話，雖然它構成了歷史的另一個時空。

二、民族文化保護與精神產品的隱性特徵

　　與冷冰冰的法律條文相比，相應的問題是，為什麼差不多在中華民國的歷史上，絕大多數都主張不遵循西方的版權法律，毫不思索就予以反對呢？在面對西方的文字圖書等思想文化資源時，我國知識出版界進行自由翻譯，為什麼不會考慮西方作者與文化出版的付出與回報呢？這些問題是歷史遺留下來的，理應在歷史的長河中再次得到清理與思考。

　　首先，這是一種民族保護主義的思想潛在地發揮作用。20 世紀之初，在與中美、中日通商航海條約的續訂與談判時，張百熙反對加入國際版權保護條款，是他具有堅定的民族主義理想，維護中華民族的利益。「張百熙的版權觀，也和國內諸多有識之士一致。因為在中美修約期間，反對加入版權條款何止張百熙一人，幾乎所有具有民族觀念的人，都一致表示反對」。

〔註9〕問題是，為什麼民族主義與愛國主義在版權問題上能得到後人的認可與讚賞呢？這離不開當時的具體環境。可以比較以下一例：在晚清的翻譯歷史上，較早涉及版權的曾有羅振玉、嚴復和張元濟等人。嚴復是早期主張提倡版權保護的學者，主張國家通過立法對中外書籍進行平等的版權保護。1902年，嚴復提任京師大學堂編譯局總辦一職時，就向管學大臣張百熙提出中國版權保護的迫切性，在具體設想方面，提出以下主張：一、著述譯纂之業最難，敝精勞神，版權是對著譯者精神勞動的補償；二、版權保護的意義在於興盛開著譯風氣，振興教育；三、主張實行版稅制，著譯者與書商分沾售書利益；四、編譯作品應尊重原作者的版權；五、對版權的保護給予一定的限制。〔註10〕1902年，羅振玉在《譯書條議》中也提及版權，提倡翻譯的版權歸官方，保護翻譯品的官譯之權利：「此次官譯各書，必預定版權歸官，民間不得私自翻印，以冀收回成本，兼得利息，以謀推廣。」〔註11〕嚴復還與主持商務印書館編譯所的張元濟書信往來甚頻，在探討版權問題上影響了張元濟的相關思想。〔註12〕在當時，張元濟最先面對國際版權問題，是一位先行者。他考慮問題的出發點是中西文化、翻譯的不對等性。1905年在擬訂《對版權律、出版條例草稿意見書》中，張氏就翻譯外國著作的版權問題提出自己的看法，認為原訂版權律不可接受、大有流弊，理由是「按有版權之書籍，非特不能翻印，抑且不能翻譯。中國科學未興，亟待於外國之輸入。現在學堂所用課本，其稍深者大抵譯自東西書籍。至於研習洋文，則專用外國現存之本。若一給版權，則凡需譯之書皆不能譯，必須自行編纂，豈不為難？至於洋文書籍，一一須購自外國，於寒畯亦大不便。是欲求進步而反退步矣」。他還認為版權律草案謂外國如保護中國人著作版權，則中國亦保護外國人版權，是「欺人耳目之語」，因為當時外國翻譯中國書極少，是「我以實際之利權，易彼虛名之保護」而已。——由此可見，不論是張百熙、嚴復等政府官員，還是張元濟等出版文化圈內人士，主要考慮焦點是晚清時中西文化具有不對等性，中國的文化輸出與西方的文化輸出不成比例，我國處於明顯處於

〔註9〕 李明山：《張百熙與中國近代的版權保護》，《韶關學院學報》2001年第4期。

〔註10〕 參見李明山：《近代中國早期的版權倡導者——嚴復》，《著作權》1992年第2期；吉少甫：《中國最早版權的制度：上》，《出版工作》1989年第2期。

〔註11〕 羅振玉：《譯書條議》，《教育世界》1902年第22期。

〔註12〕 陳福康：《中國譯學理論史稿》修訂本，上海外語教育出版社，2000年版，第148頁。

劣勢，勢必吃虧。他們的對策則是乾脆不理這一樁事情，大事化小，小事化了。1919 年 4 月，美國商會曾指控商務印書館翻譯美國課本，侵犯美國版權。商務印書館反應敏捷，同月分別電呈教育部、外交部、農商部，請根據條約予以駁拒。5 月，再呈文以上三個政府部門，陳述自己所印之書沒有侵犯外人版權的理由。同時申明，中國不應貿然加入國際版權同盟的理由。在中美之間，這一事件曾引起國際版權糾紛，以至於對簿公堂，雖然美國方面有事實依據，但中國方面卻是以晚清中美條約為法理依據，最終取得勝訴。

其次，在晚清到民國的國際版權談判與糾紛中，繫於中華民族保護主義的背後，實質卻是金錢與物質的利益問題。在晚清，不論是官方還是民間，都一致認為如果保護外國著作的版權，中國窮人則買不起書。現實一點來看，不是中國窮人與書無緣，便是大多數百姓也是如此。在保護國際版權不可或缺的情況下，我方又力圖對國際版權的保護加以最大限制。中國雖然是一個有數千年文明的歷史古國，卻不是一個文化強國和大國。在晚清時期，中國因為先後被八國聯軍和日軍所戰敗，不得不大力向西方學習，向日本學習，一直充當一個落後就要挨打的學生角色。既然是一個學生的身份，便面臨不斷交學費的問題。至於具體如何交學費，交多少學費等問題，其實在戰爭賠償與不平等條約中早就體現出來了。而文化是消隱性的軟實力，晚清政府在小利上佔了優勢，其實在大頭上已處於劣勢。把一個簡單的問題複雜化，顯然不符合清朝統治階級的願望，也不符合西方列強的政治意圖。正因為有了這一背景，美國、日本以及侵略中國的列強，都沒有認真苛責中方，在條約的簽訂中馬馬虎虎地滑過去了。比如，在中外商貿易清單中，國際版權方面的份額實在是微不足道的，不然我國不可能在這一方面屢戰屢勝了。不過，話也說回來，在腐敗無能的清朝政府中，既然在戰爭賠償、商貿往來中被流失了大量的白銀，國庫早已空虛，而在文化的談判中，略有小勝，於文化教育而言，也是一件利好的大事。以文學為例，從晚清到民國，翻譯文學的興盛，在不同的階段與文藝創作旗鼓相當，造成了晚清以來最為顯著的文學繁榮之局面。比如，「20 世紀的最初 10 年，文學翻譯作品占我國全部文學出版物的五分之四」。〔註13〕1907 年到「五四」前的翻譯小說有 2030 種，這個數字大約為前兩期（1870～1894 萌芽期）、1895～1906 發展期）翻譯小說總和

〔註13〕 樂黛雲：《中國翻譯文學史‧序》，載孟昭毅、李載道主編：《中國翻譯文學史》，北京大學出版社，2005 年版，第 1 頁。

（527 種）的四倍。〔註14〕又比如，「五四」以後到抗日戰爭全面爆發之前，外國文學的翻譯便到了繁榮期，在 1940 年代的戰爭環境下，這一趨勢差不多仍在繼續。

三、自由翻譯與民國文學的域外資源

我國在國際版權談判上取得自由翻譯西方書籍的許可後，給民族的翻譯事業帶來了相當寬鬆、自由、靈活、多元的時代環境。從晚清到民國的半個多世紀裏，翻譯文學界不但在外國書籍的翻譯數量上十分可觀，而且各個方面都全面開花，取得了長足的進步。比如西方小說的翻譯佔據優勢，各種文體都有涉及；由意譯和譯述為主逐漸過渡到直譯、硬譯，翻譯方式多樣化，與時俱進；文學內容、人物形象、語言考慮到中國傳統與文化心理，本土化的傾向較為明顯；翻譯語言最先是正統文言，然後是淺近文言，最後大多以白話為語言載體，朝現代化、通俗化的道路大踏步前行。總體而言，從亂譯到有針對性的譯述，由改譯、誤譯、刪節到追求信、達、雅，都經歷過了由無序到有序的歷史性過程。

從版權的角度來看，放開翻譯也有利有弊：有利的一面是無需交涉版權，自由度高，翻譯變成了單方面行動，完全由翻譯者自行取捨與決定；不利的一面則是因為沒有版權意識，最先的翻譯往往不署原著者相關信息，互不通氣，重譯、亂譯、抄襲他人譯作之風較盛。帶給讀者的負面影響則是譯本質量參差不齊，翻譯本的來龍去脈無從鑒別與選擇。因為沒有標明外文書的名字、原作者和原來的出版機構，以至於不良書商和無行文人或者為了牟利或是為了虛名，抄襲他人譯作、盜版投機不絕於途。因為沒有版權的約束，翻譯十分便利，翻譯的門檻低。因此，翻譯界的亂象顯得龐雜而醒目。比如在翻譯時，譯名的混亂一直是讓人詬病的地方。最為典型的例子如法國科幻通俗小說家儒勒・凡爾納（Jules Verne）的作品，譯入我國時其作者名字都不相同，同一作品的名字與內容也相差甚大。再如英國偵探小說家柯南・道爾（Arthur Conan Doyle）的譯音，也有十多種之多。至於內容上，翻譯者自己刪改、變動的現象比比皆是，隨意性更大。因為沒有注明出處，有外文能力的讀者無從查起，至於沒有外文閱讀能力的讀者，更是目迷五色，無從辯識。

〔註14〕 郭延禮：《中國近代翻譯文學概論》，湖北教育出版社，1998 年版，第 44～45 頁。

　　「五四」以後，郭沫若、郁達夫、成仿吾等人爲了剛剛成立的創造社，不斷在文壇、翻譯界出擊，打出了自己的山頭。1921 年，郁達夫就寫過《夕陽樓日記》這樣批評翻譯的文章，其批評的鋒芒是針對當時各國文藝思潮書的亂譯與誤譯：「我們中國的新聞雜誌界的人物，都同清水糞坑裏的蛆蟲一樣，身體雖然肥胖得很，胸中卻一點兒學問也沒有。有幾個人將外國書坊的書目來謄寫幾張，譯來對去的瞎說一場，便算博學了。有幾個人，跟著外國的新人物，跑來跑去的跑幾次，把他們幾個外國的粗淺的演說，糊糊塗塗的翻譯翻譯，便算新思想家了。我們所輕視的，日本有一本西書譯出來的時候，不消半個月工夫，中國也馬上把那一本書譯出來，譯者究竟有沒有見過那一本原書，譯者究竟能不能念歐文的字母的，卻是一個疑問。」〔註 15〕由上述引文的下半截可知，西洋書籍出版首先被日本翻譯，日譯本出來後馬上在國內就出現了根據日譯本轉譯的中文譯本，可見當時行事之迅速與及時，這種轉譯，根本不需要進行版權交涉，從而浪費時間、精力和金錢。當時翻譯界的這種便利性質，可以略窺翻譯界的實況。另一方面，國際版權保護，說到底是一個經濟利益問題。民國翻譯界的陳西瀅，年輕時留學歐美時間甚長，在他的書中曾記有這樣一件掌故，記述了他在倫敦與西方作家蕭伯納與柯爾打交道的一幕。其中與柯爾交談時，說到日本出版界，柯爾「說不歡喜日本人，因爲他們太卑鄙：他們譯了他的書不讓他知道，不給他正當的版稅。我心中不免想著中國人也正在翻譯他的書，也不見得給他版稅吧，只好暗暗的說一聲『慚愧』。」〔註 16〕作爲西洋圖書的作者或出版機構，不能從他國的譯書與出版中得到經濟回報，也就對國際版權保護有所怨言了。君不見，不論是魯迅、郭沫若、茅盾、鄭振鐸、郁達夫、瞿秋白、巴金等一大批主流作家，還是胡適、羅家倫、傅斯年、徐志摩、陳西瀅、林語堂等被日後稱爲右翼的文化人那裏，從其翻譯札記、日記、書信中間，都差不多很難找到要和國際版權機構打交道的記錄，翻譯成爲自己的自留地，想起啥時去耕種便啥時去。「民國時期，只有短短的 30 幾年，但這卻是文壇上和譯壇上明星迭出的時代，也是我國譯學理論取得較大進步的時代。這一時期的文學大家，往往也是翻譯名家，他們大多對翻譯理論作出了貢獻。」〔註 17〕之所以「翻譯

〔註 15〕 郁達夫：《夕陽樓日記》，《創造季刊》第 1 卷第 2 期。
〔註 16〕 陳西瀅：《版權論》，《西瀅閒話》，新月書店，1933 年版，第 195～197 頁。
〔註 17〕 陳福康：《中國譯學理論史稿》修訂本，第 354 頁。

名家」不斷湧現，是因爲懸置國際版權法律後，國內翻譯界當時提供給翻譯者一種自由翻譯的絕佳條件。

　　民國時期的著作法，保護的不是外國著作者與出版機構的權利，而是中國翻譯者的權利，因此，由此產生的複譯現象成爲不可避免的一道風景線。1915 年北洋政府所頒佈的著作權法規定，「從外國著作設法以國文翻譯成書者，翻譯人得依第四條之規定享有著作權。但不得禁止他人就原文另譯國文。」1928 年南京國民政府頒發《著作權法》則規定：「從一種文字著作以他種文字翻譯成書者，得享有著作權二十年，但不得禁止他人就原著另譯。」由此觀之，自由翻譯的行爲對每個譯者都是平等的，以至於保護的是譯者的版權，由一個外文母本而進行重譯，同樣可以得到版權保護。這樣一來，複譯、重譯的空間就十分顯豁了。如何提高翻譯文學的譯本質量，具體的途徑很多，如加強翻譯的選擇性，譯者自己提高語言與翻譯能力，翻譯文學出版引入競爭機制等等便是。不過，最爲可取的簡單方法卻是複譯、重譯，同一種外文書籍，譯本有優有劣，不斷比較，不斷淘汰，經過歷史的長河，慢慢地優勝劣汰一番，精品便留下來了。

　　事實上，翻譯界對複譯、重譯的看法，也經歷了許多陣痛式變革。晚清譯家徐念慈通過具體作品，將複譯、重譯視爲翻譯界混亂的一個現象，他說：「今者競尚譯本，各不相侔，以致一冊數譯，彼此互見。……在譯者售者，均因不及檢點，以致有此駢拇枝指，而購者則蒙其欺矣。此固無善法以處之，而能免此弊病者，余謂不得已，只能改良書面、改良告白之一法耳。」〔註 18〕針對一書數譯，徐氏的辦法是要標明出處，讓譯者與讀者有所稽考。不過，由於沒有版權限制，不能甲翻譯一部書，就不允許乙不能染指。1930 年代，茅盾主編《文學》月刊時，發表《「媒婆」與「處女」》一文，雖然爲翻譯作爲「媒婆」辯護，但舊話重提中提出了一個新的見解，即「翻譯界方面最好來一個『清理運動』。推薦好的『媒婆』，批評『說謊的媒婆』。因爲我們這裡固然有好些潦草的譯本，卻也有很多不但不潦草並且好的譯本，——這應當給青年們認個清楚。」〔註 19〕複譯與轉譯、節譯等不同。茅盾認爲如果有人翻譯時，先插草標，不許別人染指，不然便斥之爲浪費，這是不合理

〔註 18〕徐念慈：《余之小說觀》，載阿英編：《晚清文學叢鈔·小說戲曲研究卷》，中華書局，1960 年版，第 44～45 頁。

〔註 19〕茅盾：《「媒婆」與「處女」》，《文學》第 2 卷第 3 期，1934 年 3 月 1 日。

的理論；茅盾進而認為，「我們以為如果真要為讀者的『經濟』打算，則不但批評劣譯是必要的手段，而且主張複譯又是必要的救濟。如果有劣譯出世，一方加以批評，而一方又能以尚有第二譯本行將問世的消息告知讀者，這倒真正能夠免得讀者『浪費』了時間、精神和金錢的。」「再者，倘使就譯事的進步而言，則有意的或無意的一書兩譯，總是有利的。要是兩個譯本都好，我們比較研究他們的翻譯方法，也可以對翻譯者提供若干意見。」〔註 20〕不獨有偶，魯迅在 1930 年代也是英雄所見略同，持有類似主張即非有複譯不可。比如，1932 年 7 月 10 日的《文學月報》上，刊發有周揚翻譯的蘇聯小說《焦炭，人們和火磚》，而魯迅在 1933 年 3 月出版的《一天的工作》一書裏，也發表了自己所譯的《枯煤，人們和耐火磚》。周揚是從英文轉譯的，魯迅則是從日文轉譯。魯迅在《〈一天的工作〉後記》中說：「有心的讀者或作者倘加以比較，研究，一定很有省悟，我想，給中國有兩種不同的譯本，決不會是一種多事的徒勞的。」後來魯迅又寫了《為翻譯辯護》一文，指出了當時的書店和讀者都「沒有容納同一原本的兩種譯本的雅量和物力」，但是不少書「實有另譯的必要。」〔註 21〕1935 年，魯迅更有專論《非有複譯不可》，「擊退那些亂譯，誣賴，開心，嘮叨，都沒有用處，唯一的好方法是又來一回複譯，還不行，就再來一回。」「而且複譯還不止是擊退亂譯而已，即使已有好譯本，複譯也還是必要的。曾有文言譯本的，現在當改譯白話，不必說了。即使先出的白話譯本已很可觀，但倘使後來的譯者自己覺得可以譯得更好，就不妨再來譯一遍，無須客氣，更不必管那些無聊的嘮叨。取舊譯的長處，再加上自己的新心得，這才會成功一種近於完全的定本。但因言語跟著時代的變化，將來還可以有新的複譯本的，七八次何足為奇，何況中國其實也並沒有譯過七八次的作品。如果已經有，中國的新文藝倒也許不於現在似的沉滯了。」〔註 22〕在魯迅的心目中，複譯是十分值得提倡而只嫌其少的現象，其背後離不開對複譯本身的版權保護與支持。

四、「媒婆」與「處女」：變換的名詞與翻譯陣營的流轉

　　民國文學的大家，大多數都能左手翻譯、右手創作，翻譯與創作是兼顧

〔註20〕　茅盾：《〈簡愛〉的兩個譯本》，《譯文》新第 2 卷第 5 期。

〔註21〕　魯迅：《為翻譯辯護》，《申報·自由談》1933 年 8 月 20 日。

〔註22〕　魯迅：《非有複譯不可》，《文學》第 4 卷第 4 期。

性質，兩者的關係明顯處於良性互動狀態。留學歐美、或是留學日本，成爲兩個重要的板塊。除此之外，在國內外文系畢業的一部分作家，也躋身翻譯界，這一現象表明中外文學的相互滲透在加強，外國文學資源的外化與內化都是不可忽視的外部要素。

郭沫若在「五四」時期，曾把翻譯與創作之間的定位作過一個十分形象而意味深長的比喻。他因自己一篇原創作品登在別人一篇平淡的翻譯之後，一時之怒，把怨氣撒在刊載稿件的《時事新報》副刊編輯李石岑身上，信中有這樣的話：「我覺得國內人士只注重媒婆而不注重處女；只注重翻譯，而不注重產生。……翻譯事業於我國青黃不接的現代頗有急切之必要，雖身居海外，亦略能審識。不過只能作爲一種附屬的事業，總不宜使其凌越創造、研究之上，而狂振其暴威。」「我國內對於翻譯事業未免太看重了，因之誘起青年許多投機的心理，不想藉以出名，便想藉以牟利，連翻譯自身消極的價值，也好像不遑顧及了」。〔註23〕郭沫若把文學翻譯比作「媒婆」，對當時文壇流行翻譯表達了自己的看法，無疑這是有時代合理性的。同時，也因失之全面與客觀，在當時得到了各種批評意見。比如鄭振鐸就表示反對：「翻譯的功用，也不僅僅爲媒婆而止。就是爲媒婆，多介紹也是極有益處的。因爲當文學改革的時期，外國的文學作品對於我們是極有影響的。這是稍稍看過一兩種文學史的人都知道的。無論什麼人，總難懂得世界上一切的語言文字；因此翻譯的事業實爲必要了。」〔註24〕鄭振鐸不但支持「媒婆」論，順便提出了「奶娘」一說，把翻譯比作「奶娘」。〔註25〕同處文學研究會陣營的茅盾，差不多也持類似的論調。

這樣的聲音在民國文學的翻譯圈子裏，不時興起。我們勿需過多介意這種譯界的論爭，但如何做好「媒婆」這一角色，如何讓它不脫離於中國新文學發展的軌道，實際上變得十分重要了。考慮到民國時期的實際情況，下面分爲以下三種類型來略作剖析。一種類型是留學歐美的翻譯家，熟悉英、法、德、西班牙等語言，對英美文學、德法文學，其他東歐弱小民族國家的文學較爲擅長，比如胡適、劉半農、戴望舒、徐志摩、老舍、巴金、林語堂等便是。第二類是懂日文的翻譯家，他們大多留學日本，如周氏兄弟、郭沫若、

〔註23〕 郭沫若：《給李石岑的信》，《時事新報·學燈》1921年1月15日。
〔註24〕 鄭振鐸：《介紹與創作》，《文學旬刊》第29期，1922年2月21日。
〔註25〕 鄭振鐸：《翻譯與創作》，《文學旬刊》第78期，1923年7月2日。

郁達夫、夏衍、胡風等。第三類是在國內成長，或是自學外語，或是在當時的外文系出身，如茅盾、卞之琳、廢名諸人可為代表。總之，這三類翻譯家也是優秀的作家，一邊創作一邊翻譯，兩邊都沒有耽誤；翻譯與創作具有互動性，融入了他們創作新文學的努力。

首先，留學歐美的學者，將歐美文學帶入中國，開創了一個新的時代。民國文學的開創者，無疑以留學美國的胡適為代表。胡適借鑒美國的意象派詩歌，在國內最先掀起白話新詩運動。1919 年，胡適提出文學革命的主張，即國語的文學，文學的國語，「如今且說要實行做到這個根本主張，應該怎樣進行。我以為創造新文學的進行次序，約有三步：（一）工具，（二）方法，（三）創造。前兩步是預備，第三步是實行創造新文學。」「現在的中國，還沒有做到施行預備創造新文學的地步，盡可以不必空談創造的方法和創造的手段，我們現在且先去努力做好第一第二兩步預備的工夫罷。」至於怎樣預備呢，「只有一條法子，就是趕緊多多的翻譯西洋的文學名著做我們的模範。」〔註 26〕——多翻譯、少創作，多借鑒、再創造，歐美派知識分子正是這樣穩健地推動新文學的發展。在此一途，現代派詩人戴望舒，則從法語詩歌翻譯中得到滋養；浸潤於歐洲文化中成長起來的徐志摩，為中國詩壇接通了拜倫、雪萊、濟慈、華茲華斯、哈代、波德萊爾等為代表的西方詩壇主潮……

其次，就留學日本的作家與翻譯家而言，這一文學板塊也是聲名十分顯赫。因日文與漢文相近，日本自明治維新之後全力向西方學習，日本翻譯西方書籍已經十分成熟、全面了。所以，通過日本這一中轉站，既可學習日本之長，也可學習歐美之長，可謂一舉幾得。以民國文學的大家魯迅而言，據其弟的日記，魯迅早在南京讀書時便接觸到了英、美、法諸國文學作品，通過林紓譯述本，閱讀過柯南道爾的《福爾摩斯偵探案》，哈葛德的《長生術》，小仲馬的《巴黎茶花女遺事》等書。〔註 27〕許壽裳也說，林紓的譯述小說，「出版之後，魯迅每本必讀」。〔註 28〕當然周作人也受林紓翻譯的影響，「我們幾乎都因了林譯才知道外國小說，引起一點對於外國文學的興味，我個人還曾經很模仿過他的譯文。」〔註 29〕魯迅後來在日本留學時期，與弟周作人一起

〔註 26〕 胡適：《建設的文學革命論》，《新青年》第 4 卷第 4 號。
〔註 27〕 周作人：《魯迅小說裏的人物》，止庵校訂，北京十月文藝出版社，2013 年版，第 311 頁。
〔註 28〕 許壽裳：《魯迅傳》，東方出版社，2009 年版，第 12 頁。
〔註 29〕 開明：《林琴南與羅振玉》，《語絲》第 3 期，1924 年 12 月 1 日。

通過日語轉譯，翻譯出版了《域外小說集》，當年是 1909 年，內容多是東歐、北歐、俄國現實主義的小說。這些小說翻譯活動，與魯迅的小說創作關係甚大，「後來我看到一些外國的小說，尤其是俄國、波蘭和巴爾幹諸小國的，才明白了世界上也有這許多和我們的勞苦大眾同一運命的人，而有些作家正為此而呼號，而戰鬥。而歷來所見的農村之類的景況，也更分明地再現於我的眼前。偶然得到一個可寫文章的機會，我便將所謂上流社會的墮落和下層社會的不幸，陸續用短篇小說的形式發表出來了。」〔註 30〕綜觀《吶喊》、《彷徨》這兩部小說集，差不多都可以看到翻譯文學的影響。比如《孔乙己》，運用了果戈理、顯克維奇的特點，《阿 Q 正傳》裏有夏目漱石的筆致，《藥》的結尾仿照了安特萊夫的「陰冷」的特點，《狂人日記》中有果戈理、尼采的影響。小說創作不繼之後，魯迅開創了散文詩、雜文、翻譯文學的新局面，在翻譯的標準、方法、目的、價值諸方面做出了表率。

與魯迅的文學起步相仿，郭沫若早在少年時代，也是林譯小說的受惠者，林紓翻譯的《迦茵小傳》、《撒喀遜劫後英雄略》、《英國詩人吟邊燕語》之類，一度是其枕邊書。林譯小說《迦茵小傳》就引起過他深厚的同情，誘出他「大量的眼淚」。後來他東渡日本留學學醫，精通日語、德語，棄醫從文，走上了文學創作與翻譯的新路：「在高等學校的期間，便不期然而然地與歐美文學發生了關係。我接近了泰戈爾、雪萊、莎士比亞、海涅、歌德、席勒，更間接地和北歐文學、法國文學、俄國文學，都得到接近的機會。這些便在我的文學基底上種下了根，因而不知不覺地便發出了枝幹來，終竟把無法長成的醫學嫩芽掩蓋了。」〔註 31〕以詩歌為例，當他師法惠特曼雄渾、宏闊的調子時，寫下了《天狗》、《晨安》、《匪徒頌》等「惠特曼式」的詩；當他師法泰戈爾時，則留下了《別離》、《死的誘惑》、《晚步》等作品。至於他的身邊小說，則可見到日本「私小說」的影子。

第三類是沒有留過洋，主要通過新式學堂，或是外文系畢業來掌握一門或多門外語的翻譯家。這一方面以茅盾為代表。茅盾除了在中學讀書接觸過外語之外，在北京大學預科讀書時，也曾習英語、法語，大學肄業後進入商務印書館編譯所工作，更是他翻譯工作的起點，也引導他進入小說創作的人

〔註30〕 魯迅：《集外集拾遺·英譯本〈短篇小說選集〉自序》，《魯迅全集》第七卷，人民文學出版社，2005 年版，第 411 頁。

〔註31〕 郭沫若：《我的學生時代》，《沫若文集》第七卷，人民文學出版社，1958 年版，第 12 頁。

生道路。茅盾既從事翻譯工作，又從事創作，在兩者之間都沒有耽誤，取得了驕人的成績。在「五四」新文學運動初期，茅盾將翻譯西洋文學作為新文學發展的重要一環來對待。至於「五四」以後主持《小說月報》，更是將這一雜誌打造成創作兼翻譯的橋頭堡。比如在《〈小說月報〉改革宣言》中提出「將於譯述西洋外家小說而外，兼介紹世界文學界潮流之趨向」，不僅介紹「西洋文學變遷之過程」和「研究文學哲理介紹文學流派」，而且「西洋名家著作，不限於一國，不限於一派」。〔註32〕「我讀得很雜。英國方面，我最多讀的，是迭更斯和司各特；法國的是大仲馬和莫泊桑、左拉；俄國的是托爾斯泰和契訶夫；另外就是一些弱小民族的作家了。這幾位作家的重要作品，我常常隔開多少時後拿來再讀一遍。……高爾基以及新俄諸作家是最近才讀起來的。」〔註33〕「我覺得我開始寫小說時的憑藉還是以前讀過的一些外國小說。」〔註34〕眾所周知，《子夜》是茅盾的小說代表作，1933 年初出版後，因與美國作家辛克萊大規模描寫社會相似，便產生了視茅盾為中國的辛克萊一說；瞿秋白對《子夜》結局有重要貢獻，他讀完小說後則認為明顯受左拉的長篇小說《金錢》的影響。儘管這些說法受到茅盾的否定或部分反對，但綜合的、潛在的影響不可否認。比如《子夜》第二章，作者設計吳老太爺之死，在上海吳公館搭建靈堂這一場面，吳蓀甫的人際關係網絡暴露開來，幾條線索也依次展開，成為全書的一個總端口。這種結構受到托爾斯泰《戰爭與和平》和司各特的《艾凡赫》的啟示，這兩部小說前者有一次熱鬧的豪門家庭聚會，後者有一位親王主持的比武大會，幾乎讓主要人物悉數出場。

北京大學英文系畢業的卞之琳，在譯介方面成績卓然，魏爾倫、艾略特、瓦雷里、紀德、奧頓，給卞之琳的詩提供了不可或缺的營養。正如一生不斷創作與翻譯的卞之琳所言：「『五‧四』以來，我國新詩受西方詩的影響，主要是間接的，就是通過翻譯。因為譯詩不理想，所以受到的影響，好壞參半，無論在語言上，在形式上。」〔註35〕廢名在北京大學讀英文系，一度喜歡哈代、艾略特，嚮往自然山村的純美，以田園風格著稱，其小說受到契訶夫的影響。

〔註32〕 《〈小說月報〉改革宣言》，《小說月報》第 12 卷第 1 期。
〔註33〕 茅盾：《談我的研究》，《茅盾論創作》，上海文藝出版社，1980 年版，第 26 頁。
〔註34〕 茅盾：《談我的研究》，《茅盾論創作》，第 26 頁。
〔註35〕 卞之琳：《新詩與西方詩》，《人與詩：憶舊說新》，生活‧讀書‧新知三聯書店，1984 年版，第 192 頁。

結　語

　　總之，因主客觀原因，中華民國時期延續了晚清時代不加入國際版權同盟的策略，在國際版權方面逃脫了履行版權的義務，有自由翻譯與印製西方書籍的權利，這樣從法律條令制度上保證了中國新文學發展的外部環境是寬鬆、自由與靈活、多元的。另一方面，不論是書店印刷行業，還是新式教育的版權支持，翻譯者的全部權益像文學創作一樣得到版權保護，這樣使得民國時期的翻譯文學與文藝創作處於兩條時而交錯，時而並行的軌道之中，既有天時，又有地利和人和之美，民國文學的發展與壯大之路少了曲折的經歷，與世界文學的主潮保持了同步與共生的關係，顯然，這是國際版權法令等制度給中國新文學所提供的不可估量的福祉。

論中國現代文學中的商業敘事研究 [註1]

吳效剛、汪　徽

（南京信息工程大學語言文化學院，江蘇南京，210044）

摘　要

　　中國現代文學中的商業敘事伴隨著中國現代工商金融業的發展而展開。學術界對中國現代文學商業敘事還沒有運用更加適合其自身特點的獨特視角展開專門的全面系統和深入的梳理和闡述，但它實在是一個獨特而具有重要影響力的領域和視角，其研究意義在於，正確引導社會對商業文化的認識，為當前文學創作中的商業敘事提供借鑒，開拓現代文學研究視角和領域。其主要研究內容包括對清代末期至 1949 年 10 月以前的商業敘事文學進行全面梳理，對作家創作、作品出版發行及評論和改編的資料進行蒐集整理，依據文學思潮、創作規模和思想藝術特點將商業敘事文學發展進程劃分為若干個時期，研究每個時期的發展演變狀況，參照那一時代我國商業和資本經濟發展的實際，在與古代商業文學和西方商業文學的比較中對現代文學商業敘事內容和敘事方法進行研究和闡述。

關鍵詞：現代商業敘事、研究內容、學術價值

〔註 1〕　本文為國家社科基金項目「中國現代文學中的商業敘事研究」的階段性成果，項目編號：14BZW143。

在本文論述中，幾個重要概念的含義如下：中國現代文學的歷史時期往前延伸到了清末民初，因爲在商業敘事方面，20 年代文學與清末民初文學具有緊密關聯性和某些共同性；現代文學包括虛構文學和紀實文學；商業敘事，即以商業活動和商人生活爲主要題材內容的文學敘述，包括對商品生產經營活動和資本經營活動、商人和資本家的個人生活和公共生活的文學敘述。在文藝研究中，商業敘事這一概念有時被用以指爲獲得文藝作品最大市場銷售量而採取相應敘事策略方法的商業化敘事。本文中的商業敘事概念不包含這種商業化敘事之意。

中國現代文學中的商業敘事伴隨著中國現代工商金融業的發展而展開。從 1890 年代韓邦慶《海上花列傳》以現代商人爲主角開其先河之後，在近 60 年的時間裏，產生了大量以商業經營活動和商人、資本家形象爲敘事主線或副線或背景的作品，有小說、戲曲電影劇本、散文、詩詞（包括竹枝詞）等，經典小說作品如吳趼人《發財秘訣》、姬文《市聲》、江紅蕉《交易所現行記》、新中國之廢人《商界鬼蜮記》、雲間天贅生《商界現形記》、茅盾《子夜》和《林家鋪子》、老舍《老字號》和《二馬》、張恨水《魍魎世界》和《八十一夢》、李劼人《天魔舞》、胡子嬰《灘》等。經典戲劇文學作品如曹禺的《日出》和《雷雨》。還產生了大量商業敘事類紀實文學，有報告文學、傳記、通訊、特寫等，如劉垣《張謇傳》、童世享編《企業回憶錄》、張方仁編《金融漫記》等。商業敘事在現代文學中如同都市敘事、鄉土敘事、戰爭敘事、知識分子敘事等一樣是一個獨特的題材領域，是一個獨特的敘事視角，而且是一個具有重要影響力的領域和視角。

目前關於此課題的研究成果主要有三類：第一，在通常關於中國現代文學反映社會生活和刻畫人物形象視角的研究中論及商業題材作家作品，如左鵬軍著《晚晴小說大家——吳趼人》（廣東人民出版社，2009 年）、王德威著《寫實主義小說的虛構：茅盾，老舍，沈從文》（復旦大學出版社，2011 年），論文如丁帆《不可忽視的官僚資產階級形象描寫——20 世紀兩次資本主義語境中的文學狀況》（《南方文壇》，1999.1）、林朝霞《從〈駱駝祥子〉看老舍批判資本主義的文化意義》（《文藝理論與研究》，2008.5）等，這一類研究不是專門的商業敘事研究。第二，在中國古代商業文學研究中論及近現代商業敘事，如邱紹雄著《中國商賈小說史》（北京大學出版社，2004 年）中論述了吳趼人、姬文等作家的商賈小說。論文如陳金剛《古代商賈文學中的官商文化

研究》（《江蘇社會科學》，2011.6）、邱紹雄《論中國古代商賈小說中的誠信》
（《湖南社會科學》，2004.1）等對近代商賈小說有所討論。周柳燕等著《中國
商業文學發展史》（甘肅文化出版社，2004 年）以討論古代商業文學為主縱論
中國商業文學發展史，現代部分占比例很小。第三，在當代商界小說研究中
論及現代文學商業敘事，如楊虹的專著《現代商業社會的文學時尚》（湖南人
民出版社，2005 年）和彭文忠的論文《跨學科視角的引入：世紀之交商界小
說研究》（《湖南商學院學報》，2009.4）等，在討論新時期以來的商界小說時
從歷史沿革角度涉及現代文學商業敘事。這三類研究成果構成了現代文學商
業敘事研究的部分學術資源，是研究中國現代文學商業敘事的重要參考資
料。但是，目前對現代文學商業敘事的研究在深度和廣度方面仍然存在很大
空間。首先，這三類研究通常把關注焦點集中到吳趼人、茅盾等少數作家作
品，忽略了其他大量存在的具有重要文學史價值和現實意義的商業敘事文
學。其次，這三類研究，或者運用的是關於文學刻畫人物形象、反映社會生
活（主要是反映社會矛盾和社會鬥爭）的一般視角，不是專門的商業敘事視
角；或者局限於傳統商賈文學概念，僅僅論及部分以傳統意義上的商人為敘
事主線的虛構文學，不涉及以現代產業、金融資本家為題材的文學，不涉及
以商業敘事為副線或背景的作品，不涉及紀實性的商業敘事文學。因此，就
全面深入地討論現代文學商業敘事而言，有一定的偏廢，有一定的局限性。
可以說，對現代文學商業敘事，學術界還沒有運用更加適合其自身特點的獨
特視角展開專門的全面系統和深入的梳理和闡述。

　　但是，現代文學商業敘事在我國現代文學史上的確是發生早，作品量大，
社會影響深廣。首先，現代文學商業敘事形象地書寫了我國現代工、商、金
融企業和資本經濟的發展歷史，積極參與推動了經濟的現代化和社會的現代
化，其中包含著具有與當今社會最廣泛最密切聯繫的經濟題材內容；其次，
它在引導人們投身市場經濟、培養自我意識和獨立人格、促進人和經濟社會
現代化方面發揮了重要作用，其中包含著進一步認識人和社會的現代化的許
多重要信息；再次，它描寫了現代商業新人和資本經濟新人，解讀了現代商
業文化和資本經濟文化，在現代文化與傳統文化的激烈碰撞中，力求將我國
優秀的傳統倫理道德精神與現代資本經濟精神相嫁接而表現出「儒商互補」
的文化蘊含，形成了獨特的敘事藝術特質，其中包含著當今商業文學創作可
資借鑒的豐富的思想和藝術因素；最後，它的題材內容、思想文化蘊涵、藝

術因素的獨特性和在歷史過程中的巨大作用以及迄今所具有的極大審美、認識和借鑒意義，包含著創新現代文學研究的較大學術資源和學術空間。總之，現代文學商業敘事確實是一個具有重大學術價值的研究課題。具體地說，研究這一課題的意義體現在：一是正確引導社會對商業文化和資本經濟文化的認識。在市場經濟社會，商業活動佔據經濟活動的主體地位，資本在諸多領域發揮著重要作用，以至於我們經常見到「資本時代」這樣的說法。對現代文學商業敘事的研究和闡述，可以引導人們正確認識商業和資本在社會經濟中的地位和作用以及其在整個社會生活中的地位和作用，使人們更好地適應市場經濟生活，並有利於建設及更好地支持和促進社會主義市場經濟的商業文化和資本經濟文化。二是為當前文學創作中的商業敘事提供借鑒。商業文學在新時期以來有了很大發展，商界小說在近 20 多年的文學創作中佔有很大比例。但當下的商業敘事確實面臨著諸多挑戰。對現代文學商業敘事的價值觀念、文化思想、審美理想和藝術特質的闡釋，可以引導當今作家借鑒其有益思想觀念和藝術手法，創作出具有更鮮明的時代特色、更豐富的商業敘事審美內涵和認識意義的作品。三是開拓現代文學研究視角和領域。現代文學研究面臨的困境為學界所共知。如同鄉土敘事、城市敘事、知識分子敘事等等研究視角的創新意義一樣，商業敘事研究視角聚焦現代文學對商業和資本經營活動的敘述，是研究視角的創新，是研究領域的拓展，能夠豐富和發展現代文學研究的學術內涵和理論體系。

那麼，中國現代文學中的商業敘事這一課題主要研究那些內容呢？（1）對清代末期至 1949 年 10 月以前的商業敘事文學進行全面梳理，對作家創作、作品出版發行及評論和改編的資料蒐集整理。（2）依據文學思潮、創作規模和思想藝術特點將商業敘事文學發展進程劃分為若干個時期，研究每個時期的發展演變狀況。（3）參照那一時代我國商業和資本經濟發展的實際，在與古代商業文學和西方商業文學的比較中，從五個方面對現代文學商業敘事內容進行研究和闡述。這五個方面是：現代商業發展及市場環境敘述——現代商業敘事呈現了那一時代什麼樣的商業發展狀況和市場經濟環境；商人和資本家形象刻畫——其描寫了怎樣的商人和資本家形象，塑造了怎樣的資本人格；商業思想和資本理念表達——其表達了什麼樣的商業思想和資本經濟理念；商業文化和資本經濟精神詮釋——其詮釋了商業發展中形成何種商業文化和資本經濟精神；資本文化矛盾揭示——其揭示了現代中國社會存在著怎

樣的資本文化矛盾和衝突。（4）對現代文學商業敘事的藝術特質進行研究，
闡發其獨特的審美內涵。（5）對現代文學商業敘事的社會效果加以考量，依
據相關歷史資料，說明這類作品在那一時代的傳播情況，分析其閱讀效應和
在社會現代進程中的重要作用。

對於上述問題，我們已經形成了一些基本觀點，例如，認爲根據創作規
模和思想藝術特點，可以把中國現代文學商業敘事發展過程劃分爲五個時
期，即1890～1900年代、1910年代、1920年代、1930年代、1940年代。在
這個依次展開的發展過程中，商業敘事在整個文學格局中的比重逐漸增大，
題材領域逐漸擴展，其敘述評價的價值尺度的現代性內涵不斷豐富，作家對
商人世界的理解越來越深刻。再例如認爲：現代文學商業敘事眞實書寫了那
一時代商業發展和資本激烈競爭的狀況，再現了有一定秩序和適宜性的市場
機制，也呈現了商業活動遭遇非市場因素影響的困境；現代文學商業敘事刻
畫了傳統文化制約下未塑造成型的現代商人和資本家人格，表現了民族資本
家和部分官僚資本家受傳統儒家文化影響又遭遇民族國家危亡而形成的以愛
國主義爲核心的產業革命精神，表現了現代商人和資本家以及作者的商業思
想和資本經濟理念，包括對資本存在、資本剝削、資本交往等方面的具有歷
史邏輯合理性和偏差之處的思想觀念；現代文學商業敘事揭示和詮釋了現代
中國的資本文化矛盾，包括勤儉禁欲與貪欲享樂、經濟理性與價值理性、商
品繁榮與抑制消費、資本增殖與服務社會、自由競爭與權力干預、市場秩序
的構建維護與僭越破壞、公正平等與剝削壓迫，表現了人們企圖融合和解決
這些矛盾的努力；現代文學商業敘事在敘述者、敘述視角、敘述結構、敘事
時空設置、敘述層次等等方面具有獨特審美內涵，對讀者的魅力歷久不衰。
在這一課題研究過程中，對這些基本觀點的深入闡述和對現代文學商業敘事
歷史過程的梳理以及史料的整理，自然都是相當繁重的任務。

這裡，我們以曹禺的戲劇作品《日出》和《雷雨》爲例來說明如何發現
和闡述現代商業敘事對中國現代商業發展狀況和市場經濟環境的描寫以及對
中國現代商人和資本家形象的刻畫。

從商業敘事的視角出發，我們可以看到曹禺的《日出》有相當精彩的商
業敘事，即公債交易的側面敘述。雖然《日出》不是專門進行證券市場題材
的敘事，但通過情節發展中主要戲劇衝突的展開，卻實實在在反映了現代證
券市場的狀況，即公債交易中投機和欺騙形成的波譎雲詭的局面，刻畫了在

這種波譎雲詭的公債交易中神秘莫測交易人——金八以及其他資本人物潘月婷、李石清等。例如我們看到了這樣的劇情：在第一幕，報館的張總編輯來到金八、潘月亭、顧八奶奶、陳白露等人經常尋歡作樂的 XX 旅館，陳白露還準備「請他過來玩玩」[1] (P208)。在第二幕，潘月亭在電話中問金八，「公債有什麼特別的消息麼？」「你沒有賣點麼？」不久，旅館夥計王福升告訴潘月亭，「報館的張先生來了」[1] (P254) [註 2]。他是應潘月亭打聽公債行情之約而來到 XX 旅館。後來，李石清打聽到金八沒有買公債，但接著潘月亭得到報館張先生的電話，說金八大量買進，行情「要看漲」[1] (P282)。在第四幕，李石清神秘地告訴潘月亭，他「從一個極秘密的地方打聽出來」的消息是，「金八這次真是往裏收」，「這個行情還要大漲特漲」[1] (P349)。潘月亭完全得意忘形了。但不久李石清又接到報館張先生的電話，拿到張先生的信件，都是說金八「一點也沒有買」，「明天行市開盤就要大落」[1] (P359)。潘月亭驚慌失措，不顧深更半夜打電話給報館張先生和金八的秘書丁牧之核實消息。本來，證券交易應當是在一個基於法律法規的透明、開放、安全的市場環境中進行，交易者可以通過對於國家政治經濟形勢和證券交易所公佈的交易行情以及證券公司市場行為等各方面情況的綜合分析，判斷公債的市場價值和漲跌趨勢，做出買賣決策。但是，在《日出》中，作為大豐銀行經理的潘月亭和其襄理李石清在進行公債買賣時，瞭解公債行情信息的途徑不是交易所的正規渠道，而是「報館的張總編輯」和金八的私人秘書丁牧之；判斷行情的依據不是國家的時局形勢和市場的交易行情而僅僅是金八個人的買賣行為；掌握行情信息的手段不是細緻謹慎的調查和研究，而是旁門左道的私人交易。大家都知道「市面蕭條，經濟恐慌」[1] (P283)，卻傳出公債大漲，就是說，公債行情與經濟、商業市場狀況無關。潘月亭將全部地產抵押融資購買公債，期望賺錢以幫助挽救銀行危局，他千方百計打聽跟蹤金八的買賣消息，但當他最後得知金八賣空的準確信息時，股市已經一路狂跌，他已經無可挽回地將要全部虧空了，他榮華的一生只因金八製造的煙霧而終結。連金融行業的專業人士——大豐銀行經理都處在雲山霧海之中，可見，這是一個沒有運行規則、沒有正規的市場信息渠道、沒有透明的交易行情而顯得迷霧重重、充滿謊言和欺騙的證券市場。隨著劇情的進展，曹禺用他精妙絕倫的戲劇語言帶領讀者經歷了那個社會時代波譎雲詭的公債交易的驚心動魄。而公債市場的這種波譎雲詭是由

〔註 2〕 張先生即張總編輯，下同。

於一個神秘的交易人——金八——的個人操控。他製造關於他的買賣行爲決定著市場走向的輿論，散佈虛虛實實的市場消息混淆視聽，把人們對市場的關注焦點引導到他那裏，先放出跌而賣的眞消息，再放出漲而買的假消息，以假亂眞，使人們信「漲而買」之假爲眞，不信「跌而賣」之眞爲眞，掩蓋他自己大量賣出，讓別人的大量買進爲他的大量賣出「買單」。這就是金八的把戲。公債買賣在金八手中眞正「像揮動魔杖一樣」，成爲其資本「原始積累最強有力的手段之一」[3] (P823)。可是，金八究竟是誰，他爲什麼能如此操控市場，人們大多不得而知。這就是金八的神秘之處。他自始至終沒有正面露臉，連他的職業身份也不十分清楚，甚至在《日出》的人物列表中沒有金八這個名字，但是，他是公債市場的眞正操盤手，他的買賣行爲也是影響戲劇情節中其他人物命運的決定性因素，其他人物的沉浮福禍或人生選擇都與他有直接或間接的關係。潘月亭因他而銀行倒閉，榮華了結。李石清在潘月亭聽到金八買進的假消息的得意之時，被潘月亭辭退，陷於困境。黃省三因大豐銀行爲應付金八等人的大宗提款節約開支而被辭退，家破人亡。陳白露的自殺有複雜的原因，但潘月亭的厄運和黯然離她而去是一個直接誘因。顧八奶奶正當沉浸在即將與胡四結婚的喜悅中時，她存了款的大豐銀行倒閉在即，她將會怎樣爲沒有金錢資本來維持與花心胡四的關係傷心到死。小東西當然是被金八逼上絕路的。方達生雖然與金八操控公債市場沒有直接關聯，但是，是小東西、黃省三以及陳白露等人的不幸遭遇使他看清了，「臭蟲！金八！這兩個東西都是一樣的」[1] (P340)，他要「留下來與金八打打交道，爲小東西、黃省三一類做點事」[1] (P345)。正是金八的作惡帶來的災難打動了方達生的同情和激憤，他改變了他的人生選擇——由追尋個人愛情轉而爲改變社會底層的苦難命運與社會惡勢力進行鬥爭。這就是《日出》給我們再現出來的神秘的公債交易人金八——民國時期中國資本市場中資本家之一種。

從商業敘事角度來看，曹禺通過他的戲劇情節展開，成功地刻畫了金八等中國現代資本人物的人格特點。例如從作品中我們可以看到，這些資本人物大多誠信缺失。潘月亭在公債市場上被「更大的流氓」金八玩弄於股掌之中。金八答應潘月亭銀行提款可以緩一個星期，但當潘月亭公債失敗後，金八就拋開與潘月亭的約定，毫不留情地改到第二天提款。可是，潘月亭與誰講信用了呢？李石清發現了潘月亭把銀行地產抵押出去的秘密，潘月亭爲了防止李石清將這一秘密洩露出去，引發重大風險，他籠絡李石清幫助銀行度

過危機，讓他擔任了銀行襄理的重要職務。但當潘月亭自認爲要在公債市場獲勝的時候，便一腳踢開了李石清。李石清忍受著潘月亭的諷刺挖苦侮辱，對潘月亭說，「大事小事，人最低應該講點信用」[1] (P351)。但在潘月亭看來，李石清要求「講信用」就是癡人說夢。因爲潘月亭認爲李石清本身也是一個不講信用的人。他說，「我想我活了這麼大年紀，我該明白跟哪一類人才可以講信用，跟哪一類人就根本用不著講信用的」[1] (P351)。潘月亭當面明確宣佈了不與李石清講信用。其實，潘月婷並不是只對李石清這個他認爲不講信用的人不講信用，他對陳白露、顧八奶奶、黃省三都沒有講信用。金八和潘月亭的行爲證明了，這是一群「你不講信用」，而「人家比你還不講信用」的資本人物。

從曹禺戲劇作品中資本人物的個人性格和道德品質來看，中國現代資本人物大多是只有資本物質性的人，同時他們又是封建倫理道德惡的承嗣者。他們追求金錢、攫取資本的內驅力強於其他一切方面，他們似乎如同金錢、資本本身一樣只有冷冰冰的物質性，而沒有人的血脈溫情。周樸園忙於商務，與家人分居兩地，讓妻子常年守空房，即使回家一趟，也是開會和接待業務來訪者，有處理不完的商務，與家人的說話來往都是匆匆忙忙。這種行爲的根源，是他內心深處強烈的資本積累欲望擠佔了愛情和親情的位置，使他的生活中只有商務的繁忙和資本增值的享受，而少有親人團聚的興致和親情倫理的快樂。如果說資本的特性是增值，那麼，周樸園的性格核心就是追求資本的增值。在追求資本增值的過程中，他與親人之間的倫理關係被商業化了，其感情被金錢化和資本化了。他對侍萍似乎有深情懷念和懺悔，珍藏侍萍修補過的衣服，保持侍萍住過的房間擺設，打聽侍萍的下落，希望侍萍得到周家的溫情幫助。可是，當侍萍眞正出現在他面前時，他脫口而出的連續對話是：「你來幹什麼？」「誰指使你來的？」「痛痛快快地！你現在要多少錢吧？」「我希望我這一生不至於再見你。」在周樸園的深層意識中，他對侍萍的情感傷害可以計算爲「一張五千元支票」的資本債務。[2] (P90~93) 他在得知罷工代表魯大海是他的親生兒子後，他也認資本不認兒子。他無法容忍任何可能削弱他的資本利益的人，即使是他的親生兒子。周樸園這位資本家身上人性和情感的這種異化以及其信奉恪守的以金錢爲核心的「物」的道德標準和價值標準，在常人實在難以理解。如果說在《雷雨》中我們看到的是資本人物親情倫理觀念的金錢化，在《日出》中我們又看到了資本人物社會交往倫理

觀念的金錢化。《日出》中的潘月亭在破產之後黯然消逝的一幕是那麼令人震撼而難忘。當他公債虧損瞬間成為「還不及一個窮光蛋」[1](P366)時，他喪魂落魄、毫不遲疑、無牽無掛、乾淨利落地立刻離開了陳白露，因為在潘月婷的意識中，他與陳白露的關係完全建基於金錢，是金錢與貌美的商業交換關係，他的破產等於他失去了交換的前提條件，他與陳白露的關係自然就完全徹底地結束了。黃省三患有嚴重肺病，老婆棄他而去，留下三個孩子飢寒交迫，不管他怎麼哭訴相求都絲毫沒有打動李石清和潘月亭的惻隱之心而給他一個出苦力糊口的工作機會。黃省三的悲慘怎能令潘月亭可憐呢，因為在潘月亭的思想中，他與他的合作者——銀行職工之間只有金錢與勞力商品的交換關係，這種交換的目的只有資本的增值，而沒有任何社會責任，至於扶危救困的道德意識在潘月亭那裏恐怕會被當作天方夜譚的。如果用馬克斯・韋伯《新教倫理與資本主義精神》中的論述作一比較，可以看出，曹禺筆下的這些資本人物絲毫沒有韋伯所說的現代「資本主義精神」。我們從作品中看得明白，要使他們成為真正的現代商人和現代資本家，還需要經歷艱苦的社會改造和自我更新的過程。

中國現代文學商業敘事的研究的基本思路應當是，以商業敘事發展和創作狀況梳理及作品研讀為主要途徑，以既有研究成果為參考，以中國現代經濟發展為歷史參照，以西方文學中的同類作品為比較對象，達到對商業敘事文學思想和藝術水平以及文化內涵的準確把握和闡釋，達到對其社會效應的科學評價和對其現實價值意義的準確揭示。其主要的研究方法應當是：把對商業敘事發展和創作的全面分析、典型案例解剖與理論概括相結合；把商業敘事與當時的社會現實進行對照，與經典理論論述進行對照，與西方同類創作進行對比；對商業敘事虛構文學和紀實文學文本進行細讀。

總之，在現代文學研究中提出商業敘事的概念，把商業活動、資本運動、商人和資本家形象、商業思想和資本經濟理念、商業文化和資本經濟精神、資本文化矛盾衝突等現代文學敘事內容和其相應的敘事方法審美特質以及商業敘事文學發展演變歷史作為一個專門的研究對象展開研究，這是在中國現代文學研究中新的研究視角和研究領域的開拓。對現代商業敘事文學發展和創作進行全面梳理和分析闡述，從商業敘事視角出發，對現代文學思潮、發展脈絡和題材內容提出新的觀點，對近現代若干經典作品進行新的闡釋，對一些過去沒有得到重視而在商業敘事方面具有重要價值的作品，發掘

其思想和藝術內涵，肯定其文學史地位，並借助於商業敘事文學來觀照現代中國經濟、社會、文化和人的現代化進程，這無疑將爲中國現代文學研究提供新的學術觀點。而把商業敘事虛構文學和紀實文學、精英文學和通俗文學及有關的文學評論均放在商業敘事的同一個價值視域中進行考察，超越文學研究中某些固有的限制，使商業敘事的研究範圍更大，研究對象更加豐富，這也無疑將具有研究方法的創新意義。

參考文獻

1. 曹禺：《日出》〔A〕，《曹禺選集》〔M〕，北京：人民文學出版社，2004年。

2. 曹萬：《雷雨》〔A〕，《曹禺選集》〔M〕，北京：人民文學出版社，2004年。

3. 馬克思：《資本論》（第1卷）〔M〕，北京：人民出版社，1975年。

民國出版經濟與左翼作家作品的生存傳播空間——以 1930 年代趙家璧的編輯出版實踐爲例

謝力哲

（上海交通大學人文學院，上海，200240）

摘　要

從民國時期 1930 年代商業出版與文化市場的角度立論，以趙家璧的具體編輯出版實踐爲基礎，以其與良友圖書印刷公司的商業出版運作方式爲代表，論述民國商業出版所造就左翼作家作品的生存傳播空間的原因，在揭示上海出版業與左翼作家作品相互依賴關係的同時，闡述民國時期政府與市場之間所形成的「制度矛盾」和「制度張力」，並對建構了左翼作家作品在出版市場中生存傳播所依託的運行機制進行討論。

關鍵詞：民國出版經濟、左翼作家作品、生存傳播、趙家璧

一

作爲第一部在現代文學史書寫領域貫徹毛澤東《新民主主義論》革命史敘述模式及政治觀點立場的《中國新文學史稿（上冊）》（開明書店，1951 年 9 月初版），王瑤在該書中指出，作爲新文學「第二時期」的 1927～1937 年，

這十年期間整個可以說是由組織上隸屬中共的「左聯」來領導的（但其實「左聯」自 1930 年成立到 1936 年解散只有六年），「無論從文學理論或創作來說，都是如此」。〔註1〕其中的寓意即是要彰顯毛澤東所說的國共分裂後，「由中國共產黨單獨地領導群眾進行這個革命」〔註2〕的過程中，中國共產黨在反「軍事『圍剿』和文化『圍剿』」〔註3〕這一文化戰線上的領導地位。《中國新文學史稿（上冊）》出版後，迅速成為各大高校現代文學課程的教材與主要參考書，對此後學科的教學研究產生了極為深遠的影響，反映了「把新文學史看作是『革命史』的一部分，或一個『分支』，是當時文學史研究者普遍的思維模式」。〔註4〕而由此形成的對左翼文學興盛原因的解釋，就自然簡化為由無產階級革命的不斷勝利所帶來的文化「反圍剿」的輝煌「戰果」，這一論點一直貫穿在之後劉綬松《中國新文學史初稿》、張畢來《新文學史綱》、唐弢《中國現代文學史》等著作中。

　　正如有學者所指出的，「不能用 1949 年以後左翼的升帳掛帥來『追認』30 年代的左翼主潮」〔註5〕，也不能用「中國現代文學史」學科體系意識形態化後所形成的「左翼文學」概念來代替對文學史的細節還原和學理探知。〔註6〕探討左翼文學如何在 1930 年代的出版市場中生存與傳播的問題，便尤其應在摒棄陳舊思路的同時，對其生發的「歷史現場」中生動的政治經濟文化等情態作出更細緻精確的研究。雖然以新民主主義革命史建構的文學史書寫範式延續到 1980 年代後期「重寫文學史」思潮興起後，其影響力便逐漸淡

〔註 1〕　王瑤：《中國新文學史稿（上冊）》，《王瑤全集》第 3 卷，河北教育出版社，2000 年版，第 55 頁。

〔註 2〕　毛澤東：《新民主主義論》，《毛澤東選集》第二卷，人民出版社，1991 年版，第 702 頁。

〔註 3〕　毛澤東：《新民主主義論》，《毛澤東選集》第二卷，第 702 頁。

〔註 4〕　溫儒敏：《王瑤的〈中國新文學史稿〉與現代文學學科的建立》，《文學評論》2003 年第 1 期。

〔註 5〕　秦弓：《如何重寫中國現代文學史》，《中華讀書報》2005 年 8 月 3 日。

〔註 6〕　1957 年高教部組織編寫並審定的《中國文學史教學大綱》，明確申論其研究文學史的態度和方法：「掌握馬克思列寧主義立場、觀點、方法的必要性。確認文學是社會意識的一種形態，它的階級性和社會教育意義。」作為學術生產日益被體制化的產物，它所建立起的編寫模式、寫作姿態和文學史觀乃至內容結構，幾乎規範了其後三十餘年中國文學史的教學和編寫。參見李舜臣、吳光正：《〈中國文學史教學大綱〉的產生及其影響》，《文學遺產》2009 年第 1 期。

化了，但對於闡釋左翼作家作品在國民黨文化專制下繼續生存、傳播，乃至蓬勃發展為 1930 年代文壇之極具影響力的文藝潮流的問題，學界論述尚不多見，本文就將從民國時期三十年代的出版經濟與文化商業的角度立論，以趙家璧的具體編輯出版實踐事例為基礎，以其與民營企業良友圖書印刷公司的商業出版運作方式為代表，試圖「以小見大」地論述，民國商業出版是如何造就左翼作家作品的生存傳播空間的。在揭示上海出版業與左翼作家作品相互依賴關係的同時，從經濟制度層面勾勒這一文學史現象背後由國民黨統治區域內經濟與政治的張力所建構的運行機制。

二

作為職業編輯出版人的趙家璧顯然並非「左翼中人」，他曾坦言：「我在大學讀書時期，對政治不感興趣；進良友後，還是抱著這種超政治的態度。我自認是無黨無派的愛國知識分子，不滿現狀，要求進步，但要在政治上再跨一步就不幹了。」〔註7〕趙家璧與良友圖書印刷公司的雇傭關係，決定了兩者在利益關係上的「一體兩面」，趙家璧是職員，良友為雇主，前者追求須以後者目的相協調，並最終表現為受益效果的趨同，而兩者共同的途徑即為參與出版市場。透過趙家璧數次實現商業成功與社會效益雙贏的左翼作家作品編輯出版實踐，可以瞭解到，在其背後起支撐作用的是一整套民國社會經濟的運行機制，這是使得出版商業運作的一系列環節得以成立的前提基礎。

但若檢視趙家璧在 1930 年代的編輯出版實績卻可發現，他和其所供職的良友圖書印刷公司——一個是作為「政治局外人」的編輯，一個是發行《良友》、《電影畫報》、《婦人畫報》、《體育世界》等以反映城市休閒生活與現代文化趣味為特色的雜誌，並對當時都市時尚與市民社會產生了廣泛影響力，進而收穫巨大商業成功的民營出版機構——卻以左翼作家作品取得了出版市場上的豐碩業績。收入大批「左聯」、「社聯」、「劇聯」作家作品的《一角叢書》，至 1933 年底出齊八十種停刊時，已達到「實銷五十萬冊」的出版佳績（據 1933 年 12 月《良友》第 83 期所載廣告）；而收入魯迅、姚蓬子、張天翼、茅盾、丁玲、鄭伯奇、端木蕻良等左翼作家作品的《良友文學叢書》，在 1936 年《文季月刊》十月號上刊登的廣告已宣稱，「近三年來，已陸續出版了

〔註7〕 趙家璧：《追懷「良友」創辦人伍聯德先生》，《趙家璧文集》第 2 卷，上海文藝出版社，2008 年版，第 24 頁。

三十種，銷量竟達三十萬部」；而 1936 年 10 月更是發行了一套作者群全部由「左聯」青年作家組成的、以推出新人新作爲主旨的文學叢書：《中篇創作新集》。

從上述情況，可以切入探尋，民國出版經濟的商業性運作機制是如何以「非政治性」的方式，與左翼文學在文化市場上的流行相接軌的。

就出版市場與左翼作家的關係而言，應該認識到，大多數左翼作家的生存，所依託的不是對某一政黨機構的體制性依附，不是如御用文人一般依賴某一具有特定政治企圖的第三方的犒賞或讚助，而是如其他普通作家一樣，憑藉個人創作的文化產品，在出版市場「生產－流通－消費－再生產」的商品流通過程中參與經濟利益分配。若在具體的歷史情態中考察左翼作家作品與 1930 年代經濟制度的關係，一個顯然的事實是，左翼文學的迅速興起與廣泛傳播，與左翼作品在出版市場上的繁盛暢銷有著密不可分的關聯，前者在「生產」環節，爲後者提供了及時適應當時大量讀者（尤其是中青年知識分子）文化消費需求的產品，後者在「流通」環節，爲前者承擔了將其作品推向全社會並盡力擴大其傳播面的任務，最後通過「消費」環節的一路風行，造就了左翼潮流在 1930 年代文化界的興起，也確保了使其可持續發展的「再生產」動力。於是，「中國的出版界，乃掀起了一股左翼文化的激流，帶著左傾色彩的出版物，一時銷路大盛。」〔註8〕就市場運行層面而論，這自然應該歸功於左翼作品與商業性出版運作的成功「接軌」。

談及文學商品化的時代特點，沈從文就曾在 1935 年評論道：「如從小說看看，二十年來作者特別多，成就也特別好，它的原因是文學徹底商品化後，作者能在『專業』情形下努力的結果。」〔註9〕這一出版經濟造就的現代稿酬制，帶來了職業作家的生存空間，促成大批置身於新型都市生活環境中的文人投身文學，編輯費、稿費或版稅既提供了他們生存的必要條件，又促使他們爲進一步改善生存狀況而不斷創作。賣文爲生的左翼作家，其生存的基礎依託於以資本主義經濟制度爲保障、以自由價格機制爲經營導向、以實現商品利潤和擴大再生產爲目的的民國出版業，直接經濟收益則源自出版方一次性買斷版權的稿費或版稅制的付酬方式。趙家璧在這一關係作家切身利益的

〔註 8〕 楊壽清：《中國出版界簡史》，上海：永祥印書館，1946 年版，第 47 頁。
〔註 9〕 沈從文：《新詩的舊賬——並介紹詩刊》，《沈從文全集》第 17 卷，北嶽文藝出版社，2002 年版，第 97 頁。

稿酬分配方式上有自己的主張，他認爲一次賣絕版的賣稿辦法，「實在是出版商趁人之危採取的對作者極爲不利而且不公平的辦法」，所以「我在當編輯期間，一般採取版稅制，不用一次賣版權的辦法。」〔註10〕版稅制的特點在於作家收入與市場發行情況直接掛鉤，銷路不暢，作者抽取的版稅可能還比不上賣斷版權的稿酬，但如果發售業績暢銷長銷，重印數版，對於作家而言則是一筆可觀且持續的經濟來源。譬如半年內再版四次的丁玲的《母親》，至年底結算時，「作者應得之版稅，爲數可觀。」〔註11〕在這種情況下，趙家璧選擇的版稅制的付酬方式，實際上爲作家提供了更爲寬鬆和有利的生存環境。以良友圖書印刷公司在《良友文學叢書》上的稿酬標準爲例，一般採取百分之十五的版稅制，一年結兩次，僅對魯迅作品按照百分之二十計，交稿錄用時，作者還可以預支一部分稿酬。〔註12〕

在 1931 年末興起的左翼陣營與「第三種人」、「自由人」的論爭中，蘇汶尖銳地揭示到：「資本主義下的自由無論在旁的地方是顯得多麼虛僞，多麼騙人，但在文學上倒未必絕對如此：這原故是在於文學家可以拿他的所作當作商品到市場上去自由競爭，而無需乎像封建社會下似地定要被收買，被豢養才能生活了。容我說句笑話，連在中國這樣野蠻的國家，左翼諸公都還可以拿他們的反資本主義的作品去從資本金手裏換出幾個稿費來呢。」故而他由此得出的結論是：「在資本主義社會裏，並非一切不是無產階級文學即是擁護資產階級的文學，反之，它們大都倒同樣是反資產階級的文學。」〔註13〕蘇汶頗含譏諷語調的批駁，實則在經濟關係的層面上確切地揭露了左翼作家賴以生存的市場經濟條件下商業化出版的牟利機制——即使是「反資本主義的作品」的左翼文藝刊物，只要它一旦作爲商品流入市場進行流通，那麼出版方所關注的就是商品的交換價值本身，而非附於文化產品上的意識形態色彩，可是，如果當刊物的政治傾向、理論主張等意識形態因素贏得了作爲消費者的讀者群體的認同，交換價值也自然因之會得到更充分的實現，在這一點上，商業出版與消費市場取得了一致，藉此也保證了左翼作家所享有的生

〔註10〕 趙家璧：《編輯生涯憶茅盾》，《趙家璧文集》第 2 卷，第 154 頁。
〔註11〕 趙家璧：《重見丁玲話當年——〈母親〉出版的前前後後》，《趙家璧文集》第 1 卷，上海文藝出版社，2008 年版，第 218 頁。
〔註12〕 趙家璧：《編輯生涯憶茅盾》，《趙家璧文集》第 2 卷，第 154 頁。
〔註13〕 蘇汶：《「第三種人」的出路》，蘇汶編：《文藝自由論辯集》，現代書局，1933 年版，第 121 頁。

存空間。

　　所以作爲自由撰稿人的左翼作家，本身不可避免地與這一市場經濟的利潤分配鏈條相關聯，魯迅也有過一段可與蘇汶所言相參照的話：「現在是前週作稿，次週登報，上月剪貼，下月出書，大抵僅僅爲稿費。倘說，作者是餓著肚子，專心在爲社會服務，恐怕說出來有點要臉紅罷。就是笑人需要稿費的高士，他那一篇嘲笑的文章也還是不免要稿費。」〔註 14〕考量左翼作家所處的實際的職業身份，再來反觀蘇汶的話，可以認識到，左翼作家實現生存與創作理想的條件，正是民國經濟制度下的商業出版模式給予的。也正是由於身處出版經濟的利潤分配鏈中，作品對於作家而言便具有了相應的「兌現」功能。1936 年，丁玲在南京被當局幽禁三年後回上海時，趙家璧將其近期發表的五個短篇小說，加上三篇附錄，湊足必須的篇幅，取名《意外集》收入《良友文學叢書》中，對此丁玲曾回憶到，「當時我回到上海，正在籌劃到陝北去，我的母親在湖南，非常需要錢。周文就幫我把幾篇東西湊成一個集子，還叫我寫了篇序，送給良友出版了。」〔註 15〕出版經濟讓文藝作品得以及時轉換爲現金，可見出版經濟是如何使備受國民黨當局政治打壓的左翼作家獲得經濟生存空間的。

　　就商業出版與左翼作品生存發展的關係而言，趙家璧針對左翼作品出版策劃的成功，其意義除了單純地達成商業目的外，從歷史文化的進步意義來說，是以其有效的出版策略實現了對國民黨文化專制的突圍。然而在這樣的意義的背後，以宏觀的社會經濟史的視野而論，可以瞭解到在 1930 年代乃至整個民國時期的國統區範圍內，經濟對政治在一定程度上所能起到的限製作用。在代表時代進步的呼喊、以揭露社會黑暗、關切底層民眾疾苦爲己任的左翼文藝運動，與國民黨文化專制、嚴酷鎮壓相抗衡的緊張局勢所激起的廣大民眾的同情與支持的態勢下，商業出版迅速與政治潮流匯合，上海的出版機構不管其自身立場如何，紛紛出版進步書刊，左翼的政治性與出版的商業性實現了相互轉化，廣大的讀者消費群體，既提供了出版經濟對文化專制進行抵制的動力，又強化了其效力。

　　如更深層次地看待這一問題，那麼，這種以商業出版的方式實現文化專

〔註14〕　魯迅：《「商定」文豪》，《魯迅全集》第五卷，人民文學出版社，2005 年版，第 397 頁。

〔註15〕　趙家璧：《重見丁玲話當年──〈母親〉出版的前前後後》，《趙家璧文集》第 1 卷，第 220 頁。

制突圍的源動力，就在於民國市場經濟制度中的出版業對執政當局的文化
專制政策具有某種天然的抵制傾向。無可諱言，從歷史發展趨勢來看，現代
意義上的「政治自由顯然是隨著自由市場和資本主義制度的發展而到來的」
〔註16〕，然而這在市場經濟制度既定、而政治自由又不受保障的國民黨統治
時代，就呈現出經濟與政治之間相互糾纏、牽制的情形，將左翼作品的商業
化、市場化置於這樣的大背景中，可以較深入地洞悉其生存空間與持續發展
的成因。

　　市場經濟體制下產品和服務的生產及銷售完全由市場的自由價格機制所
引導，產品無論是數量、質量還是類型，都由市場參與者依據供需關係決
定，而不是由行政部門指定，在市場經濟裏，並沒有一個中央集權的協調體
制來指引其運作，但是，市場本身將會通過產品和服務的供求關係產生相互
的、複雜的作用，進而達成自我組織的效果。在此制度下，出版商依照市場
規律獨立選擇自己的運營方式並自負盈虧，如伍聯德在遭到當局警告時就
說，「良友是民營企業，政府管不著」。〔註17〕作爲企業經營者，伍聯德的這
句話正吻合了對資本主義市場經濟運作方式的一般性認知，即：「從整個資本
主義世界經濟運行來看，主旋律是經濟自由主義，反對國家對經濟生活的干
預，把政府的作用限制在有限的範圍之內。」〔註18〕文化商品的利潤是所有
營利性出版機構最初目的與最終的追求，因此生產直接以讀者的需求爲導
向。1930 年代特定的時代條件下產生了大批知識分子對左翼作品的關注興趣
和熱切的求知欲，因此也形成了相當的文化消費潛力，在商業出版參與的市
場經濟「生產－流通－消費－再生產」循環中，左翼出版物於是很自然地成
爲良好的利潤承載者，也成爲了謀求利益最大化的出版商的必然選擇。譬如
在趙家璧因出版左翼作品遭遇國民黨當局解雇威脅時，良友公司總經理伍聯
德就對其說，「出這些作家的書，是因爲讀者需要，能賺錢」，所以「我們才
讓你們編這方面的書。這個責任在公司」〔註19〕，「你出版左翼作家的作品，
是因爲讀者群眾的需要，我們才讓你多編這方面的書，這責任該我們來負

〔註16〕　〔美〕米爾頓·弗里德曼：《資本主義與自由》，張瑞玉譯，商務印書館，2004
　　　　　年版，第 13 頁。
〔註17〕　馬國亮：《良友憶舊——一家畫報與一個時代》，生活·讀書·新知三聯書店，
　　　　　2002 年版，第 123 頁。
〔註18〕　儲東濤主編：《西方市場經濟理論》，南京出版社，1995 年版，第 8 頁。
〔註19〕　趙修慧：《他與書同壽·趙家璧》，東方出版中心，2009 年版，第 142 頁。

的。」〔註20〕這一定程度上也印證了魯迅所言：「出版界不過是借書籍以貿利的人們，只問銷路，不管內容，存心『反動』的是很少的。」〔註21〕

三

以小見大、見微知著，通過以上案例可以瞭解到，從出版經濟的根本利益出發，必然要求言論出版自由的實現，因為只有言論出版空間的最大擴展，才能帶來文化產品的多樣化並解放更多的消費者，文化產品的豐富與消費群體的擴充才能提供給出版商更大的利潤來源和生產動力。就市場經濟的政治關聯而言，「作為一種人們已考察過的政府統治形式，立憲民主在啓蒙時代以後出現，並且在 18 世紀所發現的市場經濟的自發進行協調的所有權關係中找到了其理論上的支撐，所有這些決不是偶然的。簡單地說，自發協調的原則意味著，經濟運轉本身就可以使各個獨立的個人利益和諧地聯結起來，根本不需要任何政治力量來決定資源配置、產品選擇與商品分配的問題。一種政治體制只要給市場經濟或企業經濟一種統治地位，那麼，在這種政治下，政治決策對經濟事務的影響就會大大降低。」〔註 22〕即是說，以自由主義經濟為原則的市場，自發地對於違反商業運作規律的政治強力干預保持著抗拒姿態。西方馬克思主義學者曾對個人資本與整個資本主義制度之間的緊張關係作出了明確的揭示：「在追求剩餘價值的過程中，除非強制施行特定的制約或審查機制，否則階級利益須始終讓位於資本利益」，原理即在於，「假如某種文化商品為某一資本家帶來了剩餘價值，那麼其他資本家也會爭相倣仿，紛紛投資生產這種商品，即使該商品挑戰主流意識形態也在所不惜。除非採用強制性的集體措施，否則個人資本家對剩餘價值的追逐極有可能導致違逆資本主義整體利益的文化產品出現。」〔註23〕左翼潮流在 1930 年代出版市場的湧現，無疑切合這以上的論斷，而且諷刺的是，即使是國民黨官方所設立的「特定的制約或審查機制」——國民黨中央宣傳委員會圖書雜誌審查委員會也在「友邦

〔註20〕 趙家璧：《追懷「良友」創辦人伍聯德先生》，《趙家璧文集》第 2 卷，第 26 頁。

〔註21〕 魯迅：《且介亭雜文二集·後記》，《魯迅全集》第六卷，人民文學出版社，2005 年版，第 474 頁。

〔註22〕 〔美〕布坎南：《自由、市場與國家》，平新喬、莫扶民譯，三聯書店上海分店，1989 年版，第 372 頁。

〔註23〕 〔英〕約翰·斯道雷：《文化理論與大眾文化導論》，常江譯，北京大學出版社，2010 年版，第 284 頁。

驚詫」的干涉下，從 1934 年 4 月成立到 1935 年 5 月發生「新生事件」因加蓋「審查訖」圖章的「失責」而被撤銷，前後僅維持了一年多的時間。

　　一方面是，雖然面對國民黨的嚴厲查禁，出版業出於利益追求所做的選擇，無疑還是對行政層面的干預起到了一定的抵制作用，市場經濟體制下受商業利益驅動的出版商，對政黨推行的文化專制鐵幕還是起到了一定的突破效力。但在另一方面，左翼文藝作品畢竟又是在政治傾向上為執政當局所不能容忍的。正如西方學者指出的，「歷史僅僅表明：資本主義是政治自由的必要條件。顯然這不是一個充分條件。」〔註 24〕無論是作為創作者的左翼作家本身，或是作為左翼作品發行者的商業出版機構，都或多或少地受到當局的持續打壓甚至迫害。可同時又必須承認的是，在整個民國時期的國統區內，左翼作家作品的創作傳播並未絕跡，期間雖不斷有執政當局的強權鎮壓，但似乎「野火燒不盡，春風吹又生」，左翼作品總能尋找到某些縫隙，在短暫沉寂後總能憑藉時機重露崢嶸，所以儘管經歷了不少「白色恐怖」的艱難求存，但總體而言，左翼作品的創作發行在民國文學史上沒有產生明顯的斷裂。於是這裡反映的問題便在於，雖視出版市場上的左翼作品為「赤色反動」、「煽動詆毀」之作，但國民黨當局並未就此實行從上層建築到經濟基礎的專制一體化，即試圖將開放型的市場經濟改造為封閉型的計劃經濟，以行政指令來指導國家的生產、資源分配以及消費等各方面指標的體制，來從根本上達到掌控一切文化產品的發行渠道。如果有效地實行了這一政策，那麼「指揮一切經濟活動的當局將不僅控制那種只牽扯到次要事情的我們的那一部分生活，它將控制用於我們所有的目標的有限手段的分配。……經濟控制不僅只是對人類生活中可以和其餘部分分隔開來的那一部分生活的控制，它也是對滿足我們所有目標的手段的控制。」〔註 25〕但是，這首先與國民黨在經濟建設上的指導思想、「允許並保護私人企業」〔註 26〕的「總理遺教」相違背。例如南京國民政府的十年間，對民族資本主義總體上一貫實行鼓勵與扶助政策，1928 年，國民黨的《建設大綱草案》規定，政府應積極提倡個人辦實業，並以充分的法律保障，1930 年的《實業建設程序》提出，全國輕工業應由私

〔註 24〕　〔美〕米爾頓·弗里德曼：《資本主義與自由》，張瑞玉譯，第 13 頁。
〔註 25〕　〔英〕海耶克：《通往奴役之路》，王明毅等譯，中國社會科學出版社，1997 年版，第 90 頁。
〔註 26〕　中央組織部：《總裁經濟建設言論概要》，中央秘書處文化驛站總管理處，1941 年，第 17 頁。

人民營承辦，私人投資重工業政府應獎勵協助。〔註 27〕其次，這也極不符合
當時深處內憂外患的動盪時期，在應對中共革命、列強入侵與內部派系分裂
時的國民黨捉襟見肘的實際能力——就將中央統治權力垂直地貫徹覆蓋到社
會的各個公共部門、并對地方及基層行政進行全盤掌控的有效性而言，南京
國民政府實在稱不上是「強勢政府」。作為執政者的國民黨，既然無意於也實
無能力改變左翼文化產品廣泛與商業化出版相結合後取得文化市場中暢銷地
位所仰賴的資本主義市場經濟制度本身，就只能依靠諸如下屬的各級黨部或
成立圖書雜誌審查委員會等外部行政干預的措施予以打壓。實際上，這種憑
藉強制手段的外部打壓方式，不能從根本上消除左翼作品產生的經濟基礎，
因為它們的生存空間是左翼作家和民營出版機構共同建構的，彈壓兩者中的
任何一方，都不足以終結左翼作品在文藝領域的繼續創作、傳播和出版市場
的繼續生產發行，而欲進行同時的鎮壓，則又面臨必須解決上述所提到的改
造經濟制度本身這一在當時歷史條件下對當局而言絕無可能完成的命題。綜
上所述，正是這一國民黨統治區域內在經濟與政治領域之間形成的「制度矛
盾」和「制度張力」，提供並建構了左翼作家作品在出版市場中生存傳播所依
託的運行機制。

　　所以，通過趙家璧主持下的良友圖書印刷公司對 1930 年代左翼作家作品
編輯出版實踐的一些具體事例，在時代政治經濟狀況的大背景所提供的有利
條件下，便可以看到因左翼政治文化潮流的風行，營利性出版機構受市場導
向的驅使，實際上在商業出版的經濟目的下，起著不斷地衝擊著執政者文化
專制之網的政治進步作用——這確是一張「網」，因為網中有眼孔、有空隙，
左翼作家作品就靠著這些民國出版業在發展過程中所撐開的行政強制力鐵幕
上的網眼，獲得了可觀的生存傳播空間，並參與到一系列的編輯組稿、出版
策劃、發行營銷的流程中來。而趙家璧本人作為以「左翼取向」轉變了良友
圖書印刷公司出版傾向的核心人物，不僅出色地完成了一位編輯出版人所應
肩負的職業使命，同時也踐行了一個文藝工作者個人的理想抱負，更在 1930
年代左翼文藝運動蓬勃開展的歷史進程中，在左翼作家作品與出版經濟之間
佔有了一項不可忽視的、「承上啟下」的重要歷史位置。

〔註27〕　虞寶棠：《國民政府與民國經濟》，華東師範大學出版社，1998 年版，第 163
　　　　頁。

民國時期出版業的經濟管理方式與現代文學的生產機制

康　鑫

（河北師範大學文學院，河北石家莊，050024）

摘　要

　　民國時期現代企業的管理方式被廣泛運用於民營出版業，推進它們開始向產業化方向發展。這種產業化的經濟管理方式，對中國現代文學的生產機制產生了多方面的影響。首先，靈活多樣的融資方式造就了集同人、作者、股東三種身份於一身的中國現代作家。其次，採取書刊並重的產業融合方式，爲現代文壇提供多種發聲渠道。第三，市場意識強烈，走專而精的道路，影響了現代文壇流派的並立。

關鍵詞：出版業、經濟、現代文學、生產

　　早在晚清，借助於現代工業技術的民營出版業就已經開始孕育並顯露頭角，其發展速度較之於當時占出版業主流的教會出版機構和官書局要迅猛得多。當時民營出版業多爲獨資或合資企業。股份制的資本組織形式在民初之後成爲民營出版業資本組織形式的主流，它們善於積極地吸納外資，實行中外合資形式。與此同時，相關出版法律制度的頒佈，行業協會、組織的相繼成立，出版行業整體法律意識增強。市場化運作上，注重企業贏利，通過多

種渠道擴大圖書發行量，重視圖書出版的廣告宣傳。在出版社內部管理上，實行稿酬制度，設立分工明確的下屬部門，比如編譯所、發行所、印刷所等機構，專人專職。民國時期現代企業的管理方式被廣泛運用於民營出版業，推進它們開始向產業化方向發展。這種產業化的經濟管理方式，對中國現代文學的生產機制產生了多方面的影響。

一

採用靈活多樣的股份制融資方式，是當時很多民營出版社擴大再生產的第一步。靈活多樣的融資方式造就了集同人、作者、股東三種身份於一身的中國現代作家。而大資本與小資本的出版社採用的股份制融資方式也有所差異。早在晚清，商務印書館便以股份形式進行擴大再生產，廣泛吸收館內員工、社會分散資本、國外資本。比如，1903 年吸收金港堂日方資本；1905年，將增資十萬中的三萬供「京、外官場與學務有關可以幫助本館推廣生意者，和本館辦事之人格外出力者」〔註1〕認購，吸引了當時一批學術界名人如羅振玉、王國維、嚴復、杜亞泉等紛紛入股加盟。這樣擁有大資本的出版機構聚合起了當時文學界、學術界、思想界一批最為頂尖的作家和學者。這無疑成為商務印書館最具品牌效應的文化資源。正是在如此辦社傳統之下，一向重視吸引和培養人才的商務印書館為中國現代文壇和現代出版界輸出了許多優秀的作家和出版人。沈雁冰、鄭振鐸、胡愈之等都曾經供職於商務印書館。後來，創辦中華書局的陸費逵、戴克敦，創辦大東書局的呂子全，創辦世界書局的沈知方，創辦開明書店的章錫琛都是從商務印書館走出來的。

另外一類資本管理方式是以作家集資或以稿酬入股創辦的出版社。民初雖然民營出版業逐步繁榮，但企業規模和資本力量相差懸殊。對於一些中小資本的企業而言，資金募集是其發展的一個重要方面。張靜廬在回憶現代書局準備改革之前的情景時寫道：「踏進現代，各部分的現狀，距離我的想像差得太遠了。就連普通商店裏的一切起碼條件都不具備，每天讀到幾十封讀者寄來的責罵的信，各式各樣離奇的話都有聽到。貨棧裏堆滿著滿房子不能銷去而封面還是嶄新的過期雜誌和新書。一切都無從下手，經濟的窘迫又使你無從提出什麼大小革新的計劃。惟一先決條件，要從招募股款入手。有了

〔註 1〕 《商務印書館九十五年》，商務印書館，1992 年版，第 642 頁。

錢，才有辦法。」「過去的現代，雖有有限公司之名，而實際是合資式的商號組織，一切權力，集中於總經理一身，各部事務不論大小都時時要向總經理請示，有時更是以個人的喜怒哀樂向職員面前發泄。所以不論才具，只要會趨逢總經理的意趣的，就是好職員。」「現代書局雖準備改為股份有限公司，擴大招股，但在上海市場上，有錢的資本家寧願做交易所買賣而不高興辦文化事業，想招股非常困難。」「當時，我提出三個基本條件：內部的業務，完全由我主持，使我可以放手做去。公司的事業不能視為私人產業，擴大股份，成立正式有限公司。用人以人才為主，職員的進退，須經過二人事前的同意。」〔註 2〕中小資本如果想要通過資本運營促進其長效發展，自身完善的組織機構，培育屬於自己的核心競爭力變得尤為重要。對於出版社來說，固定的、高質量的作者群無疑是其核心競爭力。文學生產力的提高，既受出版者資金和設備的制約，也受作家隊伍數量和質量制約。對於中小資本的出版社如何擁有一批實力雄厚、相對固定的作者群，打造屬於自身出版物的品牌特色是其發展壯大的核心問題。於是，利用出版社擁有的作者資源，以作者稿酬作為股金，使其成為出版社的一份子，成為當時一些出版社的權宜之計。1926 年 4 月 1 日創造社出版部宣佈成立，同時制定「創造社社章」9 章 31 條。其中的主要內容就是作者集資辦社：「依時繳納社費者均為本社社員」，「入社時須繳納入社金三圓、常年費二圓」、「二年以上不繳納社費者，經總社執行委員會議決後，追繳本社證書及徽章」。為了集資經費的管理，總社執行委員會除了總務、編輯、監察之外，還專門設立了會計委員會。如此看來，此時的創造社不僅是一個新文學團體，而且是一個具有經濟權利和義務的股份制民辦企業。1927 年春，胡適、徐志摩創辦《新月》月刊和新月書店採用的也是作家集資的形式。當時，出版社總資本 2000 銀圓，每個大股 100 銀圓，每個小股 50 銀圓。胡適為董事長，徐志摩為總編輯，張嘉鑄（徐志摩前妻張幼儀之兄）主管財務和發行。此外，作者直接出資入股的另一種變通形式是作家以稿酬入股。開明書店積極鼓勵著作人和職工入股。對著作人以應付的稿費或版稅抵充股份，招其入股。〔註 3〕詩人汪靜之將詩集《寂寞的園》交由開明書店出版，並未收取現金稿酬，而是全部當做股金投

〔註 2〕 張靜廬：《在出版界二十年》，江蘇教育出版社，2005 年版，第 99～100 頁。
〔註 3〕 章克標：《記開明書店》，《上海文史資料選輯》第 45 輯，上海人民出版社，1984 年版，第 164 頁。

資給了開明。林語堂編寫的《開明英文讀本》出版後，從版稅中分出 1 萬元，投資開明。「當時出版界還沒有抽版稅的先例，然而對於著作品的所有權當然應該劃分得清清楚楚。那時書店的習慣法，凡是出了薪水的編輯員，在編輯所工作時間內所做出來的文章，其版權似乎都屬於書店的。（一般較大的書店也是如此。）所外的屬於作家自有，仍可以另外作價賣給自己的書店出版。」〔註4〕這樣的融資方式，對於作者群體小、出版書籍種類單一的中小出版社來說，一方面可以增強作者與出版社的關係，鞏固固定的作者群，另一方面可以緩解自身的經濟壓力，對企業發展起到了重要作用。這無疑造就了中國現代作家的多重身份——集同人、作者、股東三種身份於一身，作家、出版社、市場三者緊緊地捆綁在了一起。不同的身份有著不同的價值取向和氣質特徵。當多種身份統一在一個人身上時，不同身份的特質最終會綜合在一個人身上，影響到個人的整體思維和行為方式。這也是我們在解讀眾多民國知識分子的精神狀態和文化選擇時，時常感到困惑或者矛盾的原因，甚至可以說，這也是造成民國作家複雜的精神狀態的原因之一。同時，中國現代作家與出版社、市場三者的利益一體化，也意味著出版業的知識分子職業化的成熟。股份制合作制運用契約將作家與出版社連接成一個利益共同體。所謂契約，就是市場交易雙方之間，基於各自的利益要求所達成的一種協議。訂立契約的目的是為滿足各自的需要，因為交易者每一方所擁有的全部商品，不可能都滿足自己的各方面的需要，但其中的一些商品可能滿足對方的需要。於是，通過契約，雙方各自讓渡了自己的部分產品或所有權，同時又從對方得到了自己所需要的東西。因此，契約是雙方之間的一種合意。這種合意從根本目的來說，是受功利目的驅使的。通過契約，雙方都擴大了自己的需要。出版社的贏利需求與寫手的創作結合起來，這種結合是通過交換為主要形式的交往，也就是合作性質、契約性質的交往。與之前為報紙寫小說不同的是，這種契約賦予了個人一份工作，而這份工作又給作家帶來了一種身份感，作家基於契約有為出版社工作的義務。當一部作品與具體的「個人」發生上述關係，「個人」對作品享有自始至終的著作權時，作為作家的身份意識才可能確立，作家的職業化程度才能在此基礎上得以提高。

〔註 4〕 張靜廬：《在出版界二十年》，第 65 頁。

二

出版業的興盛，爲文學的生產、傳播提供了有利的物質條件。採取書刊並重的產業融合方式，爲現代文壇提供多種發聲渠道。《民國時期總書目》副總編輯邱崇丙曾對民國時期全國出版的圖書種類進行了系統統計，如下表所示：〔註5〕

序　號	出版種類	數　量	占全國出版總數的百分比
1	哲學・心理學	3450	2.78%
2	宗教	4617	3.72%
3	社會科學總類	3526	2.84%
4	政治・法律	19065	15.37%
5	軍事	5563	4.48%
6	經濟	16034	12.92%
7	文化科學	1585	1.28%
8	教育、體育	14324	11.55%
9	語言文字	3861	3.11%
10	文學	21023	16.95%
11	藝術	2825	2.28%
12	歷史、地理	11029	8.89%
13	自然科學	3865	3.12%
14	醫藥衛生	3859	3.11%
15	農業科學	2455	1.98%
16	工業技術	2760	2.23%
17	交通運輸	720	0.58%
18	綜合性圖書	3479	2.80%

《民國時期總書目》以北京圖書館、上海圖書館、重慶圖書館的館藏爲基礎編撰，收錄了 1911 年至 1949 年 9 月間中國出版的中文圖書 124000 餘

〔註 5〕 邱崇丙：《民國時期圖書出版調查》，葉再生主編：《出版史研究》第二輯，中國書籍出版社，1994 年版，第 173 頁。

種，基本反映了民國時期出版的圖書全貌。通過上表顯示的數據可見，民國時期圖書出版涉及門類繁多，其中文學類書籍以 21023 種居首，占全國出版種類總數的 16.95%。以商務印書館爲例，1902～1916 年間，出版圖書 3522種，其中文學類（以小說爲主）846 種，占總出版量的四分之一。而在此期間，全國新創刊的文學類報刊 57 種，其中 29 種以「小說」命名。書籍的出版量在一定程度上反映著社會的文化需求。此一時期，文學類的圖書與雜誌、期刊數量佔據全國圖書出版總量的前列，而書刊並重的出版經營模式也成爲當時很多出版社贏得利潤的主要出路之一。書刊並重的出版經營模式主要分爲兩種形式：第一種形式，同一部作品先在報刊上連載，再出單行本。這樣的運作方式以小說爲主，使得報刊連載小說成爲現代文壇一道亮麗的風景，從某種程度上催生了中國現代長篇小說的繁榮；第二種形式，圖書與雜誌、期刊雙向並重。出版社以相應的文學書籍，輔以相應的雜誌、期刊，以鞏固讀者群，擴大在圖書市場上的影響力，打造出版社的經營特色。這兩種經營模式爲中國現代文學作品的發表、流通提供了多種發表渠道。

從出版社的經濟效益層面來看，上述兩種出版經營模式都不同程度地降低了圖書出版、發行的成本，在提高出版社贏利上起到了顯著作用。以上述第一種形式爲例，無論在降低出版社經營成本，還是對於文壇新興作家的培育上都發揮了重要作用。當時很多小說先在報紙副刊連載，後又出版單行本。因爲，書稿是現成的，不必另付稿費，本輕利重。一時間，小說報刊、小說書籍大量出現，使報刊連載小說這一特殊的文學樣式成爲中國文學從傳統向現代過渡的重要方式。1930 年張恨水創作的《啼笑因緣》開始在《新聞報》上連載。小說連載後，在讀者群中造成極大的狂熱，當時，《啼笑因緣》一度成爲上海市民見面時的談資，談論故事人的性格喜好，預測故事的結局，很多平時不看報紙的人，也因爲小說的連載開始訂起報來。報紙廣告來源隨之大增，許多客戶爲了吸引更多眼球，紛紛要求把廣告儘量安排在與張恨水小說靠近的位置。張恨水成了《新聞報》的「財神」，讀者崇拜的偶像。〔註6〕目睹了《啼笑因緣》巨大的市場需求，嚴獨鶴與《新聞報》另外兩位編輯，緊急成立「三友書社」，搶先取得了小說《啼笑因緣》的出版權，於 1930 年出版小說單行本。這種專爲一本書而組建出版社的現象，恐怕在中國出版史

〔註6〕 參見張友鸞：《章回小說大家張恨水》，選自《張恨水研究資料》，知識產權出版社，2009 年版，第 100 頁。

上也是少之又少。單行本出版兩年後，三友書社在《新聞報》刊登小說的銷售啓事：

> 張恨水先生所著之《啼笑因緣》，爲近十年來小說界之唯一傑作，出版以還，銷去五萬餘部，突破出版界之新紀錄，此則非唯恨水先生出諸意外，即敝社同人，亦非初料所及也。〔註7〕

張恨水曾回憶道：「《啼笑因緣》的銷數，直到現在，還超過我其他作品的銷數。除了國內，南洋各處私人盜印翻版的不算，我所能估計的，該書前後已超過二十版。第一版是一萬部，第二版是一萬五千部。以後各版有四、五千部，也有兩、三千部的。因爲書銷的這樣多，所以人家說起張恨水，就聯想到《啼笑因緣》。」〔註8〕小說的熱銷爲出版社贏得了意想不到的經濟利益。更爲重要的是，報刊連載小說背後則是報人小說家這樣一個特殊的現代知識分子群體。從晚清到民國，報人作爲社會轉型期的一類知識分子，之所以擁有極大的文化影響力，一個重要的原因便是隨著現代報刊傳媒興起而建構起的言論空間。而報人小說則是這批知識分子所獨有的、新型的話語空間。晚清民國時期的報人小說依託於媒體存在，因此，無論是報人作家的職業身份、創作資源，還是媒體的市場化生存方式，甚至報人作家的講述方式都決定了報人小說在現代文壇上的獨特意義。報刊新聞的定向傳播爲報人小說類型化的文學生產機制提供了必要條件。不同類型的報刊擁有不同類型的讀者，分化了不同觀念、不同層次的讀者群體，爲中國現代文學流派的並立創造了條件。

另外，書刊雙向並重的經營模式有益於緩解出版社資金短缺的狀況，爲出版贏利創造了條件。1930 年代中國陷入經濟危機的泥淖，工商業遭到極大破壞，都市市民購買力下降，農民農業凋敝。面對讀者市場的萎縮，出版業不得不對出版經營策略做出及時調整。張靜廬在談到上海雜誌公司成立的初衷時說道：「因爲各業都在不景氣的氛圍裏，書店也不能例外。書業的出路只有學校用書、一折八扣標點書、雜誌三項尚可存在。……農村的破產，都市的凋敝，讀者的購買力薄弱得很，花買一本新書的錢，可以換到許多本自己所喜歡的雜誌。講到錢，雜誌這一項買賣，當然不是生意經，也許還要虧本，但是爲事業前途的發展，爲文化運動的普及，雜誌倒是可爲而不可爲的出版

〔註7〕 參見《新聞報》，1933 年 1 月 30 日。
〔註8〕 張恨水：《寫作生涯回憶》，北嶽文藝出版社，1993 年版，第 44～45 頁。

事業。」〔註9〕雖然成立之初，上海雜誌公司以專營雜誌事業的書店爲名，但是在其經營的頭五年間走的確是書刊並重的出版路線。書店根據時局需要適時調整自己的出版方向，有時以販賣爲主、刊物爲輔，有時以雜誌爲主、出版新書爲輔。在這種靈活經營的策略下，短短三個月便有了九千六百元的盈利，與當時有實力的書店相差無幾。「讀者購買力薄弱，沒有資力買新書，也很少有餘資多買雜誌，雖是雜誌比較書籍便宜。爲要減輕讀者的負擔，公司方面用著兩天生意一天做的辦法：譬如一天要做三十元生意的利潤，可以維持一天的開支，現在呢，我們用廉價的辦法，使它做到六十元來維持一天的開支。一而二，二而一，目的還是同樣的。普通商業上的口頭禪叫做『薄利多賣』。」〔註10〕「雜誌營業和書籍販賣有些不同，它含有時間性，失了時效就沒有人請教了，可是如何能夠比別家快到，早一天拿出來賣給讀者，倒是煞費苦心的事。」「當良友圖書公司將這一期《良友》出版後三天之內，決不批發給同業的，除非是到他們市上去零買。零買要照實價計算，不折不扣。爲要快到，我們就不恤以實價四角一本，向他買來，立刻在公司櫃上賣給讀者，仍照向例九折收款，這樣做，賣去一本，虧本四分。這就是虧本的實例，但是『快』到底實現了。」〔註11〕在經濟不景氣、讀者購買力下降的時期，書刊並重的出版策略在資金流通的週期、低廉的運用成本上無疑顯示出了優勢。

同時，很多書店也因爲印行各類文學期刊在文壇贏得了聲譽。早在晚清時期，商務印書館就在書刊並重的經營策略下先後刊行過許多著名的文學刊物。1903 年商務印書館聘請李伯元主編《繡像小說》半月刊，成爲晚清四大文學刊物之一。1904 年創辦《東方雜誌》大型綜合性期刊，現代文學很多重要的作品首先刊登其上。1910 年出版《小說月報》，1921 年改版成新文學刊物後，又出版《小說世界》將原來《小說月報》的通俗文學作家繼續網羅旗下。1923～1925 年間商務出版「文學研究會叢書」，後來並不專注於新文學書籍的出版，只持續出版有一本純文學刊物《小說月報》並擁有廣大的讀者群。商務印書館大力推出的這些文學刊物，對晚清直到五四新文學的發展都具有重要的意義。到了民國時期，更多出版社採取書刊並重的經營策略

〔註 9〕 張靜廬：《在出版界二十年》，第 107 頁。
〔註10〕 張靜廬：《在出版界二十年》，第 112 頁。
〔註11〕 張靜廬：《在出版界二十年》，第 111 頁。

打開了在現代文學市場上的生存之路。改革之前的現代書局由於資金有限等原因，漸漸與市場脫離，陷入經營困局，後出版社考慮到上海並沒有比較有聲譽的文藝刊物，決定在業務上立刻出版一種純文藝刊物，於是由施蟄存主編的純文藝月刊《現代》出版後，銷量達到一萬四五千份，提高了現代書局的聲譽。同時，現代書局旗下另一個著名刊物是葉靈鳳主編的《現代小說》。關於現代書局在經營策略調整之後出現的經濟轉機，張靜廬曾這樣回憶道：「在同事們共同努力之下，現代的信譽與營業日益隆盛。民國廿一二三年（1932～1934 年）間，可以說現代書局已是全中國惟一的文藝書店了。」〔註12〕類似的例子不勝枚舉。新月書店印行的《新月》；生活書店因鄒韜奮主編的進步刊物《生活》而得名，同時印行《生活週刊》、《婦女生活》；良友圖書公司發行的製作精美的《良友》；金屋書店的《金屋月刊》；中華書局的《中華小說界》；世界書局印行的通俗文學刊物《紅雜誌》、《偵探世界》、《快活》。時代圖書公司則在鼎盛時期擁有九大裝幀精美的刊物：《時代》畫報、《論語》、《十日談》、《時代漫畫》、《人言週刊》、《萬象》畫報、《時代電影》、《聲色畫報》、《文學時代》，而且這些所轄的刊物出版日期不一，所以每隔五天時間時代圖書公司便有兩種雜誌出刊。更爲突出的例子是，僅上海書店一家書店就在 30 年代中期以每天出版一種雜誌的速度，印行了大約 20 份雜誌。書刊並重的經營模式使短時間內文學雜誌、期刊大量出現，繁榮了二三十年代的中國現代文壇。更爲重要的是，不同類型雜誌、期刊可以針對不同讀者群進行相對定向的傳播，爲類型化的文學生產機制提供了必要條件。

除此之外，民國時期的民營出版市場普遍實行「三節」結算制度，爲資金有限的中小出版社提供了資金運作的便利。由於新式印刷設備的廣泛應用，民間小型專業印刷車間的興辦，各印刷廠爲招攬生意，普遍實行「三節」結算制度。所謂「三節」即春節、端午節、中秋節，兩個大節之間有三四個月的週期。每個大節之後出版的圖書，只需繳納少量押金，作爲排版、紙張、印製、裝訂等必須成本費用，其他費用均由印刷廠墊付，到下一個大節再做結算。這樣只需少量的流動資金，便能出版書刊。〔註13〕

〔註12〕 張靜廬：《在出版界二十年》，第 103 頁。
〔註13〕 陳明遠：《文化人的經濟生活》，文匯出版社，2005 年版，第 111 頁。

三

　　市場意識強烈，走專而精的道路，影響了現代文壇流派的並立。民營出版業的企業化經營模式決定了它以市場需求謀生產，按市場規律謀發展的意識。根據張靜廬《在出版界二十年》中的記述，民國時期，讀者對書籍種類的閱讀有一個大致的走向。民初是中國文壇「禮拜六派」最活躍的時代。「民國十二三年（1923～1924 年）間，新書的銷行才開始漸漸抬起頭來。同時，『禮拜六派』的勢力，也達到『迴光返照』的時期，全國讀者很明顯地分成兩個壁壘。」〔註14〕這一時期，通俗文學在出版物的勢頭上確比新書業強勁得多，無論雜誌和書籍的銷行也比新文學書籍更為廣泛。「在民國十五六年（1926～1927 年）大革命高潮前後，這畸形發展的趨勢就有了極大的變化，很快地和必然地被消滅了。從民國十四（1925 年）至民國十六年（1927 年）的三年間，我們也可稱它為新書業的黃金時代。」「自從十六七年（1927～1928 年）以後，新書事業，已經是十分淒慘，每一家新書店都在艱苦掙扎之下苟延殘喘。」〔註15〕從 1931 年「九・一八」事變，到 1937 年全面抗戰爆發，動蕩的國家時局直接影響了現代中國文學的格局。抗戰期間的文學最明顯的特徵之一是由此前競相表現自我與個性，文壇帶有階級意識乃至陣營間無休止的批判、論爭，向一致對外、抗擊日本帝國主義的侵略轉向。文學作品的思想意識表現出趨向一致的抗戰意識與情緒。具體而論，淪陷區、國統區、解放區盛行的文學種類又各不相同。

　　根據不同時期的市場需求，及時調整出版路線是當時民營出版社具有強烈市場意識的體現。不同類型的雜誌、期刊擁有不同類型的讀者，這分化了不同觀念、不同層次的讀者群體，為中國現代文學流派的並立創造了條件。強烈的市場意識和讀者意識是當時民營出版社安身立命的最根本的經濟意識。世界書局原由沈知方獨資經營，後來隨著營業規模擴大，1924 年改組成立股份有限公司。其成立後，書局管理層在經營方針上強調賺取利潤，為此書局將出版方向瞄準了當時廣受市民階層喜愛、擁有龐大閱讀群體的通俗小說，以此確立了在民國時期通俗文學出版市場上無可替代的地位。儘管有些民營出版社也具有一定的政治背景，但它們整體的運作模式是市場運作機制。1941 年日偽印發的調查報告《上海租界內中國出版界的實況（二）》寫

〔註14〕　張靜廬：《在出版界二十年》，第 83 頁。
〔註15〕　張靜廬：《在出版界二十年》，第 85～86 頁。

道，抗戰前三年商務印書館、中華書局、世界書局「保持著與國民黨的關係，又採用有利於自己的出版方針，……它大體上維護著政治統治，又不出版富於激進的帶有煽動性的書籍」〔註16〕。「在上海，文化生產的多變局面，使出版商和書商即使在不利的政治氣候下也有可能銷售激進政治讀物，其中一些企業家知道把資金投入左翼文學是在冒生命的危險，但常識使他們知道，激進政治刊物會暢銷，他們的錢花的值。」〔註17〕由此可見，左翼文學流行態勢背後的市場經濟因素。小書局的代表現代書局在發展方向的調整上頗具特色。發展前期，現代書局強調走政治路線，以迎合革命文學潮流。由於現代書局老闆與創造社的關係，前期書局出版了一批左翼出版物《拓荒者》、《大眾文藝》、「拓荒者叢書」，因此被國民黨查封並受其控制出版了國民黨刊物《前鋒》月刊、《現代文學評論》。現代書局發展後期，脫離政治意識形態，強調出版物的文學性，由此引領了又一股新的文學潮流。施蟄存記述道：「淞滬戰爭結束以後，張靜廬急於要辦一個文藝刊物，藉以復興書局的地位和營業。他理想中有三個原則：（一）不再出左翼刊物，（二）不再出國民黨御用刊物，（三）爭取時間，在上海一切文藝刊物都因戰爭而停刊的真空期間，出版第一個刊物。」〔註18〕「決定了出版路線，提高了書的『質』，增加了新書的『量』，設計一個在資力範圍內的三年計劃。」〔註19〕由此，純文藝雜誌《現代》創刊，並在短時間內取得了不錯的發行業績，第一年的營業額從六萬五千元到十三萬元。

對市場的適應意味著出版物必須面對以大眾為主體的廣大讀者群。由此，以印刷媒介為傳播手段、遵循市場經濟運作規律、以賺取最大利潤為目的、旨在滿足大眾消遣、娛樂需要的文化形態——大眾文化孕育而生。積極主動地參與市場運作、憑藉現代傳媒技術生存是大眾文化的兩個主要特徵。為適應讀者的需要，書報業對自身體式作出調整的例子不勝枚舉：《小說時報》首先將長篇小說一次登完；《小說大觀》首創小說雜誌季刊；《小說月報》刊登的有獎徵文廣告，首開報刊徵文先河；《禮拜六》根據讀者閑暇時間，制

〔註16〕 汪家熔：《商務印書館史及其他》，中國書籍出版社，1998年版，第47頁。
〔註17〕 劉禾著，宋偉傑譯：《跨語際實踐——文學、民族文化與被譯介的現代性》，生活・讀書・新知三聯書店，2002年版，第314頁。
〔註18〕 施蟄存：《我和現代書局》，《沙上的腳跡》，遼寧教育出版社，1995年版，第61頁。
〔註19〕 張靜廬：《在出版界二十年》，第102頁。

訂本刊的出版時間等等。以現代傳媒為基礎的大眾文化具有完全不同於古典傳統的傳播方式，這也意味著必將衍化出一種全新的文化生態。晚清民初，伴隨著西潮的湧動和中國社會的現代轉型，都市大眾文化逐漸興起。新興的商業都市是在中國傳統文化與外來殖民文化的共同合力下短時間內發展起來的。在這些城市，雅文化沒有在普通城鎮居民中形成穩固的文化心理模式，因此，隨著商業繁榮，以娛樂、休閒為主要特徵的通俗文化很容易為市民階層所接受。上述這些原因決定了這種文化本身所具有的鮮明特徵。首先，以滿足市場消費需求為根本目的的大眾文化，為了尋求最大數量的接受者，必然在審美趣味上做出策略性的選擇。那種極端化的「雅」與「俗」都不符合市場運作機制。作家必然會在「雅」、「俗」之間尋求一種審美趣味的平衡，以贏得更多的讀者。其次，大眾文化的主體——現代大眾，本身就是一個複雜的群體，他們擁有各異的文化身份和審美趣味，任何單一的文化趣味都無法滿足多元的文化需求。大眾主觀的文化需求在客觀上彌合了「雅」、「俗」文化的界限。由此可見，經濟因素同樣影響了現代文壇雅俗互動的文學態勢。

四

綜上所述，對於研究中國現代文學的出版、傳播、消費而言，經濟因素是一個必不可少的觀察維度。民國出版業借助民國時期的經濟政策支持和自由靈活、以市場為中心的企業管理方式，1920 年代各種民辦書店、民辦出版社、文學刊物如雨後春筍般崛起，新興知識階層開始投入文化自由市場，從而推動了文化事業的繁榮和新文化運動的發展。現代的出版業，為鬆散的自由文人提供了聚合的生存空間，同時知識分子的精英或自由文人又創造和推動了商業性的出版業，彼此互補恰恰表現了現代文化的最基本的形態，即精英文化和商業文化的聚合與互補。〔註20〕一批知識分子在著書與出版活動中找到了精神與物質的最有力的依託。民國出版業既誕生了如陸費逵、王雲五、張元濟這樣的以出版為自我安身立命事業的出版家，也有如葉聖陶、巴金、鄭振鐸、鄒韜奮這樣身跨作家與編輯兩大領域的精英，還有如魯迅、胡適、茅盾、顧頡剛這樣集學者、作家、教授、出版人於一身的現代文學主將。除此之外，還有一批海外學成歸來的留學生加入到出版行業，構成出版業一

〔註20〕 王建輝：《出版與近代文明》，《出版廣角》1999 年第 6 期。

道獨特的風景。以商務印書館的職員構成爲例,「從 1897 年到 1930 年,商務編譯館一共進用了海外留學生 75 人,包括:留法者 2 人,留英者 3 人,留美者 18 人,留日者 49 人。若以編譯所的人數約 300 人計算,留學生的比例約爲 25%」。〔註21〕不同學養背景的知識分子通過著述活動,成爲出版業發展的重要文化資源,同時他們通過自身的出版活動爲中國現代文學投注了精神特徵和理想色彩。

〔註21〕 周越然:《我與商務印書館》,《商務印書館九十五年》,第 167 頁。

《北伐途次》與「幽靈出版社」
——民國時期圖書盜版之一瞥

周　文

（四川大學文學與新聞學院，四川成都，610065）

　　《北伐途次》是郭沫若自傳中較爲知名的一部作品。它不僅是作爲參與者的郭沫若對「北伐」這一重大政治、社會歷史事件的回顧，更涉及國共兩黨眾多風雲人物，對賀勝橋、汀泗橋等著名戰役亦有精彩描述，郭沫若文學家的特殊視角和細節描寫也爲後人還原北伐盛況提供了想像的可能。這部作品最初連載於《宇宙風》半月刊第 20 至 34 期（1936 年 7 月至 1937 年 2 月），並於 1937 年 6 月由北雁出版社將其與《賓陽門外》、《雙簧》一起以《北伐》爲名出版單行本。在單行本的「後記」中，郭沫若這樣說到：

　　　　本篇在發表「中途」，上海有一家幽靈出版社，把前二十五節盜

　　　取了去，作爲《北伐途次——第一集》而「出賣」了。那兒公然還

　　　標揭有「版權所有翻印必究」的字樣。〔註1〕

這便是討論郭沫若著譯作品版本問題時經常提及的「幽靈出版社」事件。不過，以往研究多局限於郭沫若個人，其實如果循此線索，拷問「幽靈出版社」即潮鋒出版社的相關細節，結合《北伐途次》「序白」、「小引」、「後記」等副文本，當可從細節上揭示民國時期著作者與書局的共生關係以及圖書盜版翻印的具體情形，乃至對作家創作可能產生的影響。

〔註 1〕 郭沫若：《郭沫若全集·文學編》第 13 卷，人民文學出版社，1992 年版，第125 頁。

一、稿費與紙型

《北伐途次》最初在《宇宙風》上連載時，篇首有「序白」。《郭沫若全集》在收錄該作時依據北雁出版社的單行本，在篇尾增加「後記」，刪去了「序白」，並作注解說「最初發表時，篇首有《序白》，寫於一九三六年六月一日，說明本篇原題《武昌城下》，曾應日本某雜誌之約用日文縮寫，發表在該刊上。」〔註2〕有些研究在為《武昌城下》做注解時甚至說：「《武昌城下》……由上海曉明書店 1936 年出版，此文原係日文稿，內容與《北伐途次》雷同。」〔註3〕《郭沫若全集》的注釋表述不嚴謹，節略了大量信息，而認為《北伐途次》

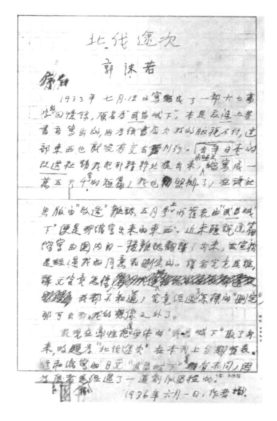

與《武昌城下》內容雷同更是一種誤解。茲補錄「序白」於此：

> 1933 年七月 12 日寫成了一部六七萬字的回憶錄，原名為「武昌城下」，本是應滬上某書店寫出的，因為該書店欠我的版稅不付，這部東西也就沒有交去刊行。去年日本的改造社請我把那精粹處提出來，用日本文縮寫成一萬五六千字的短篇，我也照辦了。在該社出版的「改造」雜誌五月號上所發表的「武昌城下」便是那縮寫出來的東西。近來聽說這篇縮寫由國內的一種雜誌翻譯了出來，並宣稱是經過我的同意和刪定的。譯者究竟是誰，譯文究竟怎樣，（此處為刪除文字，依稀可辨為「因為我連那雜誌的面孔都還沒見過」——引者注）我都不知道，究竟經過了怎樣的「刪定」，那可出於我的想像之外了。

〔註2〕 郭沫若：《郭沫若全集・文學編》第 13 卷，第 4 頁。
〔註3〕 蘇川、倪波：《郭沫若著譯繫年》，《吉林師大學報》1979 年增刊，第 33 頁。

　　我現在率性把這母體的「武昌城下」取了出來，改題為「北伐途次」在本刊上分期發表。這和縮寫的日文「武昌城下」各有不同，因為後者是稍稍經過了一道創作過程的。

1936 年六月一日，作者識

郭沫若在「序白」中說得很清楚，《北伐途次》原題雖為「武昌城下」，但因書店欠版稅未能如期發表，期間經日本《改造》雜誌約稿，又「縮寫」出了日文版的《武昌城下》。是時，國內雜誌在未徵得郭沫若同意的情況下，很快將日文版《武昌城下》翻譯發表，正因如此郭沫若才不得已將《武昌城下》改題為《北伐途次》，以示區別。因此，嚴格說來中文版只有《北伐途次》或「武昌城下」，稱「《武昌城下》」是不嚴謹的。兩者就內容而言，也有五萬字左右的差別，更難說雷同了。

　　查，郭沫若在「序白」中提到的「滬上某書店」實為上海光華書局。光華書局在 1933 年 5 月 13、14、26 日就在《申報》上打出廣告稱：「《武昌城下》為郭沫若先生最近完成之名著，與以前自傳式的《幼年時代》、《創造十年》等迥然不同。以前沫若先生所著的小說，以抒情的居多，而本書所寫，卻完全是一個真實的革命故事，內容係以革命陣營裏的同志們怎樣共同努力為主，而反映出中國大革命中的某一個大時代來。題材嶄新，筆法流麗，全書凡十餘萬言，準六月中出版，定價平裝每冊九角，精裝一元二角，預約優待特價七五折。」在 1933 年 4 月 19 日郭沫若致葉靈鳳的信中也提到：「光華寄了稿費千元來約寫《武昌城下》，現在已經寫了百餘頁。」〔註 4〕但隨後，郭沫若便與光華書局發生了版稅、版權糾紛，「武昌城下」未能在光華付梓與讀者見面，而他們之間的糾紛則是民國時期出版界較為典型的版權案例。

　　郭沫若與光華書局的創辦者沈松泉和張靜廬，本是泰東書局的同事，一起吃過半年的「大鍋飯」，郭沫若自稱其平生唯一一次行醫，即是給沈松泉的父親免費看病。五卅之後，張、沈創辦光華書局，郭沫若便鼎力支持，將《三個叛逆的女性》、《文藝論集》交給他們出版。在郭沫若看來，光華書局「可以說是作為創造社的托兒所的形式而存在的，這關係在後來創造社被封以後是尤其顯著」。因光華書局「出版的書刊大多為左翼作家著作和譯文，遭到國

〔註 4〕黃淳浩編：《郭沫若書信集》（上），中國社會科學出版社，1992 年版，第 388 頁。

民黨政府的查禁，加之主持人另辦現代書局、上海聯合書店，乃於 1935 年盤給大光書局。」〔註5〕創造社出版部被查封後，流亡日本的郭沫若生活來源主要靠稿費，其對光華、現代書局頗為倚重，此番光華經營不善轉賣大光，對郭沫若來說不僅是一種經濟損失，更有些情緒上的失落，在回憶中郭沫若感歎說，「可憐創造社所託的兒，或者僅是我自己的兒，竟遭了那不良的褓母輾轉的賣身，到了現在有好些竟連下落都不知道了。」〔註6〕緊隨光華其後，現代書局也因洪雪帆、張靜廬的分歧而經營不善於 1936 年停業。

其實，光華、現代二書局在倒閉之前，便與郭沫若因版稅問題多生齟齬。從目前保存的資料來看，自 1932 年 7 月開始，郭沫若為流亡生活所迫在稿費問題上就顯得格外小心，一般要求書局預付稿費，或「分月先納」才肯動筆。因為在混亂且競爭激烈的民國圖書市場，好友關係提供的信譽保障實在薄弱得很。郭沫若在 1932 年 8 月 29 日致葉靈鳳的信中便質問到：「《黑貓》只得稿費一百元，究竟作怎麼算？」並對接下來的書稿要求用現金交易，對《創造十年》後編，則要求「三個月內將一千五百元交足，每月分交五百元⋯⋯如仍照從前不爽快，那就不能說定。」〔註7〕預約郭沫若「武昌城下」書稿，光華書局已預付稿費五百元，本計劃 1933 年「準六月中出版」，但到了九月剩下的五百元卻遲遲不見蹤影，於是郭沫若便在給葉靈鳳的信中說「只要你們有誠意，轉由現代出版亦可。」〔註8〕但這件事情，接著便沒有了下文，「武昌城下」直到 1936 年才以《北伐途次》為名發表。預付五百元並做廣告宣傳後卻無力再寄五百元付梓，足見 1933 年下半年以後光華、現代書局經營之艱難。

顧蒼生師律代表葉靈鳳郭沫若警告侵犯著作權啟事

〔註 5〕 孫樹松、林人主編：《中國現代編輯學辭典》，黑龍江人民出版社，1991 年版，第 339 頁。

〔註 6〕 郭沫若：《郭沫若全集・文學編》第 12 卷，人民文學出版社，1992 年版，第 237～238 頁。

〔註 7〕 黃淳浩編：《郭沫若書信集》（上），第 383 頁。

〔註 8〕 黃淳浩編：《郭沫若書信集》（上），第 389 頁。

　　1935 年前後，光華、現代書局面臨倒閉，郭沫若剩下的稿費自然難以結清。但郭沫若似乎並未因此與張靜廬交惡，對張靜廬爲其出全集的提議，郭沫若表示「只要他改變從前的態度，我是可以同意的。」〔註9〕從郭沫若的反應來看，這筆不小的經濟損失並未徹底破壞他和張靜廬的友誼，這種理解和心理準備，既是流亡生活的無奈之舉，若往更深層上說，則是郭沫若作爲一名作家，在民國文藝圖書市場生存多年而在商言商的一種正常反應。從郭沫若對著作版權的重視態度也可看出他對圖書出版界的熟悉和靈敏。稿費可以不過份計較，但版權則必須保護，爲防止其著作被盜版翻印或被轉賣他處，郭沫若要求葉靈鳳替他將紙型〔註10〕取回，以將現代光華版權版稅事宜「告一段落」。然而，即便是這樣一種基本的權利訴求，維護起來亦頗費周折。葉靈鳳雖然本人即是現代書局的編輯，但也未能如願要回紙型，以至不得不與郭沫若一起聘請律師並登報申明：

顧蒼生律師代表葉靈鳳郭沫若警告侵犯著作權啓事

　　　　茲據葉靈鳳郭沫若二君委稱，靈鳳有著作物《靈鳳小說集》《靈鳳小品集》二種，交現代書局出版；沫若有著作物《中國古代社會研究》《沫若詩集》《水平線下》《橄欖》《黑貓》《浮士德》《少年維特之煩惱》《銀匣》《法網》《石炭王》十種，交現代書局出版；《文藝論集》《沫若小說戲曲集》二種，交光華書局出版。以上各書，著作權均屬著作人所有。去歲光華書局及現代書局因營業虧損相繼停業，積欠本人等版稅甚巨，迄今尚未清償。茲聞有人擬將上開各書舊有紙板私自抵押變賣翻印出版，本人等爲顧全著作權蒙受不法侵犯起見，爲特委請貴律師登報警告。如有人未徵得本人等之同意，擅將上開各書用舊紙版或改換形式翻印發賣，定予嚴究等語前來。

　　　　據此合亟代表登報警告如上。〔註11〕

聘請律師登報維權，並非真正的在走法律程序，其姿態表達大於實際意義。

〔註 9〕　黃淳浩編：《郭沫若書信集》（上），第 391 頁。

〔註 10〕　也稱「紙版」，「即澆鑄鉛版用的模型。爲了提高耐印率，把活字製成紙型，再用紙型澆鑄鉛版，用鉛版印刷。紙型是用一種很薄的燕皮紙經活字版打製而成。一副活字版可以翻出許多副紙型，一張紙型又可澆鑄許多副鉛版。紙型便於保管，可以送到各地澆鑄鉛版同時印刷。」（孫樹松、林人主編：《中國現代編輯學辭典》，第 72 頁）

〔註 11〕　《顧蒼生律師代表葉靈鳳郭沫若警告侵犯著作權啓事》，《申報》1936 年 5 月 27 日，星期三，第 4 版。

被告是誰？作爲被通緝者，郭沫若的著作權是否受到國民政府的法律保護？起訴後法院會履行怎樣的法律程序，能否眞正保護他們的著作權？今天的諸多疑問其實正是郭沫若當時所要面臨的實際問題。值得我們今天追問的是，郭沫若和葉靈鳳爲何會選擇以這樣一種方式來維護自己的權益？

二、版權共同體

　　作爲一名作家，郭沫若在民國出版界其實有著極高的參與度。他自棄醫從文歸國，便入泰東書局，後來又參與組建創造社出版部，抗戰勝利後又出資群益出版社，其流亡日本期間與光華、現代書局之間版權、版稅的糾葛不過是其在文藝界、圖書出版界活動之一隅。郭沫若在民國圖書出版界深度浸染，不僅深諳市場規律，更有豐富的人脈，但即便如此，郭沫若在維護自己的著作權上也未能眞正如願，其重視維護自身權益並對盜版翻印多有抗議之舉，但亦有頗多無奈。以上述《北伐途次》「序白」爲例，對國內雜誌翻譯其日文版《武昌城下》，郭沫若的態度表現並不激烈，甚至連雜誌和譯者的名字都未直接指出。郭沫若既然知曉翻譯的事情，雖然雜誌未必見到，但至少雜誌的名稱他應是知道的。而且值得注意的是，郭沫若寫下「連那雜誌的面孔都還沒見過」，之後又將這句話刪去。僅從文字上看，郭沫若對國內雜誌未經其授權私自翻譯《武昌城下》之事順帶提及，輕描淡寫幾句，但若仔細觀察手稿，可以感受到郭沫若思慮在此處應有較大的停頓，其主要原因可能有二：

　　其一，如果追究此事，從法律的角度來講，郭沫若缺少維權的法律依據，即儘管郭沫若是日文版《武昌城下》的作者，但其著作權在中國並不受法律保護。相反，翻譯其作品的人，如果履行法律程序卻依法享有著作權。郭沫若日文版《武昌城下》著作權在中國不受法律保護，並非政治原因，即便他不被通緝，其發表的日文作品之著作權同樣也不受中國法律保護。中國近代著作權保護的法律依據，依次主要有清末的《大清著作權律》（1910），後有北洋政府頒佈的《著作權法》（1915），再到南京國民政府的《著作權法》（1928）。姑且不論這些法律的具體執行效率如何，僅在其立法過程中，就存在諸多爭議。在部分上層知識分子看來，著作權的保護對開啓民智、文化啓蒙和提高中國民眾的文化素質不利。例如，蔡元培就對美、日要求中國加入萬國版權同盟持反對意見，認爲這是日人詭計，「微直障我國文化之進步，即於彼亦復何利也。」蔡元培認爲，「東書譯述，於今方滋，文明輸入，此爲捷

徑，版權一立，事廢半塗」。〔註12〕蔡元培的觀點並非只是其個人的見解，而代表著很大一部分近代中國知識精英的觀點。自近代中國有倡著作權開始至今，這種想法都有廣泛的市場。事實亦是如此，與蔡元培的觀點相對應，1910年頒佈的《大清著作權律》第四章第二十八條規定：「從外國著作譯出華文者，其著作權歸譯者有之」，〔註13〕至於譯者是否需與外國原著作者達成契約，如無契約是否侵權，則未作任何規定。北洋政府1915年頒佈的《著作權法》第二章第十條規定：「從外國著作適法以國文翻譯成書者，翻譯人得依第四條之規定享有著作權」。〔註14〕雖然加入了「適法」二字，但譯者以何種渠道翻譯何種文字或何人作品，是否侵權等仍未有明確規定。南京國民政府1928年頒佈的《著作權法》第二章第十條規定：「從一種文字著作以他種文字翻譯成書者，得享有著作權二十年」。國民政府不僅沿襲了既有的翻譯保護政策，更在1936年1494號司法解釋中強化了翻譯著作權的合法性：「在二十年註冊期內，未註冊的著作一旦註冊，註冊前的盜版、翻印均繫侵害著作權，但惟有翻譯，不在此限。」〔註15〕舉例來說，郭沫若翻譯《少年維特之煩惱》未經歌德授權，但外國書商卻無權在中國申請禁止郭沫若翻譯作品的發行銷售。同理，郭沫若在日本以日文發表的作品，國內若有人翻譯自然也可以不經過郭沫若的授權，這也是郭沫若在《宇宙風》上發表原「武昌城下」時必須改名為《北伐途次》的一個重要原因。

其二，查，彼時將郭沫若日文版《武昌城下》翻譯出版的雜誌是「漢出《人間世》」〔註16〕，後改名為《西北風》，編者史天行，由華中圖書公司刊行，翻譯者為陳琳。不僅僅是刊物命名，史天行的辦刊風格和趣味都高仿林語堂。據在《西北風》上發表過作品的謝蔚明先生回憶，該雜誌「版式、裝幀設計都仿傚林語堂創辦的《人間世》、《宇宙風》。」〔註17〕郭沫若與陶亢德、林語堂的合作在當時本就備受質疑而多有曲折，〔註18〕遠在日本的郭沫

〔註12〕 蔡元培：《蔡元培全集》（第1卷），中華書局，1984年版，第159～160頁。
〔註13〕 杜學亮主編：《著作權研究文獻目錄彙編》，中國政法大學出版社，1995年版，第172頁。
〔註14〕 杜學亮主編：《著作權研究文獻目錄彙編》，第175頁。
〔註15〕 杜學亮主編：《著作權研究文獻目錄彙編》，第182頁。
〔註16〕 漢出《人間世》：1936年5月在漢口創刊，因與林語堂主辦的《人間世》重名，故稱「漢出《人間世》」。一期後，更名為《西北風》。編者注。
〔註17〕 謝蔚明：《那些人，那些事》，上海遠東出版社，2013年版，第197頁。
〔註18〕 蔡震：《一組書簡，一段歷史——與林語堂和〈宇宙風〉》，《郭沫若生平文獻

若恐怕很難短時間內理清史天行與林語堂等人的關係，又不便多問，此處順筆一提，當有間接詢問之意，而《宇宙風》原跡封面影印郭沫若之「序白」，也算是一種回應。

　　著作權法律法規的不完善和具體執行的艱難，使得走法律程序維護著作權或版權的效率很低。著作權、版權不僅關乎作者的權益，更是書店、書局的直接商業利益，所以書業同業公會尤其是上海書業同業公會在實際的著作權、版權保護中發揮著重要作用，諸多版權糾紛、翻印查究案多是在書業公會的協助下完成。〔註19〕郭沫若流亡日本，其著作權保護已很難走正常的法律途徑，根據當前的統計，「郭沫若著譯作品盜版本書最初的出現，以及大量的盜版本印行，主要是在郭沫若流亡海外期間。」〔註20〕這使得郭沫若在國內著作權的維護更加依賴書業公會的力量。實際上，光華、現代書局在版權維護上也頗為用心出力，於 1928 年成立的上海新書業公會，在籌備過程中張靜廬、洪雪帆都是骨幹力量。1928 年 11 月 28 日《申報》相關籌備新聞中稱：「昨晚假同興樓召集各同業舉行第一次籌備會議。到，泰東圖書局趙南公、南新書局李志雲、光華書局張靜廬、太平洋書店張秉文、現代書局洪雪帆、開明書店章錫琛、真美善書店曾虛白、卿雲書局陸友白、亞東圖書館汪孟鄒（趙南公代）等；趙南公主席，由張靜廬提出會章草案，大體討論，決交章錫琛修正復議……」在正式的成立公告中，共有 21 家書局參與，「創造社出版部」亦是其中之一，趙南公、張靜廬等與郭沫若關係更是極為密切。不難推測，這一出版網絡和同業組織為郭沫若在流亡期間的稿費生存提供了某種無形的支持和保障。

右側廣告（直式）：

上海新書業公會成立通告

本會已於民國十七年十二月五日正式成立在福州路五百二十九號二樓賃定會所即日開始辦公除呈報官廳註冊外特此通告

會員：泰東圖書局　良友圖書印刷公司　新宇宙書店　太平洋書店　北新書局　光華書局　開明書店　新月書店　現代書局　春潮書店　創造社出版部　卿雲圖書公司　真美善書店　金屋書店　遠東圖書公司

　　　史料考辨》，社會科學文獻出版社，2014 年版，第 371～377 頁。

〔註19〕吳永貴、李明傑編：《中國出版史》（近現代卷），湖南大學出版社，2008 年版，第 353～356 頁。

〔註20〕蔡震：《郭沫若著譯作品版本研究》，東方出版社，2015 年版，第 271 頁。

　　民國時期，相對上海而言，北平地區的盜版翻印略嚴重一些。郭沫若在1931年8月24日致容庚信中曾詢問：「前門外楊梅竹斜街中華印刷局係何人所經營，兄知否？該局盜印弟舊著多種，且將日人夏目漱石之《草枕》譯成漢文，竟盜用弟名。今日於求文堂始得見其贓物。國人如此不重道義，殊足令人浩歎也。」〔註21〕或許正是基於此種盜版猖獗的情形，上海新書業公會於1932年5月即派現代書局洪雪帆前往平津地區與北新書局史佐才一起查禁圖書盜版翻印。據《洪雪帆談北平破獲翻版書機關經過》記載，僅在琉璃廠查獲的翻版書就數量甚巨，書籍搬運從晚八點持續到第二天凌晨六點。根據《中國新書月報》所列「六月十八日在西單商場劉榮光書攤上查獲翻版各書」名單，其中郭沫若的作品有：《黑貓與塔》、《桌子的跳舞》、《橄欖》、《沫若創作集》等，〔註22〕足見是時盜版翻印之猖獗。

　　顯然，郭沫若與泰東、光華、現代之間是一種相互依存的關係。郭沫若從棄醫從文，到在文藝界立名，其前期著述生涯與「泰東同事圈」有著十分密切的關係。中國近現代的出版印刷業在「民國文學」的生產、「民國機制」的生成中起著至關重要的作用，相對於其他行業其現代化程度還是比較高的，但其手工業者行幫傳統的遺留仍是其商業規則的重要構成。郭沫若將書局與作者之間形容為「主奴」關係並不過份，作者在與書局的內部博弈中處於十分弱勢的位置，光華、現代倒閉後，紙型的索要即是典型案例。在郭沫若看來，紙型理應歸著作者所有，但實際是，書局老闆也將紙型視為自己的財產。郭沫若在與泰東書局決裂後，泰東一直繼續印行郭沫若的作品，趙南公晚年的生活即是「靠著幾副創造社叢書的紙型租給別人印，收一分錢一本書的租金過日子。」〔註23〕趙南公在事業的輝煌時期做過上海四馬路商界聯合會的會長，是上海商界的核心人物之一，其「江湖式」的經營手法不僅扶植了郭沫若、郁達夫等優秀作家，也培養了沈松泉、張靜廬、黃濟惠、方東亮、張一渠等一批出版家。從某種程度上說，趙南公本身即是一段時期上海圖書出版業運行規則和發展的縮影。不難想像，即便是請律師登

〔註21〕黃淳浩編：《郭沫若書信集》（上），中國社會科學出版社，1992年版，第338頁。

〔註22〕《洪雪帆談北平破獲翻版書機關經過》，《中國新書月報》第2卷第6號，1932年6月。

〔註23〕吳永貴、李明傑編：《中國出版史》（近現代卷），湖南大學出版社，2008年版，第179頁。

報啓事，紙型郭沫若與葉靈鳳也是要不回來的。一個可資借鑒的先例，郭沫若《水平線下》本由光華書局出版，後來張靜廬將紙版從光華拿到現代書局出版而未通知郭沫若，爲此郭沫若在致葉靈鳳信中表示「老張豈有此理」〔註 24〕。足見，關於紙型，張靜廬與郭沫若意見並不一致，其做法深得趙南公的眞傳。

其實，在棄醫從文後的早期（1924 年前後），郭沫若即深深爲「賣文爲生」的生活所困擾，三個孩子的生活壓力和不甘於此的精神痛苦長期折磨著他。正是有過如此切身的生活體驗，郭沫若對「遊戲規則」的認識可謂通透：「更公平地說，我們之爲泰東服務，其實又何嘗不是想利用泰東……我們在創造社的刊物上也算說了不少的硬話」，所以從某種程度上講，「在這些地方也正該應該感謝泰東。」〔註 25〕正是基於這種考慮，郭沫若在與「泰東朋友圈」的交往中，往往能夠跳出經濟利益的限制，而著眼於思想和文化的事業考量。

三、充滿敬意的盜版

光華、現代書局在「剝削」郭沫若的同時，更是郭沫若在國內著作權免受他人侵犯的一道屛障。所以，郭沫若在與光華、現代的版權糾紛中，儘管語氣十分嚴厲，但往往留有合作的餘地。1935 年前後，光華、現代先後倒閉，失去書局的屛障後，郭沫若著作權被侵犯的情形更加嚴重，以至於出現《北伐途次》在發表「途中」被盜印這一極端但在民國時期卻又較爲普遍的典型案例。

郭沫若將盜印《北伐途次》的潮鋒出版社指斥爲「幽靈出版社」，一個可能的原因是這家出版社的背景信息非常模糊。即便是現在，關於潮鋒出版社成立於何時何地，仍存有較大的分歧。有些工具書認爲，潮鋒出版社「1936年由盧春生創辦。設於上海。主要出版文藝翻譯讀物及社會科學書籍。翻譯蘇聯名著和中國革命作家的著作爲多，如《鋼鐵是怎樣煉成的》、《暴風雨誕生的》、《奧斯特洛夫斯基書信、演講集》、《列寧畫傳》、《人的新世界與新世界的人》等。解放後，出版蘇聯的反特驚險小說《匪巢覆滅記》等。1956年併入上海新文藝出版社。」〔註 26〕但也有研究者認爲「潮鋒出版社成立於

〔註 24〕 黃淳浩編：《郭沫若書信集》（上），第 383 頁。
〔註 25〕 郭沫若：《郭沫若全集・文學編》第 12 卷，第 185～186 頁。
〔註 26〕 孫樹松、林人主編：《中國現代編輯學辭典》，第 359～360 頁。

1934 年，社址在上海江西路（今江西中路）170 號 238 室，經理盧春生。」
〔註27〕筆者查閱潮鋒出版社在《申報》上的廣告，其地址信息概覽如下：

> 1937 年 1 月 14 日，特約發行所是四馬路永華書店
> 1937 年 5 月 4 日，總發行所暨預約部上海牯嶺路 44 號
> 1939 年 1 月 2 日，上海二馬路 210 號
> 1939 年 4 月 29 日，九江路 210 號內 405 號
> 1946 年 11 月 4 日，後又改爲九江路 210 號內 414 號

期間，即 1942 年 10 月潮鋒出版社還與天馬書店因房屋租賃發生過糾紛，〔註28〕所以「九江路 210 號內 405 號」應是潮鋒出版社與天馬書店合租。搬到「九江路 210 號內 414 號」後，1949 年以前潮鋒出版社的地址便沒有再發生大的變動。建國後，潮鋒出版社在公私合營中併入新文藝出版社，盧春生任新文藝出版社印製科副科長。〔註29〕綜上，筆者比較讚同第三種觀點，即潮鋒出版社「1936 年夏盧亞平（春生）創設於牯嶺路 44 號。盧亞平任經理，段洛夫任編輯。出有黃莎譯木刻本《列寧畫傳》、新波木刻集《路碑》，郭沫若《北伐途次》和奧斯特洛夫斯基著段洛夫譯《鋼鐵是怎樣煉成的》等。抗戰後，遷往漢口、重慶。勝利後，返回上海，遷入九江路 210 號。出有周蕚編《成語大辭典》、聶紺弩《關於知識分子》和東平《火災》等。1949 年後遷入福州路漢彌頓大樓，孫肇堃任編輯。1952 年遷至沙市路中央大樓，陳福庵、包也直任編輯，以出版驚險翻譯小說爲主，甚爲暢銷，著名的有《匪盜覆沒記》、《秘密之路》等。1955 年併入上海新文藝出版社。」〔註30〕

潮鋒出版社甫一成立便盜版郭沫若的作品，後來又出版了不少蘇聯相關的翻譯作品，其中最爲出名的是首次出版《鋼鐵是怎樣煉成的》（1937 年 6 月），〔註31〕足見其立足於左翼的經營策略。這似乎是自己人在搶自己人的

〔註27〕 張澤賢：《民國出版標記大觀》，上海遠東出版社，2008 年版，第 20 頁。

〔註28〕 「因與天馬書店代表委稱，敝店前委郭少卿與潮峯出版社盧春生合租，上開房屋有帳冊可稽。近因盧君企圖出頂，除已委貴律師具函業主哈同，經租處阻止外，深恐第三人不明其相，私相授受，特請登報公告等語，前來合代刊載如上。事務所愛文義路平和里廿號電話三三七五五號。」《申報》1942 年 10 月 2 日。

〔註29〕 朱晉平：《中國共產黨對私營出版業的改造（1949～1956）》，中央黨校出版社，2008 年版，第 205 頁。

〔註30〕 熊月之主編：《上海名人名事名物大觀》，上海人民出版社，2005 年版，第 675 頁。

〔註31〕 丁言模：《瞿秋白、呂伯勤「合譯」高爾基論文集〈爲了人類〉》，見《瞿秋白

飯碗，而這恐怕正是民國時期圖書盜版翻印的另一個側面：在大量無名的地下盜版翻印存在的同時，同業者甚至是同道者的變相竊取更令作者心傷和無奈。

這些盜版者往往對郭沫若充滿敬意，但卻又不肯尊重郭沫若的著作權，這在郭沫若看來是「一等的幽默」。故而，在《北伐途次》後記中，他引用潮鋒出版社盜版本「代序」中的話作爲後記的結尾：「一九二五～二七年的大革命，中途雖然被人出賣了，但不論怎樣，他在中國民族解放革命的歷史上的烙印，是永遠不能磨滅了的。」顯然，郭沫若對潮鋒出版社盜版《北伐途次》「代序」中的評價還是非常認可的。

這種充滿敬意的盜版在日文版《武昌城下》的翻譯中同樣存在，譯者在文後「附筆」中說到，「沫若先生這篇小說，與其稱做（當爲「作」，原文如此，後文同此——引者注）一篇藝術完美的作品，不如稱做一首紀實的偉大史詩。他不單描寫當日國民革命軍進展的情形，並且說明是那些人在流著寶貴的血。我譯時被他那種特有底熱情、豪邁的筆調所感動，我尤感謝他將被歪曲了的可歌可泣的先烈史實提示給我們後輩。」〔註32〕這種「充滿敬意」的侵權行爲，在現代中國之所以被大眾所接受，其根源還在於社會民眾著作權意識的淡薄，無論侵權者是無知還是明知故犯，侵權都幾乎沒有成本，而其收益卻是可觀的。

從郭沫若尷尬而又無奈的遭遇中可以看出，民國時圖書盜版翻印的情形十分複雜，既有大量印刷廠的盜印翻印，也有書局、出版社的私自出版和翻印。儘管政府頒佈有《著作權法》，但執行的效率極低，而同業公會只是一種商業團體，政府支持的力度有限，比如 1928 年成立的上海新書業公會就未得到政府的認可。更重要的是，社會自上而下，著作權保護意識十分淡薄，不少從業者也利用公眾認知薄弱的社會環境，進行「充滿敬意的盜版翻印」行爲。這自然會對作者創作造成不利的影響甚至破壞。因稿費問題，郭沫若幾部欲創作的作品，未能與讀者見面，如《紫薇花》、《江戶川畔》。更可惜的是，《同志愛》這部被郭沫若自稱「此書乃余生平最得意之作」〔註33〕的作品在出版過程中幾經周折最後原稿遺失，這不能不說是一種很大的遺憾。

研究文叢》（第 5 輯），中國文聯出版社，2011 年版，第 273～283 頁。

〔註32〕 郭沫若著、陳琳譯：《武昌城下》，《西北風》（半月刊）1936 年 7 月 16 日第 6 期。

〔註33〕 黃淳浩編：《郭沫若書信集》（上），第 383 頁。

當然，這種出版界的複雜情勢，也為後人留下了一些充滿時代韻味的副產品。比如，以《北伐途次》為例，就有多個不同的版本值得參考，除了日文版《武昌城下》，還有陳琳翻譯的中文版《武昌城下》，而在這中間，郭沫若還另外受國內某雜誌之約，改寫了一部小說《賓陽門外》。小說《賓陽門外》最初發表於上海《光明》雜誌第 1 卷第 5 號（1936 年 8 月 10 日），正值上海《宇宙風》連載《北伐途次》期間。在內容上，《賓陽門外》是《北伐途次》第十九至二十二節的「縮寫」，初發表時有小序：

> 這篇東西本來是《北伐途次》的縮寫，在為日本《改造》雜誌用日文縮寫的《武昌城下》之前。原是應上海某雜誌的徵文寫的。因該志停刊，原稿留在上海友人處已歷年餘。內容是怎樣我自己已不大記憶，但那寫法和《北伐途次》與日文的《武昌城下》都小有不同。這在自己的作品的製作過程上，是一項頗有趣的資料。讀者或許會嫌與《北伐途次》重複，但內容雖是一事，而結構並不全同，我是認為有獨立的性質的。
>
> 一九三六年七月十九日〔註34〕

這些文本為考察現代作家的創作留下了寶貴的線索，通過對比其細節上的不同，不僅能夠體察文本背後的微言大義，更能考察作者駕馭不同文體的能力以及背後的文體觀。郭沫若曾在大夏大學教授過「文學概論」，也曾立意要建構一種「文藝的科學」，其小序中稱《賓陽門外》是其作品製作過程中一項頗為有趣的資料，可見其文體意識是鮮明的，也有意為研究者提供線索。可惜，這並未引起研究者的足夠重視，甚至很多研究連最基本的版本問題都未釐清。有些著作將 1936 年 8 月上海曉明書店出版的《武昌城下》視為「郭沫若著」〔註35〕，顯然不夠嚴謹。有些著作則將上海潮鋒出版社 1937 年 1 月《北伐途次》視為初版，並稱該著「為長篇傳記，其前身是作於 1933 年 7 月的自傳《武昌城下》（上海曉明書店 1936.8）。後收入《北伐》（北雁出版社 1937.6）、《革命春秋》（上海海燕書店 1947.5）。」〔註36〕可見，由於以往研究在作品版本問題尤其是盜版翻印問題上重視不夠，以至於郭沫若的聲明並未

〔註34〕 郭沫若：《郭沫若全集・文學編》第 10 卷，人民文學出版社，1985 年版，第79 頁。

〔註35〕 徐迺翔主編：《中國現代文學詞典》（第 2 卷），廣西人民出版社，1989 年版，第 179 頁。

〔註36〕 林非主編：《中國散文大辭典》，中州古籍出版社，1997 年版，第 504 頁。

得到尊重，有大量文獻仍將盜版翻印或私自翻譯的作品視爲郭沫若的作品，這不能不說是一種遺憾。

「日常民族主義」與「有獎徵文」

門紅麗

（中國石油大學（華東）文學院，山東青島，266580）

摘　要

　　伴隨著「文藝大眾化」的討論和最終文藝政策的確定，解放區「有獎徵文」迅速發展繁榮起來。這種依託報紙雜誌、由不同的機構發起的文學生產運動不僅僅帶來了報告文學的繁榮和「文藝大眾化」的最終實現，它最大的作用仍然是意識形態層面的。與其說是政策自上而下的推，不如說通過徵文發起者的明宣傳與暗指示，通過文學獎金的實質獎勵與榮譽獎勵，再加上應徵者的主動迎合，徵文將民眾的日常生活與宏大主題緊密結合在一起，完成了「日常民族主義」的情感認同與建構。

關鍵詞：有獎徵文、日常民族主義、情感建構

　　「文藝大眾化」是 20 世紀中國文學發展的重要關鍵詞之一，這一問題到三四十年代有了明確的指向，通過各方論證、官方發言、文件傳達的形式確定爲解放區的文藝政策，而在這一政策的最終論證完成和實施途徑中，「有獎徵文」扮演著十分重要的角色。「有獎徵文」是一種文學生產和傳播機制。徵文，即徵求文章、文稿，報刊雜誌本身或某機構通過各種渠道面向大眾發出徵文啓事，啓事中包含徵文的宗旨、對象、要求、時間、遴選辦法、獎金設

定等事宜，它顯示了徵文發起者對某種文體或某種文學發展趨勢的期待和設定及有意引導，並且用獎金刺激的方式獲得最大範圍的響應。

　　已有論者關注到這一問題，比較有代表性的如萬安倫的《20世紀三四十年代中國文學獎勵考察》〔註1〕從宏觀角度概論了國統區、解放區、淪陷區徵文的不同特徵；郭國昌的《文藝獎金與解放區的文學大眾化思潮》〔註2〕重點考察了文藝獎金的推行對文藝大眾化的推動作用。本文在進一步梳理總結解放區「有獎徵文」的基礎上，考察徵文效果和影響，提出「有獎徵文」與其說是對「文」的期待和規定，不如說是一場文藝的造勢運動，它激起了發起者和寫作者共同的想像和集體認同感，可以說是一種「日常民族主義」，這種情感認同和集體歸屬是除了「文」之外的更重要的意義。

一

　　解放區有獎徵文的方式有很多種，首先是集體創作型徵文，如創辦於1931年的《紅色中華》雜誌舉辦的爲出版《長征記》一書的徵稿活動〔註3〕，徵文設立了《長征記》編輯委員會，其中丁玲、徐特立、成仿吾、徐夢秋任委員。與《長征記》類似的集體創作型徵文如「中國的一日」、「蘇區的一日」、「五月的延安」、「晉察冀一日」、「偉大的一年間」、「偉大的兩年間」、「冀中一日」、「邊區抗戰一日」等。這些徵文大多都結集出版，影響深遠。徵文本身已經有了價值立場和判斷，大眾通過徵文主題的引導性，用看似客觀的筆觸描寫自己的生活，實則已經被帶入到預設的情境中。這些集體創作不僅有宣傳功能，也有教育功能，大眾通過選擇、寫作、觀察其他人的寫作來審視自己的生活狀況，將個人的行爲主動加入到徵文發起者所規定的集體生活中，同時，也讓大眾更加明確「蘇區」、「延安」、「中國」、「冀中」的指涉意義，

〔註1〕萬安倫：《20世紀三四十年代中國文學獎勵考察》，《中國現代文學研究叢刊》2010年第5期。

〔註2〕郭國昌：《文藝獎金與解放區的文學大眾化思潮》，《中國現代文學研究叢刊》2002年第4期。

〔註3〕1936年8月5日，毛澤東、楊尚昆給各部隊和參加長征的同志發出電函徵稿，擬編輯出版《長征記》一書，電函指出：「現有極好機會，在全國和外國舉行擴大紅軍影響的宣傳，募捐抗日經費，必須出版關於長征記載。爲此，特發起編製一部集體作品。望各首長並動員與組織師團幹部，就自己在長征中所經歷的戰鬥、民情風俗、奇聞軼事，寫成許多片段，於九月五日以前彙交總政治部。事關重要，切勿忽視。」

喚醒他們的集體意識。

另外一種徵文形式就是在報紙上專門設立欄目，如 1942 年 9 月 27 日，《解放日報》特地闢出「街頭詩」專欄，並請詩人艾青爲其欄目寫了《展開街頭詩運動》，文中，詩人以激情、跳躍的詩一般的語言熱情讚頌街頭詩：「勞動者是文化的創造人，革命的目的之一，就是要把文化從特權階級奪回來，交還給勞動者，使它永遠爲勞動者所有。把詩送到街頭，使詩成爲新的社會的每個成員的日常需要。假如大眾不需要詩，詩是沒有前途的。讓老百姓在牆報上看見他們所瞭解的話，看見他們所知道的事情，讓老百姓歡喜詩。讓老百姓從牆報上讀到自己的名字。詩原是屬於他們的，一切藝術原是從勞動開始而又屬於勞動的……讓詩站在街頭，站在公營銀行和食堂中間。讓詩和老百姓發生關係──像銀行和食堂同老百姓發生關係一樣。」〔註 4〕《新華日報》、《解放日報》也有文藝專欄，專門刊登內容生動有趣、與老百姓生活密切相關的文章。這些欄目的開闢以及作家的撰文宣傳，爲文藝的普及造勢，也使得徵文最大範圍宣傳這種文藝思想，爲寫作者提供更多更廣的寫作平臺。

解放區最具代表性是各種名目的文藝獎金徵文，以下是《解放日報》、《新華日報》文藝獎金徵文形式：

五四青年文藝獎金徵文啓事〔註5〕

一、爲鼓勵青年文藝創作，提高青年文藝作品水平，本會特設「五四青年文藝獎金」，每年舉行一次。

二、凡初學寫作之文藝青年皆可應徵。

三、應徵作品定爲反映邊區實際生活之短篇小説，敘事詩，獨幕劇三種。以未發表者爲限。

四、來稿經本會之「五四青年文藝獎金評閱委員會」負責評定，各取三名，分別贈予獎金。

五、獎金總額爲三千元，每種各一千元，第一名六百元，第二名三百元，第三名一百元。

六、第一次徵文自一九四二年「五四」起，至一九四三年二月

〔註 4〕 馬以鑫：《中國現代文學接受史》，華東師範大學出版社，1988 年版，第 288 頁。

〔註 5〕 《解放日報》，1942 年 5 月 15 日。

底截止。「五四」揭曉。

七、來稿請用稿紙繕寫清楚，標明字數，附通信地址及眞姓名，寄邊區政府文化工作委員會「五四青年文藝獎金評閱委員會」收。

陝甘寧邊區政府文化工作委員會

本刊發起七七徵文啓事〔註6〕

抗戰四週年紀念就要來到了。四年來，在我們敵後抗日根據地，新的生活和新的人物在逐漸的誕生著，發展著。這對於我們文藝工作者與文藝愛好者們，該是一塊多麼豐美的新地；這對於我們生長在這塊土地上的一切工作者們，該是一件多麼值得歌頌的史績。

現在，爲了迎接我們民族抗戰節日，本刊特發起「七七徵文」，凡以文藝手法，反映現實的各種文字。如小說、報告、詩歌、散文、隨筆、速寫、雜感以及其他各種小型創作，均所歡迎。我們熱情地期待著文藝工作者與愛好者們的新作，我們熱情地期待著一切實際工作的參與者，創造者們親自動手來寫！內容充實、新鮮、生動，是我們的主要希望。

徵稿日期，從現在起至七月十五號止，稿件每篇最長不超過三千字，本刊當擇優陸續發表，並酌致薄酬。來稿請注明「應徵」字樣，直接寄交「新華增刊社」。

同時，爲了獎勵文藝創作，各個機構不斷推出獎勵條例，如《中共晉察冀中央局開展邊區文藝創作的決定》中強調要獎勵文學作品，晉察冀軍區政治部也在《關於開展部隊文藝工作的決定》中指出要獎勵優秀的文藝作品，中共西北局通過決議規定「獎勵藝術活動中最有成績者」。有了政策的規定和鼓勵，各種文藝獎金陸續產生，有短期的，有長期的，參與部門從文聯到報刊到政治部、文化部等，這些獎金對於文藝大眾化的推動有著巨大的作用，有了這些固定文藝獎金的推動和引導，也帶動了其他文學運動的發展，如「窮人樂」話劇運動、街頭詩運動等等。比較有影響力的文藝獎金徵文如下表所示：

〔註6〕《新華日報》（華北版），1941 年 6 月 5 日。

解放區有獎徵文一欄表

徵文題目	所在區域	時間	徵文內容	徵文結果及其他
「五四」中國青年節文藝獎徵文	陝甘寧邊區	1941 年 6 月	設文藝類、戲劇類、美術類、音樂類四大獎項，各兩個等級。	共收到稿件 150 餘件，獲獎作品 20 件。1942 年 5 月《解放日報》又刊登徵文啓事：應徵作品定爲反映邊區實際生活之短篇小說、敘事詩、獨幕劇三種。
「五四」文學藝術獎徵文	膠東	1943 年 8 月	設報告文學、速寫隨筆、話劇、小調劇、詩歌、雜耍、歌曲、繪畫、木刻、漫畫、水彩畫 12 種。	收到各類作品 600 餘件，獲獎作品 56 件。
「五月」「七月」文藝獎金徵文	山東、山東省文協主辦	1944 年 8 月	設戲劇、報告文學、詩歌、新聞通訊、歌曲、繪畫、木刻七項。	獲獎作品 69 件，戲劇《過關》《豐收》，詩歌《弟弟的眼淚》，報告文學《南北岱崮保衛戰》比較有影響力。另有「八月」徵文，獲獎作品有《聖戰的恩惠》《鐵牛與病鴨》《十字街頭》。
「七七七」文藝獎金	晉綏	1944 年 5 月	爲紀念「七七」事變七週年而設立。設有戲劇、散文、圖畫、歌曲四項。	共收到稿件 106 件，獲獎作品 29 件。
魯迅文藝獎金徵文	晉察冀邊區文聯、魯迅文藝獎金委員會	1941 年	對文學、音樂、美術、戲劇等作品設有季度獎、年度獎。	分四季度徵文，獲獎作品 80 餘種。
「七七徵文」啓事	晉冀魯豫地區，由《新華日報》（華北版）「新華增刊」設立	1941 年 6 月	小說、報告、詩歌、散文、隨筆、速寫、雜感以及其他各種小型創作。	
軍民誓約運動徵文	晉察冀邊區文聯、魯迅文藝獎金委員會	1942 年	爲粉碎日寇「三次治安強化運動」和開展軍民誓約運動而舉辦。	共收到各種文學藝術作品 400 餘件，內文學作品 250 餘件，音樂作品 60 餘件，美術作品 20 餘件，戲劇作品 50 餘件。
鄉村文藝創作徵文	晉察冀邊區文聯、魯迅文藝獎金委員會、北嶽區文聯	1943 年	短篇小說、報告文學、童話、散文、牆頭小說、話劇等。	共收到作品 696 件，其中除音樂作品 20 件、繪畫作品 2 件外，其他都是文學作品。
晉冀魯豫邊區文教作品獎	晉冀魯豫邊區政府	1946 年 7 月～ 12 月	設教材、劇本、散文、小說、故事、傳記等，表揚抗戰史詩，反映邊	各地應徵作品，冀南占四分之一，太行占百分之五十以上，太嶽不足四分之一，得獎作品共 120

			區各種建設成績，爲群眾所喜愛，有對外宣傳意義者爲合適。	件。作家趙樹理的小說獲特等獎，得獎金八萬元。其餘每人得三千元至兩萬元不等。獲獎作品中群眾創作占四分之一。
「群眾文娛創作」獎徵文	晉冀魯豫邊區	1946 年	設劇本、短篇小說等。	共計收到 540 件，附印推廣的 10 種，得獎的 139 件，集體創作的占百分之四十七多。
北方大學藝術學院創作徵文運動	晉冀魯豫邊區	1947 年	設秧歌劇劇本、話劇劇本、活報劇劇本、彈詞、鼓書、快板、洋片。獎金共五萬元。	歌詞 160 首、歌曲 118 首、秧歌劇 30 個、話劇 20 個、快板劇 3 個、活報劇 2 個、短歌劇 9 個、彈詞 3 首、大秧歌舞 1 個、洋片一套共 30 幅。

　　毛澤東《在延安文藝座談會上的講話》發表之前，徵文處於多而零散的狀態，但是《講話》確定了文藝政策之後，獎金的設置開始規範化、規模化、標準化。不過，上文提到的眾多文藝獎金中，不少獎項都是虎頭蛇尾，眞正做到由發出徵文啓事、收集稿件、評獎排名、撰文宣傳到最後編輯成冊這幾個流程的並不多，原因是戰爭時期諸多事情處於混亂狀態，很多徵文無法順利進行，或者進行了一期之後就被打斷，不少稿件也無法順利送至編輯部。1942 年的「五四」青年文藝獎金原本設置是每年舉辦一次，但也是只進行了一次。另外，不少獎項純粹是因時而設，是根據當時的戰爭任務而設計的徵文啓事，目的是讓大眾瞭解當時的政治形勢，達到教育群眾的目的。其徵稿初衷都是要反映當下的形勢，如邊區的掃盲、衛生、植樹以及減租鬥爭、參加變工隊〔註7〕等等，所以特殊時期一過，獎項也就失去了其存在的意義。有的獎項出了徵文，但是後續發展也沒有報導，有多少徵稿、獲獎多少也沒有史料可查。整個徵文活動呈現的局面是，宣傳廣泛、參與人數多、稿源豐富，但佳作很少，類型作品居多，不過徵文的本意也不在此，只要做到了宣傳作用，徵文的目的就達到了。

　　如此看來，徵文的發起首先是中共文藝政策的體現，獎項設置與文藝政策的高度一致。如對於《解放日報》的徵文，毛澤東曾親自批示徵文辦法及標準：「《解放日報》第四版徵稿辦法：（一）《解放日報》第四版稿件缺乏，

〔註 7〕 編者注：變工隊是中國農村舊有的一種勞動互助組織，其一般是由若干戶農民組成，通過人工或畜工互換的方式，輪流爲各家耕種，按等價互利原則進行評工記分，秋收後結算。抗日戰爭時期，在抗日根據地，變工隊有了廣泛的發展。

且偏於文藝，除已定專刊及由編輯部直接徵得稿件之外，現請下列同志負責徵稿：荒煤同志：以文學為主，其他附之，每月 12000 字。江豐同志：以美術為主，其他附之，每月 8000 字，此外並作圖畫。張庚同志：以戲劇為主，其他附之，每月 10000 字。柯仲平同志：以大眾化文藝及文化為主，其他附之，每月 12000 字……（二）各同志擔負徵集之稿件，須加以選擇修改，務使思想上無毛病，文字通順，並力求通俗化。（三）每篇不超過 4000 字為原則，超過此字數者作為例外。（四）如每人徵集之稿件滿 12000 字者，可在第四版一次登完。但編輯部可以調劑稿件，分再兩天或三天登完，並不用專刊名目。」〔註8〕在這裡，文學創作分配到人，字數也要達標，且內容都是通俗易懂的文藝大眾化文章，同時，對於文學體裁也作了規定，認為戲劇與新聞通訊是當時最重要最適合的文學表現形式，「在目前時期，由於根據地的戰爭環境與農村環境，文藝工作各部分中以戲劇工作與新聞通訊工作最有發展的必要與可能。其他部門的工作雖不能放棄或忽視，但一般地應以這兩項工作為中心。內容反映人民感情意志，形式易懂易演的話劇與歌劇，已經證明是今天動員與教育群眾堅持抗戰，發展生產的有力武器，應該在各地方與部隊中普遍發展。報紙是今天根據地幹部與群眾最普遍、最經常的讀物。報紙上迅速反映現實鬥爭的長短通訊，在緊張的戰爭中是作者對讀者的最好貢獻，同時對作者自己的學習與創作的準備也有很大的益處。」〔註9〕

二

解放區有獎徵文對「文」的內容是有預設的，如上文所提到的毛澤東對《解放日報》徵文的設想，明確提出話劇與歌劇是最重要的形式，本文統計了幾個重要文學獎金徵文的獲獎作品中文學體裁的分類，如下表：

獎 項	獲獎作品總數	戲 劇	散 文	圖 畫	歌曲	詩歌類
「七七」文藝獎金	29 篇	12 篇，其中話劇 2 篇，秧歌劇 4 篇，其他各類舊劇 6 篇	5 篇，包括小說、通俗故事、報告文學、速寫和童話	6 篇，年畫和連環畫各 3 篇	6 首	

〔註8〕 毛澤東：《毛澤東新聞工作文選》，新華出版社，1983 年版，第 101 頁。

〔註9〕 《中共中央宣傳部關於執行黨的文藝政策的決定》，《解放日報》1943 年 11 月 8 日。

「魯迅」文藝獎金鄉村文藝創作	158 篇	26 篇，話劇 9 篇，秧歌劇 12 篇，其他各類舊劇 5 篇	散文 27 篇	一套連環畫	7 首	舊詩文對聯 27 首，詩歌、歌謠 58 篇
「五四」文藝獎金	54 篇	獲獎 18 篇，話劇 3 篇，小調劇 5 篇，鑼鼓劇 5 篇，雜要 5 篇	獲獎作品 20 篇，報告文學 10 篇，速寫隨筆 10 篇	8 幅，木刻 3 幅，漫畫 4 副，水彩畫 1 幅	5 首	3 首
「五月」「七月」文藝獎金	73 篇	獲獎作品 29 篇，話劇 17 篇，秧歌劇及雜要 12 篇	報告文學 3 篇，新聞通訊 3 篇	17 幅，木刻 2 幅，單幅畫 7 幅，連環畫 8 套	16 首	3 首

　　可以看出，戲劇、散文、繪畫、歌曲几乎是每個文學獎金都設置的條目，「七七七」文藝獎金中，戲劇幾乎占到了一半，「五月」「七月」文學獎金中，戲劇大概占到了三分之一，而戲劇中的秧歌劇又占到話劇的一半，所以說文學獎金的徵文中，大多傾向於對戲劇的推廣和發展，從戲劇的種類上分，話劇這種文學類型在解放區並不占主要地位，但形式短小、精悍、通俗、故事簡單、手法不多的秧歌劇卻被廣大群眾接受和理解，並被大量創作，在不少作家的回憶中，他們都是到民眾的生活中去瞭解秧歌劇的創作，通過調查訪問集體創作，「我們的工作方式是到一個地方先進行調查訪問的工作，看看這裡有些什麼工作需要配合，有些什麼勞模需要表揚。另外還有一部分人去進行藝術上的調查訪問，看看這裡有什麼老藝人，有什麼特殊的藝術；並且立刻向他們學習，記錄他們所唱的歌，蒐集他們所口述的秧歌本子。經過了這樣一番調查之後，就連夜趕編一些適合當地情況的新節目在秧歌中間來演出。」〔註10〕這些秧歌劇都是結合當時農民的實際情況，具有很強的現實性，如「七七七」文藝獎金中獲獎作品《王德鎖減租》，是「為了配合當地的減租運動而寫成的」〔註11〕，「五月」「七月」文藝獎金的獲獎作品《豐收》則是為了宣傳「變工隊的好處」。創作者很清楚自己的讀者對象是工農兵大眾，「七七七」文藝獎金獲得者馬烽就很明確地說，「我寫作，心目中的讀者對象就是中國農民及農村幹部，至於其他讀者喜歡不喜歡讀，我不管，只要我心目中

〔註10〕　張庚：《回憶延安魯藝的戲劇活動》，《中國話劇運動五十年史料集》（第三輯），中國戲劇出版社，1985 年版，第 11 頁。
〔註11〕　馮牧：《敵後文藝運動的新收穫》，《解放日報》1945 年 5 月 6 日。

的讀者對象樂意看，樂意聽，我就滿足了。」〔註12〕

　　另外，這些徵文、文學獎金徵文都規定了固定的稿酬和獎金，當時解放區的生活極其艱苦，在這樣的情況下，部分稿酬的獎勵可以說是對寫作的極大激勵。「來稿一經刊登，將給予相當物質報酬」（《紅色中華》報），「入選作品均給酬金，以資鼓勵」（《蘇區的一日》徵文），「準備現金薄酬，酬勞寫稿的同志們」（《五月的延安》徵文），「來稿採用後，酌致現金或物質報酬」（《紅軍故事》徵文）。另外還有如晉察冀邊區文聯等「懸賞徵求藝術作品」這樣的徵文標識。這些徵文中的獎勵有物有錢，物酬方面會獎勵生活必須品如毛巾、筆記本、紙張、鉛筆、肥皂等，稿酬雖然沒有設定具體的數目，但已經給徵文參與者不小的鼓勵。其他一些文學獎金則是明確標出獎金的數額，並且以各種形式來獎勵文學創作，如 1941 年 5 月，太行區文聯召開第二次理事會，決定發起 5 月份創作活動，「並籌 100 元爲獎金；評委會給予甲等獎獎金 40 元，乙等獎獎金 20 元，所發獎金係中央領導同志捐贈。」1942 年 1 月，陝甘寧邊區劇協召開執委會，討論了上年劇作的評判及獎金問題，4 月，晉冀魯豫政府爲開展文化運動，決定設立文化獎金，「每年暫定爲 15000 元（太行區 7000 元，冀南區 4500 元，太岳區 3500 元）」〔註13〕。陝甘寧邊區音協設立聶耳創作獎金，對於優秀歌曲作品「給予獎金 500 元」。1943 年 11 月，山東省政委會通告獎勵實驗劇團新創作的《過關》和國防劇團新創作的《群策群力》兩劇，認爲它們是近年來「戲劇創作中比較成功的作品」，「決定各給獎金一千元，以資鼓勵。」〔註14〕1944 年，西北局文委召開會議，總結延安各劇團、秧歌隊下鄉經驗。會議經到會同志交換意見，提出受獎秧歌、戲劇共 31 個，其中一等獎劇目有《血淚仇》、《模範城壕村》、《逼上梁山》、《拉壯丁》、《慣匪周子山》等。1945 年 1 月，延安群英會舉行發獎典禮，「文藝界獲甲等獎者有汪東興、吳印咸、古元、王大化等 16 人，獲乙等獎者有賀敬之等 19 人，另外，西北戰地服務隊、中國民歌研究會、平劇院、棗園文工團、聯政宣傳隊等獲團體獎」〔註15〕。1945 年 7 月，陝甘寧邊區綏德分區地委宣

〔註12〕馬烽：《中國農民與文學作品》，《馬烽文集》（第 8 卷），大眾文藝出版社，2000 年版，第 217 頁。

〔註13〕陳蘭英等主編：《山東省文化藝術志資料彙編》，山東省文化廳《文藝志》編輯室編印，1984 年，第 84 頁。

〔註14〕馬以鑫：《中國現代文學接受史》，第 278 頁。

〔註15〕馬以鑫：《中國現代文學接受史》，第 281 頁。

傳部發佈文藝創作獎,「發出文藝創作獎金 43 萬元,其中戲劇類得獎 24 個,小形式和雜耍類得獎 19 個,美術類得獎 8 個」〔註16〕。以上獎金可以看出解放區爲推動文藝大眾化運動不遺餘力,通過名目繁多的獎勵最大範圍地發動群眾。

　　如此一來,正因爲徵文的題目簡單易操作,並且還有稿酬的吸引,所以才使得每一個徵文的來稿都非常豐富,參與人數眾多,1941 年 6 月的「五四中國青年節獎金徵文」,短時間內就收到來稿 150 餘篇（其中文藝類 97 篇,戲劇類 12 篇,美術類 18 篇,音樂歌劇 20 篇）。鄉村文藝創作徵文,三個月的時間共收到稿件六百九十六篇,應徵者共有五百,「其中小學教員占一半,文教會員、村劇團幹部和在鄉的、敵佔區游擊區的知識分子占百分之四十,小學生占百分之二,文救小組和村劇團的集體創作占百分之三,其他各級幹部二十多人,並有一個農民和一個縣抗聯的伙夫同志。」〔註17〕1943 年,膠東地區組織的「五四」文學藝術創作大競賽,徵文發出後,編輯部這樣形容稿件情況:「稿件雪片似地飛來,數量空前,不僅來自軍隊,來自機關,來自學校、工廠、農村、俱樂部,而且來自敵佔區,有全部十分之二的作品是經過敵佔區作者秘密包裹,通過敵人的層層封鎖,才郵寄過來。來稿又以小學教師的爲最多,好些小學教師以很厚的『寫作集』寄出;也有好些農村俱樂部熱情地集體投稿。不少業餘的優秀的新作者紛紛湧現。徵文競賽中,報告文學、速寫隨筆、話劇、小調劇、鑼鼓劇、詩、雜耍、歌曲、木刻、漫畫、水彩畫等十來種文藝形式均以業餘作者獲獎爲主。」〔註18〕更有甚者,冀中區在 1942 年曾發動「冀中區創作徵文」,稿件多到用大車拉;北嶽區在 1943年的群眾創作徵文時,收到作品近 700 件,其中很大部分是劇本,入選作品158 篇,並有農民自製的油彩和「瓢琴」。規模最大、影響深遠的「中國的一日」徵文,到最終截稿,以字數計不下六百萬言,以篇幅計,在三千篇以上,受其影響的「冀中一日」徵文最終成稿也有三十萬字。

　　眾多的數字標明,獎勵機制已經成型,徵得的文章在數量上也是可喜可賀,這確實是一場轟轟烈烈的文藝大生產運動,但具體到每一部得獎作品,它的內容又是怎樣,我們以「七七七」文藝獎金爲例來看,1944 年,《抗戰日

〔註16〕馬以鑫:《中國現代文學接受史》,第 281 頁。
〔註17〕張學新、劉宗武編:《晉察冀文學史料》,天津社會科學出版社,1989 年版,第 294 頁。
〔註18〕陳蘭英等主編:《山東省文化藝術志資料彙編》,第 50 頁。

報》首先推出文藝獎金徵文啓事，啓事發出五個月之後，文藝獎金委員會又刊出了延期啓事，「本會原定『七七』紀念日公佈當選作品，截至現在止，收到的應徵作品已不少，但因多數交來過遲，致一時稿件擁擠，而各評判委員在此時工作異常繁忙，不及一一詳細審閱；爲了評選慎重，必須有較充分時間。其次，現有應徵作品中，有當選可能或尚可發表者，內有若干須寄還作者再加修改或潤色，使成爲頗完善的作品，因此稿件往返需時日。爲了這兩個原因，本會特決定將獎金作品展期至『九一八』紀念日正式公佈，並將收稿截止期移至八月十五日。倘望各作者鑒諒，如有尚在寫作中的作品，均可源源寄來本會。此啓。」〔註19〕

　　徵文到 1944 年 9 月 18 日《抗戰日報》才正式刊出獲獎作品，題爲《毛主席文藝方針下邊區文藝的新收穫──「七七七」文藝獎金獲獎作品公佈》，「七七七」文藝獎金徵文結束。接著，《抗戰日報》發表《「七七七」文藝獎金公佈之後》的社論，同時不少作家陸續發表關於得獎作品的評論，如《敵後文藝運動的新收穫──讀晉綏邊區「七七七」文藝獎金》（馮牧），《肯定新現實的作品──看了「七七七」文藝獎金獲獎作品後的一些粗淺意見》（希驀），《對於〈大家好〉的評論》（盧夢），《談〈大家好〉》（馬貽艾），《關於〈王德鎖減租〉》（楊戈），《〈大家辦合作〉評介》（西戎）等。社論中高度評價了這次徵文活動，「這是在毛主席的文藝方針下，我敵後文藝運動的一個很大的收穫」〔註20〕，對於得獎作品，「在內容上，都能符合於邊區的政治任務，切合邊區群眾的生活，在形式上、技術上，大都能普及，爲群眾所喜聞樂見，且多樣化。」〔註21〕文章強調最多的是文藝作家可以從群眾中來的問題，文藝不再是少數人的專利，「寫《轉移》的孟繁彬同志，和寫《張初元故事》的馬烽同志，據說都僅僅讀過小學，也並未專門研究過文藝……技術雖然粗糙，但內容逼眞，仍不失爲有意義的作品。」〔註22〕因此，不但要提供更多的給工農大眾創作的機會，而且最好要互助，運用集體寫作的方法，「『七七七』文藝獎金委員會，將成爲經常性的組織，於每年七月七日舉行一次文藝獎金，今後並要增加工農作者一項。」〔註23〕《肯定新現實》一文認爲這

〔註19〕　《抗戰日報》，1944 年 7 月 1 日。
〔註20〕　《「七七七」文藝獎金公佈以後》，《抗戰日報》1944 年 9 月 20 日。
〔註21〕　《「七七七」文藝獎金公佈以後》。
〔註22〕　《「七七七」文藝獎金公佈以後》。
〔註23〕　《「七七七」文藝獎金公佈以後》。

次得獎作品具有以下特點，即，「寫了農民」、「有著濃厚的戰鬥特別是戰鬥
氣氛」、「團結、氣氛與教育」、「積極地發展與生長的氣氛」，文中以五四新文
學為座標，指出新文學革命沒有實現的任務在這一時期實現了，即最大程度
地使文學接近百姓，至於作品的藝術性高低，「『陽春白雪』是高於『下里巴
人』的，《雷雨》、《子夜》是比《大家好》、《新與舊》要高得多。但晉西北演
出《雷雨》之後，士兵和民眾有許多地方不能瞭解。這些作品新鮮活潑，雅
俗共賞，感動人的力量是很大的（尤其是戲）。比之坐在苦雨齋中，細品苦
茶、談龍談虎，自我消遣，而愈鑽愈迷，以至盡說鬼話，自以為不沾人間煙
火味……其感染性大萬萬倍。」〔註24〕可以說，在評論者眼中，獲獎作品達
到了藝術性與政治性結合的目標，符合徵文標準且應作為以後評獎作品的典
範之作。

以戲劇類獲得甲等獎的《王德鎖減租》為例，我們可從內容、語言特點、
人物塑造等方面看出這類獲獎作品的寫作模式。人物設置方面，主人公王德
鎖是一個有著被改變的潛力但是有些懦弱的普通農民，他對當時的政治形勢
並不清楚，自己的生活有了改變，但他仍然對這些持懷疑態度，認為這一切
都還會回到以前被剝削的地位——這正是當時典型的農民形象，是黨需要改
造和發展的對象，除此之外就是頑固地主（趙卜喜）、開明地主（劉日新）、
受過教育的農民（張保元、丁丑）以及宣傳黨的政策、引導農民的幹部形象。
王德鎖是村裏受剝削很嚴重的農戶，他性格樸實憨厚但又懦弱，其妻李氏潑
辣開朗，對新政策極其擁護且一直說服王德鎖要敢於爭取自己的利益。但是
第一次減租之後，王德鎖又悄悄地將租子送還給地主，因為他害怕八路軍離
開村子之後地主對他進行倒算，「聽人說八路軍不會久站，這消息人人都在言
傳，若要是恢復了以前局面，我看你減了租怎麼辦？」「如今的世事天天在變，
變得好變得壞不保險。作事情要有遠見，不要只顧眼跟前。減租事兒我自有
主見，你那邊再莫要多言。」〔註25〕他甚至認為做人要講良心，覺得自己的
生活已經得到了基本的保證，不該對地主如此殘忍，當然，最後經過工作組
的耐心開導，打消了王德鎖徘徊觀望的心態，他大膽地去地主家拿回了自己
的租子。此劇可以說很成功地塑造了這些人物類型，將農村中的幾種典型人

〔註24〕 希舊：《肯定新現實的作品——看了「七七七」文藝獎金獲獎作品後的一些粗
　　　　淺意見》，《抗戰日報》1944 年 11 月 3 日。
〔註25〕 西戎：《西戎文集》，山西人民出版社，2001 年版，第 1178 頁。

物抓得很準確並且非常具有生活氣息，這主要體現在語言的運用上，每個人物的出場都以快板來做一段自我描述，如二流子趙栓兒一出場，「東家走，西家串，我是張家溝的大懶漢，每天起來四處轉，晌午爬起睡夜半。溜勾子，耍賴皮，賭博騙人的本事樣樣齊……說我懶，我眞懶，老人留下十坰地賣的賣來典的典，五坰典給我趙大叔，又租回來種了穀，糞不上，草不除，由它長成個一塌糊。」〔註26〕這些明白通俗易懂且又極具鄉村特色的語言很具有感染力，深受群眾喜愛。雖然入選的作品由於體裁的不同語言風格有差異，但是通俗卻是普遍要求。如獲散文類乙等獎馬烽的作品《張初元的故事》，其語言很具有代表性，「他從小就是受苦受罪，熬煎大的，俗話說，雇到的徒弟買到的馬，由人家餵來由人家打，在那荒山野林裏，伴著不會說話的牲畜過活，牲畜吃的豕胖豕胖的，人卻餓成個黃蠟蠟的。掌櫃的不把他當人看，一說話二瞪眼，開口就罵，伸手就打；那陣子，小孩孩，哭了的比尿了的還多呵……」〔註27〕文中充滿了山西農民口語風格的詞語，這種作品所產生的示範作用是抽象的理論無法替代的。同樣的效應，趙樹理的《小二黑結婚》爲代表的小說發表後，晉冀魯豫解放區在1946年評他爲「文教作品獎金」特等獎。隨後《人民日報》在1947年發表了社論，號召作家「向趙樹理方向邁進」，因爲趙樹理的作品雖然政治性很強，但在創作中卻深諳群眾心理，且選擇了「活在群眾口頭上的語言」〔註28〕，以「群眾聽不聽得懂爲前提」，可以說是政治性與藝術性的完美結合。

另外，獲獎作品在內容上要體現一種轉變和變化，即農民在被教育前和被教育後的區別和受到的洗滌，《王德鎖減租》中，在被教育之前，王德鎖是懦弱的，對政治形勢是懷疑的，不相信自己的生活和地位可以得到根本的變化，但經過村幹部的說服之後，其思想發生了改變，成爲了一個進步的農民形象。在另一部獲獎小說《新與舊》中這種轉變的痕跡更加明顯，主人公「二排長」由一個「沒有拿過槍、不識字的」對政治一竅不通的粗人變成了一個眞正的軍人，從這種轉變來歌頌黨的領導對根據地生活的根本改造。

從設定徵文標準到徵文過程到最後的宣傳，我們可以看到文學獎金的設置對徵文的影響，內容上，要與大眾的生活緊密相連，人物之間的關係以及

〔註26〕 西戎：《西戎文集》，第1138頁。
〔註27〕 馬烽：《張初元的故事》，晉綏邊區呂梁文化教育出版社，1944年版，第10頁。
〔註28〕 《向趙樹理方向邁進》，《人民日報》1947年8月10日。

矛盾設置要簡單且易解決；語言上更要貼近大眾，說唱結合，通俗易懂，要直觀。綜合而言，思想上的政治功利性和體式通俗性的結合是獲獎作品的最大特點。經過這樣一個完整的評獎過程，文學獎金徵文對文學的引導也就完成了，而獲獎的文藝作品也成了以後進行文藝徵文傚仿的對象，如此，文藝大眾化在不斷推進中壯大和完善。

三

參與人數廣，來稿數量多，成了徵文津津樂道的事情，歷史上沒有一個時期能像這樣，文學成了人人都可以操作的一種情感表達形式。在文學獎金的委員會成員以及徵文的評委中，我們看到有一些作家參與其中，如「中國的一日」的發起者鄒韜奮、茅盾，「五四」青年文藝獎金和《長征記》徵文評委中的丁玲，這些作家都曾撰文高度評價了這些徵文活動，如茅盾爲《中國的一日》徵文撰寫《關於編輯的經過》，文中甚至發出這樣的讚歎「倘使環境改善立刻能開放燦爛的比現在盛過數倍的文藝之花。」〔註29〕丁玲說，「它會使我感動，我對這些偉大的事跡驚奇，我越看它越覺得自己生活經驗不夠。」〔註30〕她被稿源的豐富所震撼，「從東南西北，幾百里、一千里路外，一些用蠟光洋紙寫的，用粗紙寫的，躺到了編輯者的桌上。」〔註31〕總結這部書時她說，「這部破世界紀錄的偉大史詩，終於在數十個十年來玩著槍桿子的人們寫出來了，這是要使帝國主義的代言人失驚的，同時也是給了他一個刻骨的嘲弄。」〔註32〕值得注意的，我們從這些評價中體會到的不僅僅只是一種驚喜和震撼，還有懷疑和不確定，文學到底該如何寫，這樣的大規模徵文，讓工農兵參與其中，是不是文學發展的可能和抗戰時期文學發展的道路？他們在評論這些徵文時有個共同點，即從宏觀上對其規模持肯定態度，用「驚喜」「震撼」「文藝的希望」「文學的未來」等詞語來評價，但很少或幾乎不對個別文章加以評論，也不從藝術手法或純文學評論的角度來展開，從根本上，他們對用這種方式記錄這個時代的有效性有諸多的疑問和不確定。

〔註29〕茅盾：《關於編輯的經過》，茅盾主編：《中國的一日》，上海書店，1936 年版，第 6 頁。

〔註30〕丁玲：《文藝在蘇區》，《解放》第一卷第 3 期，1937 年 4 月 15 日。

〔註31〕丁玲：《文藝在蘇區》。

〔註32〕丁玲：《關於編輯的經過》，艾克恩編：《延安文藝運動紀盛》，文化藝術出版社，1987 年版，第 15 頁。

　　有獎徵文在一定程度上確實完成了文藝大眾化和化大眾的作用，但同時，它通過製造聲勢達到的是更強的情感凝聚作用。首先，徵文數量眾多，但經典極少，徵文最重要的是政治宣傳，考察這些徵文，基本都有一個政治事件作為徵文緣由，為「粉碎日寇三次治安強化運動」的徵文，為開展軍民誓約運動的徵文，即使是對稿件的文學性要求較高的「魯迅文藝獎金」，也被要求和政治形勢相結合而徵文。集體創作型的「一日」系列徵文更是如此，將時空定格在某一天，這一天，有著共同目標的人被集體記錄在時代中。所以，徵文最重要的是達到政治上的統一性：我們生活在同一個時空之下，我們共同回憶和紀念某些政治運動，我們共同憧憬和展望新的未來。其次，對於徵文的組織者和應徵者，徵文激發或引導了他們記錄時代和被時代記錄的強烈意願。組織者想最大程度上調動寫作者，獎金的名目雖不同，但本質上是一致的，即要求大家記錄當下的實際的現實的生活，體裁上更接近「報告文學」，所以徵文的記錄作用大於它的「創造」文藝的作用。茅盾、丁玲感歎於徵文數量的巨大，更多的是一種時代被每個人記錄、見證的興奮感。普通工農大眾有一種可以進行文學創作、可以成為文學創作的對象、可以見證時代的參與感，個人與時代之關係似乎變得那麼清晰，由此，有獎徵文不但製造了政治認同的形勢，也在集體認同感上讓發起者和應徵者達到了一致。

　　解放區的系統或零散的有獎徵文設置，是一套完整的文藝生產流水線，文藝協會、政治部、組織部、文化部，這些部門都參與了文藝徵文，形式豐富，有針對全國的「一日」徵文，不拘題材，不拘體裁，不拘字數，寫什麼都可以，什麼都可以寫，有關於某主題的如軍民誓約運動、紀念七七事變、紀念五四，也有利用名作家效應的「魯迅文藝獎金」。從政治宣傳，政治對文學的直接干預來講，解放區將「文學」的標准定義為反映現實、民眾理解，一系列的徵文給大眾營造了一種人人都可創作的意識，而大眾的積極參與也證明了文藝政策的成功。徵文發起者與參與者都達到了其目的，發起者宣傳了政治政策，這種宣傳的態度是溫和的，是以「文藝大眾化」為最高指標的，徵文參與者沉浸在人人都可參與文學創作的氛圍中，積極迎合發起者的徵文標準，獲獎機會高、標準低又再度加強了徵文的順利進行。這套流水線設置本身已經凸顯了它的意義，至於生產出怎樣的文藝作品似乎變得不是那麼重要。

1903 年新知識階層的崛起與民國文化空間[註1]

王　平

（中國海洋大學文學與新聞傳播學院，山東青島，266100）

摘　要

　　民國文化空間具有相當豐富的包容性。若要釐清這種文化特性的歷史淵源，需要追溯到晚清時期。1903 年爆發的拒法運動、拒俄運動、《蘇報》案使得社會政治風潮由維新改良轉向了排滿革命，「知識分子的邊緣化」與「邊緣知識分子的興起」成為新知識階層聚合的兩種主要方式。以中國教育會及其所屬的《中國白話報》為研究個案，可以探察到新知識階層特有的組織形態和話語形式，其複雜屬性與民國文化空間具有深刻的精神聯繫。

關鍵詞：民國文化空間、新知識階層、中國教育會、中國白話報、話語形式

　　民國文化空間具有相當豐富的包容性，「個人體驗的分離與精神趣味多樣化」以及「新／舊、雅／俗文學的多元並存」[註2]就是明顯的例證。究其原因，除卻民國特殊的空間地理因素外，這一文化空間的主體特性亦值得思

〔註1〕　本文為國家社會科學基金項目「清末民初的語言變革與現代文學雅俗觀的生成」（項目編號：09CZW052）的階段性成果。
〔註2〕　李怡：《作為方法的「民國」》，山東文藝出版社，2015 年版，第 16～17 頁。

考。具體而言，知識階層與實際政治活動之關係、其具體的組織形態、所擅長使用的傳播媒介以及獨特的話語形式，皆與民國文化空間的包容特性有著深刻的關聯。若要釐清其複雜屬性，需要追溯到晚清時期，去探尋作爲民國文化空間主體的新知識階層形成的歷史淵源。

一

1903 年，是中國近代史轉折的關節點，也是歷史發展的一個橫斷面。在這一年，現代傳播媒介漸具雛形，新型話語形式隨而開始萌生，一種擁有新型話語形式的嶄新知識階層呼之欲出。更重要的是，1903 年是「革命思潮開始替代改良主義作爲思想舞臺主角的第一個年代。」〔註3〕雖然此前在東南沿海地區，知識界要求變革的呼聲日趨強烈，正所謂「夫自甲午之創，庚子之變，大江以南，六七行省之士，翹然於舊政治、舊學術、舊思想之非，人人爭從事於新智識、新學術」，〔註4〕然而這種變化還只是一種漸進的思想演變，若要將其轉化爲直接的社會革命，還需有外力的觸動和激發。1903 年接連爆發的拒法運動、拒俄運動、《蘇報》案，就成爲了引發外力的關節點。

1903 年 4 月，廣西巡撫王之春擬借助法國軍隊來鎮壓會黨起義，上海、浙江、廣東等地的學堂學生聞聽這一消息，群情激奮，紛紛組織集會，進行鼓動宣傳，決心「捨棄己之身家性命，誓以保國。無論何國侵吾國土，奪吾主權，罔不極力抗拒。」〔註5〕就當拒法運動開展得如火如荼之時，一場聲勢更加浩大的拒俄運動開始由日本轉向國內。4 月初，沙俄拒不履行之前簽署的撤兵協議〔註6〕，還轉而提出簽約要求，妄圖憑藉「合法化的條約」永遠侵佔我國的東北地區。留日學生界得知這一消息，馬上召開緊急會議商議對策，最終決定組織「拒俄義勇隊」奔赴抗俄前線。這一革命熱潮迅速擴展到國內，各省的學生競相報名參加義勇隊，並致電清政府要求出兵與俄軍決戰到

〔註 3〕 李澤厚：《中國近代思想史論》，天津社會科學院出版社，2003 年版，第 272 頁。

〔註 4〕 杜士珍：《論德育與中國前途之關係》，載《新世界學報》第 14 號，1903 年 4 月 12 日。

〔註 5〕 《南洋公學學生王君懷沂啓》，原載於《蘇報》，轉引自桑兵：《晚清學堂學生與社會變遷》，學林出版社，1995 年版，第 84 頁。

〔註 6〕 自 1900 年起，沙俄打著「保護鐵路」的旗號在我國東北地區派駐軍隊，燒殺搶掠，無惡不作。清政府在 1903 年初同其簽署了「撤兵協議」，規定俄軍必須在規定期限內撤出東北地區。

底。然而，對於學生的愛國運動清政府非但不給予支持，還傳旨要求各省的督撫「嚴密查拿，隨時懲辦」〔註7〕。對外喪權辱國、對內無情鎮壓，嚴酷的現實使得包括學生界在內的新知識群體開始清醒地認識到滿清政府的內在本質，對它所抱有的最後一絲幻想也由此而幻滅。於是，革命思潮逐漸代替維新思想佔據了思想界的主導地位，「排滿」一時間成爲知識者的主要論題。

其後，言辭激烈的排滿革命言論開始見諸報端。1903 年 5 月，鄒容在上海大同書局出版了《革命軍》一書，該書以飽蘸激情的筆墨呼籲人們進行革命、推翻滿清政府。《革命軍》甫一刊行，即廣受歡迎和好評。6 月，章士釗改組《蘇報》，提出「排滿革命」的口號。章太炎即在 6 月份的《蘇報》上接連發表了《序〈革命軍〉》（6 月 10 日《蘇報》）和《駁康有爲論革命書》（6 月 29 日《蘇報》）等多篇文章，對鄒容及其著作給予了高度評價，並進而對維新改良派提出了嚴厲的質疑和批駁。面對日益高漲的排滿宣傳活動，清政府十分恐慌，遂以「痛恨政府，心懷叵測，謀爲不軌」〔註8〕的罪名向鄒容、章太炎和《蘇報》起訴問罪，製造了震驚中外的「《蘇報》案」事件。但是清政府始料未及的是，《蘇報》案不但沒有阻遏住排滿風潮，反而進一步推動它向縱深階段發展，革命思想繼而得以迅速地向內陸地區傳播。就這樣，以 1903 年爲分水嶺，整個社會文化思潮便由維新改良轉向了排滿革命。

二

在《蘇報》案背後，有一點尤其值得注意，那就是新知識階層的聚合方式在這一過程中顯現出深刻的含義。有研究者指出：「1903 年國內知識界思想的激進化集中表現在兩個方面：一是學潮的湧動；二是報刊宣傳的革命化。」〔註9〕在這兩個因素的直接作用下，一個擁有自己獨特話語方式的嶄新社會階層應時而生。這一新的社會階層以「學生社會」爲核心，主要由兩個社會群體組成：「一是由士紳集團中分離出來從事文教新聞事業的開明人士，二是國內新式學堂（包括國人自辦與教會學堂）及留學運動培養的青年學

〔註7〕 楊天石、王學莊編：《拒俄運動》，中國社會科學出版社，1979 年版，第 267 頁。

〔註8〕 《蘇報案始末》，載上海通社編：《上海研究資料續集》，上海書店出版社，1992 年版，第 76 頁。

〔註9〕 嚴昌洪、許小青：《癸卯年萬歲——1903 年的革命思潮與革命運動》，華中師範大學出版社，2001 年版，第 147 頁。

生。」〔註10〕羅志田將二者的區別概括爲「知識分子的邊緣化」與「邊緣知識分子的興起」之間的差異。所謂知識分子的邊緣化，即指隨著朝廷推行「新政」，科舉考試的功能逐漸弱化，傳統的士人階層在社會中的地位逐漸趨向於邊緣化〔註11〕；與此同時，隨著西學的引入，許多傳統的讀書人在接受了現代科學知識之後，徹底脫離了正統的科舉取仕體制，開始憑藉自己的知識、技能立足於社會，他們同新式學堂的學生、歸國的留學生（主要是留日學生）一起構成了在邊緣處崛起的新的社會群體，此謂「邊緣知識分子的興起」。

這一新型社會階層「介於上層讀書人和不識字者之間」〔註12〕，他們本來並無獨立的自覺意識，是在轟轟烈烈的革命風潮當中借助於充滿革命色彩的報刊的組織功能，才逐漸凝聚爲一個具有強大影響力的社會階層。以中國教育會及其所屬的《中國白話報》爲典型個案，可以探察到這一社會階層的具體聚合方式。

中國教育會於 1902 年 5 月 4 日在上海成立，發起人包括蔡元培、蔣智由、王季同、葉瀚、汪德淵、黃宗仰、王慕陶等上海及內地的知識界知名人士，由蔡元培任事務長。這個團體名爲倡導教育改良的新式教育機構，1903 年之後它實則是一個秘密的革命團體，暗中宣傳革命思想，組織排滿運動，在辛亥革命史上具有重要的地位。「包括孫中山在內的幾乎所有辛亥風雲人物都或多或少與該會有過關係」，其成員「或爲學校師，或爲編譯員，或爲新聞記者，或爲學生」，「新型知識分子構成該會的主體。」〔註13〕在拒俄運動中，中國教育會發揮了核心組織作用，鼓動學潮，改組《蘇報》，發表排滿革命言論，一時間成爲上海乃至於整個中國的革命宣傳中心。及至《蘇報》案之後，中國教育會受到了沉重的打擊，各項活動均處於停滯狀態。無奈之下，會員們只得「把大團體解散了，化成無數小團體，各人分頭辦事」〔註14〕。

在這種背景下，中國教育會審時度勢，推出了一種卓有成效的宣傳組織

〔註10〕 桑兵：《20 世紀國內新知識界社團》，載許紀霖編：《20 世紀中國知識分子史論》，新星出版社，2005 年版，第 205 頁。

〔註11〕 1905 年科舉制被廢除之後，士人地位的邊緣化趨勢更加明顯。

〔註12〕 羅志田：《權勢轉移：近代中國的思想、社會與學術》，湖北人民出版社，1999 年版，第 216 頁。

〔註13〕 桑兵：《清末新知識界的社團與活動》，生活・讀書・新知三聯書店，1995 年版，第 196～197 頁。

〔註14〕 《文明紹介》，載《中國白話報》第 7 期，1904 年 3 月 17 日。

形式，這就是在近代報刊史上寫下濃墨重彩一筆的《中國白話報》。《中國白話報》於 1903 年 12 月 19 日在上海創刊，創辦之初爲半月刊，自第十三期起改爲旬刊，截止到 1904 年 10 月停刊，總共出版了 24 期。據阿英回憶，在「1904 年前後，出現了好多種宣傳革命的『白話報』」，其中《中國白話報》「影響最大、發刊時間最長」。〔註 15〕蔡樂蘇也曾經做出這樣的評價：「《中國白話報》出，可謂群白話報之冠，它不僅具有明確的革命態度，其影響也遠勝於其他白話報。」〔註 16〕值得注意的是，與之前出現的《無錫白話報》、《杭州白話報》、《蘇州白話報》等白話報刊有所不同，《中國白話報》並非同人辦報，而是在中國教育會這一新知識社團的支持下創辦起來的。作爲一種機關報，中國教育會的宗旨、目標以及思想傾向都對《中國白話報》的辦刊方針和整體風格起到了決定性的影響作用。

《中國白話報》的創辦人即爲曾任《杭州白話報》主筆的林獬。1901 年林獬在杭州蠶桑學堂任教時，應友人項蘭生（項藻馨）之邀，參與創辦了《杭州白話報》，以宣樊子的筆名寫下了大量的白話文章。遺憾的是，他因家中突遭變故返回家鄉，而中途退出了編輯工作。〔註 17〕之後林獬輾轉由福州來到上海，與蔡元培結識，繼而加入了中國教育會，並於 1903 年春啓程赴日本留學。初到日本，他就積極投入到拒俄運動之中，參與了拒俄義勇隊的發起、組織工作，表現十分活躍。時隔不久，他與蘇曼殊等一起被義勇隊派回國內進行革命宣傳。〔註 18〕此時的上海，正值《蘇報》案剛剛發生，革命風潮處於低谷。林獬遂與堅持進行革命活動的中國教育會再度取得聯繫，並憑藉他在《杭州白話報》所積累的辦報經驗，擔負起了主辦《中國白話報》的任務。

《中國白話報》的另一名創辦人是名聞遐邇的古文經學家劉師培。他與章太炎交誼深厚，逐漸爲上海的革命氛圍所感染，遂同中國教育會的骨幹成員們保持了密切的聯繫。劉師培寫作的特點就在於「將家傳學術與時代風雲密切結合」〔註 19〕，《中國白話報》「地理」、「學說」、「歷史」、「傳記」等欄目的文章大都出自他的手筆。劉師培以「光漢」爲筆名發表的系列「論說」

〔註 15〕 阿英：《辛亥革命文談（三）》，《人民日報》1961 年 10 月 16 日。

〔註 16〕 蔡樂蘇：《中國白話報》，載丁守和主編：《辛亥革命時期期刊介紹》第一集，人民出版社，1982 年版，第 443 頁。

〔註 17〕 參見王植倫：《林白水》，福建教育出版社，1992 年版，第 111～156 頁。

〔註 18〕 參見林慰君：《我的父親林白水》，時事出版社，1989 年版，第 21～24 頁。

〔註 19〕 方光華：《劉師培評傳》，百花洲文藝出版社，1996 年版，第 19 頁。

文，獨具一種強烈的激進主義色彩。

與黃遵憲、裘廷梁等早期白話文運動的倡導者相比，以林獬、劉師培為代表的新型知識者具有獨特的思想個性，這種獨特的思想個性從而決定了他們辦白話報、寫白話文章的目的、指歸也與前者截然不同。首先，無論是林獬還是劉師培，其人生道路在 1903 年都發生了深刻的轉折，即徹底脫離了傳統文人的生存軌道，成為「邊緣知識分子」群體的一員；其次，他們創辦、編輯《中國白話報》並非一種自發的個人行為，而是在中國教育會這一新知識社團的組織之下才得以進行的，具有明確的政治目標和報刊運作思路；再次，此時白話報的刊行宗旨已由「開啓民智」轉變為「排滿革命」，對清政府的態度發生了根本性的變化，而這無疑將對他們的文化價值觀產生深遠的影響。

三

很自然地，較之以往的白話報刊，《中國白話報》從各個方面都表現出鮮明的風格特色。閱讀報刊文本，我們即能夠從中感受到強烈的時代感，而白話文這一古老的文體也因之呈現為一種嶄新的話語形態。

林獬以「白話道人」的筆名在第一期上發表了《中國白話報發刊詞》，同他為《杭州白話報》所寫（當時用的是「宣樊子」這個筆名）的《論看報的好處》（具有發刊詞性質）一樣，這篇文章也是著重於介紹白話報的種種優長，呼籲人們踊躍讀報以瞭解新知。然而稍作對比我們就會發現，二者之間還是存有一些微妙的差異。《論看報的好處》在談及現代報刊的意義、價值時，只是籠統地指出，這「開報館的法子」，「最便我中國的士農工商四等人」，如果大家都能看報，「不過幾年，那風氣就大開了，國勢也漸漸的強起來了。」〔註20〕然而《中國白話報發刊詞》則在篇首發出了這樣的疑問：「現在各種的日報也出得很多了，就是那種月報、旬報，豈不是刮刮叫的讀書人辦的嗎？看這報的人也很多，為什麼風氣還是不開？明白的人還是這樣少？中國還是不能夠自強呢？」這一詰難頗具氣勢，同時也發人深思，繼而作者道出了問題的癥結所在，那就是「我們中國最不中用的是讀書人」，他們除了會說一兩句空話、寫幾篇空文之外，別無所長。〔註21〕如果說《杭州白話報》

〔註20〕 宣樊子（林獬）：《論看報的好處》，載《杭州白話報》第 1 期，1901 年 6 月 20 日。

〔註21〕 白話道人：《中國白話報發刊詞》，載《中國白話報》第 1 期，1903 年 12 月 19 日。

將讀書人與工、農、商相提並論，體現了一種開明的思想，那麼《中國白話報》把讀書人置於對立的地位則標誌著革命性的變化。它昭示出，文人這一社會階層業已出現了分裂的跡象。我們注意到，在對讀書人進行指斥時，作為知識者的白話道人始終處於局外人的角度。這即意味著，他已經主動放棄了「文人」的社會身份。

在這種情勢下，讀者群體與白話報之間的關係也與以往大不相同。在這裡編輯者們並不是處於居高臨下的地位，他們寫白話文章的初衷也並非出於「慈善」的考慮，而是另有更為宏大的目標，那就是動員起全社會的力量進行革命。白話道人曾直言：「我們這中國白話報，宗旨是主張民族的，手段是與日本下瀨的火藥差不多。」〔註22〕

可以看出，較之以往的白話報刊，這一刊物的自我價值定位發生了明顯而又深刻的變化。換言之，《中國白話報》不再是由文人雅士創辦的以開啓民智為指歸的知識普及類報刊，而是肩負著為「民族革命」而宣傳的重任。圍繞著排滿革命這一根本目標，《中國白話報》積極地進行輿論宣傳活動，它的輻射範圍和影響力日益擴大。辦報之初，僅在上海、寧波、天津、武昌、蘇州、南昌設立了六家代派處〔註23〕，歷時不到一年，它又在成都、無錫、南京、開封、福州、杭州、北京、濟南、蕪湖、鎮江、通州、泰興、廣州等地增開了 30 多家代派處。至 1904 年 10 月 8 日出版第 21、22、23、24 期合刊，代派處總數已達 44 家之多〔註24〕。在這一過程中，《中國白話報》的辦刊宗旨更加鮮明，其中所蘊含的革命精神也更為引人注目。與之相應，刊物的話語主體、接受群體、文本形式也都有所調整，在當時的報刊當中可謂卓爾不群，表現出獨特的媒介風格。

讀《中國白話報》我們會發現，此報最大的特點就是對「國民」概念的使用和闡發。之前《杭州白話報》將「開民智」與「作民氣」聯繫起來，試圖通過界定「民」這個概念來打破社會階層的嚴格界限，以實現各群體之間的交流和溝通。與「民」相比，「國民」則包含著更為繁複的意味。白話道人曾言，『『百姓』兩字，本來也是很有道理的稱呼」，只因坐了金交椅的皇帝把它「變做牛馬的稱呼」，就成了「愚賤小民」了。如果百姓們人人都有知識、

〔註22〕 白話道人：《讀書問答》，載《中國白話報》第 21～24 期合刊，1904 年 10 月 8 日。
〔註23〕 參見《簡明章程》，載《中國白話報》第 1 期，1903 年 12 月 19 日。
〔註24〕 參見《中國白話報》第 21～24 期合刊卷末廣告，1904 年 10 月 8 日。

有精神、有力量，團結起來，「能夠把國內的政事，弄得完完全全」，就會由「民」一躍而成為「國民」。〔註25〕由此可見，「民」與「國民」的區別就在於前者仍屈服於皇權的統治之下，缺乏自主意識，因而難以結合為一個具有政治統一性的獨立的社會階層。

　　為了培育健全的「國民」意識，《中國白話報》加大了「排滿」宣傳的力度，在「紀事」欄目中編發了大量的新聞簡訊，如「張之洞與俄國欽差的說話」、「政府怕俄國」、「中國官巴結俄國官」、「皇太后皇帝要去陝西玩玩」等，迅捷地把朝廷的種種醜陋行徑公之於眾。與此同時，《中國白話報》還在第 1 期至第 4 期連續刊發了白話道人所作的四篇論說，這四篇文章從「做百姓的身份」、「做百姓的責任」、「做百姓的事業」、「做百姓的思想及精神」等角度對「百姓」的地位和價值進行了全面的論述。白話道人指出，百姓要有「國家」意識，要勇於擔當大責任〔註26〕，為「爭國土」、「爭政治」、「爭種族」〔註27〕而團結一致、齊心禦敵。他還援引法蘭西革命的例子，呼籲民眾要刻苦自勵，養成「國家的思想」和「尚武的精神」、「冒險的精神」〔註28〕。

　　在此基礎上，《中國白話報》自第 5 期起又推出了長篇系列「論說」──《國民意見書》〔註29〕，試圖從正面角度闡發「國民」概念的深刻內涵。在《國民意見書：甲辰年國民的意見》一文中他提出，做個堂堂正正的國民，出來干預國家的大事，就要「顯出那整頓乾坤的手段」，「發表國民的意見」。〔註30〕其後，在《國民意見書》的系列文章《論租稅》、《說種界》、《論國民當知舊學》、《論改革社會》、《論法律》、《說愛》、《論國民不可不知外情》、《論合群》、《論刺客的教育》、《論開風氣的法子》、《論窮的好處》、《亡國的三大

〔註25〕　白話道人：《國民意見書：序論》，載《中國白話報》第 5 期，1904 年 2 月 16 日。

〔註26〕　白話道人：《論做百姓的責任（其二）》，載《中國白話報》第 2 期，1904 年 1 月 2 日。

〔註27〕　白話道人：《做百姓的事業》，載《中國白話報》第 3 期，1904 年 1 月 17 日。

〔註28〕　白話道人：《做百姓的思想及精神》，載《中國白話報》第 4 期，1904 年 1 月 31 日。

〔註29〕　《國民意見書》共包括 17 篇文章，自 1904 年 2 月 16 日第 5 期起直至 1904 年 10 月 8 日第 21～24 期合刊出版之後停刊，歷時半年多方才連載結束。

〔註30〕　白話道人：《國民意見書‧甲辰年國民的意見》，載《中國白話報》第 5 期，1904 年 2 月 16 日。

因》當中，他從各個角度就國民與社會、國民與國家的關係問題進行了細緻的闡釋。

較之「民」這一概念，「國民」似乎已成爲一個獨立社會階層的代名詞。在拒俄運動風起雲湧的時代背景下，伴隨著「邊緣知識分子」的崛起，一個新的社會階層已然形成，而「國民」就是這一階層對自我所作出的身份界定，同時也是他們所懷有的一種嶄新的民族想像。那麼眞正意義上的「國民」究竟具備何種主體特徵？編者們並未做出說明，只是將其籠統地描述爲「有道德，有知識，體魄強健。」〔註31〕

很自然地，當報刊的話語主體轉換爲「國民」後，其所設定的「潛在讀者」也隨之發生了變化。在《中國白話報發刊詞》中白話道人曾談及，這張報是辦給「種田的、做手藝的、做買賣的以及那當兵的弟兄們」的。瘤野室主人也聲稱，他的系列文章《萬國通俗史》「一看也明白，不識字的一聽也知道。」〔註32〕這一讀者定位看似與一般的白話報刊並無二致，然而如果對其內容作一大致瞭解就會發現，它的內容其實已遠遠超過了貧民們的知識接受能力。我們看到，與《杭州白話報》相比，《中國白話報》增設了「歷史」、「地理」、「傳記」、「生理學」、「實業」、「學術」等欄目。這些欄目的設置均與刊物所秉承的「國民」精神息息相關，編者們認爲：用白話編歷史書「一來可去國民的自大心」，「二來可長國民的自強心」，「三來可壯國民的自立心」〔註33〕；而介紹地理知識是因爲「中國就是四萬萬人的家，裏頭有多少山、多少水、東西有好長、南北有好寬、四鄰是什麼地方、古來怎麼樣、現在怎樣，我們當主人的，怎好不知道呢？」〔註34〕之所以重視國學、講求學術，原因在於國學與國家相連，人們通曉本國的學術才能生發出愛國的情懷；引介生理學、實業等科學技術知識，則是要以此來倡導實學，以期改變虛浮的學風。這些欄目所刊發的文章雖是用白話文寫成，但是文理較深，專業性強，遠遠超出了普通讀者的接受能力範圍。與《杭州白話報》相比，《中國白話報》「論說」欄目的文章也都具有很高的哲理性，同樣也不是「引車賣漿者流」能夠輕鬆閱讀的。將這兩種報刊前 10 期「論說」欄目文章的標題進行對比，就能夠清楚地探察到其間的差異所在。

〔註31〕 白話道人：《兒童教育談》，載《中國白話報》第 7 期，1904 年 3 月 17 日。
〔註32〕 瘤野室主人：《萬國通俗史序》，載《中國白話報》第 2 期，1904 年 1 月 2 日。
〔註33〕 《萬國通俗史序》，載《中國白話報》第 2 期，1904 年 1 月 2 日。
〔註34〕 《中國地理問答序》，載《中國白話報》第 2 期，1904 年 1 月 2 日。

期　數	《杭州白話報》	《中國白話報》
第 1 期	《論看報的好處》	《做百姓的身份》
第 2 期	《勸人識字說》	《大禍臨門》
第 3 期	《勸人不要虐待奴婢》	《做百姓的事業》
第 4 期	《論中國男女結親的壞處》	《做百姓的思想及精神》
第 5 期	《論中國男女結親的壞處》續	《甲辰年國民的意見》
第 6 期	《論中國男女結親的壞處》續	《論租稅》
第 7 期	《論中國人對付外國人有四種情形》	《說種界》
第 8 期	《論新舊》	《論國民當知舊學》
第 9 期	《論中國人對付外國人的公理》	《論改革社會》
第 10 期	《論中國人對付外國人的公理》續	《論改革社會》續

　　對於這一現象，曾有讀者來信提出過質疑，認為《中國白話報》原本是給讀不懂文言文的人看的，但如今卻將讀者設定為新式學堂的學生，高深難解，不免背離了辦刊的初衷。白話道人在第 11 期答覆說：這個刊物原本「是做給那種比婦女孩子知識稍高的人看」的，「所以不能降低程度。」〔註35〕一個月之後，《中國白話報》進行改良，在啟事中進一步闡明了辦刊宗旨，即「內容益求切實公允，期副於國民導師之任務」。〔註36〕

　　在林獬、劉師培看來，具備「國民」資格者，非學生群體莫屬。這種認知，亦體現出當時的社會文化背景。1903 年之後，學生社團的作用日益得到彰顯，時人不無誇張地讚譽說：「學生為一國之原動力，為文明進化之母。以舉國無人之今日，尤不得不服於學生諸君」。〔註37〕李書城在《湖北學生界》上發表的《學生之競爭》一文，深入地探討了學生社會崛起的必然性，指出：「挾持政柄者，大率皆頑鈍腐敗之魁傑也。彼輩除考據辭章以外無學問，除奔競鑽營以外無閱歷，除美缺優差以外無識見。」「下等社會之中，識字者蓋寡，廿四朝歷史、十八省地理，自幼稚而少壯而老大，眼中耳中腦中，未嘗

〔註35〕 白話道人：《答常州恨無實學者來函》，載《中國白話報》第 11 期，1904 年 5 月 15 日。

〔註36〕 《本報第十三期大改良》，載《中國白話報》第 13 期，1904 年 6 月 23 日。

〔註37〕 自然生（張繼）：《讀「嚴拿留學生密諭」有憤》，載張枬、王忍之編：《辛亥革命前十年間時論選集》第一卷下冊，生活・讀書・新知三聯書店，1960 年版，第 685 頁。

經一二之感觸，愛國之心何繇而起？」「學生介於上等社會、下等社會之中間，為過渡最不可少之人。」〔註 38〕除此之外，學生群體在參與實際政治鬥爭方面，另有其他人群所無法企及的能力。劉師培在《論激烈的好處》一文中提出，當下要「無所顧忌」地「實行破壞」〔註 39〕，以革命立國。白話道人則直言：如今革命「最快最捷的，只有刺客」〔註 40〕。而能擔負起「破壞」任務的，無疑首推血氣方剛的青年學生。

在這種情境下，新式學堂的學生無疑成為了《中國白話報》的主要讀者群。在刊物的廣告中，編者們即提及近來銷售形勢看好，「購閱紛紛，其中尤以學生社會為多數」，白話報「藉同志之媒介得以間接力以及於一般國民之耳目」〔註 41〕。事實上，青年學生們也的確從白話報中受到了感召和啟迪。據《革命逸史》記載，保定高等學堂的學生吳樾就是在《中國白話報》所傳達的排滿革命精神激勵下，「思想又一變」，變身為「革命刺客」，成就了「炸清五大臣」的壯舉。〔註 42〕

從《中國白話報》的「來稿」、「通信」欄目中，我們也可以看出，學生讀者與編輯之間已經形成一種良好的互動關係。第 8 期和第 10 期的「來稿」欄目，便刊登了無錫學堂學生錢保華的兩篇文章——《論日俄開戰後之中國》和《告幼年兄弟》。在文章中，作者針對當時日俄戰爭的局勢發表了自己的看法，認為「現在日俄的勝敗，將要決定了，我們中國的結局也不遠了」〔註 43〕，進而呼籲年輕的兄弟們，要成為中國的主人翁應努力做到三件事：認真「求學問」，永葆「愛國心」，爭取「自由結婚」。〔註 44〕白話道人在附記中對其愛國熱忱表示甚為欽佩，認為從這個十幾歲的學生身上可以看出「中國前途，或且有望哩」〔註 45〕。

〔註 38〕 李書城：《學生之競爭》，載張枬、王忍之編：《辛亥革命前十年間時論選集》第一卷上冊，生活・讀書・新知三聯書店，1960 年版，第 453 頁。

〔註 39〕 激烈派第一人：《論激烈的好處》，載《中國白話報》第 6 期，1904 年 3 月 1 日。

〔註 40〕 白話道人：《論刺客的教育》，載《中國白話報》第 17 期，1904 年 8 月 1 日。

〔註 41〕 《敬告閱報諸君》，載《中國白話報》第 8 期，1904 年 3 月 31 日。

〔註 42〕 馮自由：《革命逸史》第三集，中華書局 1981 年版，第 194 頁。

〔註 43〕 保華：《論日俄開戰後之中國》，載《中國白話報》第 8 期，1904 年 3 月 31 日。

〔註 44〕 保華：《告幼年兄弟》，載《中國白話報》第 10 期，1904 年 4 月 30 日。

〔註 45〕 白話道人：《來稿・附記》，載《中國白話報》第 8 期，1904 年 3 月 31 日。

如果說學堂學生還只是《杭州白話報》所預設的一種「潛在讀者」，那麼到了《中國白話報》刊行之時，他們就由「潛在的讀者」一躍成爲了實際的讀者群體，並借由白話報實現了群體中信息、思想的交流與溝通。我們看到，錢保華的文章是用白話文寫作而成，其讀者指向並非婦女兒童或貧民百姓，而是廣大的「幼年兄弟」（與他年齡相仿的青年學生）。這表明，新式學堂的學生開始將白話文這種俗文體作爲日常的書面文體，既往文言、白話間嚴格的雅俗界線正在逐漸消弭。

四

與以往出現的白話報刊有所不同，《中國白話報》無論是主辦者還是接受群體抑或是文本內容都難以用恒定的雅俗標準加以衡量。在這裡，並沒有上下層社會之間的森嚴壁壘，新知識者擺脫了以往所處社會階層「身份認同」意識的困擾，傳統的語言雅俗觀念變得日趨淡薄。

有意識規避雅俗觀念的《中國白話報》，無論是其自覺與士人階層保持距離的辦刊方針，還是學術化欄目的設置，抑或是對國民概念的深入闡發，其目的皆歸於一點——那就是承擔起國民導師的責任，激勵更多的青年學生投入到排滿革命的事業中來。林獬、劉師培這兩位脫離了傳統文人階層的新型知識者，在中國教育會這個新知識團體的支持之下創辦了白話報，刊物的接受者則主要限定於新式學堂的學生，《中國白話報》由此可以被視爲中國教育會壯大組織、擴大影響的行之有效的宣傳組織媒介。林獬、劉師培等「邊緣化的知識分子」借助於這個平臺促成了「邊緣知識分子的興起」，兩種類型的知識者得以在此溝通、交流、結合，一個嶄新的社會階層已然漸具雛形。

在聚合新生力量的過程中，由《中國白話報》這個平臺萌生出了一種嶄新的話語形式。我們注意到，刊物文章所使用的白話文體難以用既往的語言標準去加以衡量，它既非官方話語，也不是傳統學術話語，不屬於社會話語的範疇，與古代白話文所表徵的世俗文體亦相去甚遠。事實上，它是由白話文、革命意識、現代學術理念三位一體催生出的超越雅俗的新型話語形式，唯新知識階層所獨有，並憑藉自身邊緣化的、非廟堂的獨特屬性開啓了一個廣闊的話語空間。

由中國教育會及其所屬的《中國白話報》這一典型個案可以看出，新知

識階層的聚合模式具有「邊緣化」、「否定性」這樣兩種特性。無論是「知識分子的邊緣化」還是「邊緣知識分子的興起」，均無一例外地據守著「邊緣」的角色定位，而「排滿」的政治目標又使其處在否定、拆解的鏈條上，借助於「否定」來獲得前進的力量。我們要追問的是：與邊緣相對立的「主流」何在？在「否定」的基礎上有沒有彰顯出肯定性的內涵？答案似乎並不明確。雖然《中國白話報》著力標舉「國民」概念，但對「國民」內涵的闡發卻流於籠統；新知識階層所抗拒的滿清皇權、文人立場，在 1905 年科舉廢除之後其實質已被抽空，1911 年辛亥革命之後它主流的外殼也不復存在。但即便如此，新知識階層卻一直處在「否定」的慣性當中，邊緣化的身份認同意識和超越雅俗的話語形式又合力鞏固了這種慣性思維。

及至五四時期，此時已居於社會文化中心地帶的新知識者仍然秉持「否定」性的目標，雖然其間他們也致力於思想體系的建構，但終究未能形成一個剛性的、統一的精神核心，最終是基於「態度的同一性」〔註 46〕才建構起五四新文化陣營。但弔詭的是，歷史遺留的缺憾中往往隱含著優長之處。新知識階層這種非廟堂的、超越雅俗的、邊緣化的、否定性的話語形式和組織形態，因其內部充滿了辯難、矛盾，反而提供了精神生長的多種可能性。與之相應，較之於大一統的思想體系，民國文化空間內部這種複雜的張力更易於營造出包容的文化氛圍和多元並存的文化格局。

〔註 46〕 汪暉：《汪暉自選集》，廣西師範大學出版社，1997 年版，第 307 頁。

附　錄

張中良教授閉幕式學術感言

　　各位好！非常感謝趙步陽老師作爲主辦方給我們的熱情周到的會場服務。趙步陽老師一直很謙虛，本來上次在北師大開會時，主辦方安排趙老師來點評，後來趙老師讓我來點評。這次會議也是，本來主辦方應該多說一點的，卻讓我說這麼多的話，眞是讓我有點不好意思。我就來談一談這一天半開會的感想吧。

　　第一，「民國文學」的研究空間確實得到了很大的擴展。「民國文學」從1997 年開始提出這個概念，到 2003 年張福貴先生又重提，從 2005 年「民國史視角」，到 2006 年左右的「民國文學機制」，這麼多年以來，我們也看到「民國文學」（的研究）也逐漸在展開。通過這次學術研討會可以看得出，我們已經過了概念的單純辨析階段，我們不再去爭論這個東西到底合法與否了，它的合法性事實上已經被認可了。我們在中國現代文學研究會的一次理事會及年會上，都正式地把「民國文學」問題列入正式選題，這意味著我們學術界是已經承認了它的合法地位的。雖然我們老一代學者沒有公開發表文章來說明這個事情，但像溫儒敏會長在他的博客中、以及我們的私下交流中，他是特別肯定「民國文學」的，並且他作爲會長同意把「民國文學」提上會議議程也代表了他對於「民國文學」的態度。因此，我們已經過了概念辨析階段，而進入了「民國文學」研究的空間拓展階段。這一天多的會議議程，我們聽到了各位老師的精彩發言與評點，從文獻、新媒體到電影、資源數字化等，都有了很多的擴展，這是非常好的現象，這是我第一點感受明顯的方面。

　　第二點感受明顯的是，我們的實學之風正在興起。做學術，我想，有玄

學之風，也有實學之風。玄學需不需要呢？需要，我們需要玄學的稍微超脫一點的理論思辨，這對於概念的辨析有很大幫助，而且有益於思路的嚴整、邏輯的嚴密。這都是玄學給我們帶來的好處。但是，如果玄學之風過盛的話，那學術界是很糟糕的。其實好的學術，能夠幾十年甚至上百年流傳的經典的學術，我們越來越發現，實學還是占上風的。就是傅斯年說的，史料學偏近歷史學，雖然稍微有點偏頗，但還是有道理的。把史料搞清楚了，哪怕自己的判斷稍微不到位，可是給學術界和後人留下的是很多啓迪；如果沒有什麼史料而空發議論的話，儘管自己似乎可以說得天花亂墜、頭頭是道，但實際上給別人一頭霧水。後人會恥笑我們的。這次我看到了我們會議上的「實學之風」，比如在大家都熟悉的茅盾的《動搖》的研究上。《動搖》在我的前輩那裏的探討和今日的探討，那顯然有很大很大的區別。我記得關於《動搖》的討論比較早的是在 1980 年代東北師範大學的張立國教授，這位先生已經不在了，張立國教授曾在 80 年代《中國現代文學研究叢刊》上發表過一篇文章（《論〈動搖〉的歷史眞實》），把湖北鍾祥縣當時北伐戰爭時期具體的報刊、史料和《動搖》結合起來。這是我看到的大陸學者把《動搖》與歷史還原分析結合起來的最早的一個學者。等到 2009 年社科院的梁競男博士做的博士論文《茅盾小說歷史敘事研究》，她也有一些深入的分析。像我們前年在新疆的塔里木大學開的會上，北京師範大學的羅維斯博士對此也有很好的分析，還有我們這次會議上的熊權老師、妥佳寧老師，都有精彩的分析，在歷史還原上逐步靠近。這是非常好的實學之風的表現。我沒有說到的其他的老師，都是言之有據，有一分材料說一分話，而且是說自己的話，這是特別可貴的。我覺得做學問的極致最後，一是要看你有沒有材料，有材料才說話，二是要看你說的是不是自己的話，如果做一輩子學問說的都是別人的話，都是別人說過的話，那這個是有一點失敗的感覺。最好是過幾十年之後，到我這個年紀回頭再看，某年某月我發了一篇文章，現在別人還沒說過這樣的話，那是有幾分小得意。我想我們都該有這樣的一個追求。我們文學所的前輩樊俊，他在 2003 年老中科院文學所、現在叫社科院文學所成立五十週年編論文集，那是好多卷本的一本書集，他就發現，有的學者做了一輩子，選不出來一篇論文。就是做了一輩子了，還不會寫論文。他沒選一些資深先生的論文，那些先生都特別不高興，找他來理論。但樊俊先生是非常較眞的人，他看誰不夠資格做教授都當著人面說，說，我看你就不夠。他說哪篇論文不夠格，別

看退休了、第一批進文學所的，那也不行，說你這一輩子還沒找到學術的道路呢，你這學術路徑就不對。我想我們這代學者應該是幸運的，我們生活在一個實學之風正在上升的一個時代。我們這個會就體現了很好的實學之風。這個值得我們發揚光大。

我第三個感想就是，邊緣與中心的問題。「文革」期間曾經有一句話，大家可能聽說過，叫「小報抄大報，大報抄梁效」。梁效就是當時北大、清華組成的寫作班子，他們對最高領袖、核心集團的精神領會得很深，然後寫出來，大家都抄來抄去。現在這個「中心與邊緣」中的「中心」雖然已經遠遠不是那個政治中心了，但是仍然有。我們中國有兩所大學，叫頂尖級大學，其他的有叫一流大學，還有地域性的一流大學，我都搞不清楚到底有多少種類，反正中心與邊緣的差別與高校的評價體系一直存在。但是在「民國文學」研究裏面，這種秩序感好像打破了。雖然李怡教授和他的團隊現在在北京師範大學和他曾經工作過的四川大學，還有四川、重慶等地，但是在北大的老師中，我沒有讀到相對「民國文學」這方面的文章。還有清華我很熟悉的一批老師裏，也沒有寫這方面文章的。所以我非常高興剛才聽到了熊權博士在這方面的發言，熊權博士是溫儒敏先生的高足，這位學者的學術訓練很好，她雖然接觸民國文學時間不長，但是給了我們一個非常好的範例。所以我說，所謂的「中心與邊緣」在不斷地變化，我們也不要老看著中心開船。比如上海地區，大家都很認可復旦大學，說復旦大學沒有一個做我們這個研究的，我說沒關係，我們自己做自己的。爲什麼一定要看著北大、清華，看著復旦呢？「中心與邊緣」不斷被改變，特別是在互聯網的時代，資料的壁壘也不斷被打破。我們年輕人現在很多都會「翻牆」，什麼東西都能看得到，那麼國家圖書館、北大圖書館、上海圖書館沒有的材料我們也可以想辦法得到，所以這個對我們沒有太大的障礙。大家一定不要等說等別人發言了，我們再發言，發言的路是自己走出來的，我們自己走在前面，你自然就是這個學術的中心。我相信後來若干年一定會出現一本非常好的、完全不同於現在的「現代文學史」面貌的新版本，那個時候我們在座的各位都參與了新文學史的建樹，這是了不起的功績。

還有一個第四點，我想講的是，後生可畏。日語裏有個詞，叫「校正可畏」（編者按：「後生畏るべし」或「恐るべき補正」？），它的發音呢，就是「考 si 凱 yi」。它的意思呢，和「後生可畏」是一樣的。「校正可畏」用漢字

表達，就是「校對可畏」，和「後生可畏」是一樣的。日本老先生經常笑眯眯地說「考 si 凱 yi」，就是說年輕人很了不起。我跟在座的一些年輕學者在好幾年前就接觸，從剛開始接觸的時候呢，我們大家都剛開始進入這個領域不久，我也生澀，年輕的學者也有生澀之處。但我越來越發現，年輕人的進步要比我大得多。年輕人的可塑性更強，這是非常可喜的現象。我們這次來開會的學者，我似乎成了年紀最大的了，我是 1955 年生人，像沈衛威老師、黃健老師、李光榮老師都比我年輕，多的是 70、80 年代的，60 年代的已經不多了，甚至還有 90 後，這是非常好的現象。如果一個會上全是資深的老學者，說的好多話都是說了不知道多少遍的話——比如我做多次會議主持時，我就非常害怕，當一個資深的老先生上臺發言時，他會無限制地說下去，而且說的都是我們聽過無數次的話，那個是一個很可怕的現象，想提示吧，我們也不能像這次會議上我們敲杯子提示到時間了，真的不好意思。所以年輕人對我們這樣也會有意見。我們這次會議很好，每個年輕人都有發言的機會，大家都聽到了，好或不好，哪怕粗陋，都會讓大家有印象，那將來都會有一個啟迪，有一個共同的進步。

　　這次會議上我這四點體會非常深。最後當然還是對我們東道主特別感謝。

（本發言稿係經錄音檔整理而成）

「民國」視域下的「城」與「人」
——「民國南京與中國現代文學」學術研討會綜述

王 琦

（四川大學文學與新聞學院，四川成都，610064）

　　近年來學界引入「民國」視角來重新闡釋和研究中國現代文學，給予了中國現代文學新的啓發與觀照，一定程度上拓展了現代文學的研究範圍。在過去的民國文學研究中，分別從經濟、法律、文化等多個方面展開了對歷史的探討，即把文學放入社會歷史的具體語境中予以考察。在此基礎上，又進入了具體的專題研究，比如「國民革命與中國現當代文學」等。繼而，民國文學研究又把問題的觸角伸到了南京這樣一個城市空間。以「民國」的視角來重新審視南京與中國現代文學的關係，不僅可以在特定地域空間上重新發現文學生產過程，亦可以在文學書寫裏還原地域空間的歷史場景，使得「地域」、「文學」與「歷史」相互印證，相互補充，共同構成一組立體的中國現代文學圖示。

　　南京作爲中國歷史上集歷史性、政治性與現代性於一身的城市，有關南京的文學敘述不勝枚舉；在不同時期，南京在文學中的形象也不盡相同。南京是六朝古都，長期作爲南方漢族政權的中心，以及中國內部南北勢力對峙的樞紐，在中國近代史中也佔據著至關重要的政治、經濟地位。晚清時代，太平天國的旗幟再次選定南京。現代文學的奠基人之一魯迅也在南京經歷過短暫的學習過程，又由此赴日。1911 年，辛亥革命發生，民國臨時政府於南京成立，使得南京的地位進一步上升。1927 年之後，北伐後的國民黨政府建都在這裡，中山陵也巍峨地安穩於此。1937 年，南京陷落於日本之手，舉世矚目的「南京大屠殺」發生。之後，汪僞政府也建都在此，建立了傀儡政權。

抗日戰爭勝利之後，國民黨重新遷回南京。1948 年，解放軍百萬大軍渡長江，南京得以解放。回顧歷史變遷，南京這座城市在民國乃至中國近代史中都佔有舉足輕重的地位。南京在歷史進程中的面容幾經重疊，其間的社會結構、時代氛圍、生活觀念、道德秩序乃至心理體驗都在不斷發生著變化，其中的南京書寫亦因變而變。探究「民國」視域下的南京文學，一方面有助於我們更加深入地理解南京的「城與人」籠罩下的文學維度，另一方面也可豐富文學表達中的南京形象與文化性格。

在我看來，思考「民國南京與中國現當代文學」的關係有兩條彼此相關的思路：一是把民國的政治、經濟、文化、革命等宏大命題，進一步落實到南京這一具體的空間之中；二是借由「民國機制」的框架，把南京作為一種文學想像嵌入中國近代史的具體語境。當下對南京的想像，往往將政治與文化因素彼此割裂，前者進入了單一的政治批判，如國民黨執政不力；後者則成為單純的文化風景，再次復歸到六朝金粉的秦淮故地，從而失去了歷史的縱深度。因此，我們需要「民國」這一視角來重新審視南京，使其從政治風景、文化風景轉變成歷史風景，從而恢復其在近代史中的獨特意蘊。

在上述背景下，2016 年 4 月 1 日～2 日，由北京師範大學民國文化與文學研究中心、金陵科技學院人文學院、西川論壇組委會共同舉辦的「民國南京與中國現代文學」學術研討會在南京鍾山賓館舉行。此次研討會就「民國」視域的研究方法、民國出版、報刊與傳媒、民國文學思潮與文化現象、民國南京與現代文學等議題展開具體討論，從更為深入廣闊、富有歷史感的角度審視了民國南京的文學生產機制及文學敘述。

一、「民國」視域的研究方法

這次會議上，與會者對於以「民國」視域研究現代文學給予了肯定，不僅在概念上進一步對其進行了學理性的辨析，並深入到「民國」視域的內部來探討具體的研究方法和獨特的觀照意義。張福貴以「民國文學」和「漢語新文學」這兩個概念為主要研究對象，從兩個方面來探討中國現當代文學史命名的問題：一方面歸納出二者在學術邏輯和思維方式上的相似之處，共同構成了對於現代文學史觀的突破；另一方面又比較出二者命名之下的相異之處，如「漢語新文學」語言文學史觀、命名的文學標準及對「新文學」、「現代文學」概念理解的差異上。趙普光從「現代」的概念進入「民國文學史」

的思考，認為中國現代文學史建構與研究的根本悖論在於，研究對象範圍的不斷拓展擴容對「現代」牢籠形成了衝擊與掙脫，但研究者又不得不以「現代」之名對擴容對象進行重新闡釋與收編。因而，民國文學（史）概念，特別是從大文學史重構角度倡導的民國文學史，使得超越這種悖論的文學史建構成為可能。傅元峰也以「民國文學」的文學史意義為角度，指出大陸文學與臺灣文學在「民國文學」層面同根同源，在後續發展中也存在與「民國性」迥然相異的呼應關係，共同形成了中華文學想像的共同體。黃健側重探討了民國文論的體系構架，認為「人的文學」是民國新文學的核心價值理念，也是民國文論構架生成的理論基點，顯示出民國文論的理論自覺精神。賈振勇則以魯迅研究的「固化」現象入手，來反思中國現代文學研究再生產能力的弱化現象，同時認為「民國文學」視角所蘊含的「生活世界」層面和問題原點意識不僅是重新研判中國現代文學的整體學術觀，而且是走入具體作家、作品、文學史事件的一條有效途徑。吳效剛、汪徽在「民國」框架之下提煉出「商業敘事」，認為在現代民國的場域中，「商業敘事」作為一種獨特的題材領域和敘事視角應該獲得關注，從而對相應題材作品思想藝術水平及文化內涵做了準確闡釋。

應該說，「民國文學」、「民國文學史」、「民國文學史視角」、「民國文學機制」等一系列以「民國」視域來審視現代文學的概念已經過了單純的概念辨析階段，而進入了其內裏研究空間的拓展階段。因此，與會者已把「民國」視角內化為打破以往研究慣性和模式的一種有效手段，而把更多的注意力放在其與現代文學具體問題的對接與應用上，從而深化與豐富了以往對文學概念、現象和文本的理解。

二、民國出版、報刊與傳媒

民國出版法權與出版實踐是與會者考察民國政治文化生態的一個重要議題，與會者從國際版權同盟到著作權法，從《中央日報》、《中國白話報》到《中報》，從文獻、歷史材料到新媒體、民國資源數字化，不僅讓我們更為全面地理解了民國時代文學在社會生產空間中的運行機制，而且也為我們提供了先進的技術手段來共同展望「民國」視域下的文學研究前景。

顏同林通過考察民國時期不加入國際版權同盟的策略，認為正因為此翻譯文學界獲得了自由翻譯與印製西方書籍的權利，從而奠定了翻譯文學興盛

的基礎，從而與世界文學的主潮保持了同步與共生的良好關係。沈淩以清末到民國時期三部代表性的著作權法爲研究對象，梳理出了近代著作權法的變革及轉型過程，同時著力於探究這種變革與轉型的歷史和文化動力，闡釋其鮮明的時代性與局限性。謝力哲以 1930 年代趙家璧的編輯出版實踐爲視角，還原了民國商業出版狀況及左翼作品的生存傳播空間，闡述了民國時期國民政府與資本主義制度雙重影響下左翼作品出版傳播的運行機制。康鑫則關注了民營出版業中產業化的經濟管理方式，認爲其靈活的融資方式、書刊並重的產業模式及強烈的市場導向，對中國現代文學的生產機制產生了多方面的影響。周文從郭沫若著譯作品版本問題中的「幽靈出版社」事件入手，從細節上揭示了民國時期著作者與書局的共生關係以及圖書盜版翻印的具體情形，乃至對作家創作可能產生的影響。

在對民國南京報刊的研究中，張武軍、王婉如、陸佩均以民國南京時期的《中央日報》爲考察對象。張武軍以南京《中央日報》（1929～1930）的文藝副刊爲對象考察了南京國民政府二十年代末的文藝政策、尤其是對革命文學論上的態度及做法，進而重構中國革命文學歷史的豐富性與複雜性；王婉如通過對南京《中央日報》源頭、地位等歷史材料的耙梳，考察了其成爲「黨報」過程中「話語權」爭奪與確立、宣傳指向變動等問題，從而還原了國民黨在此一時期的宣傳政策；陸佩則選取南京《中央日報》劇評這一角度來探察 1929～1937 年民國南京的戲劇生態，並探索民國政府如何通過《中央日報》劇評影響現代民族藝術的發展，及其爲構建民族國家做出的努力。王平以中國教育會及其所屬的《中國白話報》爲研究個案，闡釋新知識階層特有的組織形態和話語形式，進而探究民國文化空間與其複雜屬性之間深刻的精神關聯。張元卿則整理了南京《中報》所刊登的何海鳴作品年表，這些作品不僅是研究何海鳴晚年思想的重要資料，也是研究淪陷時期南京城市文化的重要資料。

在學術視野不斷拓展的今天，一些學者也不斷嘗試採用新方法、新資源對文學進行全面的觀照，力求爲本學科尋求新的生長點。葛懷東分析了江蘇民國文獻數字資源建設的環境以及當前國內民國文獻數字資源建設的總體狀況，在對江蘇民國文獻數字資源建設進行總結的基礎上，分析了江蘇民國文獻數字資源建設的前景。顧金亮等學者以中國科學社南京文德里社所的場景重現爲例，探討了 VR（虛擬現實）技術在民國歷史文獻資料數字化平臺開發中的研究與應用問題。

三、民國文學思潮與文化現象

　　此次會議的一大亮點是對現代文學思潮與文化現象研究的回顧與反思。
通過「民國」這一視域重新觀照，可讓我們在文化變遷中感受到更爲豐富的
歷史細節與文化內涵。胡安定通過關注晚清至三四十年代鴛鴦蝴蝶派的文學
趣味的嬗變機制，考察出教育制度、傳播平臺及社會政治變革等因素在鴛鴦
蝴蝶派趣味風格變遷上的影響。沈衛威從各派知識分子對待「白話文運動」、
「新文化運動」的不同態度出發，認爲「新青年——新潮派」與「學衡派」
雖表現出了順勢接受與逆反抗拒的兩種不同態勢，但在中華民族文化復興的
大方向上，二者其實是一致的。王琦則通過圍繞吳宓爲個案考察「新文化運
動」中的「學衡派」知識分子，認爲「學衡派」與「新文化運動」並非處於
一種均勢、對等的對立地位，二者之間的所謂「論戰」是在「新文化運動」
的影響裹挾之下展開的，進而考察出「學衡派」影響力衰微的內部原因在於
捨棄了「運動」這一方式。郭景華考察了向培良與民族主義文藝運動的關係，
全面認識到向培良文藝思想的複雜性，指出向培良的文藝思想不僅與當時主
流的文藝思想有嚴重的分歧，其「人類的藝術」文藝觀與國民黨右翼文人的
「民族主義文藝觀」亦有嚴重的矛盾與衝突。

　　在對民國文化現象、尤其是民國南京的文化現象的解讀上，與會者亦體
現出敏銳的洞察力與廣闊的學術視野。尹奇嶺綜述了民國舊體詩人雅集與結
社的具體情形，認爲民國時期的舊體詩詞雖在公共文學空間衰歇，但在文人
私下空間裏依然葆有蔥蘢的活力，這是湮沒在中國現代文學史經典話語之下
真實文學生態的一部分。門紅麗以解放區的「有獎徵文」作爲考察對象，考
察徵文的效果和影響，提出「有獎徵文」與其說是對「文」的期待和規定，
不如說是一場「日常民族主義」的文藝造勢運動。傅學敏關注了民國南京時
期的國立戲劇學校，通過對其官辦性、專業性及演出社會性的論述，探討了
其對中國戲劇運動及發展環境的影響。劉霆、鄒姍姍則考察了 1931～1951 年
的金陵大學文學院的畢業論文選題，通過對各年的論文數量及各系論文選題
的特徵的耙梳，看出政治時局對教育的影響。趙步陽對 1980 年代以來南京詩
文選本中選入的民國篇什進行了統計與比較，進而揭示了各選家在面對民國
南京時的選文意圖、標準，並結合不同類型選本中所呈現出的不同的民國南
京形象，簡要分析了各選家在編選過程中可能面臨的困難與不足。黃強從服
飾的角度進入張愛玲，分析張愛玲如何用服飾來塑造人物、刻畫性格，認爲

張的服飾描寫是其生活態度、精神思想的自然流露。劉洪、章澄以民國電影明星趙丹爲考察對象，通過對趙丹民國時期表演經歷的梳理，重新審視民國電影中後期的發展歷程及民國電影明星被建構的過程。

四、民國南京與現代文學

「民國南京與現代文學」是此次會議的核心議題，眾多與會者的討論精彩紛呈，就民國南京「城與人」的關係及與文學的相互影響等方面展開積極探討，通過宏觀與個案的剖析，對民國時期的南京書寫、文學中的南京形象、民國南京作家及南京的文化品格均有不同維度的闡釋與論述，爲立體地理解南京的現代作家作品提供了很好的參照。

楊洪承以「民國時期南京與現代作家」爲角度，梳理出「城與人」關係的幾條線索，勾勒出一幅民國文人的精神圖示，從而凸顯出民國南京對於中國現代作家精神取向上的影響。沈慶利以臺灣文學中的「民國南京」爲視點，以吳濁流《亞細亞的孤兒》、白先勇《臺北人》和齊邦媛的《巨流河》爲例，梳理三位作家筆下的南京體驗，並藉此探討不同時代背景下不同作家所共同擁有的「南京情結」。李金鳳則以吳濁流作品中的南京書寫爲考察對象，認爲在中日戰爭的歷史境遇中，由於身份的特殊性、體驗的深刻性、認同的茫然與迷惑、中日臺比較的視野，吳濁流的南京書寫具有流動性、獨特性與複雜性，還原了40年代具有強大同化力與包容性的中國社會。周維東從朱自清、俞平伯的「秦淮書寫」中提取出「夢與燈」的隱喻，將之還原到散文流變的歷史中去考察，進而體會周作人所謂「歷史循環」的確切內涵，探究中國文學的現代變革的深刻含義。李直飛則考察了朱自清的散文《南京》與《蒙自雜記》，認爲二者之所以風格不同在於作者切身的抗戰體驗：從「歷史」的南京回到了「現實」的蒙自。葛天逸從無名氏筆下的「南京人」與「南京城」的獨特互動關係出發，考察其文學世界中「人」與「城」的複雜糾纏，並通過這場文學還鄉來探究其特殊的生命追尋意蘊。姜飛在民國視域中探討黃震遐的身份構成與敘事抉擇，指出「南京」既奠定了黃震遐的生活基礎，又使得政治正確的主題從此入駐他的精神生活和文學敘述，對其有人生和文學的雙重意義。李光榮、王進考察了聞一多在南京時期以「新格律詩」爲中心在寫詩、譯詩、論詩三個方面的詩歌工作，認爲其南京時期是北京時期工作的繼續，是詩人轉向學者的開端。子儀則詳細考察了南京時期陳夢家的創作和

社會活動,並通過大量史料還原了其人生經歷和交遊活動。魏巍對路翎的小說世界進行了文學地理學考察,對其生活流寓、精神漂泊狀態進行了精確的分析,指出其依靠心靈搏鬥而獲得的空間意蘊及其所形成的「有文無圖」的表達模式,構成了路翎文學地圖的「隱喻」性特徵。

　　民國南京在文學言說中不斷變換交疊的文化形象也得到了與會者的極大關注。張勇通過對新文學作家作品中南京形象書寫的轉變探究,揭示出轉變的原因是傳統思想體系與現代啓蒙思想風潮共同影響的產物。許永寧認爲民國時期的文學南京突破了傳統的城市形象,而展現爲世界之林中的國家民族形象,反映出民國時期南京文學在新的歷史狀況下「自我」身份的認同與建構的流動性與獨特性。布小繼從中國現代漢英雙語作家筆下的南京書寫入手,以熊式一、葉君健和張愛玲爲中心,在進步與反動兩種勢力相互搏鬥的歷史敘述中探究他們筆下「南京書寫」的獨特意義。王翠豔以張愛玲筆下的南京形象作爲考察對象,認爲其筆下的南京脫離開傳統古城、民國新都、南京大屠殺的宏大歷史記憶,而呈現出一派平凡兒女的日常生活情態。明飛龍則仔細梳理和鈎沈了張恨水、張愛玲等現代作家在抗戰時期的南京書寫,從中闡述了戰時南京在「家」與「國」的形象寄意中蘊含的鄉愁,並進一步探究抗戰文學的複雜內涵。趙偉以抗戰文學中南京保衛戰的言說爲考察對象,通過對報刊及文學作品中對戰前、戰中、戰後具體情形的書寫,客觀眞實地還原了南京保衛戰的悲壯,豐富了理解抗戰文學的維度。袁昊則關注了《丹鳳街》中民國南京的城市書寫,認爲張恨水運用了總體與局部映襯、由點到面、高視角多維度相結合的方法,構建了民國南京城市的文學形象,由此也開創了現代文學城市書寫別樣的路徑。余曉明從歷史電影《南京!南京!》對民國南京的描寫研究出發,闡釋南京形象建構的多源性和意識形態的邊界約束效應。

　　此外,一些學者在「民國」視域中選取了新的角度對現代經典作家作品做了重新審視。熊權重讀《動搖》,認爲茅盾在這本小說中以經濟意義上診斷「左稚病」的視角,對茅盾後來的文學創作有深遠影響,並可深入理解茅盾研究中的「脫黨」、從經濟視角寫社會剖析小說等關鍵問題。妥佳寧以「主題改寫」的角度再讀《子夜》,認爲小說中的主題內容來源於作者的親身革命經歷,而按照瞿秋白要求改寫的小說結局雖符合了「回答托派」的意識形態要求,卻遮蔽了茅盾原本對中國社會的把握與言說方式。黎保榮以細讀法和文

史互證法重讀魯迅的《頹敗線的顫動》，認爲這是兄弟失和情緒下怨恨與辯解的隱晦表達，從而藉此希圖以一種客觀的、理性的眼光來看待兄弟失和對魯迅的精神影響。楊慧通過《偉特博士的來歷》的細讀，認爲鄭伯奇對於國人的洋奴意識進行了深度的病理偵測，從而得以探查鄭伯奇的文學觀在當時社會文化語境中的「原創性」。梅健細讀了《卐字旗下》，據此分析了其思想內涵及其形成機制。王學東通過對《吻》的批判的歷史梳理，來分析五十年代對於流沙河、石天河的批判及建國初的文學生產機制。

通過以上與會者在「民國」視域下對南京現代文學及文化思潮、文化現象的探討與考察，我們看到「民國」視域的研究範圍在不斷拓展，「民國」內部的文學生產機制的生產性也在不斷激發出來：它一方面將城、人以及文學的關係還原爲相互扭結的動態關係，將以往隱藏著的文學生產過程立體顯影；另一方面，在其「大文學觀」的觀照下，極大限度地調動起了非「現代」的文學材料，使得文學與歷史相互補證、相互說明，爲更好地論述南京「城與人」的關係及與文學相互影響、相互生成的層面上提供了切實的史料支撐，使得「民國南京與現代文學」不僅呈現爲「南京的文學」，更呈現爲「文學的南京」、「文化的南京」。

「民國南京與中國現代文學」
學術研討會‧議程 2016.4.1～4.2

江蘇‧南京

主辦單位：北京師範大學民國歷史文化與文學研究中心
　　　　　金陵科技學院人文學院
指導單位：中華全國文學史料學學會近現代分會
協辦單位：西川論壇

一、會議須知

（一）會議地點

　　江蘇省會議中心（鍾山賓館）（微信公眾號：jszshotel），是南京市區最具特色的仿古建築園林賓館，這裡曾是國民黨黃埔軍校同學會「勵志社」所在地。院內三幢民國建築莊重宏偉，古松參天、翠坪如毯、奇石點綴，營造出鬧市中獨有的幽雅、安逸、祥和的氛圍。

（二）會議報到

　　1. 外地與會人員參會：

　　報到時間：3 月 31 日 13:00～22:00（提前報到可與會務組聯繫）

　　報到地點：鍾山賓館一樓接待大廳（南京市中山東路 307 號）

　　2. 本地與會人員參會：

　　報到時間：4 月 1 日 08:00～8:30

　　報到地點：鍾山賓館一樓接待大廳（南京市中山東路 307 號）

（三）研討會工作人員

　　總負責：李怡、顧金亮

　　總協調：趙步陽

　　秘書組負責人：朱元軍

　　會務組負責人：趙步陽、衣玉敏

　　志願組：何一軻、張林傑、吳夢瑩、胡夢雪、魯倩、張士勇、姚琛欣、
　　　　　　常自賢、張陽春、胡唯吉、李斯軒

　　會議學術考察志願者：李欣、袁幼平

二、學術會議研討議程

（一）2016 年 4 月 1 日　開幕式（09:00～09:40）　主持人：趙步陽

　　地點：江蘇省會議中心（鍾山賓館）主樓 309 會議室

　　1. 金陵科技學院校黨委副書記單曉峰代表學校致歡迎辭

　　2. 李怡（北京師範大學文學院博士生導師）致辭

　　3. 張中良（上海交通大學博士生導師）

　　4. 各位與會代表合影

（二）4月1日9:50～10:50　研討會第一場　主題：史觀與問題

（每人發言不超過8分鐘，評議／討論不超過20分鐘）

順序	單　　　位	發言人	論文題目	主持人	評議人	討論地點
1	浙江大學中文系	黃　健	「人的文學」理論基點與民國文論體系構架	楊洪承（南京師範大學教授）	譚桂林（南京師範大學教授）	鍾山賓館主樓309　會議室
2	南京師範大學文學院	趙普光	「現代」的牢籠與文學史的建構──關於「民國文學史」的若干思考			
3	西南大學文學院	張武軍	訓政理念下的革命文學──南京《中央日報》（1929～1930）文藝副刊之考察			
4	貴州師範大學文學院	顏同林	國際版權法令與翻譯文學的興盛			
5	山東師範大學文學院	賈振勇	魯迅與民國，問題與原點			
6	上海交通大學人文學院	張中良	關於對民國文學研究質疑的回應			

（三）4月1日11:00～12:00　研討會第二場　主題：民國出版與傳媒

（每人發言不超過8分鐘，評議／討論不超過20分鐘）

順序	單　　　位	發言人	論文題目	主持人	評議人	討論地點
1	上海交通大學人文學院	謝力哲	民國出版經濟與左翼作家作品的生存傳播空間──以 1930 年代趙家璧的編輯出版實踐為例	賈振勇（山東師範大學教授）	顏同林（貴州師範大學教授）	鍾山賓館主樓309　會議室
2	河北師範大學文學院	康　鑫	民國時期出版業的經濟管理方式與現代文學的生產機制			
3	四川大學文學與新聞學院	周　文	《北伐途次》與「幽靈出版社」──民國時期圖書盜版之一瞥			
4	金陵科技學院人文學院	沈　淩	論近代著作權法制的變革及轉型			
5	四川大學文學與新聞學院	王婉如	民國時期的南京《中央日報》			

（四）4 月 1 日 14:00～15:00　研討會第三場　主題：南京與中國現代文學（一）

（每人發言不超過 8 分鐘，評議／討論不超過 20 分鐘）

順序	單　位	發言人	論文題目	主持人	評議人	討論地點
1	南京大學文學院	傅元峰	「民國文學」的文學史意義	李光榮（西南民族大學教授）	沈慶利（北京師範大學教授）	鍾山賓館主樓309 會議室
2	南京大學文學院	沈衛威	面對「新潮流」的順勢與逆反			
3	南京師範大學文學院	楊洪承	民國時期南京與現代作家精神的路向			
4	南京信息工程大學語言文化學院	張　勇	民國南京在中國現代文學中的表現			
5	南京師範大學文學院	葛天逸	「凝滯」到「漂泊」——論無名氏《一百萬年以前》的「南京」敘寫			
6	雲南師範大學文學院	李直飛	從「歷史」的南京到「現實」的蒙自——抗戰體驗與朱自清散文風格的變化			
7	南京大學中國新文學研究中心	許永寧	歷史嬗變中文學南京自我身份的認同與建構			
8	西南大學文學院	李金鳳	南京的社會相：論吳濁流作品中的南京書寫			

（五）4 月 1 日 15:10～16:10　研討會第四場　主題：南京與中國現代文學（二）

（每人發言不超過 8 分鐘，評議／討論不超過 20 分鐘）

順序	單　位	發言人	論文題目	主持人	評議人	討論地點
1	北京師範大學文學院	沈慶利	臺灣文學中的「民國南京」	張武軍（西南大學教授）	沈衛威（南京大學教授）	鍾山賓館主樓309 會議室
2	中國勞動關係學院文化傳播學院	王翠豔	「蹉跎慕容色　煊赫舊家聲」——論張愛玲筆下的南京形象			
3	江蘇社會科學院文學研究所	趙　偉	抗戰文學關於南京保衛戰的言說			
4	四川大學文學與新聞學院	周維東	夢與燈：秦淮隱喻中的文學現代變革			

5	四川大學文學與新聞學院	王　琦	「新文化運動」中的「學衡派」知識分子——以吳宓爲個案		
6	西南民族大學文學與新聞傳播學院	李光榮	聞一多在南京的詩歌工作		
7	四川大學文學與新聞學院	袁　昊	《丹鳳街》與民國南京城市書寫		

（六）4 月 1 日 16:20～17:20　研討會第五場　主題：南京與中國現代文學（三）

（每人發言不超過 8 分鐘，評議／討論不超過 20 分鐘）

順序	單　位	發言人	論文題目	主持人	評議人	討論地點
1	四川大學文學與新聞學院	姜　飛	從「上海」到「中國」，途經「南京」——身份構成與黃震遐的敘事抉擇	王翠豔（中國勞動關係學院副教授）	趙普光（南京師範大學副教授）	鍾山賓館主樓309會議室
2	懷化學院文學與新聞傳播學院	郭景華	向培良與民族主義文藝運動			
3	西華師範大學文學院	傅學敏	國立戲劇學校在南京（1935.10～1937.9）			
4	浙江嘉善地稅局	子　儀	南京時期陳夢家的創作和社會活動			
5	南京師範大學出版社	張元卿	南京《中報》所刊何海鳴作品年表			
6	金陵科技學院人文學院	劉　霆	國難更添嚮學志，烽火絃歌顯芳華——金陵大學文學院畢業論文選題分析（1931～1951）			

（七）4 月 2 日 8:30～9:30　研討會第六場　主題：文獻、思潮與經典

（每人發言不超過 8 分鐘，評議／討論不超過 20 分鐘）

順序	單　位	發言人	論文題目	主持人	評議人	討論地點
1	金陵科技學院人文學院	葛懷東	江蘇民國文獻數字資源建設研究	黃健（浙江大學教授）	余曉明（金陵科技學院教授）	鍾山賓館主樓309會議室
2	南京卓歐信息技術有限公司	汪厚俊	民國歷史文獻資料數字化平臺關鍵技術研究與應用——以中國科學社南京文德里社所場景重現爲例			

3	中國海洋大學文學與新聞傳播學院	王　平	1903 年新知識階層的崛起與民國文化空間			
4	金陵科技學院人文學院	趙步陽	南京詩文選本中的民國篇什			
5	北京師範大學文學院	安佳寧	從革命正統之爭到「回答托派」：《子夜》的主題改寫			
6	河北大學文學院	熊　權	國民革命中的「左稚病」問題：《動搖》再解讀			
7	山東大學威海校區文化傳播學院	楊　慧	白俄與洋奴「病毒」的思想偵測			

（八）4 月 2 日 9:40～10:40　研討會第七場　主題：流派、作家與其他

（每人發言不超過 7 分鐘，評議／討論不超過 20 分鐘）

順序	單　位	發言人	論文題目	主持人	評議人	討論地點
1	西南大學文學院	胡安定	論鴛鴦蝴蝶派的文學趣味嬗變機制	潘純琳（四川省社會科學院《社會科學研究》雜誌社編審）	傅學敏（西華師範大學文學院教授）	鍾山賓館主樓 309 會議室
2	阜陽師範學院文學院	尹奇嶺	民國南京舊體詩人雅集與結社綜述			
3	重慶第二師範學院文學與傳媒系	梅　健	《卐字旗下》的思想內涵			
4	中國石油大學（華東）文學院	門紅麗	「日常民族主義」與「有獎徵文」			
5	央視書畫頻道江蘇中心	黃　強	張愛玲筆下的服飾描述與服飾美學觀			
6	肇慶學院文學院	黎保榮	怨恨與辯解：兄弟失和情緒的隱晦表達——魯迅《頹敗線的顫動》新論			
7	金陵科技學院人文學院	劉　洪	民國電影明星趙丹的被建構與轉變			
8	西華大學人文學院	王學東	《吻》批判與建國初的文學生產			
9	金陵科技學院人文學院	余曉明	南京：失焦的記憶之所			

（九）閉幕式（11:00～11:30）　主持人：趙步陽

1. 上海交通大學人文學院張中良教授學術感言
2. 西川論壇代表、西南大學張武軍教授致答謝辭
3. 金陵科技學院人文學院顧金亮院長致歡送辭

附：會議期間活動之

先鋒書店主題活動：民國文學與南京

時間：2016 年 4 月 1 日（周五）19:00
地點：先鋒書店五台山店（廣州路 173 號）

嘉賓：張中良　周維東
主持：南京悅的讀書會——張靜
主辦：南京市全民閱讀活動領導小組辦公室

承辦：北京師範大學民國歷史文化與文學研
　　　究中心
　　　金陵科技學院人文學院
　　　先鋒書店

協辦：南京悅的讀書會

【活動內容】

　　要是有一天我可以自由地到一個地方去讀我想讀而沒有工夫讀的書，做我想做而沒有工夫做的事，我也許會選擇南京作長住的地方，雖然北京和杭州我也捨不得拋棄。

——陳西瀅

　　近年來，從民國大歷史的視野深入現代文學研究已成為值得注意的學術動向，南京作為民國首都，在中國現代文學發展進程中也有著特殊的地位和影響。北京師範大學民國歷史文化與文學研究中心與金陵科技學院人文學院於 2016 年 4 月 1～2 日在南京舉辦「民國南京與中國現代文學」學術研討會。結合此次會議，南京市全民閱讀活動領導小組辦公室特邀張中良教授、周維東副教授，在先鋒書店與讀者分享他們對於民國文學中的南京的印象與感受。

【嘉賓簡介】

張中良

筆名秦弓，上海交通大學人文學院特聘教授，博士研究生導師。中國現代文學研究會副會長，中國現代文學館學術委員會委員，《文學評論》編委，《中國現代文學研究叢刊》編委，《抗戰文化研究》主編（與李建平並列）。著有《五四時期的翻譯文學》（2005）、《張中良講現代小說》（2011）、《中國現代小說的敘事風貌》（2013）、《抗戰文學與正面戰場》（2014）、《民族國家概念與民國文學》（2014）等。

周維東

四川大學文學與新聞學院副教授，學術集刊《現代中國文化與文學》、《大學人文教育》副主編，碩士研究生導師。曾在西華師範大學任教，美國加利福尼亞州立大學長灘分校、奧地利維也納大學訪學。擔任中國現代學會會員、中國郭沫若學會理事、四川魯迅研究會理事等職。研究方向為：文學史理論研究、抗戰文學研究和魯迅研究。著有《最是魯迅應該讀》（2011）、《中國共產黨的文化戰略與延安時期的文學生產》（2014）、《意識形態的焦慮：1949～1966 年間大陸文學的精神結構》（2014）、《民國文學：文學史的空間轉向》（2015）等。

【主持人簡介】

張靜

南京悅的讀書會會長。悅的讀書是南京一家深具影響力的民間讀書會組織，以各種豐富的活動致力於南京本地的閱讀推廣，打造屬於大眾的文化交流平臺。